文史合璧

明清卷

金振华　陈桂声　主编

张修龄　编著

苏州大学出版社

图书在版编目(CIP)数据

文史合璧. 明清卷 / 金振华, 陈桂声主编; 张修龄编著. —苏州: 苏州大学出版社, 2016.1
ISBN 978-7-5672-1576-4

Ⅰ. ①文… Ⅱ. ①金… ②陈… ③张… Ⅲ. ①古典散文－散文集－中国－明清时代 Ⅳ. ①I262

中国版本图书馆 CIP 数据核字(2015)第 294013 号

文 史 合 璧

明 清 卷

金振华　陈桂声　主编

张修龄　编著

责任编辑　朱绍昌

苏州大学出版社出版发行
(地址: 苏州市十梓街1号　邮编: 215006)
常州市武进第三印刷有限公司印装
(地址: 常州市武进区湟里镇村前街　邮编: 213154)

开本 787 mm×960 mm　1/16　印张 16.5　字数 291 千
2016 年 1 月第 1 版　2016 年 1 月第 1 次印刷
ISBN 978-7-5672-1576-4　定价: 40.00 元

苏州大学版图书若有印装错误, 本社负责调换
苏州大学出版社营销部　电话: 0512—65225020
苏州大学出版社网址　http://www.sudapress.com

序

金振华　陈桂声

中国是有着悠久历史的伟大而文明的国家。在数千年的历史长河中,历代史学家和散文家留下了难以计数的史著和历史散文。从先秦至近代,中国有着完整的历史记载,一部二十四史,就足以证明中华民族绵延不绝的五千年文明史是何等的辉煌。

浩如烟海的历史典籍,是我们的先哲留给后人的宝贵文化遗产。中国人尊重历史,敬畏历史,须臾不敢忘记历史的经验和教训。因此,中国人从来就爱读史著,喜谈历史,这也是我们民族的优良传统。历史学家研究历史,主要是把历史典籍作为宝贵史料来阅读和剖析,从中寻绎历史的真相和发展轨迹。但是,更多的中国人却把史著当作文学作品来欣赏,在品味历史的同时,沉浸在文学的滋养之中。历史和文学完美地结合在一起,水乳交融,这是中国史著的一大特色。

中国的优秀史学家,不仅有着杰出的史德、史识和史才,是撰写信史的良史,同时还是颇具文学造诣的作家。而不少掉鞅文坛的大作家,往往也是秉笔直书的史家。这样,在他们的笔下,历史就不是枯涩乏味的陈年旧事流水账,而是波澜壮阔的鲜活画卷。《尚书》记载的"盘庚",《左传》铺叙的"曹刿论战"、"晋公子重耳之亡",《史记》描述的"完璧归赵"、"鸿门宴",《汉书》歌颂的"苏武牧羊"等,无一不在忠实记录历史的同时,运用文学艺术的手段,将史实描写得栩栩如生,既使人走进历史,洞察往事,又令人领略到文学的艺术魅力,一举两得,堪称文史珠联璧合,众美毕集,相得益彰。

写到这里,我们想起了一个发生在五代南唐的历史小故事。在欧阳修主持撰写的《新五代史·南唐世家》中有这样一段记载:

煜尝以熙载尽忠,能直言,欲用为相,而熙载后房妓妾数十人,多出外舍私侍宾客,煜以此难之,左授熙载右庶子,分司南都。熙载尽斥诸妓,单车上道,煜喜留之,复其位。已而诸妓稍稍复还,煜曰:"吾无如之何矣!"是岁,熙载卒,煜叹曰:"吾终不得熙载为相也。"欲以平章事赠之,问前世有此比否,群臣对曰:"昔刘穆之赠开府仪同三司。"遂赠熙载平章事。

马令《南唐书》、陆游《南唐书》及《宋史》分别有《李煜传》、《韩熙载传》,记录此事详略不一。韩熙载是南唐大臣,许多人通过欣赏著名的《韩熙载夜游图》得知其人其事。其实,韩熙载是个有才干和有抱负的人,而李煜也不是一个只知填词听经、吟风弄月的昏君。李煜很想任用韩熙载为相,但因为韩熙载在生活上放纵不羁,有毁坏礼仪法度之嫌,故而迟迟不予重用,将其贬职。但韩熙载在外放南都赴任前,竟"尽斥诸妓,单车上道",颇有痛改前非、脱胎换骨而戮力王室的气概。这令皇上喜出望外,立马"复其位",并打算给予升迁。但是,韩熙载在官复原职后,渐渐故态复萌,使得李煜始料未及,"吾无如之何矣"、"吾终不得熙载为相也"二语,似乎令读者看到了李煜的极度失望之情。因此,直至韩熙载离世,李煜也未能授予他相位,只是追赠了一个"平章事"的虚衔而已。

这个描述当是史实,给我们展现了李煜和韩熙载生平思想的另一面,还原了历史人物的真实全貌。同时,我们在阅读和鉴赏这段文字时,又不能不感受到其中生动的文学性,无论是情节安排的波折、语言运用的生动,还是人物性格的多样变化和形象的鲜活传神,都令人赞叹不已。可见,历史的真实和文学的敷演,在中国古代史著中,结合得是如此的和谐完美。

中华民族走过了五千年的光辉历史,并将继续前行。在面向未来的时候,我们更要铭记历史,从历史中学习和汲取知识与营养,这有助于我们更好地继承优秀文化传统,在未来的征途上创造更加辉煌的文明。我们组织编写的这套"文史合璧"丛书,选择中国古代优秀历史著作和历史散文中富有文学色彩和艺术魅力的篇章,精心注释,加以精辟赏析,为读者品鉴和欣赏古代历史和文学提供了一个别样的选择。相信广大读者通过阅读,能更好地体味到"文史合璧"、"文史一家"的魅力和内涵,更加倾心和热爱祖国优秀的文学、史学文化。

2015 年 12 月于苏州

目录

前　言 …………………………………………………… 1

宋　濂
　　杜环小传 ……………………………………………… 1

方孝孺
　　深虑论一 ……………………………………………… 4
　　答许廷慎书 …………………………………………… 6

王　鏊
　　亲政篇 ………………………………………………… 9

都　穆
　　砥柱 …………………………………………………… 13

崔　铣
　　记王忠肃公翱三事 …………………………………… 16

徐祯卿
　　宋濂获罪 ……………………………………………… 18

何景明
　　上冢宰许公书 ………………………………………… 21

李　诩
　　江阴邑令战死 …………………………………………………… 24

归有光
　　上万侍郎书 …………………………………………………… 27

王慎中
　　海上平寇记 …………………………………………………… 31

李攀龙
　　报刘都督 ……………………………………………………… 34

海　瑞
　　治安疏 ………………………………………………………… 37

徐　渭
　　赠光禄少卿沈公传 …………………………………………… 46

张居正
　　答湖广巡按朱谨吾辞建亭 …………………………………… 50

李　贽
　　富国名臣总论 ………………………………………………… 53

程学博
　　祭梁夫山先生文 ……………………………………………… 57

顾秉谦
　　毓德宫召见 …………………………………………………… 61

朱国桢
　　王长年 ………………………………………………………… 67

陈继儒
重修忠肃于公墓记 …………………………………………… 70

徐光启
刻《几何原本》序 …………………………………………… 76

袁宏道
徐文长传 ……………………………………………………… 80

杨　涟
血书 …………………………………………………………… 84

沈德符
陈增之死 ……………………………………………………… 87

钱谦益
特进光禄大夫左柱国少师兼太子太师兵部尚书中极殿大学士孙公行状
………………………………………………………………… 91

史可法
复摄政睿亲王书 ……………………………………………… 98

张　溥
五人墓碑记 …………………………………………………… 104

许重熙
江阴城守记 …………………………………………………… 108

黄宗羲
原君 …………………………………………………………… 113
东林学案·总论 ……………………………………………… 116

顾炎武
经义论策 …………………………………………………………… 121
作史不立表志 ………………………………………………………… 124

侯方域
为司徒公与宁南侯书 ………………………………………………… 128

王夫之
论梁元帝读书 ………………………………………………………… 133

张煌言
答赵廷臣 ……………………………………………………………… 138

谷应泰
削夺诸藩 ……………………………………………………………… 140

计六奇
李自成起 ……………………………………………………………… 146

魏　禧
留侯论 ………………………………………………………………… 151

汪　琬
江天一传 ……………………………………………………………… 154

姜宸英
《奇零草》序 ………………………………………………………… 158

夏完淳
狱中上母书 …………………………………………………………… 162

戴名世
八月庚申，及齐师战于乾时，我师败绩 …………………………… 166

方 苞
书《五代史·安重诲传》后 ………………………………… 171

全祖望
书明辽东经略熊公传后 ……………………………………… 175

赵 翼
明代宦官 ………………………………………………………… 179
军机处 …………………………………………………………… 185

钱大昕
万先生斯同传 ………………………………………………… 190

姚 鼐
宋双忠祠碑文并序 …………………………………………… 196

张惠言
书山东河工事 ………………………………………………… 200

梅曾亮
《复社人姓氏》书后 ………………………………………… 203

龚自珍
送钦差大臣侯官林公序 ……………………………………… 206

徐 鼒
史可法传 ……………………………………………………… 212

曾国藩
《国朝先正事略》序 ………………………………………… 218

王 拯
王刚节公家传跋尾 …………………………………………… 224

张裕钊
　　送黎莼斋使英吉利序 ································· 228

薛福成
　　书科尔沁忠亲王大沽之败 ··························· 232

孙静庵
　　金圣叹之死 ··· 243

前言

刘勰《文心雕龙·史传》云："昔者夫子闵王道之缺,伤斯文之坠,静居以叹凤,临衢而泣麟;于是就太师以正《雅》《颂》,因鲁史以修《春秋》。"可见,史著不但一开始包含社会的实录、事件的褒贬,而且与文学紧密相联,诗、史之功能同出一源,于后世文史之合璧,影响深远。"史"在字义上探寻,也与讲究文辞的繁饰相关。《仪礼·聘礼》称："辞多则史,少则不达。"《韩非子·杂言》认为"敏捷辩给,繁于文采,则见以为史"。史学与文学在形式上先天就带有其本初相通的痕迹。钱钟书先生说得好："史家追叙真人真事,每须遥体人情,悬想时势,设身局中,潜心腔内,忖之度之,以揣以摩,庶几合情合理,盖与小说、院本之臆造人物,虚构境地,不尽同而可相通。"(《管锥篇》一)文和史虽经合而分,但在叙写实事、发抒情感和驰骋想象方面,又殊途同归了。

明清时期,是史学成熟的时期,历史著作大量产生,史学理论空前繁盛,历史著作的体裁也已十分完备。就正史而言,当以《明史》、《明实录》、《清史稿》、《清实录》、《东华录》等为代表。钱大昕曾称《明史》："其例有创前史所未有者","议论平允,考稽详核,前代诸史莫能及也"(《十驾斋养新录》卷九)。赵翼亦以为"近代诸史,自欧阳公《五代史》外……未有如《明史》之完善者"(《廿二史札记》卷三十一)。而《清史稿》虽有讹误错漏处,但仍不失其相对完备的史料价值,故孟森先生有云："《清史稿》为大宗之史料,故为治清代掌故者所甚重。即将来有纠正重作之清史,于此不满人意之旧稿,仍为史学家所必保存,供百世之讨论。"(《〈清史稿〉应否禁锢之商榷》,见《明清史论著集刊续编》)明清两代的"实录"均依据当时档册及起居注等原始资料修撰而成,按年、月、日记述政治、经济、军事、文化、灾祥等各类事件,并插入亡殁臣僚的传记。《明实录》、《清实录》所记载的许多重大历史事件,在时间、地点、人物及事件情节等方面,基本有史实根据,因而为两代正史主要的资料来源。"实录"作为编年体史书的一种,一般具有史实清楚、条理明晰、语言简约、意义深远的特点,可作为文史研究者考证、探源、鉴古的重要根据。

史学著作在明清时期，除了编年、纪传而外，还产生了不少以事为纲目的"纪事本末"体，可视为新的正体史书。金毓黻《中国史学史》云："盖近世新史之体，皆以事为纲领，以明因果演变之迹，故枢（按：袁枢，南宋史学家，《通鉴纪事本末》作者。）所创纪事本末之法，实与近世新史之体例为近。"这类纪事本末体史书，因为是个人撰成，自能显现出作者的识见与才气，而且在文学性上，也有别于编年、纪传二体。谷应泰在《明史纪事本末·自序》中说："其法以事类相比附，使读者审理乱之大趋，迹政治之得失，首尾毕具，分部就班，较之盲左之编年，则包举而该浃，比之班、马之传志，则简练而隐括，盖史外之别例，而温公（司马光）之素臣也。"足见纪事本末体写法亦有独特风范。明清期间以事件为线索的这类史书主要有冯琦《宋史纪事本末》、陈邦瞻《元史纪事本末》、谷应泰《明史纪事本末》、杨陆荣《三藩二纪事本末》等。史学和文学入明后，共同走上复古和创新并存的多元发展之路，其内在精神是相通的。

优秀的文学作品个性特色鲜明，个人印记突出，上佳的史学文章同样也因此而吸引读者。由于上古以来我国的史官传统，加以唐以后大规模设馆修史，官方色彩浓重，受限制较多，形式也相对单调。唐刘知几就指出："古来贤俊，立言垂后，何必身居廨宇，迹参僚属，而后成其事乎？是以深识之士，知其若斯，退居清静，杜门不出，成其一家，独断而已。"（《史通·辨职》）相对于官修之史，私家修史，作史者往往能直抒胸臆，有藏之名山、"立言垂后"之志，行文风格各异，能"成其一家"，且数量大大超乎官修史书。上述纪事本末体诸史，便为明清私家修史的重要部分。此外，如明代王世贞《嘉靖以来内阁首辅传》，焦竑《国朝献徵录》，郑晓《吾学编》，谈迁《国榷》，张岱《石匮书》、《石匮书后集》，清代查继佐《罪惟录》，计六奇《明季北略》、《明季南略》，温睿临《南疆逸史》，黄宗羲《明儒学案》、《宋元学案》、《明史案》，万斯同《明通鉴》、《明史表》，全祖望《困学纪闻三笺》、《经史问答》、《古今通史年表》，钱大昕《二十二史考异》、《十驾斋养新录》，王鸣盛《十七史商榷》，崔述《考信录》，邵晋涵《皇朝大臣事迹录》、《輶轩日记》，徐松《西域水道记》，魏源《圣武记》、《海国图志》，夏燮《中西纪事》，等等，都是编年、纪传体史书的私家修撰名著。这些史著，体裁各别，分类更细，特别时常为躲避朝廷的文字禁忌，形成了考证详瞻、行文婉曲的风格。清乾嘉时期的章学诚指出："史所贵者义也，而所具者事也，所凭者文也。""史之赖于文也，犹衣之需乎采，食之需乎味也。""《骚》与《史》，皆深于《诗》者也，言婉多风，皆不背于名教。"（《文史通义·史德》）虽然旨在要求作史者不得舍本求末，却无意间道出了明清时期史家的文学功底和修养。其实不难发现，这些著名的史学家，往往一身而兼多任，时以诗人、散文家的身份出现在史坛上。

明清时期可以补充史书之不足者还有大量的野史、稗乘、笔记,清人赵翼认为野史笔记中的真实史料有其订正官修史书的价值,指出"书生论古勿泥古,未必传闻皆伪史策真!"(《关索插枪岩歌》)王鸣盛也称"实录中必多虚美",而野史笔记中则反多有真实可信者,于是认为:"大约实录与小说互有短长,去取之际,贵考核斟酌,不可偏执。"(《十七史商榷》卷九十三)而语中所言"小说",即民间野史笔记也。明清时期的可作史料的笔记文字,不少都叙写细到,真切传神,可视作文史皆善的佳作。这类史料笔记在当时蔚为大观:如何良俊《四友斋丛说》、陆容《菽园杂记》、李诩《戒庵老人漫笔》、沈德符《万历野获编》、沈榜《宛署杂记》、顾起元《客座赘语》、胡应麟《少室山房笔丛》、谈迁《北游录》、王士禛《池北偶谈》、褚人获《坚瓠集》、昭梿《啸亭杂录》、法式善《清秘述闻》、钱泳《履园丛话》、梁章钜《枢垣记略》、梁廷枏《海国四说》和《夷氛闻记》、刘声木《苌楚斋随笔》、刘禺生《世载堂杂忆》等,还有大型的清代掌故遗闻汇编《清稗类钞》(徐珂编),这些笔记稗乘都从明清社会的各个层面,展示了朝廷、官场、都市、乡村、士绅、文人、工商、平民以及经济、军事、内政、外交的丰富生活场景和逸闻轶事。谢国桢《明清史料研究》称:"明清两代历时五百余年,事实繁复,史料广博,日出无穷,非揭橥诸长,不足以哀举全面。"谢国桢先生以明代野史稗乘及有关明末清初之记载为例,说明明清时期私家作史者之盛:"国人皆乐于作史,既有明朝内府实录邸报之记载,复有各家之传说,耳濡目染,触类旁通,因之载籍之博,无体不备。"(《明清笔记谈丛》)明清史料笔记的文学价值也不容小觑,端方序《啸亭杂录》有云:"其入录者,靡不原原本本,详实不诬。又善于叙述,无支辞,无溢语。"移之他作,亦为的论。

就明清散文而言,正进入了一个继承和创新交融、冲突的时期,叙事之文也循着自身发展轨迹在演进。传记、行状、墓志、碑文、书札(论及人、事者)等,大量出现在散文领域,与各类史籍、笔记相互补充,相得益彰,为文史之珠联璧合建立起坚实的文本依托。散文大家宋濂、方孝孺、王守仁、王世贞、归有光、李贽、袁宏道、张溥、钱谦益、顾炎武、黄宗羲、侯方域、魏禧、汪琬、方苞、姚鼐、张惠言、梅曾亮、龚自珍、曾国藩、张裕钊、薛福成等,似乎不是专门史家,但都精于史学,且为明清散文史上有数的大家,引领着一时的散文风尚。见之于文学家别集的散文作品,不少为叙事志人者,虽顾炎武曾称"古人不为人立传",但还是"有碑,有志,有状",韩柳之所谓"传"者,"以寓言而谓之传","盖比于稗官之属","子厚之不敢传段太尉,以不当史任也","自宋以后,乃有为人立传者,侵史官之职矣"。(《日知录》卷十九)恰恰证明了宋以后,文家、史家,往往兼于一身的现实。此外,一些大规模的文章总集、选本的产生,鸟瞰式地总结了各种流派的生成演化,提供了各类文体的典型范本。

如吴讷《文章辨体》、徐师曾《文体明辨》、程敏政《明文衡》、吴楚材、吴调侯《古文观止》、茅坤《唐宋八大家文钞》、黄宗羲《明文海》,姚鼐《古文辞类纂》,曾国藩《经史百家杂钞》等,高屋建瓴地为明清散文修筑了厚实的营盘。这些总集、选本的明清部分,有的叙写重大事件的发生过程,有的诉说各种人物的生活经历,有的评鉴朝代更迭的成败得失,文在集部,但不失史的精神内质。

为文史结合推波助澜者,还表现在明清时期散文理论日趋成熟,内中不乏对史传、记事、碑志等叙事类作品深入探讨的理论阐述。如徐师曾《文章明体序说》论"传"云:"自汉司马迁作《史记》,创为'列传'以纪一人之始终,而后世史家卒莫能易。嗣是山林里巷,或有隐德而弗彰,或有细人而可法,则皆为之作传以传其事,寓其意,而驰骋文墨者,间以滑稽之术杂焉,皆传体也。"论"纪事"云:"文人学士,遇有见闻,随手纪录,或以备史官之采择,或以裨史籍之遗亡,名虽不同,其为纪事一也。"在前代文体论者的基础上,将文、史的血脉和融合点做了进一步的说明。《史记》是汉以后文学家、史学家的共同典范,明清论者更是拈出《史记》精要,供作文者揣摩、效学。茅坤《读史记法》云:"(《史记》)风调之遒逸,摹写之玲珑,神髓之融液,情事之悲愤,则又千年以来所绝无者。"(《史记抄》卷首附)陈继儒《史记定本序》云:"余尝论《史记》之文,类大禹治水,山海之鬼怪毕出;黄帝张乐,洞庭之鱼龙怒飞。此当值以文章论,而儒家以理学掬束之,史家以体裁义例掎撼之,太史公不受也。"吕留良《吕晚邨先生论文汇钞》云:"《史记》之妙,只是摹写情事逼真,口角形神都到。而奇古在其中,法度在其中,非别寻奇古、法度以为摹写也。"可知无论何流派,明清论者都以为《史记》的佳处,正在于超脱儒学、史学的拘限,以其真挚的感召力和奇妙的想象力为文章增色,而这恰是文学的基本要素。明清许多评论家以《史记》的书法、特色来分析记事文(叙事类文字)应具的风格。张谦宜论立传的心得是:"忠厚节义,人为之立传,须是以心体心,以身代身,想其肺诚苦楚,万难着手处,落笔神助,或见其歌哭笑骂,斯为得之。"(《絸斋论文》卷三)李绂谈记事的体验是:"凡事见得明,然后说得出也。文莫奇于子长,试读其书,人情物理,细入无间,故能穷奇尽变乃尔。"(《秋山论文·古文辞禁》)桐城后学、古文理论家吴德旋在评论文史高度结合的《史记》时,认定了"古文大家,未有不得力于此书者",并提出了"事与文并美"的史传文的评判标准。(《初月楼古文绪论》)"事与文并美",是对明清时期涉史好文的客观总结,也是本书选篇的衡量标尺。

明清时代,一个中央集权的农业帝国,从朱明王朝建立,汉人回归执政,力图中兴,到满人入关,民族矛盾加剧,却又数度"回光返照",后遭遇西方列强侵凌,爱新觉罗王朝最终解体。整整五百多年的历史,社会政治、经济文化、学术思想、军力武备、中外关系都经历了激烈的动荡、反复的争斗和频密的整合，不仅重大的事件层出不穷，而且溢射到全社会的各个阶层。我们的这个选本，旨在通过"事与文并美"的文史作品，反映不同历史阶段的史实，展现各色人等的精神风貌。本书题材多样，体裁各别，亦史亦文，择取宏大或细小的事件和人物，利用记载人事的各种文本，期待读者深化对明清时期从上层建筑到经济基础的认识和理解，并从中获得历史的形象观照和散文的文学陶冶。透过本书，我们将听到金戈铁马的战场厮杀声，中外交战的船舰枪炮声；改革家激切廷争的抗辩声，思想者忧虑国事的低吟声。我们将看到这样人物群像：励精图治的文臣武将，忠义殉国的仁人志士，痛定思痛的学者文人，昏庸腐败的君王官宦，还有揭竿而起的农民领袖，浮沉底层的市井细民。……至于具体的人物事件和时空背景，还请读者打开本书，仔细品读。

2015年10月张修龄识于苏州大学

宋　濂

作者简介

宋濂(1310—1381),字景濂,号潜溪,又号玄真子,祖籍潜溪(今属浙江金华),迁浦江(今属浙江)。元末明初文学家,明开国文臣。学者称太史公。与高启、刘基并称为"明初诗文三大家"。元至正时被荐为翰林编修,以亲老辞,隐居龙门山。朱元璋起事,命其为五经师。朱元璋称帝后又命为江南儒学提举,授太子经。洪武二年(1369)任《元史》总裁,累官至翰林院学士承旨、知制诰。洪武十年(1377)辞官还家。因长孙宋慎涉胡惟庸案,全家谪茂州,中途病故于夔州。著有《宋学士文集》。

杜 环 小 传

【题解】 本文选自《宋濂全集》卷十一。小传是传记文的一种,用以简略记载人物生平事迹。杜环,字叔循,金陵(今江苏南京)人。明大臣、书法家。元至正二十六年(1366),太学初建,以儒士被荐除学录,入侍春坊。洪武改元,迁太长赞礼郎,后为晋王府录事,终太常寺丞。博通经史,长于翰墨,其书法端妍,行草亦各臻妙。

【原文】

杜环,字叔循,其先庐陵①人,侍父一元游宦江东②,遂家金陵③。一元固善士,所与交皆四方名士。环尤好学,工书,谨饬④,重然诺,好周人急⑤。

父友兵部主事⑥常允恭死于九江⑦,家破,其母张氏,年六十馀,哭九江城下,无所归。有识允恭者,怜其老,告之曰:"今安庆⑧守谭敬先,非允恭友乎?盍往依之?彼见母,念允恭故,必不遗弃母。"母如其言,附舟⑨诣谭。谭谢不纳。母大困,念允恭尝仕金陵,亲戚交友或有存者,庶万一可冀。复哀泣从人至金陵,问一二人,无存者。因访一元家所在,问一元今无恙否?道上人对以一元死已久,惟子环存,其家直⑩鹭州坊中,门内有双橘,可辨识。

母服破衣,雨行至环家。环方对客坐,见母大惊,颇若尝见其面者。因问曰:"母非常夫人乎?何为而至于此?"母泣告以故,环亦泣,扶就坐,拜之。复呼妻子出拜。妻马氏解衣更母湿衣,奉糜食母⑪,抱衾寝母。母问其平生所亲厚故人及幼子伯章。环知故无在者,不足附⑫,又不知伯章存亡,姑慰之曰:"天方雨,雨止为母访之。苟无人事母,环虽贫,独不能奉母乎?且环父与允恭交好如兄弟,今母贫困,不归他人,而归环家,此二父导之⑬也。愿母无他思。"时兵后岁饥,民骨肉不相保。母见环家贫,雨止,坚欲出问他故人。环令媵女⑭从其行。至暮,果无所遇而返,坐乃定。

环购布帛,令妻为制衣衾。自环以下,皆以母事之。母性褊急⑮,少不惬意,辄诟怒。环私戒家人,顺其所为,勿以困故轻慢与较。母有痰疾,环亲为烹药,进匕箸⑯。以母故,不敢大声语。

越十年,环为太常⑰赞礼郎⑱,奉诏祠⑲会稽⑳。还道嘉兴㉑,逢其子伯章,泣谓之曰:"太夫人在环家,日夜念少子成疾,不可不早往见。"伯章若无所闻,第曰:"吾亦知之,但道远不能至耳。"环归半岁,伯章来。是日环初度,母见少子,相持大哭,环家人以为不祥,止之。环曰:"此人情也,何不祥之有?"既而伯章见母老,恐不能行,竟绐以他事辞去,不复顾。环奉母弥谨。然母愈念伯章,疾顿加。后三年,遂卒。将死,举手向环曰:"吾累杜君,吾累杜君!愿杜君生子孙,咸如杜君。"言终而气绝。环具棺椁殓殡之礼,买地城南钟家山葬之,岁时常祭其墓云。

环后为晋王㉒府录事㉓,有名,与余交。

史官㉔曰:交友之道难矣!翟公㉕之言曰:"一死一生,乃知交情。"此非过论也,实有见于人情而云也。人当意气相得时,以身相许,若无难事;至事变势穷,不能蹈其所言而背去者多矣!况既死而能养其亲乎?吾观杜环事,虽古所称义烈之士何以过,而世俗恒谓今人不逮古人,不亦诬天下士也哉!

【注释】　①庐陵:今江西省吉安市。　②江东:长江之东,今苏南、浙江及皖南部分地区。　③金陵:今江苏省南京市。　④谨饬(chì):言行都很谨慎。　⑤周人急:帮助他人的急难。　⑥兵部主事:明代兵部司官中的官员。　⑦九江:今江西省九江市。　⑧安庆:今安微省安庆市。　⑨附舟:搭船。　⑩直:在……(地方)。指示方位之辞。

⑪ 食(sì)母：拿东西给常母吃。　⑫ 不足附：不值得依从。　⑬ 二父导之：起因在于两家父亲(交好)。　⑭ 媵(yìng)女：陪嫁的婢女。　⑮ 褊(biǎn)急：气量狭小，性情急躁。褊，狭小，狭隘。　⑯ 匕筋(zhù)：亦作"匕箸"，饭勺和筷子。　⑰ 太常：太常寺，官署名，掌管祭祀、礼乐等事。　⑱ 赞礼郎：官名，掌祀典赞导之事。　⑲ 祠：此处作祭祀解。　⑳ 会(kuài)稽：今浙江省绍兴县。　㉑ 嘉兴：今浙江省嘉兴县。　㉒ 晋王：明晋恭王朱㭎(1358—1398)，明太祖朱元璋第三子。洪武三年(1370)封为晋王，洪武十一年(1378)就藩太原。　㉓ 录事：王府属官，掌管文书。　㉔ 史官：作者自指。　㉕ 翟公：汉文帝时人。《史记·汲郑列传》："太史公曰：下邽翟公有言，始翟公为廷尉，宾客阗门。及废，门外可设雀罗。翟公复为廷尉，宾客欲往，翟公乃大署其门曰：'一死一生，乃知交情。一贫一富，乃知交态。一贵一贱，交情乃见。'"翟公，失其名与字号，史以"翟公"称之。

【赏析】《杜环小传》以杜环父子简要的身世、为人做开端，继而并没有平铺直叙杜环的一生业绩，而是选取了杜环收留、奉养张氏的故事，来突现杜环对父执之母情义的厚重，并从侧面反映出明代世态炎凉的民间社会。杜环孝敬老夫人的情节很简单，说的是杜父杜一元老朋友常允恭之母老无所依，先欲投靠安庆守谭敬先，遭拒后只得找儿子故交杜一元试试，不巧的是一元已死了多日，无奈之下又改依一元子杜环。在杜环金陵家中，竟然受到了礼遇和厚待。杜妻侍候太夫人竭尽孝道，杜家上下皆顺其性作为，可谓谨言慎行、仁至义尽。此后，小儿子伯章虽与母亲见了面，但还是"绐以他事辞去，不复顾"。杜环却做到了善始善终，十多年中，持续"奉母弥谨"，直至"具棺椁殓殡之礼"。通篇小传就以这么一个故事折射出作者好友的兼爱之心。

作为史学家的宋濂，注意到了传主身处的时代背景，即"兵后岁饥"，而稳定社会、维持大明社稷的精神资源，很大程度上倚靠的是杜环这类人宽厚的爱心。特别在风云际会、大难降临的关头，更需要人的相互扶助。文末点评中借用翟公所云"一死一生，乃知交情"，正是宋濂呼唤人性和真情，以应对"事变势穷"。文章虽"小"，却体现了朝廷重臣的至情大爱。

宋濂此传，多次运用了对比手法，使传主的形象格外突出，还善于通过细节描写来丰富传主的特殊形象：当常母"坚欲出问他故人"时，"环令媵女从其行"，体现了杜环观察细致和助人至诚的一面，媵女从行，可以探知常母的踪迹，万一走失或寻人未果，还可带其回家，因为常母已无脸再进杜家了。在杜家张氏与伯章母子见面，"相持大哭"，是日恰为杜环生日，"环家人以为不祥，止之"，杜环对此不以为然，并不认为有何"不祥"，这一表态在杜环收留常母全过程中，仅属细枝末节，但也是杜环人情至上的自然流露。

方孝孺

作者简介

方孝孺(1357—1402),字希直,一字希古,号逊志,宁海(今属浙江宁波)人。明大臣、学者、散文家。世称"正学先生"。洪武二十五年(1392),除汉中教授。明惠帝即位,召为翰林院侍讲,迁侍讲学士,并任《太祖实录》、《类要》总裁。燕王朱棣发动"靖难之役",廷议讨之,诏檄均出方孝孺之手。燕王夺位后,欲使其起草诏书,不从,慨然就死。方孝孺"工文章,醇深雄迈。每一篇出,海内争相传诵"(《明史》本传)。著有《逊志斋集》。

深 虑 论 一

【题解】 本文选自方孝孺《逊志斋集》卷二,是《深虑论》十篇之一,写于洪武七年(1374)。深虑,深切的思虑。明代开国皇帝朱元璋登基后,面临着加强中央集权以巩固统治的严峻问题,方孝孺深为明王朝的长治久安感到忧虑,向执政当局提出了警策之言,写成了《深虑论》十篇。方友人林右称其"发言持论,一本于至理,合乎天道,自程朱以来未始见也"(《逊志斋集序》)。于此文或可见其一斑。

【原文】

虑天下者,常图其所难而忽其所易,备其所可畏而遗其所不疑。然而祸常发于所忽之中,而乱常起于不足疑之事。岂其虑之未周与?盖虑之所能及者,人事①之宜然②,而出于智力之所不及者,天道也。

当秦之世,而灭六诸侯,一天下,而其心以为周之亡在乎诸侯之强耳,变封建③而为郡县④。方以为兵革不可复用,天子之位可以世守,而不知汉帝⑤起陇亩之匹夫,而卒亡秦之社稷。汉惩⑥秦之孤立,于是大建庶孽⑦而为诸侯,以为同姓之亲,可以相继而无变,而七国⑧萌篡弑之谋。武、宣⑨以后,稍剖析⑩之而分其势,以为无事矣,而王莽⑪卒移汉祚⑫。光武⑬之惩哀、平⑭,魏之惩汉,晋之惩魏,各惩其所由亡而为之备。而其亡也，皆出于所备之外。唐太宗⑮闻武氏之杀其子孙，求人⑯于疑似之际而除之，而武氏日侍其左右而不悟⑰。宋太祖⑱见五代⑲方镇⑳之足以制其君，尽释其兵权㉑，使力弱而易制，而不知子孙卒困于夷狄㉒。

此其人皆有出人之智、负盖世之才，其于治乱存亡之几㉓，思之详而备之审㉔矣。虑切㉕于此而祸兴于彼，终至于乱亡者，何哉？盖智可以谋人而不可以谋天㉖。良医之子，多死于病；良巫之子，多死于鬼。岂工于活人而拙于活己之子哉？乃工于谋人而拙于谋天也！古之圣人，知天下后世之变，非智虑之所能周㉗，非法术之所能制，不敢肆其私谋诡计，而唯积至诚、用大德以结乎天心㉘，使天眷其德，若慈母之保赤子而不忍释。故其子孙，虽有至愚不肖者足以亡国，而天卒不忍遽亡之。此虑之远者也。

夫苟不能自结于天，而欲以区区之智笼络当世之务，而必后世之无危亡，此理之所必无者也，而岂天道哉！

【注释】　①人事：人世间的事。　②宜然：应当这样。　③封建：封土地，建诸侯。古代帝王依爵位高低将领土分封与宗室或功臣作为食邑的制度。④郡县：郡和县。郡县制指以郡统县的两级地方行政制度，由中央朝廷统一掌管，盛行于秦汉。郡县制是古代中央集权制在地方政权上的体现，形成于春秋战国时期。　⑤汉帝：指汉高祖刘邦（前256—前195）。　⑥惩：警戒，戒止。　⑦庶孽：指妃妾所生之子。　⑧七国：指汉景帝时吴、楚、赵、胶西、济南、淄川、胶东等七个诸侯国。此七国于中元五年（前145）同时发动叛乱，史称"七国之乱"。　⑨武、宣：指汉武帝刘彻（前156—前87）、汉宣帝刘询（前91—前49）。　⑩剖析：分解，分离。　⑪王莽（前45—28）：字巨君，魏郡元城（今河北大名）人。汉元帝皇后王政君之侄。汉成帝时历官黄门郎、射声校尉、骑都尉、光禄大夫侍中、大司马。汉平帝时封"安汉公"。后毒死平帝，立孺子婴为皇太子。初始元年（8），王莽接受孺子婴禅让后称帝，改国号为"新"，改长安为常安。　⑫汉祚：汉朝的皇位和国统。⑬光武：汉光武帝刘秀（前6—57），东汉王朝的建立者。　⑭哀、平：指汉哀帝刘欣（前25—前1）、汉平帝刘衎（前9—6）。　⑮唐太宗：李世民（598—649），唐高祖李渊之子，唐朝第二位皇帝，年号"贞观"。　⑯求人：设法得到其人。　⑰"武氏"句：武则天每天都唐太宗身边伺候着，唐太宗并没有察觉。　⑱宋太祖：赵匡胤（927—976），宋王朝开国皇帝，960年至976年在位。　⑲五代：指后梁、后唐、后晋、后汉、后周。　⑳方镇：亦称"藩镇"，是唐代中、后期设立的军镇。藩是"保卫"之意，镇是指军镇。方镇即指掌握兵权、镇守一方的军事长官。　㉑尽释其兵权：指宋太祖两次宴请掌有兵权的重臣，以高官厚禄为条件，解除其兵权，即所谓"杯酒释兵权"。　㉒夷狄：古称东方部族为夷，北方部族为狄。常泛称华夏族以外的各族。此指契丹族、女真族、蒙古族等。　㉓几：预兆、苗头。

㉔ 审:周密细致。　㉕ 切:贴近,切近。　㉖ 谋天:为天意谋划。　㉗ 周:遍及。　㉘ 结乎天心:连接天意。

【赏析】　方孝孺的《深虑论》是一组史论,探究的是一个王朝如何维持长治久安的问题。这是《深虑论》十篇中的第一篇,集中讨论了人事与天道的关系,提出"唯积至诚、用大德以结乎天心",才是安邦治国的要务,否则,一味逞其"私谋诡计",必将适得其反,是缺乏深虑的作为。

方孝孺此文的历史观,是建立在二元分立的认识论基础上的,即认为人事和天道各有其运行和发展的范式。在方孝孺看来,人事的有限性和天道的无限性,使得统治者对历史的认知无法达到百密而无一疏的境界。现实社会生活中,"祸常发于所忽之中,而乱常起于不足疑之事"。

方孝孺力举了秦汉以来的史实:秦始皇"变封建而为郡县",自以为"天子之位可以世守",却被"起陇亩之匹夫"刘邦给取代了。汉皇朝初期吸取秦亡教训,"大建庶孽而为诸侯",偏遇上了"七国萌篡弑之谋",武、宣后化解了诸侯王闹独立的态势,但还是让王莽移了"汉祚"。此后东汉及魏晋朝,也"皆出于所备之外"而亡。唐太宗听说武姓人将伤害李唐王室,连除掉疑似者的念头都有了,恰恰武则天就在身旁而未能察觉。宋太祖解除方镇兵权,未能免其"子孙卒困于夷狄"。这些事例关涉帝王,无不证明了凡事未必"预则立"。而民间亦有同类才智高者却结局不佳的实例:"良医之子,多死于病;良巫之子,多死于鬼。"再厉害的各界强人,也是拗不过天命的。方孝孺论事,从皇家到平民,从特殊到一般,透彻地阐明了智者可以"谋人"、而不可以"谋天"的道理。

方孝孺以"古之圣人"说开去,认为虽说智虑不能周,法术不能制,但可以做的是"唯积至诚,用大德以结乎天心,使天眷其德,若慈母之保赤子而不忍释",即以"至诚"、"大德"感化上苍,或可延缓灾难的发生。其意在警醒新王朝执政者,要以史为鉴,用至高至强的诚意和德性接近"天心",尽力使"天卒不忍遽亡之"。虑之深远者,唯此而已。

文章观点鲜明,深刻的理论阐述和充分的历史事实相结合,语言明快,神气内蕴,以毋庸置疑的正反论证,为执政者提供了一帖催人猛省的清凉剂。

答许廷慎书

【题解】　本文选自方孝孺《逊志斋集》卷十一,是一封写给朋友的信。许廷慎,名伯旅,黄岩(今属浙江)人。明洪武中,官刑科给事中。以诗名,时称许小杜。著有《介石稿》。方孝孺的这封信,高度赞扬了朋友许伯旅的文章才情,同时坦诚地指出了当下"斯文"不被看好的社会现实,对文士命运发出无奈的感叹。

【原文】

往在京师,士人从濠①上来者,多能诵足下歌诗,固已窥见胸中之一二。去年在临海②,遇林左民③、张廷璧二子④,问足下言行滋详。二子自负为奇才,至说足下,辄弛然自愧,以为莫及也。然后益信所窥之不妄。近在王修德⑤所,得所录文章数篇及手书,深欲读之,会仆家难作⑥,未果寓目,辄引去。重入京师,道途所行千馀里,恒往来于怀。及到此,获《岁寒事记》⑦于友人家,览数行而大惊喜,命意持论,卓卓不苟,非流俗人所敢望也。何足下取于天之厚至是耶?斯文世以为细事,然最似为天所靳惜⑧。其赋于人也,铢施两较⑨,不肯多与。得之稍多者,便若为所记臆⑩,时时迫蹙⑪督责⑫,不使有斯须⑬佚乐意。此理绝不可晓,岂其可重者果在此邪?不然,何独忌此而悦彼耶?如仆自揣,百无所有,以粗识数字,大为所困。当危忧兢悚⑭时,自誓欲以所能归诸造物,甘为庸人而不可得。足下幸安适无所苦,而骎骎⑮焉欲抉发⑯奇秘,以与造化争也。然其取忌亦太甚矣,得微亦蹈其所忌乎?仆虽为斯文喜,然窃以为非计之得也。虽然,君子顾于道如何耳,宁论利害哉?自古奇人伟士,不屈折于忧患,则不足以成其学。载籍⑰所该⑱,太半皆不得意者之辞也,然后世卒光明崇大,又安知忌之于一时者,非所以为无穷之幸,而悦于俄顷者,非甚弃之耶?此可为足下道。聊以发笑,且自解耳!

左民多称王微仲⑲之贤,恨无由见之。适见其弟晃仲,亦雅士,当是吾辈之秀,大不凡也。仆侍祖母故来此,其详有所难言。

【注释】 ① 濠:水名,在今安徽凤阳县境。 ② 临海:今属浙江台州。 ③ 林左民(1356—1409):名右,字公辅,以字行,临海(今属浙江台州)人。洪武中官中书舍人,进春坊大学士,辅导皇太孙,以事谪中都教授。与方孝孺、王叔英为友。方孝孺称其"为文章善驰骋,喜谈古今豪杰事以自况"(《赠林公辅序》)。著有《天台林公辅先生文集》。 ④ 张廷璧:名毂,以字行,号古学,临海(今属浙江台州)人。洪武中为太仓训导,改仙居。永乐初校帖翰林,应二十八宿之选。工草书,善诗文。方孝孺称"其人奇伟,不肯苟服人"(《与赵伯钦书》)。著有《古学集》。 ⑤ 王修德:名琦,宁海(今属浙江宁波)人。与兄敏

(字进德)师事从兄璞(字蕴德),讲习濂洛之学,"谨操行,有文章"(方孝孺《王进德传》)。　⑥ 家难作:指作者父亲方克勤被冤杀事。方克勤(1326—1376),字去矜,号愚庵,宁海(今属浙江宁波)人。洪武二年(1369)辟县训导,母老辞归。四年(1371)徵至京师,吏部试第二,特授济宁知府。视事三年,一郡饶足。后为属吏程贡所诬,谪役江浦,复以空印事连,逮死。《明史》入《循吏传》。　⑦ 《岁寒事记》:许伯旅作品。　⑧ 靳惜:吝惜,珍惜。　⑨ 铢䤵两较:指一铢一两都斤计较。铢,重量单位,二十四铢为一两。　⑩ 记臆:记于胸中。　⑪ 迫蹙:逼迫。　⑫ 督责:督促,责罚。　⑬ 斯须:片刻,一会儿。　⑭ 兢悚:恐惧。　⑮ 駸(qīn)駸:马跑得快的样子。喻做事很快。　⑯ 抉发:发掘。　⑰ 载籍:记载的书籍。　⑱ 该:包括。　⑲ 王微仲:名显,自号溪渔子,江宁(今属江苏)人。有雄才,往来江淮间,所交多大侠异人。曾买书数千卷读之,为文章奇伟伉健。方孝孺称其"坐都邑中而远利诡隐,使人莫测其浅深,此其志不苟且也明矣"(《溪渔子传》)。

【赏析】　方孝孺是一个"以明王道、致太平为己任"(《明史》本传)的政治家、文学家,由于反对燕王夺位,拒草成祖诏书,招来杀身之祸,还被株连十族。本文虽未与当时重大历史事件有直接联系,却通过方与友朋间的书信,让读者可以窥见方孝孺的个人命运和社会背景。

信从由远而近的几个时间点谈起,是为印证收信人许伯旅的诗文造诣果然名不虚传。"往在京师",已有所听闻;"去在临海",未谋面而"益信所窥之不妄";"近在王修德所",因家难生变,又"未果寓目"。几番周折,终不得见许之全貌,读信至此,还是无法确知许究为何人。这样时间线索上的起伏,加以"道途所行千馀里"的空间上的距离感,无疑给读者留下了很大的想象余地。谜底的揭穿,直到作者获见许伯旅所作《岁寒事记》之时,才深感遇到了一位道德文章名实相副的才俊:"命意持论,卓卓不苟,非流俗人所敢望也。"

然而,作者并未止于对许伯旅这一特殊人物的赏识,更将此人此书引入一般的理性思考和历史探索。自古正直的文人命运多舛,对富于知识和教养之人而言,往往会在人生路上妄遭不测。面对以"小杜"名于世的许伯旅,信中呼之欲出的就是杜甫所说的"文章憎命达,魑魅喜人过"(《天末怀李白》)。

这封信情到理到,着眼当下,希冀日后,明白透彻地揭示了明初的政治文化生态。抽丝剥茧,反诘有力,以无可辩驳的语言逻辑证实"斯文"价值失衡的可怕现实。在政治强权面前,方孝孺此书,只是自慰自嘲的一个发泄通道,日后方自己的悲惨结局,无疑又应验了才士数奇、"文章憎命达"的严酷世运。

王　鏊

作者简介

王鏊(1450—1524),字济之,号守溪,晚号拙叟,学者称震泽先生,吴县(今江苏苏州)人。明大臣、文学家。成化十一年(1475)进士,授编修。历官侍讲学士、讲官、吏部右侍郎、户部尚书、文渊阁大学士。为人正直,曾参与上疏请诛刘瑾等"八党"。居官清廉,人称"天下穷阁老"。文章尔雅,议论精辟。著有《姑苏志》、《震泽集》、《震泽长语》。

亲　政　篇

【题解】

本文选自《震泽集》卷二十。"亲政"指皇帝亲自执政。作者王鏊身为股肱之臣,曾期盼与皇帝维持、发展互动关系,以保证大明江山的长治久安。无奈正直的朝臣屡谏不果,王鏊本人也于武宗正德四年(1509)辞官东归。嘉靖元年(1522),借答谢世宗存问之恩,已不在其位的作者,呈上了这篇奏疏。文章深切地表达了祈求上下交通、再现唐虞之时的拳拳之意。理正气充,感人肺腑。

【原文】

《易》①之《泰》曰②:"上下交而其志同③。"其《否》④曰:"上下不交而天下无邦⑤。"盖上之情达于下,下之情达于上,上下一体,所以为"泰"。上之情壅阏⑥而不得下达,下之情壅阏而不得上闻,上下间隔,虽有国如无国矣,故以为"否"也。交则泰,不交则否,自古皆然。而不交之弊,未有如近世之甚者。君臣相见,止于视朝数刻;上下之间,章奏批答相关接,刑名法度相维持而已。非独沿袭故事,亦其地势使然。何也?国家常朝于奉天门⑦,未尝一日废,可谓勤矣。然堂陛悬绝⑧,威仪赫奕⑨,御史纠仪⑩,鸿胪⑪举不如法⑫,通政司⑬引奏,上特是之,谢恩见辞,惴惴而退。上何尝治一事,下何尝进一言哉! 此无他,地势悬绝,所谓堂上远于万里,虽欲言无由言也。

愚以为欲上下之交，莫若复古内朝之法。盖周之时有三朝：库门⑭之外为外朝，询大事在焉；路门⑮之外为治朝，日视朝在焉；路门之内曰内朝，亦曰燕朝。《玉藻》⑯云："君日出而视朝，退适路寝听政⑰。"盖视朝而见群臣，所以正上下之分；听政而适路寝，所以通远近之情。汉制：大司马⑱，左右前后将军⑲，侍中⑳、散骑常侍㉑、散骑诸吏，为中朝；丞相以下至六百石㉒为外朝。唐皇城之北，南三门曰承天、元正、冬至，受万国之朝贡则御焉，盖古之外朝也；其北曰太极门，其内曰太极殿，朔望㉓则坐而视朝，盖古之正朝也；又北曰两仪门，其内曰两仪殿，常日听朝而视事，盖古之内朝也。宋时，常朝则文德殿，五日一起居㉔则垂拱殿，正旦、冬至、圣节㉕称贺则大庆殿，赐宴则紫宸殿，或集英殿，试进士则崇政殿。侍从以下，五日一员上殿，谓之轮对㉖，则必时政利害。内殿引见，亦或赐坐，或免穿靴。盖亦三朝之遗意焉。盖天有三垣㉗，天子象之：正朝，象太极也；外朝，象天市也；内朝，象紫微也。自古然矣。

　　国朝圣节、正旦、冬至大朝会，则奉天殿，即古之正朝也；常朝则奉天门，即古之外朝也；而内朝独缺。然非缺也，华盖、谨身、武英等殿，岂非内朝之遗制乎？洪武中，如宋濂㉘、刘基㉙；永乐以来，如杨士奇㉚、杨荣等㉛，日侍左右；大臣蹇义㉜、夏原吉等㉝，常奏对便殿。于斯时也，岂有壅隔之患哉？今内朝罕复临御，常朝之后，人臣无复进见；三殿高閟㉞，鲜或窥焉，故上下之情，壅而不通，天下之弊，由是而积。孝宗㉟晚年，深有慨于斯，屡召大臣于便殿，讲论天下事。将大有为，而民之无禄㊱，不及睹至治之美。天下至今以为恨矣。

　　惟陛下远法圣祖，近法孝宗，尽划近世壅隔之弊。常朝之外，即文华、武英二殿，仿古内朝之意：大臣三日或五日，一次起居；侍从、台谏各一员，上殿轮对；诸司有事咨决，上据所见决之，有难决者，与大臣面议之。不时引见群臣，凡谢恩辞见之类，皆得上殿陈奏。虚心而问之，和颜色而道之。如此，人人得以自尽㊲。陛下虽深居九重，而天下之事，灿然毕陈于前。外朝所以正上下之分，内朝所以通远近之情。如此，岂徒近时壅隔之弊哉？唐虞㊳之时，明目达聪，嘉言罔伏㊴，野无遗贤，亦不过是而已！

【注释】　①《易》:古代占卜用书,有《连山》、《归藏》、《周易》三种,合称"三《易》"。今仅存《周易》,即《易经》,为儒家经典之一。　②《泰》:卦名,《易经》六十四卦之第十一卦。《泰》卦是由象征"天"的"乾"和象征"地"的"坤"叠加而成,坤在上,乾在下。古人认为天气上升,地气下降,两气从而相交。阴阳交通和畅,象征君王、臣民的上下交融。　③ 上下交而其志同:指君臣相交,志趣相同。　④《否》:卦名,《易经》六十四卦之第十二卦。《否》卦与《泰》卦相反,是乾在上,坤在下。古人认为象征君王的"天"在上,象征臣民的"地"在下,两者气不能相交,象征君王、臣民的闭塞不通。　⑤ 上下不交而天下无邦:指君臣上下不相交通,天下动乱,邦国危亡。　⑥ 壅阏(è):阻塞,遏止。　⑦ 奉天门:即太和门,北京紫禁城外朝宫殿的正门,始建于明永乐年间,初称奉天门,门内为太和殿。奉天门是皇帝接见大臣议事的地方,即"御门听政"之所。　⑧ 堂陛悬绝:在朝廷上,君臣地位相差悬殊。　⑨ 赫奕:显赫,美盛。　⑩ 御史纠仪:御史官上朝时监督纠举臣子不合礼仪的动作。洪武年间即有巡按御史之设,至永乐元年(1403),遣御史分巡天下,遂为定制。　⑪ 鸿胪:鸿胪寺官员,负责朝会、祭祀等礼仪事务。　⑫ 举不如法:提出不合正理、违背法度之处。　⑬ 通政司:官署名,明代始设"通政使司",简称"通政司",收受、检查内外奏章和申诉文书的中央机构。其长官为通政使。　⑭ 库门:古传天子宫室有五门,库门是其最外之门。　⑮ 路门:古代宫室最里层的正门。　⑯《玉藻》:《礼记》第十三篇篇名,从服饰、玉佩、冠饰、车马饰、笏的装饰等方面展示周代贵族的生活方式和审美观念。　⑰ "君日出而视朝"二句:《礼记·玉藻》:"君日出而视之,退适路寝听政。"言国君于日出时视朝,退朝后到路寝听政。路寝,春秋时代指天子、诸侯所居宫殿的正殿,是君王处理政事的处所,也叫"燕寝"。　⑱ 大司马:古代对中央政府中专司武职的最高长官的称呼。　⑲ 左右前后将军:指四个级别的武将。　⑳ 侍中:侍从皇帝出入宫廷,拾遗补阙,兴建制度,权力颇大。　㉑ 散骑常侍:皇帝侍从,在皇帝左右规谏过失,以备顾问。　㉒ 六百石:汉制官员的俸禄。汉代二千石以上为高级官员。六百石指一般官员。　㉓ 朔望:农历每月初一和十五。　㉔ 起居:指每五日群臣随宰相入见皇帝。　㉕ 圣节:指皇帝生日。　㉖ 轮对:宋太祖时,初定百官轮对制。每五日内殿起居,轮一员上殿,指陈时政得失,自侍从以下,称轮当面对;如为台谏官,则称有本职公事;若三衙大帅,则称执杖子奏事。通称"轮对"。　㉗ 三垣:古代天文术语,即太微垣、紫微垣、天市垣的合称。中国古代天文学家将天体的恒星分为三垣、二十八宿及其他星座。下句中"太极"当为"太微"。　㉘ 宋濂:见本书《杜环小传》"作者简介"。　㉙ 刘基(1311—1375):字伯温,浙江青田(今文成县)人。元末明初军事家、政治家、文学家。明太祖开国功臣。与宋濂、高启并称"明初诗文三大家"。明洪武三年(1370)封诚意伯,谥号文成。以神机妙算、运筹帷幄著称于世,辅佐朱元璋完成帝业,后人比作诸葛武侯。著有《诚意伯文集》、《郁离子》。　㉚ 杨士奇(1366—1444):名寓,字士奇,以字行,号东里,江西泰和人。明大臣、学者。官至礼部侍郎兼华盖殿大学士,兼兵部尚书。先后任《明太宗实录》、《明仁宗实录》、《明宣宗实录》总裁。著有《东里全集》。　㉛ 杨荣(1371—1440):原名子荣,字勉仁,建安(今福建建瓯)人。明大臣、学者。建文二年(1400)进士,历官翰林院编修、文渊阁大学士、工部尚书、太子少师。著有《后北征记》、《杨文敏集》等。　㉜ 蹇义(1364—1435):字宜之,巴县(今重庆)人。明大臣。洪武十八年(1385)进士,历官中书舍人、吏部右侍郎、吏部尚书、太子少保、太子少师。明宣宗即位后,命"内参馆阁,外预军机",朝夕侍于左右以备顾问。 ㉝ 夏原吉(1366—1430):字维哲。祖籍江西德兴,居于湖广湘阴(今属湖南)。元末明初政治人物。以乡荐入太学,选入禁中书制诰,为明太祖朱元璋所重。历官户部侍郎、户部尚书、太子少保。《明史》以"股肱之任"、"蔚为宗臣"称之。著有《万乘肇基集》、《东归稿》、《夏忠靖公集》等。 ㉞ 闷(bì):掩蔽,幽深。 ㉟ 孝宗:朱祐樘(1740—1505),明宪宗朱见深第三子。年号弘治,在位共十八年。《明史》称其"恭俭有制,勤政爱民"。 ㊱ 无禄:同"不禄",无福,不幸。 ㊲ 自尽:将自己意见全部说出。 ㊳ 唐虞:唐尧、虞舜。 ㊴ 嘉言罔伏:美好的言语不被埋没。《尚书·大禹谟》:"若允兹,嘉言罔攸伏,野无遗贤,万邦贤宁。"

【赏析】 王鏊上此奏疏恰逢世宗初政,遣使存问这一时机,且刘瑾一党已诛,因而对皇明的复兴充满期待。本篇的基本特点就在于援引儒家经典,对比古今朝事,以求皇帝汲取教训,重整纲纪。此奏一开头便引用了《易经》中《泰》卦和《否》卦"上下交而其志同"、"上下不交而天下无邦",一正一反,先声夺人。文末又以《尚书·大禹谟》中的"嘉言罔攸伏,野无遗贤"做结,指明唯有上下相通,"明目达聪",才有可能再现"唐虞之时"。作者反复运用经典说辞,使自己站在政治道德伦理的制高点,加强了奏疏的理论依据和说服力量。

作者以"交则泰,不交则否,自古皆然"为导语,展示出一个个利于上下之交视朝和听政模式。在王鏊看来,"内朝"是一"通远近之情"的场所,其实际内含大于形式表象,即使没有"内朝",国初尚有宋濂、刘基、杨士奇、杨荣、蹇义、夏元吉等名臣,与皇上保持着良好的沟通关系。即便是孝宗到了晚年,也认识到上下相隔之弊,"屡召大臣于便殿,讲论天下事"。反观当下,即正德朝又是怎样一幅场景呢?"不交之弊,未有如近世之甚者。君臣相见,止于视朝数刻;上下之间,章奏批答相关接,刑名法度相维持而已。""今内朝罕复临御,常朝之后,人臣无复进见;三殿高闷,鲜或窥焉,故上下之情,壅而不通,天下之弊,由是而积。"奏疏以强烈而鲜明的对照,揭示了君臣"通"与"壅"的利弊关系,和盘托出了故臣希冀新帝"远法圣祖,近法孝宗,尽划近世壅隔之弊"的恳望。

《古文观止》编者认为此文"稽核朝典,融贯古今,而于兴复内朝之制,深致意焉"。难怪嘉靖皇帝读了此疏,也不得不感慨道:"卿辅佐先朝,志切匡救,朕在藩邸,已知卿名。新政之初,方将起用,特遣使存问。览奏具悉忠爱至意,宜善自颐养,以副眷怀。"(《明世宗实录》卷二十)

都 穆

作者简介　都穆(1459—1525),字玄敬,一作元敬,吴县(今江苏苏州)人。明大臣、金石学家、藏书家。弘治十二年(1499)进士,历官工部主事、礼部郎中、太仆寺少卿。少与唐寅称莫逆,传唐寅科举案实由都穆发其事。生平泛览群书,清修博学,纂述旧闻,多裨考证。著有《西使记》、《金薤琳琅录》、《南濠诗话》等。

砥　柱

【题解】　本文选自都穆《游名山记》卷一(陈继儒辑《宝颜堂秘笈》本)。都穆正德七年(1512)任礼部主客司郎中,次年四月奉命西使,至七月方回。归途中十月至陕,游砥柱。出使及回归间"便道蹑终南巅,寻过首阳,登华、嵩两山。抵少林,濯温泉,转入王屋以及三山砥柱、龙门、伊阙,囊括其胜,泄之歌诗,徜徉而返"(吴缵宗《太仆寺少卿都穆墓志铭》),写出了一组系列游记,即《游名山记》。王鏊称其为"善游而能言者"(《〈游名山记〉引》)。本文对砥柱的地理位置、形貌特征及相关的典籍记载,做了如实的考察和辨正。

【原文】

砥柱①在陕州东五十里,黄河之中。以其形似柱,故名。《禹贡》②谓"导河"、"东至于砥柱",即此。癸酉五月③,道陕,会金宪④段君文济饮间言及,跃然欲与之游,以使事不果。十月,予回至陕,则段君已先我游,遂决意而往。

乙卯⑤,知州事颜君如环命州学生熊釜、张崇勉从予,离州二十里午食,又二十里循河行,十里至三门集津⑥。三门者,中曰神门,南曰鬼门,北门人门。其始特一巨石,而平如砥,想昔河水泛滥,禹遂凿之为三。水行其间,声激如雷。而鬼门尤为险恶,舟筏一入,鲜有得脱,名之曰鬼,宜矣。三门之广,约二十丈。其东百五十步,即砥柱,崇约三丈,周数丈。相传上有唐太宗碑铭,今不存。

蔡氏《书传》⑦以三门为砥柱，《州志》亦谓砥柱即三门山：皆未尝亲临其地，故谬误若此。又按《隋书》载大业七年⑧，砥柱山崩壅河，逆流数十里。砥柱，今屹然中流，上无土木，而河之广仅如三门，奚有崩摧而壅河逆流至数十里之远？盖距河两岸皆山，意者当时或崩，人遂以为砥柱，而史氏⑨书之也。孟子曰："尽信《书》，不如无《书》⑩。"有以哉！

【注释】　①砥柱：一名底柱，在今河南省陕县北，山西省平陆县东南。特立黄河中，其形如柱，即所谓"中流砥柱"。　②《禹贡》：《尚书》中的一篇，内有记载称："导河积石，至于龙门。南至于华阴，东至于底柱。"　③癸酉五月：明正德八年（1513）五月。　④金宪：金都御史的美称。金都御史，明代都察院官员，地位次于左右副都御史。　⑤乙卯：明正德八年（1513）十月二十一日。　⑥三门集津：《水经注·河水四》云："砥柱，山名也，昔禹治洪水，山陵当水者凿之，故破山以通河，河水分流，包山而过，山见水中若柱然，故曰砥柱也。三穿既决，水流疏分，指状表目，亦谓之三门矣。"王翰《游三门记》："三门集津在平陆县治东六十里，道由东西延至黄堆，循河东下再行十里至其处。河南山脊峻下，其尾属于北山。凿山作三门以通河流，南者为鬼门，中为神门，次北为人门……鬼门迫窄，水势极峻急。人门水稍平缓，直东可十五步，中流有小山，乃其底柱也……神门最修广，水安妥，盖隋唐漕运之道。"（见程敏政《皇明文衡》卷三十一）按：王翰《游三门记》作于明洪武十七年（1384），记中所云三门排列次序与本记不同；另砥柱方位、距离也与本记有异。　⑦蔡氏《书传》：指宋蔡沈《书经集传》。《尚书·禹贡》："底柱、析城，至于王屋。"蔡沈注曰："底柱石，在大河中流，其形如柱，今陕州陕县三门山是也。"　⑧大业七年：隋炀帝大业七年（611）。　⑨史氏：指《隋书》作者。　⑩"尽信《书》"二句：《孟子·尽心下》："尽信《书》，则不如无《书》。"谓完全相信《尚书》，还不如没有《尚书》。

【赏析】　中国古代的地理著作在四部中归入史部，都穆的《砥柱》在《游名山记》题下，可视为游记，但重心却在考辨"砥柱"，还是有其史学价值的。

　　文章开门见山，直截了当地指出砥柱之所在，位于"陕州东五十里，黄河之中"，其外形则"似柱"。这一名胜之地，曾为儒家经典《尚书》所记载，更为黄河中的砥柱增添了神圣的光环。眼前的三门，南、中、北依次为鬼门、神门、人门，这三门"其始特一巨石，而平如砥"。大禹治河，将巨石凿出三门，搞成了这般模样。水势湍急，以鬼门为甚。不过作者属意似乎并不在观赏景色，独独要找出那砥柱的所在。

　　经过这一番实地考察，作者信心满满地认定宋代蔡沈《书经集传》、《陕州志》以及《隋书》所言有误，其焦点就是砥柱决非三门或三门山。作者的理由是砥柱"形似柱",乃黄河中流的一块三丈高、数丈周长的巨石,不能等同于三门,那三门宽度"二十丈",又"平如砥";也不是三门山,或因能称为"山"者,必大于"石";更不可能一柱"崩摧而壅河逆流至数十里之远"。都穆的断语,自然有其道理,特别重要的是将砥柱具象化了,可计量化了,这是作者拿来作比较的几种典籍没有做到的。但据此论定他书便是"谬误",是在胡乱指称,也未必正确。就以蔡沈《集传》为例,蔡以为"底柱石,在大河中流,其形如柱,今陕州陕县三门山是也"。蔡说前半部分完全正确,后半部分不够准确之处在于笼而统之、大而化之,大略给出了一个地理方位而已。这类峡谷地貌,山石错落,本记与蔡说等不同者,仅在粗细,而非正误。都穆老乡王鏊在《〈游名山记〉引》中说:"三门砥柱,龙门伊阙,皆极天下壮观。"在王鏊看来,这三门之于砥柱、龙门之于伊阙,或许本来就是二而一或一而二的名胜罢了。不知都穆有否读过明初王翰的《游三门记》,王《记》所说的三门稍异于本记,而且另有言之凿凿的砥柱方位:"人门水稍平缓,直东可十五步,中流有小山,乃其底柱也。"都穆说砥柱在三门"其东百五十步",王翰则云砥柱离三门之一的人门"直东可十五步",距离整整相差了十倍!王翰《游三门记》离都穆《游名山记》的写作年代才隔了一百三十年,对砥柱的指认已有如此的差别,又怎么能牵拘于春秋时《尚书》、宋代蔡沈的记载呢?我们将本记作为文学作品来读,更当宜粗不宜细了。当然,都穆务实求细的科学态度还是值得赞赏的。

崔　铣

作者简介　崔铣(1478—1541),字子钟,又字仲凫,初号后渠,改号少石,安阳(今属河南)人。明学者、大臣。弘治十八年(1505)进士,选庶吉士,授编修。与修《孝宗实录》。历官南京吏部主事、南京国子祭酒、少詹事兼侍读学士、南京礼部右侍郎。卒谥文敏。崔铣宏才博学,好古能文。著有《崔氏洹词》、《洹词记事抄、续抄》及《彰德府志》、《后渠庸言》、《政议》、《文苑春秋》等书。

记王忠肃公翱三事

【题解】　本文选自《洹词记事抄》(齐鲁书社影印《四库存目丛书》本),明李鹗翀摘录崔铣《洹词》论宋事及明初事迹者六十一则为此书,其不涉记事者皆不录。《续抄》三十六则,皆前所挂漏者。王翱(1384—1467),字九皋,盐山(今属河北)人。明大臣。永乐十三年(1416)进士,历任御史、右都御史、提督辽东军务、总督两广军务、吏部尚书等职。王翱一生历仕七朝,辅佐六帝,刚明廉直,卒谥忠肃。《明史》有传。本文非王翱传记,仅记其生平三事,以显现王氏之为人品格。

【原文】
　　公为吏部尚书①,忠清②,为英皇③所任信。仲孙④以荫入监⑤,将应秋试,以有司印卷⑥白公。公曰:"汝才可登第,吾岂忍蔽之哉!如汝误中选,则妨一寒士矣。且汝有阶得仕⑦,何必强所不能,以幸冀非分邪?"列⑧卷火之。

　　公一女,嫁为畿辅⑨某官某妻⑩。公夫人甚爱女,每迎女,婿固不遣,恚⑪而语女曰:"而翁⑫长⑬铨⑭,迁我京职,则汝朝夕侍母,且迁我如振落叶⑮耳,而固吝者何?"女寄言于母。夫人一夕置酒,跪白公。公大怒,取案上器击伤夫人。出,驾而宿于朝房⑯,旬乃还第。婿竟不调。

公为都御史⑰,与太监某守辽东。某亦守法,与公甚相得也。后公改两广,太监泣别,赠大珠四枚。公固辞。太监泣曰:"是非贿得之。昔先皇颁僧保⑱所货⑲西洋珠于侍臣,某得八焉。今以半别公⑳,公固知某不贪也。"公受珠,内㉑所著披袄中,纫之。后还朝,求太监后,得二从子㉒。公劳之曰:"若翁廉,若辈得无苦贫乎?"皆曰:"然。"公曰:"如有营,予佐尔贾㉓。"二子心计,公无从办,特示故人意尔,皆阳应㉔曰:"诺。"公屡促之,必如约。乃伪为屋券,列贾五百金,告公。公拆袄,出珠授之,封识宛然。

【注释】 ① 吏部尚书:吏部的最高长官,掌管全国官吏的任免、考课、升降、调动、封勋等事务。 ② 忠清:忠直清廉。 ③ 英皇:指明英宗朱祁镇。 ④ 仲孙:第二个孙子。 ⑤ 以荫入监:凭借父祖的官位,不以考选而直接取得入国子监的资格,即荫生,亦称荫监。 ⑥ 印卷:旧时盖有官印的书纸凭证。当指其仲孙凭此请求王翱认同其入试资格。 ⑦ 有阶得仕:有阶梯可以成为官员,指监生出国子监之后,有任官的资格。 ⑧ 列:同"裂",撕裂。 ⑨ 畿辅:指京城地区。 ⑩ 某妻:贾杰妻。据《明史·王翱传》:"婿贾杰官近畿。" ⑪ 恚(huì):怒,恨。 ⑫ 而翁:你的父亲。而,同"尔"。 ⑬ 长(zhǎng):做长官,为首领。 ⑭ 铨:铨选,衡量选拔官员。 ⑮ 振落叶:振动树枝使落叶,喻办事轻而易举。 ⑯ 朝房:古时官员上朝前休息之所,常在此地通报求见,等候上朝。 ⑰ 都御史:都察院即专门行使监督职权的机构的长官。 ⑱ 僧保:未详。或谓即三保(三宝)太监郑和。 ⑲ 货:买进,卖出。 ⑳ 以半别公:用其中一半作为赠你的告别礼物。 ㉑ 内:同"纳"。 ㉒ 从子:兄或弟的儿子,即侄子。 ㉓ 贾:同"价",价钱。 ㉔ 阳应:佯应,装作答应。阳,古同"佯"。

【赏析】 本文所记三桩小事,尽显王翱为官决不徇私枉法的正直品格。第一个故事为"不许仲孙印卷入试",此王忠肃不以私心害大义也。第二个故事为"长铨不调婿官",此王忠肃不以私情妨公务也。还有一个故事叫作"求太监后还其所赠珠",此王忠肃不以私利坏法度也。

这三件事约略见于《明史·王翱传》,但只是作为正文的补充材料提及的。崔铣独独拈出三事,以小见大寓褒贬于其中,一个秉公守法、谨小慎微几近于迂的王忠肃公已经跃然纸上。

徐祯卿

作者简介

徐祯卿(1479—1511),字昌毂,一字昌国,常熟(今江苏常熟)人,后迁居吴县(今江苏苏州)。明文学家。与同郡祝允明、唐寅、文征明并称"吴中四才子",又为"前七子"之一。弘治十八年(1505)进士,授大理左寺副。坐失囚,贬国子监博士。于学无所不通,善诗,亦擅长书法、绘画。著有《迪功集》、《迪功外集》、《谈艺录》、《翦胜野闻》、《异林》等。

宋濂获罪

【题解】 本文选自徐祯卿《翦胜野闻》(见沈节甫辑《记录汇编》卷一百三十,《元明善本丛书》本),标题为另加。宋濂(1310—1381),见宋濂《杜环小传》"作者简介"。本文描述宋濂辞官后与明太祖的恩怨遇合等情状,有助于观察朱太祖对待臣僚和家人的政治手段和冷酷态度。

【原文】

洪武十年①,宋学士濂乞骸骨归②,帝亲饯之,敕③其孙慎④辅行。濂顿首辞,且要⑤曰:"臣性命未毕蓬⑥,上请⑦岁觐陛阶⑧。"既归,每就帝庆节⑨称贺如约,帝惟旧恩⑩,恋恋多深情。

十三年失朝⑪,帝召其子中书舍人璲⑫、孙殿廷礼仪司⑬序班⑭慎问之,对曰:"不幸有旦暮之忧⑮,惟⑯陛下哀矜⑰,裁⑱其罪谴⑲!"帝微⑳使人廉㉑之,则无恙。大怒,下璲、慎狱,诏御史就诛濂,没其家。

先是,濂尝授太子㉒及诸王经,太子于是泣且谏曰:"臣愚戆,无他师,幸陛下哀矜,裁其死。"帝怒曰:"俟汝为天子而宥之!"太子惶惧,不知所出㉓,遂赴溺,左右救得免。帝且喜且骂曰:"痴儿子,我杀人,何预汝耶?"因遍录救溺者,凡衣履入水者擢三级,解衣舄者皆斩之㉔,曰:"太子溺,俟汝解衣而救之乎?"乃赦濂死,而更令入谒,然怒卒未解也。会与太后㉕食,后具斋素,帝问之故,对曰:"妾闻宋先生坐罪,薄㉖为作福祐之。"帝艴然㉗投箸而起。濂至,帝令无相见,谪居茂州㉘,而竟杀璲、慎。

【注释】 ① 洪武十年:明太祖十年(1377)。洪武,明太祖朱元璋年号。 ② 乞骸(hái)骨归:请求归老故里。骸骨,尸骨。 ③ 敕(chì):皇帝下命令。 ④ 慎:宋濂长孙宋慎(1342—1382),即宋濂长子宋瓒之子。 ⑤ 要(yāo):约定。 ⑥ 未毕蓬:还没结束于草野。蓬,野生杂草。 ⑦ 上请:对上级有所请求。 ⑧ 岁觐(jǐn)陛阶:每年来宫内朝见皇帝一次。按:宋濂此言,为的是表明不改忠忱,避免皇帝起疑猜忌。 ⑨ 帝庆节:皇帝的生日。 ⑩ 惟:专心,专情。 ⑪ 失朝:指宋濂未如约进京陛见。 ⑫ 璲(suì):宋璲(1344—1380),字仲珩,宋濂仲子。明书法家。官中书舍人。 ⑬ 殿廷礼仪司:明官署,朱元璋吴元年(1367)设侍仪司,掌奉朝仪。洪武四年(1371),改为殿廷礼仪司。 ⑭ 序班,殿廷礼仪司基层官员,通常负责朝会和宴飨等礼节相关诸事。 ⑮ 旦暮之忧:短暂突发的病情。 ⑯ 惟:用于句首,表示希望,祈求。 ⑰ 哀矜:哀怜,怜悯。 ⑱ 裁:免去。 ⑲ 罪谴:犯罪而受谴。 ⑳ 微:暗中。 ㉑ 廉:访查。 ㉒ 太子:朱标,朱元璋嫡长子,太祖高皇后马氏为其母。朱元璋选定宋濂为朱标师。朱标天性仁慈,为人友爱。 ㉓ 不知所出:不知可拿出什么办法(救宋濂)。 ㉔ 舄(xì):重木底鞋,多为帝王大臣所穿。 ㉕ 太后:当指马皇后。朱元璋早年参加郭子兴领导的红巾军,反抗蒙元政权。郭子兴将养女马秀英(马大脚)嫁给朱元璋。朱元璋自幼丧父母,故明太祖只有皇后,并无太后。 ㉖ 薄:轻微,稍稍。 ㉗ 艴(fú)然:生气时脸色难看的样子。 ㉘ 茂州:州名,治所在汶山(今茂汶)。辖境相当今四川北川、汶川及茂汶羌族自治县等地。

【赏析】 宋濂是明代开国文臣,又曾为太子傅,受皇上的优渥眷顾,在有明一代也属少见。但洪武十三年的"失朝",竟惹恼了明太祖,猜忌宋濂有不忠的嫌疑。由于《翦胜野闻》并不是正史,所以宋濂的被治罪,说成了宋家和太祖君臣间单线条的恩怨记载,而出离了朱元璋时代复杂的政治大背景。

《明史》记及宋濂被放的结局与本文记载的因果是倒置的:"十三年,长孙慎坐胡惟庸党,帝欲置濂死。皇后太子力救,乃安置茂州。"(《明史》宋濂本传)《明太祖实录》则记道:"十三年,璲以事得罪,濂当连坐。有司请罪之,上以濂旧臣,特命居于茂州。"(卷一百十一)谷应泰《明史纪事本末》所记将事发时间精确定为"十二月",并突出了皇后的谏言。(见卷十三)三部史书记录史实虽有具体情节上的差别,但都指出宋濂是受到了其侄与孙的牵连才遭罪的,还得到了朱家人的宽宥。而本文作者似乎故意"选取"了朱元璋因宋濂违诺而治其罪的传闻,强调了太祖的猜忌多疑的小心眼,凸显了其只求臣服、刻薄寡情的个性特点。

文章后半部分的太子哭谏和皇后食素,更映衬了朱元璋严酷专断的本性。在颇具戏剧性的描述中,显现了太子朱标的仁慈懦弱。太子在泣诉哀告无果后,竟选择了赴水自溺的极端举止。对此,本文用"怒"和"且喜且骂"来摹状明太祖,朱怒的是其子胆敢拂逆上意;喜的是儿子对经师尚且如此敬重,更不用说待其父王了;要骂的是,过于专情,或会误了国家大事。朱元璋用语的刻毒实在无以复加:"俟汝为天子而宥之",言下之意,今天我对你老师要杀要剐,还轮不到你说话,除非是我死了你才有这资格;"我杀人,何预汝耶?"赤裸裸的"杀"声随口而出,还不许即使是亲儿子、太子来劝谏;"太子溺,俟汝解衣而救之乎?"对明明刚才还在训斥的太子,只因是朱家人就不能有些许闪失,而救人者哪怕脱了衣服鞋子下水都要斩杀,直把他人之命视同蝼蚁,无耻的是还大言不惭地说出口。这位高皇帝对曾患难与共的马皇后也是恶形相向,听了皇后的谏言,竟"艴然投箸而起"。本文所记,明显不同于《明史纪事本末》"上意解"的说法。(卷十三)可见这短记在宋濂"失朝"后,凡涉及明太祖的用语,都给人以一个绝情的、冷色调的君主印象。

　　这篇笔记文,以其独特的视角和选材,将宋学士和朱皇帝之间的关系,演绎成一段简约的君臣恩仇记,刻写精妙传神、入木三分,可作为明初期正史的辅佐读物。

何景明

作者简介

何景明(1483—1521),字仲默,号大复山人,信阳(今属河南)人。明文学家。"前七子"之一,与李梦阳并称李、何。弘治十五年(1502)进士,历官中书舍人、吏部员外郎、陕西提学副使。为人尚节义,鄙荣利。李梦阳下狱,曾上书力救之。与李梦阳倡导文学复古,主张诗学盛唐、文宗秦汉。然名成之后,"梦阳主摹仿,景明则主创造,各树坚垒不相下"(《明史》本传)。著有《大复集》。

上冢宰许公书

【题解】 本文选自《何大复先生集》卷三十二。冢宰:亦称"太宰"。《周礼》以冢宰为六官之首,总理全国政务。后宰相或吏部尚书也称冢宰。许进时为吏部尚书,故称冢宰。许公:许进(1437—1510),字季升,号东崖,灵宝(今属河南)人。成化二年(1466)进士,历官右佥都御史、陕西按察使、兵部尚书、吏部尚书。刘瑾弄权,亦多委蛇徇其意,后终为刘瑾所恶,坐事削籍。何景明因"逆瑾挠吏部权,则移书许太宰,引正大义"(乔宁《何先生传》)。此书即为一篇"引正大义"之文。面临权阉当权,何景明"抗颜尊显,语涉时忌"(同上),为人刚正不阿,对上司据理力争,而为文也声气昂然,有秦汉之风。

【原文】

中书舍人①何某顿首上书冢宰许公下执事②:某诚至愚,窃见明公③自入吏部,所推进者皆崇饰名节、砥砺廉耻之士,清议④攸⑤与⑥,群望景附⑦,乡鄙末进,实亦私抃⑧。乃者⑨主上幼冲⑩,权阉⑪在内⑫,天纪错易,举动大缪。究人事,考变异,未有甚于此时者也。然而上下之臣,未见有秉德明恤⑬、仗义伏节⑭者。某虽寡昧,谅明公之所必忧也。

夫国有人曰实,无曰虚,以今日观之,虽谓之虚可也。其所以系大小之望,致虚实之原,实惟明公之责,是明公虽欲无忧,不可得已。顷者闻权阉多干明公之正⑮者,议者难之。或谓宜少自贬⑯以为容⑰。夫自贬以为容者,患失者之所为也。孰谓明公表师百僚,坚立万仞者而为此乎! 某于明公,素未伏谒⑱,然慕义甚深,区区之怀,不敢不露。窃为明公划二策,惟明公之自择焉:一曰守正不阿,不容于权阉而去者,上策也;二曰自贬以求容于权阉,而不容于天下后世者,下策也。夫今之计,止是二者。二者俱为不容,然守正不容,可以激颓靡于当时,流声烈⑲于后世,损少而益者多;自贬不容,则颓靡益恣,声烈且败,益少而损多。二者孰重孰轻,惟明公之自择焉。

昔者子贡⑳谓孔子曰:"夫子之道大,天下莫能容,盍少贬乎?"孔子曰:"良农能稼,不能为穑㉑。良匠能巧,不能为顺㉒。君子能修其道㉓,纲而纪之,统而理之,而不能为容。赐,尔不务修道,而务为容,尔志不远矣!"由是观之,士而未禄,尚不可为容,况位冢宰,统百官而均四海者? 而何以为庶官之地㉔,天下之望乎? 今时匹夫女子,咸知太息,用以为慰者,以有明公在位。望明公深惟保重。

某积怀甚久,不敢轻造门下,谨遣家人持书,托阍者㉕通焉。幸明公赐察,不即叱责。

【注释】　① 中书舍人:官名,明代内阁中的中书科设有中书舍人,掌书写诰敕、制诏、银册、铁券等。　② 下执事:书信言谈中于对方的敬辞。谦称自己不配直接诉说,而请下人转达。　③ 明公:对权贵长官的尊称。此处即指许进。　④ 清议:指社会公正的舆论。　⑤ 攸:助词,所。　⑥ 与:赞许。　⑦ 景附:即"影附"。　⑧ 私抃(biàn):私心欢欣。抃,鼓掌。　⑨ 乃者:近时,近来。　⑩ 幼冲:年龄幼小。　⑪ 权阉:当权的宦官。　⑫ 内:指朝廷内。　⑬ 明恤:宽容体恤。　⑭ 伏节:殉节而死。　⑮ 正:通"政"。　⑯ 自贬:自我降抑、约束。　⑰ 为容:指取容于人。　⑱ 伏谒:谒见尊者,伏地通姓名。此指拜见。　⑲ 声烈:声名美好。　⑳ 子贡:姓端木,名赐,字子贡,孔子弟子。以下子贡与孔子对答之文见《史记·孔子世家》、王肃《孔子家语》卷五《在厄第二十》,与两书所载文句不尽相同。　㉑ 穑(sè):收获。　㉒ 顺:顺应(各人的心意)。　㉓ 修其道:犹行其道,谓实践某种原则或思想。　㉔ 庶官之地:各类官职管辖范围。　㉕ 阍(hūn)者:守门人。

【赏析】　何景明是一个"志操耿介,尚节义,鄙荣利"(《明史》本传)的文学家兼政治活动家,对朝政常发表意见,特别不满宦官当权的政治现实。"正德改元,刘瑾窃柄,上书吏部尚书许进,劝其秉政毋挠,语极激烈。"(同上)

据史载,许进并未正面与刘瑾冲突,何景明上书许进,为的是刺激他阻止刘瑾的胡作非为,表现出何景明在家国大事前刚正不阿、直言不讳的精神气度。

此书一开头自然少不了说些恭维话,部分也有事实,目的是让受书人站在道德的高度看待政事,不要玷污了来之不易的清誉。接着就从当下时事说起:"乃者主上幼冲,权阉在内,天纪错易,举动大缪。究人事,考变异,未有甚于此时者也。"武宗朱厚照即位,年方十五岁,朝政由刘瑾、张永、丘聚、谷大用等号称"八虎"的宦官把持。朝臣不合作者,纷纷致仕避祸。刘瑾更是借机剖断章疏,矫旨发号施令。面对如此局面,作者痛心的是,在"未有甚于此时"的境况下,"上下之臣,未见有秉德明恤、仗义伏节者"。在作者看来,"系大小之望,致虚实之原",是许进的职责。即便想要"无忧",那也是做不到的。据《明史》何景明本传曰:"正德改元,刘瑾窃柄,上书吏部尚书许进,劝其秉政毋挠,语极激烈。"说的是何景明上书许进,劝许进主持政事,决不能屈服于刘阉。话说得直截了当,明确指出许进没有担当起应尽的职责,恰乎"语极激烈"也。作者认为许进越想逃避越难免"无忧",言下之意,要真正做到"无忧",只能正视现实,和刘瑾辈对着干。

作者为缓和一下语势,便引经据典,转述孔子训诫子贡的话,向许进作最后的劝告。而"用以为慰者,以有明公在位"之说,算是给这在朝高官挽回了一点面子。

全书正气凛然,以下对上,毫无卑琐之态。前后反复运用对比手法,将"自贬"和"守正"、"上策"和"下策"、今和昔、损和益,铺排对照,造成强烈的反差,正误、高下立现,鲜明的褒贬倾向和价值判断,也就寓在其中了。

明七子之一的康海评价何景明文,称:"夫叙述以明事,要之在实;论辨以稽理,要之在明;文辞以达是二者,要之在近厥指意。"所论亦此书之谓也。

李 诩

作者简介

李诩(1505—1593),字厚德,自号戒庵老人,江阴(今属江苏)人。明文史学家。嘉靖五年(1526)入郡庠,十五年(1536)以增广生授例入南监,十九年(1540)历事挂选期满不赴。前后"七试场屋"落第,之后淡于仕进,以读书著述自适。嘉靖三十三年(1554)倭寇侵犯,躬率家僮操版筑,供军租,儿子柱死于倭乱中。"性耽文史,更潜心性命之学,与唐顺之辈互为砥砺。"(《江阴县志·文苑传》)著有《世德堂吟稿》、《名山大川记》(以上亡佚)、《续吴郡志》、《戒庵老人漫笔》。

江阴邑令战死

【题解】 本文选自《戒庵老人漫笔》卷四,记述的是江阴知县钱錞率兵抗击倭寇,不幸战死的故事。钱錞(1525—1555),字鸣叔,号鹤洲,钟祥(今属湖北)人。嘉靖二十九年(1550)进士,授江阴知县。"初至官,倭已炽。"(《明史》本传)嘉靖三十四年六月十三日,倭寇三千余人进攻江阴县城,"錞狼兵战九里山,薄暮,雷雨大作,伏四起,狼兵悉奔,錞战死"(同上)。赠光禄少卿,立祠祭祀。本文对钱錞的抗倭斗争精神及保民的实际作为,做了高度赞扬。感情充沛,议论切当。

【原文】

六月廿三日①,邑父母②钱公晚出擒倭,被杀,从公者二十余人皆死。

公先御之于石撞③,矢尽继以瓦石,身被一箭,倭贼遁去。有团长吴兑④死之,公祭以文曰:"鹤洲主人悯吴团长之死也而吊之。呜呼,予以千人拒贼之来,千人走而予独后,汝以百人追贼之往,百人免而汝独死。噫,予幸而汝不幸耶?哀汝所以伤予也!汝死矣,余哀而吊之;彼未死矣,不知前之走而免者与夫闻风而避者其愧死乎否也?一劝一惩⑤,风纪攸⑥系,汝其有知,信予心而领之。尚飨⑦。"是文既书于轴,因无暇发,留于前库中。

公以兵宪王公从古⑧命,方率邑兵援靖江⑨,不虞倭贼之至也,得报,亟驰接战,身罹数刃,马跃陷泽中,不幸死。贼且持公首悬于营,募谍者⑩得之,始克完殓。

　　夫公之死,非仓卒遘⑪也,乃平日所素植也。夏季应支俸,已独不支,曰:"民伤如此,何以俸为⑫?"潜以印印其里衣⑬,已预计郊原⑭之莫辨矣。呜呼伤哉!始闻倭信时,各乡民拥入城者几万计,王公将不纳,钱公独挺身任之,而民得以不及于难。王与任公⑮同入城,万民齐声呼曰:"惟苏州任兵爷救得小民,王兵爷在此,我等无靠。"哭声震天,余所亲见,诚哉莫作乱离人也。识者曰:"钱公之决于死,亦王公有以激之,当日因倭势太悍,王公不欲出战,仅侥幸城中⑯。钱公愤然跃马,慷慨赴之,卒陷不测。使王肯上下同心,以保民为计,钱公岂遽及此哉!"

　　钱公名镈,号鹤洲,湖广⑰显陵卫⑱官籍,嘉靖庚戌科进士⑲,中时年二十六,战死时才三十一岁耳。

【注释】　①六月二十三日:嘉靖三十四年(1555)六月二十三日。按:以《世宗实录》为准,钱镈击倭被杀日为是月十三日。　②邑父母:知县的尊称。　③石撞:地名。　④吴兑(1525—1596):字君泽,号环洲,山阴(今浙江绍兴)人。明将领。嘉靖三十八年(1559)进士,历官兵部主事、蓟州兵备副使、右金都御史,巡抚宣府。　⑤一劝一惩:勉励一方,警戒一方。　⑥攸:所。　⑦尚飨(xiǎng):旧时用作祭文的结语,表示希望死者来享用祭品。飨,用酒食招待客人。　⑧兵宪王公从古:疑即兵备副使王崇古,《明史·钱镈传》称"兵备道王从古",《明史》另有王崇古本传。王崇古(1515—1588),字学甫,号鉴川,别号清川,山西蒲州(今永济西)人。嘉靖二十年(1541)进士,历任刑部主事、陕西按察、河南布政使。嘉靖三十四年(1555)为常镇兵备副使,击倭寇于夏港(江阴城西)。后升任右金都御史、宁夏巡抚,总督陕西、延、宁、甘肃军务。　⑨靖江:在今江苏省,与江阴隔江相望。　⑩谍者:间谍。　⑪遘:遭遇。　⑫何以俸为:为什么还要俸禄。　⑬印其里衣:(将印章)印在内衣上(以免战死后辨认不清)。　⑭郊原:这里谓陈尸郊野平原。　⑮任公:指苏州同知任环。任环,长治(今属山西)人。嘉靖二十三年(1544)进士。历知广平、沙河、滑县三县,迁苏州府同知。以御倭功擢按察使金事,整饬苏淞二府兵备道。仕至山东右参政。　⑯侥幸城中:(只求)侥幸避难于城中。　⑰湖广:明代称今湖北、湖南为湖广。　⑱显陵卫:在今湖北钟祥。显陵是追谥恭睿献皇帝朱祐杬的陵墓,明世宗嘉靖皇帝生父恭睿献皇帝和母亲章圣皇太后合葬于此。嘉靖十九年(1540)建成。卫,是明代所设的卫所,后相沿成地名。　⑲嘉靖庚戌科进士:嘉靖二十九年(1550)进士。嘉靖,明世宗年号。

【赏析】 本文选自李诩《戒庵老人漫笔》卷四。孙子为祖父著述作序，难免有溢美之词，不过就本文而言，毕竟合乎历史事实，而且较一般史书更具可读性。

本文所记的钱錞，是一位身先士卒的江阴抗倭知县。正史为一小小知县立传，已是难能可贵，或许因其为抗倭殉身，才被《明史》收入《忠义传》。只是在《明史》本传，传主事迹实在太简单，仅几行字聊表其忠忱而已。李诩《戒庵老人漫笔》所记钱錞死事，则明显详赡一些，特别将钱錞置于嘉靖三十四年六月东南沿海倭患险恶的背景下，在与相关人物的互动中，显示其悲壮的人生结局。

此记以倒叙方式展开，开头就说钱錞死于某月日擒倭之役。继而述钱于接战石撞时"身被一箭"，死的是一位"团长吴兑"。此时尚存于人世的钱錞，写下了肝胆俱碎的祭文。祭文通篇以对比手法出之，对殉难者的赞美，对苟活者的警告，体现了哀祭者对抗倭战争中官兵人品志节高下的评判，对重大危机到来时人生意义的思考，也为日后记中主人公的死难埋下了伏笔。

然后此记转入正题，交代钱錞具体的死状："身罹数刃，马跃陷泽中，不幸死。贼且持公首悬于营，募谍者得之，始克完璧。"其过程令人扼腕，不忍卒读。与《明史》本传不同的是，李诩所记，带有明确的分析议论和强烈的感情色彩。钱錞死于江阴接战，而死因却在往素已种下根子，也即主观上早就立下决死的志意。其一表现为自我断薪，已置日后生计于度外；其二将印戳加印在里衣上，以防战死沙场血肉模糊而难以辨认其真实面容。而客观原因在于江阴百姓的乱离情状，王从古的"侥幸城中"，激发了钱知县的保民责任感和拼死一搏的精神动力。记中引用钱氏、"万民"、"识者"所言的三段话，正好是钱錞以民为重、慷慨赴难极好的佐证，也倾注了作者李诩对抗倭官员的赞赏之情。

叙议交杂、情动于中的《江阴邑令战死》一文，是江南忠烈抗击倭寇、保民护邑的真实写照，也表现为作者对民族危亡时刻人生价值的深沉思索。

归有光

作者简介

归有光(1506—1571),字熙甫,号震川,昆山(今属江苏)人。明散文家。嘉靖十九年(1540)乡试中举,后连续八次赴京会试,均落第。嘉靖四十四年(1565)始中进士,任浙江长兴知县。隆庆二年(1568),迁任顺德府通判。四年(1570)任南京太仆寺丞,与修《世宗实录》。归有光于文上承汉司马迁、唐宋八家,为明代唐宋派中坚,曾被称为"明文第一"(见黄宗羲《明文案序》)。著有《震川先生集》。

上万侍郎书

【题解】 本文选自《震川先生集》卷六,是一封写给礼部侍郎万士和的信。万侍郎,即万士和(1516—1586),字思节,江苏宜兴人。明大臣。嘉靖二十年(1541)进士,改庶吉士。历官礼部主事、湖广参政、户部右侍郎、礼部左侍郎,为官亲民正直。本文作于隆庆三年(1569)(据张传元《归震川年谱》),作者时任顺德府通判。归有光任长兴县令,曾不利于当地豪强,故遭抑。有光写此信意在辩白,情有所寄,客观上反映了明代的官场现状。

【原文】

居京师,荷蒙垂盼。念三十馀年故知,殊不以地望①逾绝②而少变。而大臣好贤乐善、休休有容之度③,非今世之所宜有④也。有光是以亦不自嫌外,以成盛德高谊之名,令海内之人见之。

有光晚得一第⑤,受命出宰百里⑥,才不逮志⑦,动与时忤。然一念为民,不敢自堕于冥冥之中,拊循⑧劳徕⑨,使鳏寡不失其职⑩。发于诚然,鬼神所知。使在建武之世,宜有封侯爵赏⑪之望。今被挫诎⑫如此,良可悯恻。流言朋兴⑬,从而信之者十九。小民之情,何以能自达于朝廷?赖阁下桑梓连壤⑭,所闻所见,独深知而信之。时人以有光徒读书无用,又老大,不能与后来英俊驰骋。妄自测拟,不待问而自以为甄别已有定论矣。夫监郡⑮之于有司之贤不肖,多从意度，又取信于所使咨访之人⑯。祗如⑰不睹其人之面，望其影而定其长短妍丑，亦无当矣。如又加以私情爱憎，又如所谓流言者，使伯夷⑱、申徒狄⑲复生于今，亦不免于世之尘垢，非饿死抱石，不能自明也。

　　昨者大计⑳群吏，仅免下考㉑。今已见谓不能为吏，又使匍匐于州县㉒，使益困迫而失其所性，辗转狼狈，不复能自振于群毁之中。夫以朝廷爱惜人才，当使之无失其所，如有光垂老，不肯自摧挫，以求进于天子之科目㉓，至三十年而不退却。一旦得之，使之从百执事㉔，齿于下列。不敢望公孙丞相㉕、桓少傅㉖，仅如冯都尉㉗白首郎署，亦足以少答天下之士弹冠振衣㉘、愿立于朝之志矣。今之时，独贵少俊耳。汉李太尉㉙尝荐樊英等㉚，以为一日朝会，见诸侍中，并皆年少，无一宿儒大人可以备顾问者，怅然为时惜之。有光顾何敢自列于昔贤之所荐，而"番番良士，膂力既愆，我尚有之㉛"，以为国家用老成长厚之风，此亦当今公卿大臣之所宜留意者也。

　　有光今已摧残至此，夫士之所负者，气耳。于其气之方盛，自以古人之功业不足为；其稍歉，则犹欲比肩于今人；其又歉，则视今人已不可及矣。方其久诎于科试，得一第为州县吏，已为逾分。今则顾念养生之计，欲得郡文学㉜，已复不可望。计已无聊，当引而去之。譬行舟于水，值风水之顺快，可以一泻千里；至于逆浪排天，篙橹俱失，前进不止，未有不没溺者也。不于此时求住泊之所，当何所之乎？

　　兹复有渎于阁下者，自以禽鸟犹爱其羽，修身洁行，白首为小人所败。如此人㉝者，不徒欲穷其当世之禄位，而又欲穷其后世之名。故自托于阁下之知，得一言明白，则万口不足以败之。假令数百人见誉，而阁下未之许，不足喜也；假令数百人见毁，而阁下许之，不足惴㉞也。故大人君子一言，天下后世以为准。有光甘自放废，得从荀卿㉟、屈原之后矣㊱。

　　今兹遣人北上，为请先人㊲敕命㊳，及上《解官疏》㊴，并道所以。轻于冒渎，无任惶悚㊵。不宣㊶。

　　【注释】　①地望：指士族大姓的名望往往与其地位相称，特别在讲究强调门阀高低决定人的官位的年代。　②逾绝：超越而更加悬殊。　③休休有容：指待人宽容大度。　④非今世之所宜有：不是当今世道适时存在的。　⑤晚得一第：晚年(指归有光六十岁时)方得中进士(指嘉靖四十四年礼部会试)。　⑥出宰百里：指出任长兴(今属浙江)知县。百里，古时一县所辖之地，因以为县的代称。　⑦逮(dài)：达到。　⑧拊(fǔ)循：抚慰。　⑨劳徕：亦作"劳来"，以恩德招之使来。　⑩职：正常的生活状况。　⑨建武之世：汉光武帝年代。建武，东汉光武帝刘秀的年号。　⑪封侯爵赏：指东汉卓茂接受光武帝封赠，时已七十余岁。事见《后汉书·卓茂传》。　⑫挫诎(qū)：摧挫贬黜。　⑬朋兴：群起。　⑭桑梓连壤：谓万士和家乡宜兴和归有光任所长兴接壤。　⑮监郡：指监察郡县之官。　⑯所使咨访之人：派去咨询访问的人。　⑰秪如：只好比。　⑱伯夷：商孤竹君之子，与弟叔齐互相让位，先后逃周。武王伐纣，兄弟叩马而谏。武王灭商，二人耻食周粟，饿死于首阳山。　⑲申徒狄：商朝末人，相传因不忍见纣乱，抱石投河死。　⑳大计：明代考核外官的制度，规定官吏每三年考核一次。　㉑下考：此指官吏考绩列为下等。　㉒甸甸于州县：指隆庆三年作者出任顺德通判，主管一郡之马。甸甸，劳顿，颠沛。　㉓天子之科目：指科举考试。　㉔从百执事：跟随众多官吏。百执事，古代指大夫以下诸有职事之官。　㉕公孙丞相：即公孙弘，淄川国薛(今山东滕州)人。汉武帝即位，以贤良徵为博士，时年六十。历官御史大夫，拜丞相，封平津侯。参见《史记·公孙弘列传》。　㉖桓少傅：即桓荣，谯国龙亢(今属安徽怀远)人。东汉光武帝时已六十余岁，任为议郎，迁太子少傅，拜太常，封关内侯。参见《后汉书·桓荣丁鸿列传》。　㉗冯都尉：即冯唐，赵国中丘(今邢台内邱)人，后徙居西汉代郡(今张家口蔚县)。西汉文帝时为中郎署长，时年已老。后迁车骑都尉。景帝时任楚相。汉武帝即位，徵求贤良之士，冯唐已九十多岁，未再做官。参见《史记·冯唐列传》、《汉书·冯唐传》。　㉘弹冠振衣：拂除衣帽子上灰尘，清洁服装。比喻洁身自好，以赴官职。　㉙李太尉：即李固，汉中南郑(今属陕西)人。历官荆州刺史、泰山郡太守、将作大匠、大司农等。东汉冲帝时，升任太尉。参见《后汉书·李固传》。　㉚樊英等：指南阳樊英、江夏黄琼、广汉杨厚、会稽贺纯。樊英，南阳鲁阳(今河南鲁山一带)人。东汉顺帝时拜五官中郎将。《易》学专家，著有《易章句》，世称樊氏学。　㉛"番(pó)番良士"三句：语出《书·秦誓》。番番，同"皤皤"，老人发白的样子。膂(lǚ)力，体力。愆(qiān)，亏损。有之，亲之。有，作"亲近"解。　㉜郡文学：府、州、县等地方的学官。汉武帝时敕令"天下郡国皆立学校官"，称郡文学，专司所辖地域的教育行政事务。　㉝此人：作者自指。　㉞惴(zhuì)：胆怯，恐惧。　㉟荀卿：即荀子，名况，战国赵人。仕齐为稷下祭酒，因被谗去齐适楚，为兰陵令，后又遭废。著有《荀子》三十二篇。参见《史记·荀卿列传》。　㊱屈原：即屈平，又名正则，字灵均，战国楚人。楚怀王时任左徒、三闾大夫。因遭谗毁，自投汨罗江而死。参见《史记·屈原贾生列传》。　㊲先人：指作者已故的父亲归正，县学生，赠文林郎长兴知县。　㊳敕(chì)命：明清赠封六品以下官职的命令称"敕命"。　㊴解官疏：请求免职的奏疏。今《震川先生集》中有《乞致仕疏》。　㊵无任惶悚(sǒng)：不胜惶恐。　㊶不宣：谓不一一细说。旧时书信末尾常用的套语。

【赏析】　归有光是个很具盛名的唐宋派古文家，又毕生"钻研六经，含茹洛闽之学"(钱谦益《震川先生文集序》)，只可惜嘉靖十九年(1540)举应天乡试第二名后,竟困顿场屋二十余年,至嘉靖四十四年(1565)以六十岁"高龄"得中进士,授浙江长兴知县。隆庆二年(1568)离任回原籍,心有不甘。次年,给万士和侍郎写了这封《上万侍郎书》,诉其衷肠。

由于万侍郎与自己是三十多年老朋友,所以归有光也就顾不上客套,单刀直入,以在京师日就"不自嫌外"的身份,一博同情之心。

先做自我辩白。说是自己"一念为民,不敢自堕于冥冥之中。拊循劳徕,使鳏寡不失其职。发于诚然,鬼神所知",明明是一块"封侯爵赏"的料,却落得如此下场,委实可怜。不知是归有光不谙世事,还是缺乏公关能力,或许就根本不宜当官,否则应不会出如此话头。书中所云"时人以有光徒读书无用,又老大,不能与后来英俊驰骋",其实倒是一句大实话。

继叹生不遇时。熟于《史》、《汉》的作者,以汉臣公孙弘、桓荣、冯唐、李固等为例,力陈年老而志于朝廷的可能和必要。现如今唯少俊是举,实在浪费了老年人才。以古衡今,今人竟不懂"国家用老成长厚"者的用人准则。

行文至此,早就可以打住了。不知何故,又絮叨起爱惜羽毛、"欲穷其后世之名"来了。原来作者是要在万士和那里讨个说法,表面恭维侍郎有一言九鼎之力,实质上是想给自己保留些名声、挽回点儿面子。这和"不以物喜,不以己悲"的范文正公比起来,又是判若天壤。归有光真是读书读傻了,即便讨来万某人的一声赞许,就能青史留好名了?说什么"甘自放废,得从荀卿、屈原之后",还真把自己当个人物了。最后说要"为请先人敕命,及上《解官疏》,并道所以"。对官场的恋恋不舍,已是昭然于笔端。

不管怎样,这一封书信,想要完成历史和现实的对接。归有光将儒家兼善天下的家国情怀发挥到了极致,一个最终当了"专辖马政"的通判,还在那里大谈前人出将入相的旧事,总觉自己被屈才了。归氏特别援引一些高龄重臣的实例,以暗讽当朝的选才标准,表达自己志在千里的老骥心态。像归有光这样的做官乏术者,道出的遭遇,发抒的幽怨,正是明代官场的真实写照。作为古文大家的归有光,这封信显现了作者的《史》、《汉》功底和韩(愈)文风范。王世贞曾评价归文曰:"先生于古文词,虽出之自《史》、《汉》,而大较折衷于昌黎、庐陵。当其所得,意沛如也。"(《归太仆赞》)此文不仅用典得自《史》、《汉》,且明显有史迁的郁愤,班固的赡详。而立意和风格,又与韩文公的《进学解》有异曲同工之妙。

王慎中

作者简介

王慎中(1509—1559),字道思,号难讲,别号遵岩居士,福建晋江人。明散文家、唐宋派代表作家。嘉靖五年(1526)进士,官至河南参政。后罢归。王慎中擅诗文,为"嘉靖八才子"之首;又以其散文成就与归有光、唐顺之合称"嘉靖三大家",与唐顺之则有"王、唐"之称。其文初学七子,后师法唐宋古文大家,尤得力于曾巩。《四库全书总目提要》评其文"演迤详瞻,卓然成家"。著有《王遵岩先生文集》、《遵岩集》等。

海上平寇记

【题解】 本文选自《王遵岩先生文集》(康熙十年闽中同人书社本)卷三十。文章以海上与倭战为背景,记述了明将俞大猷"忠诚许国,老而弥笃"的英勇事迹。本文通过俞大猷在海上大败倭寇的军事行动,分析了这位抗倭将领取胜的原因,赞赏其以"义气"、"诚心"治军的可贵精神。文章叙议结合,凸显了俞大猷的民族气节、平寇战功和用兵理念。

【原文】

　　守备①汀②漳③俞君志辅④,被服⑤进趋⑥,退然⑦儒生也。瞻视在鞶带之间⑧,言若不能出口,温慈款悫⑨,望之知其有仁义之容。然而桴鼓⑩鸣于侧,矢石交乎前,疾雷飘风,迅急而倏忽,大之有胜败之数,而小之有死生之形。士皆掉魂摇魄,前却⑪而沮丧,君顾意喜色壮,张扬矜奋⑫,重英⑬之矛,七注⑭之甲,鸷鸟举而虓虎⑮怒,杀人如麻,目睫曾不为之一瞬,是何其猛厉孔武也!

　　是时漳州海寇张甚,有司以为忧,督府⑯檄⑰君捕之。君提兵不数百,航海索贼,旬日遇焉。与战海上,败之,获六十艘,俘百八十馀人,其自投于水者称是。贼行海上数十年,无此衄⑱矣。由有此海,所为开寨置帅以弹制⑲非常者,费巨而员多,然提兵逐贼,成数十年未有之捷,乃独在君,而君又非有责于海者⑳也。亦可谓难矣!

余观昔之善为将而能多取胜者,皆用素治之兵㉑,训练齐而约束明,非徒其志意信而已。其耳目亦且习于旗旐㉒之色,而挥之使进退则不乱,熟于钟鼓之节,而奏之使作止㉓则不惑。又当有以丰给而厚享之,椎牛击豕㉔,醨酒㉕成池,餍㉖其口腹之所取,欲遂㉗气闲,而思自决于一斗以为效,如马饱于枥,嘶鸣腾踏而欲奋,然后可用。君所提数百之兵,率召募新集,形貌不相识,宁独训练不夙,约束不预㉘而已,其于服属㉙之分,犹未明也。君又穷空,家无馀财,所为市牛酒、买粱粟以恣士之所嗜,不能具也。徒以一身率先士卒,共食糗糒㉚,触犯炎风㉛,冲冒巨浪,日或不再食,以与贼格,而竟以取胜。君诚何术,而得人之易,致效之速如此,予知之矣!用未早教之兵㉜而能尽其力者,以义气作㉝之而已;用未厚养之兵而能鼓其勇者,以诚心结之而已。

予方欲以是问君,而玄钟所㉞千户㉟某等来乞文勒㊱君之伐㊲,辄书此以与之。君其毋以余为儒者,而好揣言兵意云㊳。君之功在濒海数郡;而玄钟所独欲书之者,君所获贼在玄钟境内,其调发舟兵诸费,多出其境,而君靖廉不扰㊴,以故其人尤德之尔。

君名大猷,志辅其字,以武举推用为今官。

【注释】　① 守备:官名。明初建都南京设守备、协同守备各一人,负责江防,以公、侯、伯勋臣统帅。　② 汀:汀州府,治所在今福建长汀县。　③ 漳:漳州府,治所在今福建省漳州市。　④ 俞君志辅:俞大猷(1503—1580),字志辅,号虚江,福建晋江人。明抗倭名将,与戚继光齐名。武举出身,历任千户、参将、总兵、都督。谥武襄。著有《正气堂集》,《明史》有传。　⑤ 被服:指军队衣着装备的总称。　⑥ 进趋:举止行动。　⑦ 退然:柔和的样子。　⑧ 鞸(bì)芾(fú):代指官员朝觐和参加祭典。鞸,亦作"铧",蔽膝,革制,古代官服上的装饰。芾,亦作"韨",古代祭服的蔽膝,以熟皮为之。　⑨ 款悫(què):诚恳,恭谨。　⑩ 桴(fú)鼓:指战鼓。　⑪ 前却:指进退。　⑫ 矜奋:武勇,果敢。　⑬ 重(chóng)英:矛上重叠的羽饰。　⑭ 七注:即七属,用七节甲片连缀而成。　⑮ 虓(xiāo)虎:咆哮怒吼的老虎,比喻勇士猛将。　⑯ 督府:军府,幕府。　⑰ 檄:用公文传达命令。　⑱ 衄(nù):损伤,挫败。　⑲ 弹制:强力制止。　⑳ 有责于海者:对于海事负有责任的人。　㉑ 素治之兵:向来就接受管理的军队。　㉒ 旐(zhào):古代的一种画有龟蛇的旗。　㉓ 作止:行动举止。　㉔ 椎牛击豕:宰牛杀猪。　㉕ 醨(shī)酒:斟酒。　㉖ 餍:满足。　㉗ 欲遂:谓欲望满足。　㉘ 不预:预先没有。　㉙ 服属:顺从归属。　㉚ 糗(qiǔ)糒(bèi):干粮,炒熟的米或面等。　㉛ 炎风:热风。　㉜ 早教之兵:早先调教训练的军队。　㉝ 作:振奋。　㉞ 玄钟所:卫所名,在福建诏安县东南。　㉟ 千户:为千户所之长官，统兵一千余人。 ㊱ 勒：刻写。 ㊲ 伐：通“阀”，功劳，功业。 ㊳“君其”二句：您可不要将我看成一个儒者，而在那里夸夸其谈，揣度用兵的奥义。 ㊴ 靖廉不扰：谦恭清廉，不扰民。

【赏析】 本文虽以“平寇”为题，却并未详细交代寇乱发生的具体时间与详细过程，其突出之处，在于一开始就像戏剧主角般地亮了一个相：“瞻视在鞞芾之间，言若不能出口，温慈款悫，望之知其有仁义之容。然而桴鼓鸣于侧，矢石交乎前，疾雷飘风，迅急而倏忽，大之有胜败之数，而小之有死生之形。”那是一位儒将，虽“温慈款悫”，却能做到“泰山崩于前而色不变”般的镇定自若，几有“谈笑间，樯橹灰飞烟灭”的气势。这样的先声夺人，就为“平寇”一记定下了基调，也为下文的叙和议做了铺垫。

俞大猷是役打了个完胜，但作者马上宕开一笔：“开寨置帅以弹制非常者，费巨而员多。”这与整篇文章似乎很不协调，想说开寨置帅有必要吗？还是为国家财力人力的浪费感到可惜？颇令人费解。“君又非有责于海者也”，那么有责于海者在干什么呢？那个“独”字，让人觉得嘉靖时平寇怎么就如此的势孤力单；而“难”字背后又有什么难言之隐呢？

纵观王慎中“海上平寇”一文，重在内而非外，重在人而非事。也就是说作者对明王朝自身政治军事的省察，重于对外寇骚扰作祸的审视；对俞氏英雄形象、特别是忠恕义气之精神特质的描述，重于对平寇事件全过程的追记。至于此记的行文风格，可将论者对《送都指挥俞志辅序》一文的评述移用于此：“写俞指挥志气精神，勃然纸上，其议论之雄快，文笔之矫厉，在司马子长、班孟坚、韩昌黎伯仲之间，宋以后文颇少此也。”（文后黄氏识语，《王遵岩先生文集》卷二十八）

李攀龙

作者简介

李攀龙(1514—1570),字于鳞,号沧溟,历城(今山东济南)人。明大臣,文学家。嘉靖二十三年(1544)进士,历官刑部广东司主事、陕西提学副使、河南按察使等。与王世贞、谢榛、宗臣、梁有誉、徐中行、吴国伦结诗文之社,即"后七子",李攀龙为首领。主张"文自西京,诗自天宝而下,俱无足观,于本朝独推李梦阳"(《明史》本传)。其文复古倾向明显,颇受后人指摘。著有《沧溟先生集》。

报 刘 都 督

【题解】 本文选自《沧溟先生集》卷二十八。刘都督,即刘显(1515—1581),字草堂,江西南昌人。明军事将领。行伍出身,历官浙江都司参将、副总兵、总兵、都督同知、左军府都督、太子太保。长期驻扎在东南沿海,与俞大猷、戚继光等同为抗倭将领。隆庆元年(1567),李攀龙任浙江按察副使,曾与刘显阅兵海上。本文描述了此次阅兵盛事,借以歌颂抗倭将士的军容、士气和决胜的信心,表达对"大忠完节,愈困愈厉"的刘都督的一往情深。

【原文】
始刘将军之名满天下,不佞愿见其人者,十年于此矣,未尝不私窃念之。挟百战百胜之功者,不免自暴①其才;而中②一朝无辜之谤者,不免辄挫其志。贤者犹难之也。

乃③不佞以摄海④之役,执事者⑤俨然辱而临焉。获承颜色,倾盖⑥如故。先施⑦自致⑧,不鄙下交。由衷之谊,披沥⑨唯谨。有孔明⑩集思广益之风,而慷慨以⑪之。即过意延款⑫,使不佞缱绻重别⑬,缅缕⑭舟中。不自知其尽境⑮,恍然自失如目前者,勿论也。

不佞既东,陌落⑯恬然,秋毫不犯。登场大阅⑰,复睹纪律森严,士气距跃⑱,技艺精真,可蹈水火。艨艟⑲便捷,投枚记里⑳,桨舵之利,折旋如活。炮石四兴,波涛响应,削柿㉑树橛,示疑设伏。所徵叙㉒、泸㉓弁旄之步㉔,闽、粤善游之徒,三河㉕挽强㉖之骑,辈相扼挽,唯敌是求。乃日椎牛㉗行犒,而帷幄㉘自爱也。可暴岂其才,可挫岂其志乎?天既以虎臣㉙托执事久矣,然犹且有激乎宦成㉚之后者,动其所必奋,坚其所必立云尔。大忠完节,愈困愈厉,而刘将军之名愈振矣。不佞何能赞一辞?即有问焉,摄海之役,不佞所以身觌㉛其美者如此,庶取信狂夫㉜,以备称述耳,于甚盛德则奚补焉?乃既奉㉝违㉞,恍然自失,有如目前,至今不置㉟,非敢为诞也㊱。

【注释】　①自暴:自我损害。　②中(zhòng):遭受。　③乃:犹言"乃者",昔日。　④摄海:权理海道。王世贞《李于鳞先生传》:"今上初,大徵召耆硕,于鳞复用荐起浙江按察副使,尝视海道篆,按核军实,一切治办。"　⑤执事者:指刘显。　⑥倾盖:指路途相遇,停车交谈,车盖接近,倾往一起,形容一见如故,十分热络。　⑦先施:指朋友间先行拜访。《礼记·中庸》:"所求乎朋友,先之。"孔颖达疏:"欲求朋友以恩惠施己,则己当先施恩惠于朋友也。"　⑧自致:表达自己的心意。　⑨披沥:披肝沥胆,比喻倾吐心里话,一片真情。　⑩孔明:诸葛亮字。诸葛亮(181—234),三国时蜀汉丞相。其《教与军师长史参军掾属》云:"夫参署者,集众思,广忠益也。"　⑪以:及。　⑫延款:延请招待。　⑬缱(qiǎn)绻(quǎn)重别:情意深厚,看重离别,以至难舍难分。　⑭缅缕:遥远的思念,不绝如缕。　⑮尽境:指思念的尽头。　⑯陌落:田间、村落。　⑰大阅:大型的检阅。　⑱距跃:跳跃,超越。　⑲艨艟(chōng):古代的战舰。　⑳投枚记里:扔下树枝,来标记里程。　㉑削柿(fèi)树檄:砍削下树木的碎片,树立起写有檄文的木片。　㉒叙:叙州,治今四川宜宾市。　㉓泸:泸州,治今四川泸州市。　㉔弁旄之步:戴着皮弁、举着帅旗的步兵。　㉕三河:此处当指河南、河东、河内三郡,汉代、三国、西晋为司隶校尉或司州管辖,即今河南洛阳黄河南北一带。　㉖挽强:能拉强弓。　㉗椎牛:杀牛。　㉘帷幄:军帐。　㉙虎臣:比喻勇武之臣。《诗·鲁颂·泮水》:"矫矫虎臣,在泮献馘。"　㉚宦成:登上显贵的官位。　㉛觌(dí):察看。　㉜狂夫:无知妄为的人。此处用作谦词。　㉝奉:敬辞。　㉞违:离别。　㉟不置:放不下。　㊱诞:虚诞之辞。

【赏析】　作者以按察使身份巡视海事,遇上了一见如故的刘总兵,两人遂互表诚意。作者更是以诸葛亮"集思广益之风"盛赞刘总兵。这种相见恨晚的感觉,在离别后还萦绕在心。作者以具体而微的笔墨摹状了海上阅兵的盛况:水军士兵"纪律森严,士气距跃,技艺精真,可蹈水火";海上战船"艨艟便捷,投枚记里,桨舵之利,折旋如活";排兵布阵"炮石四兴,波涛响应,削柿树檄,示疑设伏"。更要紧的是,作者看到了总兵麾下将士同仇敌忾的决胜意气:"所徵叙、泸弁旄之步,闽、粤善游之徒,三河挽强之骑,辈相扼挽,唯敌是求。"而所有这一切,又和领军者密切相关:能"椎牛行犒"者,是惜其兵士;能

"帷幄自爱"者,是善于运筹。有这样的军队和统帅,何愁敌不得御、倭不能平?这段描述海上阅兵实况的文字,集中体现了李攀龙接步《战国策》、《史记》、汉赋文风的特点,即铺张扬厉、纵横捭阖,与作者友人张佳胤的评价是吻合的:"序、记、书牍,不以为先秦、西京之耳孙哉?"(《沧溟先生集序》)

当然,李攀龙经过一番海上阅兵的精心描摹后,还是把笔触拉回到此信的主旨,就是要竭力赞颂一位心仪已久的军事干才,正是刘将军"动其所必奋,坚其所必立","大忠完节,愈困愈厉",使其最终并未暴其才、挫其志,避免了"贤者"都为难的结果。前后照应,点出了刘显实在是一位少见的奇才。

海 瑞

> **作者简介**
> 海瑞（1514—1587），号刚峰，广东琼山（今海南海口）人。明大臣、政治家。嘉靖二十八年（1549）举人，历官福建南平教谕、浙江淳安知县、江西兴国知县、户部主事、尚宝丞、应天十府巡抚、右佥都御史。卒，赠太子太保，谥忠介。海瑞为学以刚为主，为官清正廉洁。《明史》本传称其"自为县以至巡抚，所至力行清丈，颁一条鞭法。意主于利民，而行事不能无偏云"。著有《海忠介公集》。

治 安 疏

【题解】 这是一篇奏疏，是海瑞任户部主事时，在嘉靖四十五年（1566）二月写的。奏疏又称奏议，是封建王朝臣僚向君王进谏使用的文书。海瑞作为一个忠臣、清官，面对的是一位疏于朝政、沉溺玄修的皇帝，直陈"天下吏贪将弱，民不聊生，水旱靡时，盗贼滋炽"的险恶局势，冒着生命危险上书，企图唤醒明世宗朱厚熜的明君意识，倚靠股肱之臣，重兴朱明王朝，求得"万世治安"。海瑞的《治安疏》无私无畏、披肝沥胆、观点鲜明、语词犀利，是一篇令人振聋发聩的声讨腐败政治的檄文。《治安疏》版本各别，本文以《邱海二公合集·海忠介公集》卷一所收之疏为底本、参照《明世宗实录》卷五五五、《明史·海瑞传》收录者斟酌选定。

【原文】

户部云南清吏司①主事②臣海瑞谨奏：为直言天下第一事，以正君道、明臣职，求万世治安事。君者，天下臣民万物之主也。惟其为天下臣民万物之主，责任至重。凡民生利瘼，一有所不闻，将一有所不得知而行，其任为不称。是故事君之道宜无不备，而以其责寄臣工，使尽言焉。臣工尽言，而君道斯称③矣。昔之务为容悦，谀顺曲从，致使实祸蔽塞、主上不闻焉，无足言矣。过为计者④则又曰："子危明主、忧治世⑤。"夫世则治矣，以不治忧之；主则明矣，以危之。无乃使之反求眩瞀⑥,莫知趋舍矣乎!非通论也。臣受国厚恩矣,请执⑦有犯无隐之义⑧。美曰美,不一毫虚美;过曰过,不一毫讳过。不为悦谀,不暇过计⑨,谨披沥肝胆为陛下言之。

汉贾谊⑩陈政事于文帝⑪曰:"进言者皆曰天下已安已治矣,臣独以为未也。曰安且治者,非愚则谀。"夫文帝,汉贤君也,贾谊非苛责备也。文帝性仁类柔,慈恕恭俭⑫,虽有近民之美,优游退逊⑬,尚多怠废之政。不究其弊所不免,概以安且治当之,愚也;不究其才所不能,概以安且治颂之,谀也。陛下自视,于汉文帝何如?陛下天资英断,睿识绝人,可为尧、舜,可为禹、汤、文、武,下之如汉宣之励精,光武之大度,唐太宗之英武无敌,宪宗之志平僭乱,宋仁宗之仁恕,举一节可取者⑭,陛下优为之。即位初年,划除积弊,焕然与天下更始⑮。举其大概:箴敬一⑯以养心,定冠履以辨分⑰,除圣贤土木之象⑱,夺宦官内外之权。元世祖毁不与祀⑲,祀孔子推及所生⑳。天下忻忻然,以大有作为仰之。识者谓辅相得人,太平指日可期,非虚语也,高汉文帝远甚。然文帝能充其仁恕之性,节用爱人,吕祖谦㉑称其能尽人之才力,诚是也。一时天下虽未可尽以治安予之,然贯朽粟陈㉒,民物康阜,三代后称贤君焉。

陛下则锐精未久,妄念牵之而去㉓矣。反刚明而错用之,谓遥兴㉔可得,而一意玄修㉕。富有四海,不曰民之脂膏在是也,而侈兴土木。二十馀年不视朝,纲纪驰矣;数行㉖推广事例㉗,名爵滥矣。二王不相见㉘,人以为薄于父子;以猜疑诽谤戮辱臣下,人以为薄于君臣;乐西苑㉙而不返宫,人以为薄于夫妇。天下吏贪将弱,民不聊生,水旱靡时,盗贼滋炽。自陛下登极初年亦有之,而未甚也。今赋役增常,万方则效。陛下破产礼佛日甚,室如悬罄㉚,十馀年来极矣。天下因即陛下改元之号而臆之曰:"嘉靖者,言家家皆净而无财用也。"

迩者严嵩罢黜,世蕃极刑㉛,差快人意,一时称清时焉。然严嵩罢相之后,犹之严嵩未相之先而已,非大清明世界也。不及汉文帝远甚。天下之人不直陛下㉜久矣,内外臣工之所知也。知之不可谓愚,《诗》云:"衮职有阙,惟仲山甫补之㉝。"今日所赖以弼棐㉞匡救,格非㉟而归之正,诸臣责也。夫以圣人岂绝无过举哉?古者设官,亮采惠畴㊱足矣，不必责之以谏。保氏㊲掌谏王恶，不必设也。木绳金砺㊳，圣贤不必言之也。乃修斋㊴建醮㊵，相率进香，天桃天药，相率表贺。兴宫室，工部极力经营；取香觅宝，户部差求四出。陛下误举，诸臣误顺，无一人为陛下正言焉。都俞吁咈㊶之风，陈善闭邪之义，邈无闻矣，谀之甚也。然愧心馁气，退有后言㊷，以从陛下；昧没本心，以歌颂陛下。欺君之罪何如？

夫天下者，陛下之家也，人未有不顾其家者。内外臣工有官守、有言责，皆所以奖陛下之家而磐石之也。一意玄修，是陛下心之惑也；过于苛断，是陛下情之偏也。而谓陛下不顾其家，人情乎？诸臣顾身念重得一官，多以欺败、以赃败、不事事㊸败，有不足以当陛下之心者。其不然者，君心臣心偶不相值㊹也，遂谓陛下为贱薄臣工。诸臣正心之学微，所言或不免己私，或失详审，诚如胡寅扰乱政事之说㊺，有不足以当陛下之心者。其不然者，君意臣意偶不相值也，遂谓陛下为是己拒谏。执陛下一二事不当之形迹，臆陛下千百事之尽然，陷陛下误终不复，诸臣欺君之罪大矣。《记》曰："上人疑则百姓惑，下难知则君长劳㊻。"今日之谓也。

夫为身家心㊼与惧心㊽合，臣职所以不明也，臣既以陛下一二事形迹之说为诸臣解之矣。求长生心与惑心合，有辞于臣，君道所以不正也，臣请再为陛下开之：

陛下之误多矣，大端在修醮。修醮所以求长生也。自古圣贤止说修身立命，止说顺受其正。盖天地赋予于人而为性命者，此尽之矣。尧、舜、禹、汤、文、武之君，圣之盛也，未能久世不终。下之亦未见方外士自汉、唐、宋存至今日。使陛下得以访其术者陶仲文㊾，陛下以师呼之，仲文则既死矣。仲文尚不能长生，而陛下独何求之？至谓天赐仙桃药丸，怪妄尤甚。伏羲氏王天下，龙马出河，因则其文以画八卦㊿。禹治水时，神龟负文而列于背，因而第之(51)以成九畴(52)。河图洛书(53)实有此瑞物，以泄万古不传之秘。天不爱道而显之圣人，借圣人以开示天下，犹之日月星辰之布列，而历数(54)成焉，非虚妄也。宋真宗获天书于乾佑山(55)，孙奭(56)谏曰："天何言哉？岂有书也？"桃必采而后得，药由人工捣以成者也。无因而至，桃药有足行耶？天赐之者，有手执而付之耶？陛下玄修多年矣，一无所得。至今日，左右奸人逆陛下悬思妄念，区区桃药之长生，理之所无，而玄修之无益可知矣。

陛下又将谓悬刑赏以督率臣下⁵⁷，分理⁵⁸有人，天下无不可治，而玄修无害矣乎？夫人⁵⁹幼而学，无致君⁶⁰泽民⁶¹异事⁶²之学；壮而行，亦无致君泽民殊用⁶³之心。《太甲》曰："有言逆于汝志，必求诸道；有言逊于汝志，必求诸非道⁶⁴。"言顺者之未必为道也。即近事观：严嵩有一不顺陛下者乎？昔为贪窃，今为逆本。梁材⁶⁵守官守道，陛下以为逆者也，历任有声，官户部者至今首称之。虽近日严嵩抄没，百官有惕心焉，无用于积贿求迁，稍自洗涤。然严嵩罢相之后，犹严嵩未相之前而已。诸臣宁为严嵩之顺，不为梁材之执。今甚者贪求，未甚者挨日⁶⁶。见称于人者，亦廊庙山林交战热中，鹘突⁶⁷依违⁶⁸，苟奉故事。洁己格物，任天下重，使社稷灵长⁶⁹终必赖之者，未见其人焉。得非有所牵掣其心，未能纯然精白使然乎？陛下欲诸臣惟予行而莫违⁷⁰也，而责之以效忠；付之以翼为明听⁷¹也，又欲其顺乎玄修土木之误——是股肱耳目不为腹心卫也⁷²，而自为视听持行之用。有臣如仪、衍⁷³焉，可以成"得志与民由之⁷⁴"之业乎？无是理也。

陛下诚知玄修无益，臣之改行，民之效尤，天下之安与不安、治与不治由之，翻然悟悔，日视正朝⁷⁵，与宰辅、九卿、侍从、言官⁷⁶讲求天下利害，洗数十年君道之误，置其身于尧、舜、禹、汤、文、武之上，使其臣亦得洗数十年阿君之耻，置其身于皋陶⁷⁷、伊⁷⁸、傅⁷⁹之列，相为后先，明良喜起，都俞吁咈。内之宦官宫妾，外之光禄寺厨役、锦衣卫恩荫、诸衙门带俸⁸⁰，举凡无事而官者亦多矣。上之内仓内库，下之户工部、光禄寺诸厂，藏段绢、粮料、珠宝、器用、木材诸物，多而积于无用，用之非所宜用，亦多矣。诸臣必有为陛下言者。诸臣言之，陛下行之，此则在陛下一节省间⁸¹而已。京师之一金，田野之百金也。一节省而国有馀用，民有盖藏，不知其几也。而陛下何不为之？

官有职掌，先年职守之正、职守之全而未之行。今日职守之废、职守之苟且因循，不认真、不尽法而自以为是。敦本行⁸²以端士习，止上纳以清仕途，久任吏将以责成功，练选军士以免召募，驱缁黄⁸³

游食以归四民,责府州县兼举富教⑧⁴使成礼俗,复屯盐本色⑧⁵以裕边储,均田赋丁差以苏困敝。举天下官之侵渔、将之怯懦、吏之为奸,刑之无少姑息焉。必世之仁⑧⁶,博厚高明悠远之业。诸臣必有为陛下言者。诸臣言之,陛下行之,此则在陛下一振作间而已。一振作而诸废具举,百弊划绝,唐、虞三代之治粲然复兴矣,而陛下何不行之?

节省之,振作之,又非有所劳于陛下也。九卿总其纲,百职分其任,抚按科道⑧⁷纠举肃清之于其间,陛下持大纲、稽治要⑧⁸而责成焉。劳于求贤,逸于任用,如天运于上,而四时六气⑧⁹各得其序,恭己无为⑨⁰之道也。天地万物为一体,固有之性也。民物熙洽,熏为太和⑨¹,而陛下性分⑨²中有真乐矣。可以赞天地之化育,则可与天地参。道与天通,命由我立,而陛下性分中有真寿矣。此理之所有,可旋至而立效者也。若夫服食不终之药,遥兴轻举,理之所无者也。理之所无,而切切然⑨³散爵禄,竦⑨⁴精神,玄修求之,悬思凿想⑨⁵,系风捕影,终其身如斯而已矣,求之其可得乎?

夫君道不正,臣职不明,此天下第一事也。于此不言,更复何言?大臣持禄而外为谀,小臣畏罪而面为顺,陛下诚有不得知而改之行之者,臣每恨焉。是以昧死竭忠,惓惓⑨⁶为陛下言之。一反情易向⑨⁷之间,而天下之治与不治,民物之安与不安,于焉决焉。伏惟陛下留神,宗社幸甚,天下幸甚。

【注释】　① 云南清吏司:户部内部办理政务按地区分工而设司,明制,中枢六部均分司办事,各司分别称为某某清吏司,户部设十三个清吏司。　② 主事:明代于各部司官中置主事,官阶从七品升为从六品。　③ 君道斯称:称得上尽了君主责任。　④ 过为计者:思虑过多之人。　⑤ 危明主、忧治世:为贤明的君主而感到尚有危机,为处在政治清明的时代还觉得有所忧虑。　⑥ 眩瞀(mào):眼睛昏惑,迷乱。　⑦ 执:遵从。　⑧ 有犯无隐:臣下对君主应直言进谏,即使有所冒犯,也不应隐讳。　⑨ 不暇过计:来不及计较得失。　⑩ 贾谊(前200—前168):洛阳(今河南省洛阳市东)人。曾任长沙王太傅,故世称贾太傅、贾长沙。汉思想家、文学家。屡次上书汉文帝刘恒,提出政治改革措施。著有政论文《治安策》(《陈政事疏》)、《过秦论》、《论积贮疏》等。以下引文见于贾谊《陈政事疏》。　⑪ 文帝:汉文帝刘恒(前203—前157),汉高祖第四子,前180年至前157年在位。汉文帝与其子汉景帝统治时期合称为文景之治,被视作贤明的帝王。　⑫ 慈恕恭俭:指为人慈和、宽容、谦恭、俭朴。　⑬ 优游退逊:从容自得,退让谦逊。　⑭ 举一节可取者:举出这些可取善政之任何一项。　⑮ 更始:重新开始,除旧布新。　⑯ 箴(zhēn)敬一:明世宗朱厚熜于嘉靖五年(1526)撰写《敬一箴》,这篇训士文要求天下士子恪守圣人之道。箴,规戒。　⑰"定冠履"句:明世宗改定冠服制度,以明上下、尊卑。　⑱"除圣贤"句:明世宗下令更定孔庙祀典,制木为神主,其塑像即令屏撤。　⑲"元世祖"句:明世宗下令取消对历代帝王庙中的元世祖忽必烈的祭祀。　⑳ 祀孔子"句:明世宗下令祭祀孔子兼及孔子的父母。　㉑ 吕祖谦(1137—1181):字伯恭,寿州(今安徽凤台)人,因吕姓郡望东莱,世称东莱先生。宋哲学家、教育家。太平兴国二年(977)进士,历官迪功郎、左从政郎、国史院编修、秘书省秘书郎。与朱熹、张栻过从甚密,时称"东南三贤"。治学反对空谈阴阳性命之说,开创"吕学"("婺学"),为金华学派的代表。著有《东莱博议》、《历代制度详说》、《宋文鉴》等书。　㉒ 贯朽粟陈:指钱粮充裕。贯朽,指国库中钱堆得太久,使串钱之绳朽烂。贯,串钱之绳。粟陈,粟米陈腐。　㉓ 牵之而去:导引到别处去了。　㉔ 遥兴:起而远去;远行。　㉕ 玄修:修道。　㉖ 数行:屡次施行。　㉗ 推广事例:明代章程,向政府缴纳财物,可取得相应的官职或荣典,援用此章程越发冗滥,即为推广事例。　㉘ 二王不相见:指明世宗听信方士段朝用之言,专志于和方士炼丹,无暇与儿子们相见。　㉙ 西苑:北海、中海、南海位于北京城内故宫和景山的西侧,合称三海。明时称为西苑,为皇家消闲享乐之宫苑。　㉚ 室如悬磬:室中空无所有,比喻一贫如洗。悬,悬挂。磬:器中空。《左传·僖公二十六年》:"齐侯曰:'室如悬磬,野无青草,何恃而不恐?'"　㉛ "严嵩罢黜"二句:严嵩已被罢免了宰相,严世蕃也被处死刑。严嵩(1480—1567),字惟中,号勉介溪,江西分宜人。明大臣、藏书家。弘治十八年(1505)进士,历官礼部尚书、太子太师、武英殿大学士。《明史》入《奸臣传》。著有《钤山堂集》。严世蕃(1513—1565),号东楼,明世宗首辅严嵩之子。恩荫进国子监读书,历官尚宝司少卿、太常寺卿、工部左侍郎。曾为帝拟奏对,深得帝意。因为非作歹、诽谤朝政等罪名被斩于市。　㉜ 不直陛下:不以陛下之意为然。　㉝ "衮(gǔn)职有阙"二句:见于《诗·大雅·烝民》,意思为宣王不能完全尽职,仲山甫能从旁补救。衮职,古代指君王职事,亦借指君王。仲山甫,周宣王时任卿士,封在樊地,又称樊穆仲、樊仲山父。辅佐周宣王颇有政绩,宣王有过,则纠正之。　㉞ 弼(bì)棐(fěi):辅助的意思。　㉟ 格非:纠正错误。　㊱ 亮采惠畴:见于《书·舜典》,辅佐政事的意思。亮采,辅佐封邑的事务。惠畴,顺成田地的事务。　㊲ 保氏:官名,《周礼》谓地官司徒所属有保氏,设下大夫一人,中士二人,及府、史、胥、徒等人员。　㊳ 木绳金砺:谓木材经墨绳量过就能取直,刀剑等金属器物在砺石上磨过就能锋利。喻君主处事须人纠正帮助。　㊴ 修斋:集道人供斋食、做法事。　㊵ 建醮(jiào):设坛祈祷。　㊶ 都俞吁咈:皆为叹词,见于《书·尧典》、《书·益稷》。都,赞美;俞,同意;吁,不同意;咈,反对。本以表示尧、舜、禹等讨论政事时发言的语气,后用以赞美君臣论政问答,相互融洽。　㊷ 退有后言:当面不言,却在背后议论是非。　㊸ 不事事:不做事。　㊹ 偶不相值:偶然不相投合。　㊺ "诸臣"四句:有一些臣子,心思不正,所说的话有的不免为个人利益着想,有的不够详明周密,就像胡寅扰乱政事的说法。正心之学,使人心归向于正的学说。胡寅(1098—1156),字明仲,建宁崇安(今福建武夷山市)人,宋大臣。宣和三年(1121)进士,历官永州知府、中书舍人、礼部侍郎兼侍讲、徽猷阁直学士。曾上书宋高宗赵构主张北伐,反对与金人议和。曾遭秦桧贬斥。著有《论语详说》、《读史管见》、《斐然集》等。按:

胡寅议政奏疏大致表现其维护统一、加强中央集权以及坚守儒家传统的思想,海瑞称其"扰乱政事",或为反话。　㊻"上人"二句:见于《礼记·缁衣》,意思为君主多疑于上,则百姓就感到迷惑,臣下难以理解世情,则君主就倍觉劳苦。　㊼为身家心:为自己保身家的心。　㊽惧心:惧怕君主的心。　㊾陶仲文(1475—1560):原名典真,湖北黄冈人。宋方士、大臣。曾受符水于湖北罗田万玉山,与邵元节为友。明世宗南巡,陶仲文随之,授"神霄保国宣教高士",又封为"神霄保国弘烈宣教振法通真忠孝秉一真人",领道教事。兼任少保、少傅、少师,授特进光禄大夫柱国。以方术深得明世宗信任。　㊿"伏羲氏"三句:朱熹《易学启蒙》引孔安国语。大意为:伏羲称王天下之时,有龙马出于孟津黄河古渡,伏羲依其背负的图纹画出河图八卦。伏羲,又作宓羲、庖牺、包牺、伏戏,亦称牺皇、皇羲、太昊,中华民族人文始祖,也是我国古籍记载中最早的王。龙马,"龙马者,天地之精,其为形也,马身而龙鳞,故谓之龙马,龙马赤纹绿色,高八尺五寸,类骆有翼,蹈水不没,圣人在位,负图出于孟河之中焉"(《汉书·孔安国传》)。　○51第之:按序排列。　○52九畴:传说中天帝赐给禹治理天下的九类大法,即《洛书》,也为"神龟负文而列于背"者。　○53河图洛书:指上述伏羲及禹所得之"神物"。《易·系辞上》:"河出图,洛出书,圣人则之。"　○54历数:指古代谓帝王代天理民的顺序。　○55"宋真宗"句:宋真宗在陕西镇安的乾佑山获得了"天书"。宋真宗(998—1022),宋第三位皇帝,宋太宗第三子。真宗后期,以王钦若、丁谓为相,二人常以天书符瑞之说荧惑朝野,帝亦淫于封禅之事,朝政因而不举。　○56孙奭(shì)(962—1033):字宗古,博平人,后迁居须城(今山东东平)。宋经学家、教育家。宋太宗时入国子监为直讲。真宗时,为诸王侍读,累官至龙图阁侍制。仁宗即位,召为翰林侍讲学士,判国子监,后迁兵部侍郎、龙图阁学士、礼部尚书、太子少傅。　○57"悬刑赏"句:掌握着刑罚和赏赐的权柄,督促率领臣下。　○58分理:料想,按理。　○59夫人:那些人,指阿谀逢迎之臣下。夫,彼。　○60致君:把君主辅佐好。　○61泽民:使百姓得到好处。　○62异事:特别本事。　○63殊用:特殊用途。　○64"有言"四句:见于《书·太甲下》,意思是有的话不合自己意旨,一定要求证是否合于道理;有的话顺从自己意旨,一定要求证是否不合道理。　○65梁材(？—1540):字大用,号俭庵,南京金吾右卫人。弘治十二年(1499)进士,历官德清知县、嘉兴知府、浙江右参政、广东布政使、江西巡抚、户部尚书、太子少保。时布政使以廉名著者,惟梁材与姚镆二人而已。梁材力祛宿弊,屡忤权幸,于嘉靖十七年(1538)以"沽名误事,似忠实诈"削职闲住。　○66"今甚者贪求"二句:现在最坏者还是贪求无厌,稍次者也只是在混日子。挨日,拖延日子。　○67鹘(hú)突:模糊,糊涂。　○68依违:犹豫不决。　○69灵长:广远绵长。　○70"惟予"句:听从自己的意旨,不得违抗。　○71翼为明听:见《书·皋陶谟》,意谓成为辅佐自己的助手和耳目。翼,帮助,辅佐。为,努力,完成。明,看清、辨明。听,听取,听清。　○72"是股肱"句:就像不用四肢耳目去保卫心腹(而由心腹自己去做)。股肱,指臣僚。腹心,指君主。　○73仪、衍:张仪和公孙衍。张仪(？—前309),东周魏国安邑(今山西万荣)人,魏国贵族后裔,战国时政治家、外交家。曾与苏秦师从于鬼谷子先生,学习权谋纵横之术。两次为秦相,两次为魏相。公孙衍,东周魏国阴晋(今陕西华阴)人。战国时政治家、纵横家。曾仕魏,任犀首之官。战国纵横学派代表人物之一,主张诸国合纵抗秦。张仪和公孙衍均为战国时代能言善辩的政客。　○74"得志"句:见《孟子·滕文公下》,意为得志时,便与老百姓一同循着大道前进。 ⑦⑤日视正朝:每天上朝理政。 ⑦⑥宰辅、九卿、侍从、言官:明制宰辅为大学士,九卿为各部尚书、侍郎等,侍从为翰林官,言官为给事中及御史。 ⑦⑦皋陶(yáo):偃姓,又作咎陶、咎繇,为舜帝和夏初的贤臣。以正直闻名天下。 ⑦⑧伊:伊尹,夏末商初政治家、军事家,曾辅佐商汤王建立商朝。 ⑦⑨傅:傅说(yuè),殷商王武丁权臣,官太宰相。传说早年为傅岩筑墙之奴隶,武丁梦得圣人,于傅岩得之,举以为相,国大治。 ⑧⑩一节省间:动一下节省的念头。一,一经,一旦。 ⑧①本行:基本的道德。 ⑧②缁(zī)黄:指和尚道士,因和尚著缁(灰黑色)衣,道士著黄衣。四民:指士、农、工、商。 ⑧③兼举富教:同时顾及生计和教化。 ⑧④屯盐本色:明代屯田、运盐,供边防军需之用。后将屯民应交粮盐实物改折银钱交纳。本色,指粮盐实物。 ⑧⑤必世之仁:见《论语·子路》:"必世而后仁。"意为一定要三十年之后才能使仁道行于天下。世,三十年为一世。 ⑧⑥抚按科道:指巡抚、巡按、六科给事中、十三道御史,均为明代官职。 ⑧⑦稽治要:考核施政的要领。 ⑧⑧六气:又称"气运",古人亦称之为"地气",是附会于五行的自然气候变化的六种现象,即阴、阳、风、雨、晦、明之气。 ⑧⑨恭己无为:见《论语·卫灵公》:"子曰:'无为而治者,其舜也与!夫何为哉?恭己正南面而已矣。'"意思为:称得上无为而治的,该是舜帝了吧!他做了些什么呢?只是自身恭敬有德,端正地坐在南面天子的位子上就行了(由于任官得人,各司其职,无须事事亲自动手)。 ⑨⑩熏为太和:形成天地间冲和之气。 ⑨①性分:犹天性、天分。 ⑨②切切然:急切的样子。 ⑨③竦(sǒng):肃然起敬。 ⑨④悬思凿想:凭空思索,穿凿起念。 ⑨⑤惓(quán)惓:忠心耿耿的样子。 ⑨⑥反情易向:改变思想,转移方向。

【赏析】 本文是海瑞向嘉靖皇帝进呈的关于大明王朝长治久安的谏书。作为一个户部主事,海瑞自认有责任向主上陈明在内忧外患之际的治国方针和谋略。据《明史·海瑞传》称:"时世宗享国日久,不亲朝,深居西苑,专意斋醮。督抚大吏争上符瑞,礼官辄表贺。廷臣自杨最、杨爵得罪后,无敢言时政者。四十五年二月,瑞独上疏云云。"《明史》差不多道出了海瑞上疏的时局背景及其孤身独斗的个人形象。海瑞疏中也开宗明义揭出了进言的初衷,即"正君道、明臣职,求万世治安"。

在《治安疏》中,海瑞树立了君与臣的标杆人物,留待人主和廷臣对号入座。文中作者提出了一些自古以来为人敬仰的明君,如尧、舜、禹、汤、文、武,汉宣帝、光武帝、唐太宗、宪宗、宋仁宗等,认为"天资英断,睿识绝人"的世宗,"举一节可取者",做起来都绰绰有余。海瑞此疏,重点提到了汉文帝。一个曾经"高汉文帝远甚"的皇上,怎么成了"不及汉文帝远甚"的庸君?汉文帝似乎并不在天性上占优,他之所以被目为贤君,是因为"能充其仁恕之性,节用爱人",特别是"能尽人之才力"。言下之意,世宗所不及者有三:"仁恕"不够,"节用"有亏,更在于不会用人。假如嘉靖帝尚有自省自责之心的话,海瑞这一疏点到为止就可打住了,但知君莫若臣,海瑞深知"妄念"已使世宗没了自知之明,故而直截了当告诉他逊于汉文帝之处:"二王不相见","以猜疑诽谤戮辱臣下",这是不仁恕;"侈兴土木","乐西苑而不返宫","赋役增常破产礼佛",这是不节用;"一意玄修"即无视现实生活中可资治国的人,"二十馀年不视朝"即不和廷臣商议国事,"数行推广事例"即滥封官爵、任人唯钱,都是不"爱人"、不"能尽人之才力"的表现。直陈君"过",欲"正君道",言辞之犀利,已无以复加矣!

把君臣的现实面目摹状一过后,海瑞开始深究造成眼下局面的原因,并分别由情、理两个层面展开论述。

而最后则是上书者的祈望,认为只要明世宗能真心改革,祛除邪念,回归天道物理,为臣必竭忠效力,朝政必能清明日隆。疏写到终了处,作者不但以诚相见,更似以命相搏了。

全疏行文虽不免冗沓之嫌,但写来收放自如的特点是很明显的。纵观全篇,旨意鲜明,情理俱备,揭弊鞭辟入里,直可与贾谊《治安策》相媲美。

徐　渭

作者简介

徐渭(1521—1593),字文长,初字文清,别号田水月、天池山人、青藤道士,山阴(今浙江绍兴)人。明文学家、艺术家、戏曲家。二十岁成生员,后屡试不第。喜谈兵法,曾参与抗倭之战。入浙江总督胡宗宪幕,得器重。以胡宗宪被捕而忧愤发狂,数次自杀,未果。因杀妻入狱。晚年穷困潦倒,抑郁而死。徐渭多才多艺,自称:"吾书第一,诗二,文三,画四。"所为文得唐宋派作家唐顺之、茅坤赞赏,公安派袁宏道则以为"一扫近代芜秽之习"。著有《徐渭集》,含《徐文长三集》、《徐文长逸稿》、《徐文长佚草》、《四声猿》、《歌代啸》、《补编》等。

赠光禄少卿沈公传

【题解】　本文选自《徐渭集·徐文长三集》卷二十五。光禄少卿,光禄寺卿之从官。沈錬(1507—1557),字纯甫,号青霞,会稽(浙江绍兴)人。明政治人物、文学家。嘉靖十年(1531)举人,十七年(1538)进士,历官溧阳、茌平、清丰知县,锦衣卫经历。为严嵩集团所诬陷,被杀于宣府。隆庆初诏赠光禄少卿,天启初追谥忠愍。著有《青霞山人集》五卷、《剑鸣集》六卷。徐渭为沈錬立传,着重表现其不畏强权、奇人奇志的形象。

【原文】

青霞君者,姓沈,名錬,字纯甫,别号青霞君。生而以奇骛①一世。始补府学生,以文奇。汪公文盛②以提学副使③校浙士,得君文惊艳,谓为异人,拔居第一。嘉靖辛卯④,遂举于乡,戊戌⑤,成进士。始知溧阳⑥,以政奇。御史惮之,卒得诋,徙茌平⑦,再徙清丰⑧。已乃擢经历锦衣卫⑨,以谏奇。庚戌⑩冬,虏入古北口⑪,抄骑⑫至都城,大杀掠。时先帝⑬仓卒集群臣议于廷,大官以百十计,率嫶娟⑭不敢出一语。君独与司业⑮赵公贞吉⑯,历阶⑰抵掌相倡和,慷慨论时事。严氏党执格⑱之,君遂抗声诋严氏父子⑲。又上疏请兵万人,欲出良、涿^⑳以西护陵寝,遮虏骑使不得前,因得开都门,通有无便。不报^㉑。无何,又上疏直诋严氏十罪。有诏廷杖君五十,削官,徙保安为布衣^㉒,以戆奇。当是时,君怀愤之日久,而忠不信于主上。乃削木为宋丞相桧^㉓象,旦莫^㉔射捶之,随事触景为诗赋文章,无一不慨时事,骂诃奸谀,怀忠主上也。当是时,边人苦虏残掠,而杨顺^㉕者方握符镇宣、大^㉖,虏杀人如麻,顺不敢发一矢,虏退则削汉级^㉗,以虏首功上。君飞书入辕门^㉘,数顺罪。顺痛忌之,承严氏旨,日夜奇构君。及甲寅^㉙,虏复寇大同右卫,顺计不出前辙,君飞书益急。而君在边久,尝思结客以破虏,或散金募土人豪宕者为城守。保安饥,又散金市远粟,粥僧舍,活万余人。顺谓诸事非放逐臣所宜为,可以叛构君,遂与御史巡宣、大者路楷^㉚会疏入告君叛状。严氏父子从中下其事,弃君宣府市^㉛,连坐死者五人。既又驰捕其长子襄,械^㉜抵宣府杖^㉝系^㉞,糜^㉟且死。会给事中吴公时来^㊱疏上,有诏逮顺、楷^㊲,襄得免戍,时丁巳^㊳秋月也。

先帝始再听谏臣邹公应龙^㊴、林公闰等说^㊵,悟向者严氏奸罔,斩世蕃西市,夺嵩官,籍其家。再逾年而先帝崩,遗诏录嘉靖以来言事得罪者,君得赠光禄寺少卿,荫子一人。今上^㊶立一年,襄复疏父冤,顺、楷坐死。上感君戆,为制文,命省臣祭其墓。

【注释】 ① 骛(wù):追求。 ② 汪公文盛:汪文盛(?—1543),字希周,崇阳(今属湖北)人。明大臣。正德六年(1511)进士,饶州推官、兵部武选司主事、右佥都御史、云南巡抚。以安南之役居功最多,召为大理卿。 ③ 提学副使:明初置儒学提举司,英宗正统元年(1436)分别派御史为两京的"提学御史",十三布政以按察使、副使、佥事充任,称进督学道。 ④ 嘉靖辛卯:嘉靖十年(1531)。 ⑤ 戊戌:嘉靖十七年(1538)。 ⑥ 溧阳:县名,今属江苏。 ⑦ 茌(chí)平:县名,今属山东。 ⑧ 清丰:县名,今属河南。 ⑨ 经历锦衣卫:锦衣卫下设经历司,主管锦衣卫公务文书的出入、誊写及档案封存等事项。 ⑩ 庚戌:嘉靖二十九年(1550)。 ⑪ 虏入北古口:嘉靖二十九年(1550),俺答率军蒙古鞑靼部右翼土默特万户首领兵临北京城下,胁求通贡,史称庚戌之变。古北口,在今北京市密云县东北,长城隘口之一,为古代军事要地。 ⑫ 抄骑:掠抢的马队。 ⑬ 先帝:指明世宗朱厚熜。 ⑭ 媕(ān)娿(ē):依违阿曲,无主见。 ⑮ 司业:即国子监司业,为监内副长官,协助祭酒掌儒学训导之政。 ⑯ 赵公贞吉:赵贞吉(1508—1576),字孟静,内江(今属四川)人。明大臣。嘉靖十四年(1535)进士,授翰林编修。历官监察御史、礼部尚书、文渊阁大学士。 ⑰ 历阶:登阶,跨过台阶。 ⑱ 执格:操纵限制。 ⑲ 严氏父子:指严嵩及其子严世蕃。 ⑳ 良、涿:指今北京房山区良乡镇、河北涿州市。 ㉑ 不报:不批复,不答复。　㉒ 保安:今陕西延安市。　㉓ 宋丞相桧:指秦桧,宋代奸相。　㉔ 旦莫:早晚。莫,同"暮"。　㉕ 杨顺:文登(今属山东)人。嘉靖二十年(1541)进士,历官朔州兵备副使、右金都御使、兵部右侍郎、宣大总督。　㉖ 宣、大:指宣府镇和大同镇,均为明代九边之一。　㉗ 汉级:汉人首级。　㉘ 辕门:即军营大门。将领办公处前方,常用马车之辕木对立而成进出口,遂称"辕门"。　㉙ 甲寅:嘉靖三十三年(1554)。　㉚ 路楷:汶上(今属山东)人。嘉靖二十九年(1550)进士,历官巡按御史、户部主事。坐贪纵削籍,后被劾论斩。　㉛ 弃君宣府市:将沈炼在宣府镇斩首。　㉜ 械:刑具枷住。　㉝ 杖:拷打。　㉞ 系:拘押。　㉟ 糜:糜烂。　㊱ 吴公时来:吴时来(1527—1590),字惟修,号悟斋,仙居(浙江)人。嘉靖三十二年(1553)进士,历官松江府推官,刑部给事中,工部给事中,湖广按察副使,刑、吏二部侍郎等。在任得直谏名声,但晚节不能自坚。　㊲ 逮顺、楷:逮捕杨顺、路楷。《明史·沈炼传》:"(杨顺)取炼子衮、褒,杖杀之,更移檄逮襄。襄至,掠讯方急,会顺、楷以他事逮,乃免。"　㊳ 丁巳:嘉靖三十六年(1557)。　㊴ 邹公应龙:邹应龙,字云卿,号兰谷,陕西长安人。嘉靖三十五年(1556)进士,历官副都御史工部右侍郎、兵部侍郎,云南巡抚。曾冒死上书,弹劾严嵩父子及其党羽。　㊵ 林公闰:林闰,《明史》《明清进士题名碑录》作林润,字若雨,福建莆田人。嘉靖三十五年(1556)进士,历官临川知县、通政司参议、太常寺少卿、右金都御史巡抚应天。劾严世蕃,并纠捕戮死。　㊶ 今上:指明穆宗朱载垕。

【赏析】　徐渭是个政治奇人、文化奇人,时人张汝霖曾这样评价徐渭:"文长怀祢正平(衡)之奇,负孔北海(融)之高。""侠烈如豫让,慷慨如渐离。"(《刻徐文长佚书序》)说的是徐渭具有祢衡的奇气、孔融的高才,更像豫让般愿为知己者死、渐离般因义赴难。徐渭本人与抗倭名将胡宗宪有知遇之恩,胡下狱后仍为之抱屈;沈炼则出于忠义大节,在徐渭这篇沈炼传中,我们确能体会到徐渭于沈炼的惺惺相惜之情。

　　《沈公传》一开始便以"生而以奇骛一世"为沈炼定下了基调,以下分别以"文奇"、"政奇"、"谏奇"、"戆奇"概括其安身立命的特性。沈炼的每一"奇",作者都以具体事例证之:当年"汪公文盛以提学副使校浙士,得君文惊艳,谓为异人,拔居第一",是其文奇。沈炼中进士后,任溧阳知县,因忤御史调茌平,又以丁忧服除补清丰,知县一职分任三地,是其政奇。在锦衣卫经历任上,当俺答犯京师,"君独与司业赵公贞吉,历阶抵掌相倡和,慷慨论时事";"抗声诋严氏父子",疏请护陵寝;又"又上疏直诋严氏十罪"。是其谏奇。罢官为布衣后,"削木为宋丞相桧象,旦莫射捶之,随事触景为诗赋文章,无一不慨时事,骂诃奸谀,怀忠主上",仍执着于仇奸忠君,是其戆奇。就是这么一位有着奇才异禀的沈公,仕途并不顺畅,特别在严党当道、皇帝昏聩的嘉靖后期,在一个错勘贤愚、颠倒黑白的朝政中行事,沈炼遇上了不同常人的厄运,真可谓"奇骛一世"。

徐渭在沈錬传中,突出的是沈錬与严嵩集团的生死较量,揭露了嘉靖年间吏治的昏暗,以一个谏士的侠义风骨,折射出整个世道的面貌,正邪忠奸,对照鲜明。只是作为文学家的作者,于沈錬文之"奇",未做深入的展开,我们可参读明代唐宋派作家茅坤的《〈青霞先生文集〉序》(沈錬《青霞集》卷首),从而了解沈錬作为诗文奇才的另一面。

张居正

作者简介

张居正(1525—1582),字叔大,号太岳,湖广江陵(今属湖北)人。明政治家。嘉靖二十六年(1547)进士,授翰林院编修。历官吏部左侍郎兼东阁大学士、吏部尚书、建极殿大学士。明神宗万历初年出任首辅,时军政大事均由张居正主持裁决。曾推行一条鞭法与考成法,改革赋税与官吏升迁制度。卒赠上柱国,谥文忠。著有《张太岳集》。

答湖广巡按朱谨吾辞建亭

【题解】 本文选自《张太岳文集》卷三十二。万历八年(1580),湖广(今湖南湖北)巡按朱琏出于逢迎当朝首辅,提议为张居正建三诏亭,张写了这封信表示回绝。信中称倘能后世留名,并不在有否建亭,建亭之举劳民伤财,实在无益。朱谨吾,即朱琏(《临江府志》作"朱连"),字文卿,号谨吾(《新淦县志》作"瑾五"),江西新淦人。隆庆五年(1571)进士,历官崇安知县、监察御史、湖广巡按。

【原文】

承示欲为不谷①作三诏亭②,以彰天眷③,垂有永,意甚厚。但数年以来,建坊营作,损上储④,劳乡民,日夜念之,寝食弗宁。今幸诸务已就,庶几疲民少得休息;乃无端又兴此大役,是重困乡人,益吾不德也。且古之所称不朽者三⑤,若夫恩宠之隆,阀阅⑥之盛,乃流俗之所艳⑦,非不朽之大业也。

吾平生学在师心⑧,不蕲⑨人知。不但一时之毁誉,不关于虑;即万世之是非,亦所弗计也。况欲侈恩席宠⑩以夸耀流俗乎?张文忠⑪近时所称贤相,然其声施于后世者,亦不因三诏亭而后显也。不谷虽不德,然其自许,似不在文忠之列。使后世诚有知我者,则所为不朽,固自有在⑫,岂藉建亭而后传乎?露台百金之费⑬,中人十家之产,汉帝⑭犹且惜之,况千金百家之产乎?当此岁饥民贫之时,计一金可活一人,千金当活千人矣!何为举百家之产,千人之命,弃之道旁,为官使往来游憩之所乎?

且盛衰荣瘁⑮,理之常也。时异势殊,陵谷迁变⑯,高台倾,曲池平,虽吾宅第,且不能守,何有于亭?数十年后,此不过十里铺前一接官亭耳,乌睹所谓三诏者乎?此举比之建坊表宅,尤为无益;已寄书敬修⑰儿达意府官,即檄已行,工作已兴,亦必罢之。万望俯谅!

【注释】 ① 不谷:不善。古代王侯自称之谦词。《老子》:"故贵以贱为本,高以下为基,是以王侯自谓孤、寡、不谷(穀)。" ② 三诏:明万历六年(1578),张居正回江陵葬父期间,神宗曾接连发出三道诏书,催其早日还京。湖广巡抚朱琏欲为张首辅建"三诏亭"以作纪念。 ③ 天眷:上天的恩眷,此指皇帝对臣下的恩宠。 ④ 上储:指国家储备。 ⑤ 不朽者三:《左传》有"立德"、"立功"、"立言""三不朽"之说。《左传·襄公二十四年》:"太上有立德,其次有立功,其次有立言,虽久不废,此之谓不朽。" ⑥ 阀阅:指门第。 ⑦ 艳:羡慕。 ⑧ 师心:以心为师,自以为是。 ⑨ 蕲(qí):通"祈",祈求。 ⑩ 侈恩席宠:指张扬恩遇,凭恃宠幸。席,凭藉,倚杖。 ⑪ 张文忠:张璁(1475—1539),字秉用,号罗峰,因避讳由明世宗钦赐名孚敬,字茂恭。浙江永嘉(今浙江温州)人。明大臣。正德十六年(1521)进士,官至华盖殿大学士、首辅。 ⑫ 在:指地位、位置。 ⑬ 露台百金:《汉书·文帝纪》:"(文帝)尝欲作露台,召匠计之,直百金。上曰:'百金,中人十家之产也。吾奉先帝宫室,常恐羞之,何以台为!'" ⑭ 汉帝:指汉文帝刘恒。 ⑮ 瘁:疾病,劳累。 ⑯ 陵谷迁变:喻世事的变化。《诗·小雅·十月之交》:"高岸为谷,深谷为陵。" ⑰ 敬修:张敬修(?—1583),湖广江陵(今属湖北)人。张居正长子。万历八年(1580)进士,官至礼部主事。

【赏析】 这封信是明万历年间首辅张居正为回绝湖广巡按朱琏建三诏亭而写,目的是要中止朱琏建亭的实施。就信论信,读者确实看到了万历年代初期最高阁臣体恤百姓的一片衷情。

张居正一则认为建亭的弊端在于"重困乡人",也即一旦三诏亭动工,税赋、劳役都要摊在湖广百姓头上,他实在于心不忍。多年来"建坊营作,损上储,劳乡民",已经为患匪浅,现今还要搞什么三诏亭,这不是雪上加霜吗?此不应建也。作者援引"露台百金"的汉典,认为处在全盛时期的汉文帝尚且怜惜"中人十家之产",不愿建台,而"当此岁饥民贫之时",怎么可以"举百家之产,千人之命",去造一个充其量就是个"官使往来游憩之所"呢?二则,青史留名、三不朽,也和建亭无关。张居正自我标榜是个"学在师心,不蕲人知"的人,不虑"一时之毁誉",不计"万世之是非",更谈不上去"侈恩席宠以夸耀流俗",犯不着"藉建亭而后传"。谦卑的话语中透露着骄矜和自信,想使对方打消建亭的念头。此不必建也。三则"盛衰荣瘁",乃"理之常",人间沧桑,世事难料,这亭即使建成了又从何而知所谓"三诏"呢?此建而无益也。最后作者表示了罢建三诏亭的决心,并告知已关照儿子予以落实。全信理由充足,义正词严,至少体现了张居正对历史和现实的洞察能力,以及高超的处事本领和语言技巧。

不过,此事后续的真实情况,似乎未按张居正的"意愿"发展。据朱东润《张居正大传》言,张居正接受建宅、"营私第以开贿门"是有前科的,万历元年就发生过。"以后万历六年,有人提议替张家创山胜;万历八年,提议建三诏亭;万历九年,提议重行建坊表宅,而且一切动工进行,都不待居正的同意。所以无论居正是否默认,这一个贿门,在他当国的时期,永远没有关上。"也许张居正是真心回绝朱琏的"好意",但明代后期制度性的腐败,竟使这么一位政治改革家最终未能免俗。

李　贽

作者简介

李贽(1527—1602),初姓林,名载贽,后改姓李,名贽,字宏甫,号卓吾,别号温陵居士、百泉居士等,福建晋江人。明官员、思想家、文学家。嘉靖三十一年(1552)举人,历官共城知县、国子监博士、姚安知府。弃官后寄寓黄安、麻城,从事讲学和著述。李贽受王阳明心学支流"泰州学派"影响,以"异端"自居,不满独奉儒家程朱理学;强调"道学"应着眼于社稷民生,关心百姓生活;承认个人私欲,提倡个性自由。诗文多抨击前七子、后七子的复古主张,对公安派三袁等晚明文学思潮的形成起了推动作用。晚年往来于南北两京等地,被诬下狱,自刎死。著有《焚书》、《续焚书》、《藏书》等。

富国名臣总论

【题解】　本文选自李贽《藏书》卷十七。《藏书》计六十八卷,分为《世纪》和《列传》两部分,主要取材于历代正史,系历史人物评传。本文为《列传》部分《名臣传》题下《富国名臣》前的一篇总论。李贽《藏书》认定的"富国名臣"有李悝、孔仅、桑弘羊、耿寿昌、长孙平、戴胄、刘晏、陈恕、赵开等。李贽在文中高度肯定了以桑弘羊为代表的富国名臣的历史功绩,反映了作者要求发展经济、重视国家利益的观念。论述有创见、有理据,但对朝廷之忠忱,对商贾之鄙视,也时见文中。

【原文】

卓吾曰:史迁传《货殖》①,则羞贱贫;书《平准》②,则厌功利。利固有国者之所讳与?然则太公③之九府④、管子⑤之《轻重》非欤⑥?夫有国⑦之用与士庶之用,孰大?有国者之贫与士庶之贫,孰急?汉自高帝围于冒顿⑧,高后⑨辱于嫚书⑩,文景困于中行说⑪,堂堂天朝,犬戎⑫侮之,至妻以公主而纳之财,犹且不得免也。烽火通甘泉⑬,边城昼警,入粟塞下,募民徙边,积谷屯田,殆无虚岁矣。武帝固大有为不世出之主也,于此肯但已乎⑭!

今夫富者，力本业、出粟帛以给公上⑮；贫者，作什器、出力役以佐国用、助征戍，是所益于国者大也。独有富商大贾，羡天子山海陂泽⑯之利，以自比于列侯都君，而不以佐国家之急。果何说乎？设使国家无有此，固无损也。夫有之未尝益，则无之自无损，此桑弘羊⑰均输之法⑱，所以为国家大业，制四海安边足用之本，不可废也。且其初亦非有意尽夺之也，既拜爵以劝之矣，又大封赐卜式⑲以夸耀风厉之矣。而商贾终不听也，故重征商税，使之无利而止，然后县官⑳自为之耳。又于京师置平准㉑以平物价，使之不至腾跃，而后买贱卖贵者，无所售其赢利，其势自止，不待刑驱而势禁之也。弘羊既有心计，又能用人。其所用者，前有爵赏之劝，后有诛罚之威，是以铢两之利尽入朝廷，奸吏无所措其手足。不待加赋，而国用自足，太仓㉒、甘泉一岁皆满。边馀谷，赏赐日以巨万，皆取足大农㉓，大农财帛，盈溢如故也。武帝之雄才如何哉，甚矣！孝武㉔之未可以轻议也。

宋之王安石㉕，吾不知何如人者，乃亦欲效之，可乎？夫安石不知其才之不能，而冒焉遽以天下之重自任。议者㉖不以其才之不足以生财，而反咎其欲夺民之财，则其所见又在安石下矣。夫安石之遇神宗㉗，犹夷吾㉘之于齐，商君㉙之于秦也，言听而计从之矣。然夷吾行之，迨二百余年以至于威、宣㉚，犹享其利；商君相秦，不过十年，能使秦立致富强，成帝业者。乃安石欲益反损，欲强反弱，使神宗大有为之志，反成纷更㉛不振之弊，胡为也哉！是非生财之罪也，不知所以生财之罪也。呜呼，桑弘羊者，不可少也。

【注释】　①《货殖》：即司马迁《史记·货殖列传》。　②《平准》：即司马迁《史记·平准书》。　③ 太公：即吕尚（前1156—前1017），姜姓，吕氏，名尚，一名望，字子牙，别号飞熊，后世则俗称其为"姜子牙"。商周之际政治家、军事家。西周文、武、成王三代主要政治、军事宰辅。　④ 九府：周代掌管财币的机构，相传为太公所立。后泛指国库。《史记·货值列传》："设轻重九府。"指周王朝设立大府、玉府、内府、外府、泉府、天府、职内、职金、职币等九府，均为执掌财货之官。　⑤ 管子：管仲（前719—前645），姬姓，管氏，名夷吾，字仲，颍上（今属安徽）人。春秋时齐国政治家、思想家。著有《管子》，今本存七十六篇。　⑥《轻重》：指《管子·轻重》篇。在此篇中，管子主张以轻重之术，调控商品与货币、物品之多寡的关系。　⑦ 有国：统治国家者。　⑧ 冒（mò）顿（dú）：即冒顿单于（？—前174），姓挛鞮。匈奴部落联盟首领，匈奴族军事家、统帅。　⑨ 高后：吕雉（前241—前180），字娥姁，通称吕后、汉高后、吕太后等。单父（今山东单县）人。汉高祖刘邦的皇后。　⑩ 嫚书:文辞轻慢的书信。此句指吕后被匈奴单于冒顿的书信所羞辱。　⑪ 中行(háng)说(yuè):燕(今河北)人,西汉时宦官。受汉文帝派遣,陪送宗室女去匈奴和亲,转而归降匈奴,成为单于的谋臣。　⑫ 犬戎:中国古代一民族,即猃狁,也称西戎。此处比作匈奴。　⑬ 甘泉:甘泉宫,汉代古宫殿。　⑭ 但已乎:谓不复深究或就此了事。　⑮ 公上:朝廷,官家。　⑯ 陂(bēi)泽:湖泽。　⑰ 桑弘羊(前152—前80):出生于洛阳(今属河南)。汉武帝时政治人物,专长为财政。历官大农丞、大农令、搜粟都尉兼大司农等,统管中央财政近四十年之久。　⑱ 均输之法:即均输法。汉武帝时,桑弘羊创设均输法,规定将郡国应缴供物连同运费抵折为一定数量的当地土特产品。郡国将产品交给均输官,均输官将其运到有需求的地方销售。桑弘羊推行的均输法舒缓了汉武帝晚年的财政危机。　⑲ 卜式:洛阳(今属河南)人。西汉大臣。以牧羊为业,经营致富。汉武帝时,愿捐出一半家财防卫边关。又以二十万钱救济家乡贫民。朝廷召拜为中郎,赐爵关内侯,官至御史大夫。反对盐铁官营,又兼不习文章,被贬为太子太傅。　⑳ 县官:此处指朝廷。　㉑ 平准:平准官。由大农令置平准官于京师,总管全国均输官运到京师的物资财货,除去皇帝贵戚所用外,作为官家资本经营官营商业。　㉒ 太仓:京城粮食仓库。　㉓ 大农:即大司农。秦汉时全国财政经济主管官,逐渐演变为专掌国家仓廪或劝课农桑之官。　㉔ 孝武:汉武帝。　㉕ 王安石(1021—1086):字介甫,号半山,临川(今江西)人。北宋政治家、文学家、改革家。神宗时任参知政事,推行青苗法、农田水利法和募役法等新法;改革官制,加强尚书省实权;推行保甲制度,注重练兵。新法遭司马光等守旧势力反对,变法失败。　㉖ 议者:指司马光等反对变法者。　㉗ 神宗:宋神宗赵顼(xū)(1048—1085),英宗长子,北宋第六位皇帝。　㉘ 夷吾:即管仲。　㉙ 商君:即商鞅(约前395—前338)。卫(今河南安阳)人。战国时政治家、改革家,法家代表人物。秦孝公时任左庶长,推行变法措施:改革秦国的户籍、法律、军功爵位、土地税收、度量衡等制度;重农抑商、奖励耕织。以严刑峻法打击旧贵族,也伤及百姓,招致普遍怨恨。商鞅本人受旧贵族势力报复,最终身亡。　㉚ 威、宣:齐威王、齐宣王。　㉛ 纷更:纷杂变乱。

【赏析】　李贽是晚明著名的思想家、文学家,王学泰州学派的重要传人,其历史观、价值观在当时与程朱理学有着悖违之处,曾被正统文人视为"狂悖乖谬,非圣无法"(《四库全书总目·别史类存目》)。但其重视经济实利、强调富国抑商的观念,仍不离传统儒家经国济世的实学思想。

这篇"总论"首先讨论的是国家富强、财力雄厚的重要性。文章以司马迁的《货殖列传》和《平准书》为例,力证国家积累财富之必要和可能。史迁前一文以为追求财富乃人的天性,所谓"天下熙熙,皆为利来;天下壤壤,皆为利往",讲的就是这个道理。问题是财富应该掌控在谁的手中,下文似乎作了解答。汉初的几代君王,都采取了抑商的政策,"大农之诸官尽笼天下之货物,贵即卖之,贱即买之","富商大贾无所牟大利",将财权集中把握在朝廷。李贽认为,司马迁的一《传》一《书》,都说明了"利"并非是有国者所忌讳的东西。要不然,姜太公就不必为周王朝设立九府,管仲也就无须讲究物之轻重了。

在肯定了有国者并不讳言财利之后,李贽继而发问:"夫有国之用与士庶之用,孰大?有国者之贫与士庶之贫,孰急?"简言之,即朝廷与百姓,哪个更应该拥有财富?作者毫不犹豫地选择了前者,以下"高帝围于冒顿,高后辱于嫚书,文景困于中行说"云云,活现了李贽就是一个皇权至上主义者,而决非民本主义者。

那么,眼下的富人到底是如何作为的呢?本来"富者,力本业、出粟帛以给公上;贫者,作什器、出力役以佐国用、助征戍",是天经地义的事,可偏偏"独有富商大贾,羡天子山海陂泽之利,以自比于列侯都君,而不以佐国家之急",这就太无益于国家朝廷了。当年富国名臣桑弘羊的"均输之法",就是要摆平这些个富商大贾,唯此方能"为国家大业,制四海安边足用之本"。李贽对桑弘羊的"心计"和"能用人"、汉武帝的"雄才"竭尽赞美之词,依据就在"铢两之利尽入朝廷",就在"大农财帛,盈溢如故"。口口声声反对"以孔子之是非为是非"(《藏书世纪列传总目前论》)的作者,对"喻于利"者,竟然不视其为小人了,原在于"利"入了朝廷的库房,在这一点上,李贽推崇的是传统儒家重农抑商的政策,看不出有什么离经叛道的模样。

此论对王安石的评价,倒是与理学家的论断颇有不同。南宋黄震认为王安石之变法"尽坏祖宗法度,聚敛、毒民、生事、开边、卒乱天下"(《读名臣言行录·王荆公安石》),而李贽仍认定王安石干的事动机是好的,毛病出在"不知其才之不能,而冒焉遽以天下之重自任",就像作者在《大臣总论》中所说的那样:"介甫不知富强之术而必欲富强。"李贽关注的焦点,还不在于王安石身败名裂,闹成"欲益反损,欲强反弱"的后果,更在乎"使神宗大有为之志,反成纷更不振之弊",原来皇帝和朝廷的受损,才是最大的罪过。联系到李贽评论《水浒》,把"一心招安,专图报国"的宋江美化成"忠义之烈"(《忠义水浒传序》),其忠爱君国之忱,实在是一脉相承的。

纵观全文,李贽高调称扬桑弘羊一类富国名臣、汉武帝那样的"不世出之主",极力主张欲求国富兵强可以不择手段,而"士庶之贫"、商贾之利全在视野之外,所论虽有别调,行文理气充溢,然终不脱对皇朝的眷念之情,好一个身在江湖、心存魏阙的大明遗贤!

程学博

作者简介

程学博,字近约,号二蒲,孝感(今属湖北)人。明大臣。嘉靖三十八年(1559)进士,历官工部虞衡司主事、重庆知府、淮扬兵备、云南兵备、行太仆寺卿。所任皆有政绩。著有《重庆稿》、《问学录》。

祭梁夫山先生文

【题解】 本文选自《何心隐集·附录》。梁夫山(1517—1579),名汝元,字柱乾,号夫山,后改称何心隐,永丰(今属江西)人。明思想家,王阳明泰州学派代表人物。笃于讲学,亦从事社会实践。天性耿直,独往独来,先后为严嵩、张居正所不容。终受诬,毙于杖下。作者与何心隐为学问同道,私交甚密,在何葬后次年写下了这篇字字血泪的祭文。通过祭文,可以发现晚明以言治罪的严酷社会环境,也看到了"讲学"者固执己见、坚持学问方向的坚毅品格。文章感情激越,文气浩荡。

【原文】

万历己卯①秋,永丰梁夫山先生以讲学被毒死②。癸未③冬,门人胡时和④始得请收其遗骸,祔葬⑤于后台程公⑥之墓,从先生遗言⑦也。友人程学博为文以哭之,曰:

呜呼伤哉!予以何颜哭先生耶?嗟予不力,既不能脱先生于毒手,而视先生冤以死。死又不能为先生白其冤状,而即礼收遗骸,而冤状犹然未白,草草焉不能为先生成礼以葬。

呜呼伤哉!予以何颜哭先生耶?先生之死也以讲学。先生之学,先生所自信,而世所共嫉。世之人不喜讲学,亦未必不知学,而先生之学,天下后世有定论在焉,予又乌能喋喋于先生之学,以与世之人辩哉?予独谓先生之为人,其纯然一念,昭昭然若揭⑧日月以行,可以贯金石,可以质鬼神,可以考往古,可以俟来今。平生精力自少壮以及老死,自家居以至四方,无一日不在讲学,无一事不在讲学,自讲学而外,举凡世之所谓身家儿女、一切世情俗态,曾无纤毫微眇足以里⑨先生之口而入先生之心。嗟夫!此无论其学何如也,即其为人,岂肯躁妄其心志,冥焉为狂诞者哉!岂肯卤莽其趋向,悍然任独往者哉?世之人不喜讲学者,即不讲学已尔,未必无人心在也,胡为而嫉先生若是也!嫉之亦已甚矣,胡为而辱先生以死而又若是之惨也!

呜呼伤哉!然先生死则死尔,彼死先生者竟何如?先生虽赍⑩志以死,其炯炯在乾坤,其肫肫⑪在朋友,其讲学遗言在方册⑫,其学之真是在天下后世之定论。彼死先生者,能以其妾妇之威,电光石火之气焰,死先生血肉之躯于一时,而其所不能死者,直将与天壤上下相为无穷。是先生一死而先生之事毕矣,先生何恨?忆自嘉靖戊午、己未之年⑬,予伯兄后台公始识先生于南⑭。未几,伯兄官于北,而予与浙之怀苏钱子⑮遂相与识先生于北。又未几,而伯兄逝,怀苏亦逝,予之与先生散而聚、聚而散者垂二十年。先生虽不谆谆语予以学,而其箴规磨订之义不少假借,亦莫非学。予虽未从先生周游讲学,而其不敢婥妸⑯取容以求无愧于立身行己者,亦莫非讲先生之学。奈之何予抱直道以归,归无何,而遽见先生遭兹毒手以死,而又莫能白先生冤,收先生骸,而葬先生以礼也。

呜呼伤哉!令予伯兄而在也,而先生若是耶?怀苏钱子而在也,而先生若是耶?感今追昔,能不刺心?

呜呼伤哉!予诚无颜以哭先生矣!先生有灵,庶其鉴之。

此余殡夫山先生时作文以哭之,其时从先生与难者惟祁门胡少庚⑰,乃少庚亦死矣。今余叨补过居家,而少庚之兄胡环溪⑱君适在余家,将之梁氏,问余所以语梁氏者,余书此以贻之,烦持之悬挂于梁氏聚和堂⑲中,以表予之心,并以与诸君告云。

万历甲申⑳季春,云南副使孝昌㉑程学博顿首泣言。

【注释】　①万历己卯:明神宗万历七年(1579)。　②被毒死:指被毒打而死。沈德符《万历野获编》卷十八:"今上丁丑、戊寅间,有妖人曾光者,不知所从来,能为大言惑众,惯游湖广、贵州土司中,教以兵法,图大事……上命悉诛妖党,严缉曾光,以靖乱本。时有江西永丰县梁汝元者,以讲学自名,鸠聚徒众,讥切时政……江陵(张居正)恚怒,示意其地方官物色之。诸官方居为奇货。适曾光事起,遂窜入二人姓名(梁汝元、罗巽),谓且从光反。汝元先逮至,拷死。" ③ 癸未:万历十一年(1583)。 ④ 胡时和:字子介,号少庚,祁门(今属安徽)人。梁汝元门人。梁遭捕,曾随侍数千里。梁死后,亦哀痛死。 ⑤ 祔(fù)葬:合葬。 ⑥ 后台程公:程学颜,程学博之兄,号后台。官太仆寺丞。曾救梁汝元出狱,并同入京师。 ⑦ 先生遗言:见《何心隐集》卷四《遗言孝感》:"望于湖广城收我骨骸,及改兰洲,或招其魂,又改仰云,并径泉,同德崇,与台老合为一坟于孝感,是望也。" ⑧ 揭:举。 ⑨ 挂(guà):同"挂",说到,提及。 ⑩ 赍(jī):怀抱,带着。 ⑪ 肫(zhūn)肫:诚恳。 ⑫ 方册:简牍,典籍。此指梁汝元著述。 ⑬ 嘉靖戊午、己未:明世宗嘉靖三十七、三十八年(1558、1559)。 ⑭ "予伯兄"句:指嘉靖三十七、三十八年间,程学颜与梁汝元相识于南京。邹元标《梁夫山传》:"(梁汝元)游学南都,与太仆寺丞后台程公友善。" ⑮ 怀苏钱子:字大行,号怀苏,秀水(今浙江嘉兴)人。王守仁门人。嘉靖三十二年(1553)进士,历官祁门知县、莱州知府。 ⑯ 婩(ān)婀:依违阿曲,没有主见。 ⑰ 胡少庚:即胡时和。 ⑱ 胡环溪:名时中,字子贞,号环溪,胡时和之兄。 ⑲ 聚和堂:梁汝元率同族所修建,取"聚和合族"之意。 ⑳ 万历甲申:明神宗万历十二年(1584)。 ㉑ 孝昌:湖北孝感之古名,后唐庄宗为避其皇祖李国昌之名讳,改"孝昌"为"孝感"。

【赏析】 梁夫山,即梁汝元,后因避严嵩之害,改称何心隐,是明代王学泰州学派的重要人物。何心隐、王艮之后,与曾从学的同乡颜均,将王学思想发展至"复非名教之所能羁络"的境地。(黄宗羲《明儒学案泰州学案序》)何一生以讲学为己任,宣扬其学问就是生活实践的思想。因禀性刚直,危言危行,触怒了当朝权贵,屡遭遣戍。张居正柄国,视其讲学为祸国。湖广巡抚王之垣承张相意,诬以奸逆,杖死。何心隐好友程学博与胡时中收其遗骸,料理后事。(按:据《县志本传》:"汝元既遭捕,其徒祁门胡时和随侍数千里。汝元死,时和亦哀痛死。其兄时中受弟委托,经理汝元身后之事,与学博收其遗骸,祔葬其兄学颜墓。"本文述及"收其遗骸"者与《县志本传》有出入。)为悼念心隐,程学博在万历甲申年(1584)写下了这篇祭文。

祭文先交代受祭者梁夫山即何心隐死于万历己卯年(1579),葬于癸未年(1583),而死因是"以讲学被毒死"。简短的开头语,看似平淡,却还透露出一些言外的信息。何心隐"被毒死"的罪名竟然是"讲学",告诉世人,何氏是因言获罪,蒙受了不白之冤,死于非命。另外,归葬日已在罹难日四年之后,而加害于何的张居正相国死于万历壬午年(1582),何是在张死后下葬的。"始得"二字显出完葬何心隐一事上的周折和难处。这样为下文沉痛的哀悼和强烈的控诉做了切当的铺垫。

祭文一伤自己"不力":"不能脱先生于毒手","不能为先生白其冤状","不能为先生成礼以葬"。这"不力"并非无所事事,实在是一介文人在强权面前的无力和无奈。祭文二伤心隐冤屈:何心隐是一位讲学而生的儒者,"其纯然一念,昭昭然若揭日月以行,可以贯金石,可以质鬼神,可以考往古,可以俟来今。"内心毫不牵挂"所谓身家儿女、一切世情俗态",绝不可能有狂躁之心、非分之举。为人坦荡的心隐,逢此横祸,其中冤情,人神共知。三伤世态炎凉:心隐之学本在匡扶正义、经国济世,却为"世所共嫉";心隐之学"天下后世有定论在焉",但横遭时忌,不知为何"嫉先生若是","辱先生以死而又若是之惨也"。四伤痛失挚友:何心隐与朋友程学颜、钱同文相识于南北,投契聚合;作者本人"与先生散而聚,聚而散者垂二十年"。眼下至亲好友撒手人寰,"感今追昔,能不刺心?""呜呼伤哉"的反复出现,使哀怨的旋律回荡在祭文中,难以平复。

　　祭文在哀痛哭告之余,以大段的文字强调了何心隐道义不死,将永留青史,在对一位明代心学思潮继承和修正者何心隐的哀悼过程中,表达了作者内心挥之不去的怨情,控诉了当政者以言治罪的恶行,折射出明代思想界剿灭"异端邪说"的可怖环境。全文浩气回旋,激荡起伏,修辞整饬,反诘有力,为不可多得的祭文佳作。

顾秉谦

作者简介

顾秉谦（1550—?），字益庵，昆山（今属江苏）人。明大臣。万历二十三年（1595）进士，改庶吉士，升礼部尚书，掌詹事府事。天启三年（1623），与魏广微同时入阁，攀附魏忠贤。兼东阁大学士。叶向高、韩爌相继罢，何宗彦卒，遂为内阁首辅。天启七年（1627），致仕回昆山。曾任《三朝要典》总裁。《明神宗实录》一书，天启元年（1621）命张维贤为监修官，叶向高、刘一燝、韩爌、史继阶、何宗彦、沈㴶、朱国祚为总裁官，后改命顾秉谦、丁绍轼、黄立极、冯铨等为总裁。

毓德宫召见

【题解】　本文选自《明神宗实录》卷二百一十九。明神宗朱翊钧（1563—1620），明第十三位皇帝，穆宗朱载垕第三子。隆庆二年（1568）立为皇太子，隆庆六年（1572）即位，次年改元万历。在位四十八年，为明代在位时间最长的皇帝。本文记载的是万历十八年（1590）神宗与申时行等阁臣对话、互动的场景，其中有讨论雒于仁奏本、请求神宗出席讲筵、商议册立东宫、主张责训张鲸等召对内容，君臣双方你来我往，展现了帝王和朝臣意见相左又能互作妥协的高端政治动向。记叙得体传神，人物相映成趣。

【原文】

万历十八年正月甲辰朔①，立春。上不御殿，免百官朝贺、顺天府官进春②。以正旦令节赐辅臣③上尊珍馔。

上御毓德宫④，召辅臣申时行⑤、许国⑥、王锡爵⑦、王家屏⑧入见于西室。御榻东向，时行等西向跪，至词⑨贺元旦新春。又以不瞻睹天颜，叩头候起居？。

上曰："朕之疾已瘳⑩矣。"时行等对曰："皇上春秋鼎盛，神气充盈，但能加意调摄，自然勿药有喜，不必过虑。"上曰："朕昨年为心肝二经⑪之火⑫时常举发，头目眩晕，胸膈胀满，近调理稍可，又为雒于仁⑬奏本肆口妄言，触起朕怒，以致肝火复发，至今未愈。"时行等奏："圣躬关系最重，无知小臣狂戆⑭轻率，不足以动圣意。"上以雒于仁本手授时行，云："先生每⑮看这本，说朕酒色财气，试为朕一评！"时行方展疏，未及对。上遽云："他说朕好酒，谁人不饮酒？"若'酒后持刀舞剑非帝王举动'，岂有是事？又说朕好色，偏宠贵妃郑氏⑯。朕只因郑氏勤劳，朕每至一宫，他必相随，朝夕间小心侍奉勤劳。如恭妃王氏⑰，他有长子，朕著他调护照管，母子相依，所以不能朝夕侍奉。何尝有偏？他说朕贪财，因受张鲸⑱贿赂，所以用他。昨年李沂⑲也这等说。朕为天子，富有四海，天下之财皆朕之财。朕若贪张鲸之财，何不抄没了他？又说朕尚气⑳，古云'少时戒之在色，壮时戒之在斗㉑'，斗即是气，朕岂不知？但人孰无气？且如先生每也有童仆家人，难道更不责治？如今内侍宫人等，或有触犯及失误差使的，也曾杖责，然亦有疾疫死者，如何说都是杖死？先生每将这本去票拟㉒重处！"时行等对曰："此无知小臣，误听道路之言，轻率渎奏。"上曰："他还是出位沽名！"时行等对曰："他既沽名，皇上若重处之，适成其名，反损皇上圣德。唯宽容不较，乃见圣德之盛。"复以其疏缴置御前。上沉吟答曰："这也说的是。到不事㉓损了朕德，却损了朕度。"时行等对曰："圣上圣度如天地，何所不容？"上复取其疏，再授时行使详阅之。时行稍阅大意，上连语曰："朕气他不过，必须重处！"时行云："此本原是轻信讹传，若票拟处分，传之四方，反以为实。臣等愚见，皇上宜照旧留中㉔为是，容臣等载之史书，传之万世，使万世颂皇上为尧舜之君。"复以其疏送御前。上复云："如何设法处他？"时行等云："此本既不可发出，亦无他法处之，还望皇上宽宥。臣等传语本寺堂官㉕，使之去任可也。"上首肯，天颜稍和："因先生每是亲近之臣，朕有举动，先生每还知道些。安有是事？"时行对曰："九重深邃，宫闱秘密，臣等也不能详知，何况疏远小臣？"上曰："人臣事君，该知道理。如今没个尊卑上下，信口胡说。先年御史党杰㉖，也曾数落我，我也容了。如今雒于仁亦然，因不曾惩创，所以如此。"时行等曰："人臣进言，虽出忠爱，然须从容和婉。臣等常时惟事体不得不言者，方敢陈奏。臣等岂敢不与皇上同心？如此小臣，臣等亦岂敢回护？只是以圣德圣躬为重。"上曰："先生每尚知尊卑上下,他每小臣却这等放肆。近来只见议论纷纷,以正为邪,以邪为正。一本论的还未及览,又有一本辩的,使朕应接不暇。朕如今张灯后看字,不甚分明,如何能一一遍览?这等殊不成个朝纲。先生每为朕股肱,也要做个张主㉗。"时行等对曰:"臣等财薄望轻,因鉴人前覆辙,一应事体,上则禀皇上之独断,下则付外廷之公论,所以不敢擅自主张。"上曰:"不然,朕就是心,先生每是股肱。心非股肱,安能运动?朕既委任先生每,有何畏避?还要替朕主张,任劳任怨,不要推诿。"时行等叩头谢曰:"皇上以腹心股肱优待臣等,臣等敢不尽心图报?'任劳任怨'四字,臣等当书之座右,朝夕服膺。"

语毕,时行复进曰:"皇上近来进药否?"上曰:"朕日每进药二次。"时行等云:"皇上须慎重拣选良药。"上曰:"医书朕也常看,脉理朕都知道。"时行等云:"皇上宜以保养圣躬为重,清心寡欲,戒怒平情,圣体自然康豫矣!"时行等又云:"臣等久不瞻睹天颜,今日幸蒙宣召,刍荛之见㉘,敢不一一倾吐?近来皇上朝讲㉙稀疏,外廷日切悬望。今圣体常欲静摄㉚,臣等亦不敢数数烦劳起居,但一月之间,或三四次,间一临朝,亦足以慰群情之瞻仰。"上曰:"朕疾愈,岂不欲出?即如祖宗庙祀大典,也要亲行。圣母生身大恩,也要时常定省。只是腰痛脚软,行走不便。"

时行等又云:"册立东宫,系宗社大计,望皇上蚤定。"上曰:"朕知之。朕无嫡子,长幼自有定序。郑妃再三陈请,恐外间有疑,但长子犹弱,欲俟其壮健,使出就外㉛才放心。"时行等又云:"皇长子年已九龄,蒙养豫教㉜正在今日。宜令出阁读书。"上曰:"人资性不同,或生而知之,或学而知之,或困而知之也。要生来自然聪明,安能一一教训?"时行等对曰:"资禀赋于天,学问成于人。虽有睿哲之资,未有不教而能成者。须及时豫教,乃能成德。"上曰:"朕已知之,先生每回阁㉝去罢。"仍命各赐酒饭。

时行等叩头谢,遂出,去宫门数十武,上复命司礼监㉞内臣追止之,云:"且少俟!皇上已令人宣长哥㉟来,著㊱先生每一见。"时行等复还,至宫门内立待良久。上令内臣:"觑视㊲申阁老等,闻召长哥亦喜否?"时行等语内臣云:"我等得见睿容,便如睹景星庆云㊳,真是不胜之喜。"内臣入奏。上微哂,领之。

有顷，上命司礼监二太监谓时行等："可唤张鲸来，先生每责训他！"时行等云："张鲸乃左右近臣，皇上既已责训，何须臣等？"司礼监入奏，上复令传谕云："此朕命，不可不遵。"有顷，张鲸至，向上跪。时行等传上意，云："尔受上厚恩，宜尽心图报，奉公守法。"鲸自称以多言得罪。时行等云："臣事君，犹子事父，子不可不孝，臣不可不忠。"鲸呼万岁者三，乃退。司礼入奏，上曰："这才是不辱君命。"

　　久之，司礼监大监㊴传言："皇长子至矣！皇三子亦至，但不能离乳保。"遂复引入西室㊵，至御榻前，则皇长子在榻右，上手携之。皇三子旁立，一乳母拥其后。时行等既见，因贺上云："皇长子龙姿凤目，岐嶷㊶非凡，仰见皇上昌后之仁、齐天之福。"上欣然曰："此祖宗德泽，圣母恩庇，朕何敢当！"时行等奏："皇长子春秋渐长，正当读书进学。"上曰："已令内侍授书诵读矣。"时行云："皇上正位东宫，时年方九龄即已读书。皇长子读书已晚矣！"上曰："朕五岁即能读书。"复指皇三子："是儿亦五岁，尚不能离乳母，且数病。"时行等稍前熟视皇长子，上手引皇长子向明正立，时行等注视良久，因奏云："皇上有此美玉，何不亟加琢磨，使之成器？愿皇上亟定大计，宗社幸甚！"乃叩头出，随具疏谢。

　　是日，时行等以传免朝贺，特诣会极门㊷行礼，忽闻宣召，急趋而入，历禁门数重，乃至毓德宫。从来阁臣召见，未有至此者。且天语谆复㊸，圣容和晬㊹，蔼然如家人父子，累朝以来所未有也。

【注释】　①"万历"句：万历十八年（1590）正月初一。　②进春：明代礼仪制度。立春前一日，预设春山、宝座、芒神、土牛，各案于礼部，届日各官俱朝服，生员俱顶戴公服，自部舁（yú）案，天文生导引，由东长安左门、天安门、端门各门入，至午门前，恭进于皇帝皇后。　③辅臣：辅弼之臣。后多用以称宰相，明代则指内阁大学士。　④毓德宫：即明永寿宫，内廷西六宫之一。建于明永乐十八年（1420），初名长乐宫，嘉靖十四年（1535）改名毓德宫。　⑤申时行（1535—1914）：字汝默，号瑶泉，晚号休休居士，长洲（今江苏苏州）人。明大臣。嘉靖四十一年（1562）进士，历官翰林院修撰、吏部右侍郎兼东阁大学士、首辅、太子太师、中极殿大学士。　⑥许国（1527—1596）：字维桢，号颖阳，歙县（今属安徽）人。明大臣。嘉靖四十四年（1565）进士，选庶吉士兼校书。历官礼部、吏部侍郎、礼部尚书兼东阁大学士、次辅、太子太保文渊阁大学士。　⑦王锡爵（1534—1614）：字元驭，号荆石，太仓（今属江苏）人。明大臣。嘉靖四十一年（1562）进士，历官国子监祭酒，詹事府詹事、翰林院掌院学士、文渊阁大学士、武英殿、建极殿大学士。　⑧王家屏

(1535—1603)：字忠伯，号对南，山西山阴人，祖籍太原。明大臣。隆庆二年(1568)进士，选翰林院庶吉士，授编修，历官吏部左侍郎、东阁大学士、礼部尚书、文渊阁大学士、首辅。　⑨ 至词：即"致词"。至，通"致"。　⑩ 痼：久病不愈。　⑪ 经：经脉。　⑫ 火：指阳性、热性一类的物象或亢进的状态。　⑬ 雒于仁：字少泾，陕西泾阳人。明大臣。万历十一年(1583)进士，历官肥乡、清丰知县。万历十七年(1589)为大理寺评事。曾向神宗上《酒色财气四箴疏》，以为"皇上之恙，病在酒色财气也。夫纵酒则溃胃，好色则耗精，贪财则乱神，尚气则损肝"。　⑭ 狂戆(zhuàng)：狂妄戆直。戆，刚直。　⑮ 每：即"们"。　⑯ 贵妃郑氏：神宗宠妃，生皇三子，即福王朱常洵。　⑰ 恭妃王氏：神宗妃子，生皇长子，即光宗朱常洛。王皇后无嗣，朱常洛本为太子人选，神宗有意改立皇三子为太子，臣僚均表反对。至万历二十九年(1601)，朱常洛二十岁时方立为太子。　⑱ 张鲸：新城(今河北高碑店市)人，明神宗时宦官。嘉靖二十六年(1547)入宫，列于太监张宏名下。任掌东厂太监，兼掌内府供用库，而颇为时相所惮，因遭劾。李沂至谓神宗纳张鲸金宝。后神宗令申时行等传谕责训之。　⑲ 李沂(？—1606)：字景鲁，嘉鱼(今属湖北)人。万历十四年(1586)进士，改庶吉士，授吏科给事中。以劾东厂太监张鲸廷杖削籍。　⑳ 尚气：意气用事。　㉑ "少时"二句：《论语·季氏》："君子有三戒：少之时，血气未定，戒之在色；及其壮也，血气方刚，戒之在斗；及其老也，血气既衰，戒之在得。"　㉒ 票拟：明代宣德以后，凡政府重要文书，由内阁首辅先行拟定处理意见，将所拟批答之辞送呈皇帝裁定，谓之"票拟"。　㉓ 事：通"是"。　㉔ 留中：皇帝将臣下送呈的奏章留置禁中，不予商议和批示。　㉕ 堂官：明清时对中央各部长官如尚书、侍郎等的通称，言其在各衙署大堂办公而得名。各部以外的独立机构的长官，如知府、知县等，亦可称"堂官"。　㉖ 党杰：万历时任南京贵州道御史。　㉗ 张主：即"主张"。　㉘ 刍(chú)荛(ráo)之见：对自己意见很浅陋的谦虚说法。刍荛，割草打柴之人。　㉙ 朝讲：早朝后讲论经史的御前讲席。讲，经筵日讲，由翰林院侍读、侍讲充任的讲官对皇帝讲读经史典籍。　㉚ 静摄：安静保养。　㉛ 出就外：出外就学，指贵族子弟离家就学。　㉜ 蒙养豫教：指发蒙教育的早期准备。　㉝ 回阁：回内阁衙署。　㉞ 司礼监：官署名，明置。明代内廷管理宦官与宫内事务的"十二监"之一，有提督、掌印、秉笔、随堂等太监。　㉟ 长哥：即皇长子朱常洛。　㊱ 著：令，让。　㊲ 觇(chān)视：暗中察看。　㊳ 景星庆云：比喻吉祥的征兆。景星，德星，瑞星。庆云，五色云，祥瑞之云。　㊴ 大监：即太监。　㊵ 西室：旧时帝王宗庙内藏神主之室。　㊶ 岐嶷(nì)：形容幼年聪慧。岐，开始懂事，能分辨食物。嶷：年幼聪慧，能识别事物。　㊷ 会极门：即协和门，位于紫禁城外朝中路、太和门东侧廊庑正中。始建于明永乐十八年(1420)，初名左顺门。嘉靖三十六年(1557)四月，三大殿因雷击起火，延及左、右顺门，翌年重建。嘉靖四十一年(1562)九月改称会极门。　㊸ 谆复：反复丁宁。　㊹ 晬(zuì)：通"睟"，温润。

【赏析】　万历十八年元旦神宗召见臣僚，一方是握有最高权力的皇上，另一方是位极人臣的申时行等阁僚；前者一言九鼎却怠于朝政，后者积极干政又唯恐逆鳞。于是乎双方在召对过程中，演了一出貌似智力游戏般的皇朝历史剧。

全文围绕以下几个中心话题展开：皇上圣体的安康；雒于仁奏本的处置；册立东宫和皇子教育；朝讲稀疏和外廷期待；接受贿赂和责训张鲸。

万历帝难得视朝，阁臣有机会觐见皇上，免不了会关心圣躬。对话转到了造成圣上心病的根由——雒于仁的奏本。神宗把奏言中的责难推了个一干二净，还要治雒的罪。眼看事态要扩大，臣僚们请求圣上不计小人过，况且雒氏进言也是出于"忠爱"，只是不注意"从容和婉"罢了。面对皇上的不依不饶，申首辅只能以奏本"留中"、令其"去任"了之。君臣双方互相给了个面子，也各自留了个台阶。然后顺势落地，大谈心与股肱的谐调、任劳任怨的必要。雒于仁奏疏一事按下不表。

中间穿插了恳请皇上出席经筵，以继承皇家优良传统、不负外廷殷殷期待的规劝之词，接下便由申时行提出事关国本的重大议题。神宗打住了阁臣的纠缠，堂堂国君使了个东厂手段，令内臣窥探申阁老有何表情。当然申氏自是一片真心可对天。于是在西室内，出现了君臣相孚、父子相爱的乐也融融的场景，辅臣赞语不绝，皇上亦欣亦谦，为元旦召对营造了热烈喜庆的氛围。不过背后藏着皇上欲自证所言不虚的用心，以及臣僚对加速立储的祈望。事实上立皇长子为太子一事，此后又拖延了十一年，最后神宗顶不住内外压力才做了了断。

元日召见，还有一段神宗令申辅训斥张鲸的闹剧。那张鲸自恃有皇上庇护，平日里欺天坏法，多行不义，官愤极大。此番神宗或为撇清关系，或为挽回舆情，故意让阁臣当面予以惩戒。申时行倒是心领神会，没有将张鲸往死里打，尽说些不痛不痒的话，比如什么"臣事君，犹子事父，子不可不孝，臣不可不忠"。看似在责训张鲸，怎么看也像申时行的表忠心之词。

这篇大年初一君臣相见对答的记实文，真让读者开了眼界，原来皇帝、皇子、后妃（文中未正式出场）臣僚、太监的政治行为是这样运作的，在这么一个高度浓缩了的时空环境里，牵涉到君臣的权限和制约，窥见到帝王的情感世界、阁臣的为官准则，包括凌驾于具体人物之上的无形的精神控制和道德力量。文中主角神宗朱翊钧和首辅申时行，是那样的个性突出、真实可感：神宗不愿上朝得找些借口，立个太子要听大臣的，处置太监还弄了个假戏真做；首辅应对要得体有分寸，建言要合乎情理，劝皇子发蒙先给父王戴个高帽子，为下属说情不得不虚晃一枪。有生杀予夺大权的皇上会有所顾忌，内阁之首的高官一言一行是那么的小心翼翼。双方兵来将挡，水来土掩，不时表演着太极神功。我们不得不感受到是儒家文化和道统，深入了朝廷上下各色人等的骨髓，使得皇帝不能为所欲为，权臣知其有所进退。而《实录》撰者如顾秉谦辈，无论其人品如何，在传统儒家思想的神力统辖下，也只能遵循朝纲，克尽词臣之责。

朱国桢

作者简介　朱国桢(1558—1632)，字文宁，号平涵，乌程(今浙江吴兴)人。明大臣。万历十七年(1589)进士。历官国子监祭酒、礼部尚书、文渊阁大学士、武英殿大学士、太子太保。天启四年(1624)，总裁《国史实录》。能体恤民情，曾提出均田便民，减轻百姓负担。所为遭魏忠贤忌恨而被弹劾，托病归乡。著有《皇明史概》(含《大政记》、《大训记》、《大事记》、《开国功臣传》、《逊国臣传》等五集)、《涌幢小品》。

王　长　年

【题解】　本文选自朱国桢《涌幢(zhuàng)小品》卷三十。《涌幢小品》计三十二卷，刊行于天启年间。作者曾建造一木亭，称"涌幢"，因以名书。此书记载了许多社会政治各方面见闻，包括明代朝野掌故史实的考证，明代典章制度、释道思想、历史人物、诗文艺术等资料，具有很高的参考价值。本文刻写了一位福建沿海渔民王长年率诸被掳者智斗倭寇，并摆脱官军陷害的故事，反映了明嘉靖年代内外关系和官民关系的现实状况。行文波澜起伏，丝丝入扣。

【原文】

古称操舟者为"长年①"。王长年，闽人，失其名。自少有胆勇，渔海上。嘉靖己未②，倭薄会城③大掠，长年为贼得，挟入舟。舟中贼五十余人，同执者男妇十余人，财物珍奇甚众。贼舟数百艘，同日扬帆泛海去。

长年既被执，时时阳为好语媚贼，酋甚亲信。又业已入舟，则尽解诸执者缚，不为防。长年乘间谓同执者曰："若等思归乎？能从吾计，且与若归。"皆泣曰："幸甚！计安出？"长年曰："贼舟还，将抵国，不吾备，今幸东北风利，诚能醉贼，夺其刀，尽杀之，因揆④舵饱帆归，此不可失也。"皆曰："善！"

会舟夜碇⑤海中,相与定计,令诸妇女劝贼酒。贼度近家,喜甚。诸妇更为媚歌唱,迭劝,贼叫跳欢喜,饮大醉,卧相枕藉⑥。妇人收其刀以出。长年手巨斧,馀人执刀,尽斫五十馀贼,断缆发舟。旁舟贼觉,追之。我舟人持磁器杂物奋击,毙一酋。长年故善舟,追不及。日夜乘风举帆,行抵岸。长年既尽割贼级,因私刓其舌,另藏之。挟金帛,并诸男妇登岸。

将归,官军见之,尽夺其级与金。长年秃而黄须,类夷人,并缚诣镇将⑦所,妄言捕得贼。零舟⑧首虏,生口⑨具在,请得上功幕府。镇将大喜,将斩长年,并上功。镇将,故州人⑩也。长年急,乃作乡语,历言杀贼奔归状。镇将嗻⑪曰:"若言斩贼级,岂有验乎?"长年探怀中藏舌示之。镇将验贼首,皆无舌。诸军乃大骇服。事上幕府。中丞⑫某,召至军门⑬复按⑭,皆实。用长年为裨将⑮,谢不欲。则赐酒,鼓吹乘马,绕示诸营三日,予金帛遣归,并遣诸男妇。而论罪官军欲夺其功者。长年今尚在,老矣,益秃,贫甚,犹操渔舟。

【注释】 ① 长(zhǎng)年:船工。 ② 嘉靖已未:明世宗嘉靖三十八年(1559)。 ③ 会城:指福建省会福州。 ④ 捩(liè):扭转。 ⑤ 碇(dìng):石锚或岸边系绳用的石墩。此处用作动词,即下碇,抛锚停船。 ⑥ 枕藉(jiè):枕头与垫席。此指互为枕席躺卧在一起。 ⑦ 镇将:地方统辖军民者。 ⑧ 零舟:剩下、残留的船。 ⑨ 生口:指俘虏。 ⑩ 故州人:原本是同州人,即同乡。 ⑪ 嗻(zè):大声呼叫。 ⑫ 中丞:官名,汉代御史大夫下设两丞,一称御史丞,一称御史中丞。掌管兰台图籍秘书,外督部刺史,内领侍御史,受公卿奏事,举劾按章。明代常以副都御史或佥都御史出任巡抚,故明巡抚也称中丞。 ⑬ 军门:明代总督或巡抚的称呼。 ⑭ 复按:重新核实。 ⑮ 裨(pí)将:偏将,副将。

【赏析】 这是一篇传记,记载一个叫作"王长年"的渔民智杀倭寇的故事。与嘉靖年间官军抵御外敌的诸多战役相比,实在只是一个小插曲,但此记却以小说家的笔法,精心叙写了一位民间抗倭的草根英雄,将其事迹置于东南沿海抗击倭患的大背景下,反映了民心之所向,暴露了官场之腐败。情节跌宕起伏、丝丝入扣。

此记的主要人物王长年,是明代抗倭斗争中的一个草根代表,能在大难临头时,镇静自若,有勇有谋,终于化险为夷,不失为一个出自底层的民族英雄。这位平民英雄的成功塑造,一是靠敌寇和明军的陪衬:海盗自上而下麻痹松懈、贪杯好色;官家将卒乱报军情,冒功邀赏。二是置被难渔民于生死悬于一线的险恶环境中:"贼舟"数以百计,渔民被执;"旁舟贼觉,追之";"缚诣镇将所","将斩长年"。三是细心描摹王长年本人的个性和素养:善于伪装自己,"时时阳为好语媚贼";掌握并利用被执船民的心理特征,即同舟男妇有着强烈的求生欲望;具有丰富的海上生活经验,识天象气候,巧借"东北风利",加以"故善舟",能夜间"捩舵饱帆归";施展极强的应变能力,见镇将为"故州人",马上"作乡语",问及斩贼之验时,即刻将"藏舌示之"。一个鲜活的丰满的王长年便如此这般呈现在读者面前。

故事本来以王长年完胜倭寇可告结束,谁知节外生枝,王长年与"诸男妇登岸",碰见了官军。官军非但不给予嘉奖,反而"尽夺其级与金",还诬陷长年为"夷人",将"贼"送往镇将所。镇将不辨真假,利令智昏,竟欲杀人报功。幸好长年早有防备,"探囊中藏舌示之",才使诸军和中丞信服。最终王长年受赏赐归乡,荣耀一时;"欲夺其功"的官军被"论罪"。此时读者方悟早先长年剜舌别藏的心计,故事的曲折性得以充分展示。

作者朱国桢身居高位,却能如此深切地体察下层的民情和吏情,无论是王长年的机智与狡黠,还是官军的昏聩与贪欲,都做了细腻而形象的刻画,折射出明嘉靖年代真实的社会状况,也为中国下层民众的抗倭斗争留下了精彩传神的一笔。从文学角度而言,这篇小文倒也"如蜂采花,亦自有味"。(朱国桢《涌幢小品跋》)

陈继儒

作者简介

陈继儒(1558—1639),字仲醇,号眉公,又号麋公,松江华亭(今上海松江)人。明文学家、书画家。二十岁成生员,后屡试不第。"年甫二十九,取儒衣冠焚弃之,隐居昆山之阳。"(《明史》本传)后居东佘山。朝廷多次征召,皆以疾辞。为人重然诺,饶智略,诗歌、书法、绘画、散文,无不擅长。平日交游甚广,徐阶、钱龙锡、王锡爵、王世贞等皆为其友。一时处士虚声,倾动朝野。著有《陈眉公全集》、《晚香堂小品》、《妮古录》、《小窗幽记》等。

重修忠肃于公墓记

【题解】　本文选自《晚香堂小品》卷十九,是为明代著名政治家于谦所写的墓记。于谦(1398—1457),字廷益,号节庵,钱塘(今浙江杭州)人。明大臣、政治家。永乐十九年(1421)进士。历官监察御史、兵部右侍郎、兵部尚书。正统十四年(1449)土木堡之变,英宗朱祁镇被瓦剌俘获。于谦反对侍讲徐珵(后改名有贞)等的南迁之议,拥立英宗弟朱祁钰为景帝。景泰四年(1453),也先送还英宗。后徐有贞、石亨等发动"夺门之变",拥英宗复位。于谦以谋逆罪弃市。成化初复官,万历中追谥忠肃。著有《于忠肃集》。本记对于谦的气节功业做了合情合理的论述,昭示了于谦这位明王朝的社稷之臣值得后人怀念之处。

【原文】

万历甲寅①,武陵杨公②,以御史奉命理两浙盐筴③,下车武林④,首谒于忠肃公墓下,叹曰:"浙中伍大夫⑤、岳武穆⑥,与公鼎立而三,而公祠宇如陋巷矮屋。无论谒者伛偻⑦几筵,有如公肃仪拥从出入庙中,讵此一丸土⑧,能容数百万风车云马⑨乎?"于是捐俸,命仁和令⑩乔君,鸠聚⑪工料,式⑫增廊⑬之,而此祠岿然,遂成湖上伟观。公属陈子⑭碑而记之。

大抵忠臣为国,不惜死,亦不惜名。不惜死,然后有豪杰之敢;

不惜名，然后有圣贤之闷[15]。黄河之排山倒海，是其敢也；既能伏流地中万三千里，又能千里一曲，是其闷也。昔土木之变[16]，裕陵[17]北狩[18]，公痛哭抗疏，止南迁之议，召勤王之师。虏拥帝至大同，至宣府，至京城下，皆登城谢曰："赖天地宗社之灵，国有君矣。"此一见《左传》，楚人仗兵车，执宋公以伐宋，公子目夷令宋人应之曰："赖社稷之神灵，吾国已有君矣。"楚人知虽执宋公，犹不得宋国，于是释宋公[19]。又一见《廉颇传》，秦王逼赵王会渑池，廉颇送至境曰："王行，度道里会遇之礼毕，还，不过三十日；不还，则请立太子为王，以绝秦望[20]。"又再见《王旦传》，契丹犯边，帝幸澶州，旦曰："十日之内，未有捷报，当如何?"帝默默良久，曰："立皇太子[21]。"三者公读书得力处也。由前言之，公为宋之目夷；由后言之，公为廉颇、王旦，何也?

呜呼！茂陵[22]之立而复废，废而复立，谁不知之？公之识，岂出王直[23]、李侃[24]、朱英[25]下？又岂出钟同[26]、章纶下[27]？盖公相时度势，有不当言，有不必言者。当裕陵在虏，茂陵在储，拒父则卫辄，迎父则宋高[28]，战不可，和不可，无一而可为制虏地也：此不当言也。裕陵既返，见济[29]薨，郕王[30]病，天人攸归，非裕陵而谁？又非茂陵而谁？明率百官朝请复辟，直以遵晦[31]待耳：此不必言耳。若徐有贞、曹、石夺门之举[32]，乃变局，非正局，乃劫局[33]，非迟局[34]，乃纵横家局[35]，非社稷大臣局[36]也。或曰："盍去诸?"呜呼！公何可去也！公在则裕陵安，而茂陵亦安。若公诤之而公去之，则南宫之锢[37]，后不将烛影斧声[38]乎？东宫之废，后不将宋之德昭[39]乎？公虽欲调郕王之兄弟，而实密护吾君之父子；乃知回銮，公功也；其他日得以复辟，公功也；复储，亦公功也。人能见所见，而不能见所不见。能见者，豪杰之敢；不见者，圣贤之闷。敢于任死，而闷于暴名，公真古大臣之用心也哉！

窃尝谓裕陵之返国，高皇帝不杀元顺帝[40]之报也。天生于忠肃以卫社稷，高皇帝庙祀余阙[41]之报也。然忠肃以谗死，报何居[42]？夫使公功成身退，老死故乡，亦郭汾阳[43]、李西平等[44]耳。镯镂[45]之剑扬，而胥涛[46]泣；风波之狱构，而岳庙[47]尊；迎立外藩之冤酷，而于墓惨。公至是一腔热血，始真有洒处矣！今湖山之上，古冢累累，身死名灭,不可胜计。而东西往来于公之庙门者,登故垅,扫枯松,禁樵牧,哭英雄,又非独侍御杨公一人而已。特侍御倡俸修墓,毖㊽勒楹宇,垂百年馀,而表章忠贤之典始备,是不可以无记。

【注释】　①万历甲寅:明神宗万历四十二年(1614)。　②武陵杨公:指杨嗣昌。杨嗣昌(1588—1641),字文弱,号字微,武陵(今湖南常德)人。明大臣。万历三十八年(1610)进士,历官南京国子监博士、户部郎中、右佥都御史、兵部尚书、礼部尚书、东阁大学士。因追剿张献忠起义军失败,忧病交加,终自尽。　③盐筴:食盐者的户口册籍。　④武林:即今浙江杭州。　⑤伍大夫:指春秋时吴国大夫伍子胥。　⑥岳武穆:指南宋抗金名将岳飞,孝宗时追谥武穆。　⑦伛(yǔ)偻(lǔ):腰背弯曲,此处指鞠躬致敬。　⑧一丸土:比喻地方很小。　⑨风车云马:原指神灵的车马,来去迅疾、快速。此处指拜谒于忠肃公墓的人士多且频繁。　⑩仁和:地名,今属浙江杭州市。　⑪鸠聚:聚集。　⑫式:语助词,无意义。　⑬增廓:增大扩张。　⑭陈子:作者陈继儒自称。　⑮闷:烦忧,愤懑;曲折多难。　⑯土木之变:正统十四年(1449),明英宗北征瓦剌,行至土木堡(今河北怀来东),被瓦剌军包围,明军全军覆灭,英宗朱祁镇于八月十五日被瓦剌军俘获。　⑰裕陵:明英宗朱祁镇陵寝,代指英宗。　⑱北狩:皇帝被俘北上的讳称。　⑲"此一见"九句:《左传·僖公二十一年》:"秋,诸侯会宋公于盂。子鱼曰:'祸其在此乎! 君欲已甚,其何以堪之?'于是执宋公以伐宋。冬,会于薄以释之。"而"公子目夷令宋人应之"以下文,实见之《公羊传》。僖公二十一年(前639),宋襄公不带军队以赴与楚王的会盟,即所谓"乘车之会",宋襄公之庶兄公子目夷(子鱼)劝宋襄公带军队前往,即当以所谓"兵车之会"赴之。宋襄公自以为要守信,不听子鱼的劝告,果然被楚王伏兵车逮捕,还押着宋襄公讨伐宋国。子鱼指令宋人回应道:我们依赖的是社稷的神灵,我们已经有了我国的国君(意即不要以宋襄公为人质来要挟宋国)。楚人发现即使杀了宋襄公,还是得不到宋国,就把宋襄公释放了。　⑳"又一见"十句:此事见《史记·廉颇蔺相如列传》,言秦昭襄王威逼赵惠文王参加在渑池(今河南渑池县西)举行的"友好会见",赵王想不去,蔺相如和廉颇商议后还是决定相如随赵王赴会,廉颇送他们出境,说,赵王这次与会,预计前往的路程和会谈的时间结束,就回国,不要超过三十天。如果超过三十天的话,就允许国内立太子为王,以此断绝秦国拘押赵王相敲诈要挟的指望。　㉑"又再见"以下一段:"立皇太子"事见《宋史·王旦传》,言宋真宗景德元年(1004),契丹进犯宋边,真宗亲御契丹于澶州,王旦跟随宋帝也到了澶州。当王旦受命回京师时,奏问十天内接不到取胜契丹的捷报,应该如何处置局势。真宗沉默了很久,说,那就立皇太子。王旦(957—1017),字子明,大名莘县(今属山东)人,王祐子。宋大臣。太宗太平兴国五年(980)进士,历官同知枢密院事、参知政事、集贤殿大学士。参与编修《文苑英华》、《两朝国史》。　㉒茂陵:明宪宗朱见深(1447—1487)去世后葬于茂陵,因用以指代其人。朱见深,初名见浚,英宗长子,正统十四年(1449)八月立为皇太子。景泰三年(1452)五月废为沂王。天顺元年(1457)三月,复立为皇太子,改名见深。八年(1464)正月即皇帝位。次年改元成化。　㉓王直(1379—1462),字行俭,别号抑庵,泰和(今属江西)人。明大臣。永乐二年(1404)进士,历官少詹事兼侍读学士、礼部侍郎、吏部尚书。曾力谏英宗亲征,后主张遣使迎还英宗。　㉔李侃(1407—1485):字希正,东安(今属河北廊坊)人。明大臣。正统七年(1442)进士,历官户科给事中、太常寺丞、太仆寺卿、山西巡抚。景泰间,主张迎还英宗。　㉕朱英(1417—1485),字时杰、世杰,号澹庵、诚庵,郴州桂阳(今湖南汝城)人。明大臣。正统十年(1445)进士,历官浙江道监察御史、陕西右参政、都察院右副都御史、甘肃巡抚两广总督、太子太保。　㉖钟同(1423—1455):字世京,江西吉安人。明大臣。景泰二年(1451)进士,官监察御史。景泰三年(1452),代宗废英宗长子太子朱见深,改立自己儿子朱见济为太子。景泰四年(1453),朱见济薨,钟同上书请复朱见深太子位。　㉗章纶(1413—1483):字大经,乐清(今属浙江)人。明大臣。正统四年(1439)进士,历官南京礼部主事、礼部右侍郎。曾与钟同上奏请复朱见深太子位。　㉘"拒父"二句:指拒绝英宗归国,就成了卫出公蒯辄;迎接英宗归国,就成了宋高宗赵构。卫辄(?—前456),即蒯辄,卫灵公长子蒯聩之子。太子蒯聩谋害灵公正妻南子事败,出奔。卫灵公卒,蒯辄承袭祖父被立为国君,即卫出公。宋高,指宋高宗赵构(1107—1187),字德基,宋第十位皇帝,宋南迁第一任皇帝。宋徽宗第九子,宋钦宗之弟,曾被封为康王。假如宋高宗从金国迎还宋徽宗、钦宗,那么很可能皇位不保。　㉙见济:朱见济(1448—1453),明代宗朱祁钰独子。景泰三年(1452),代宗废皇太子见深为沂王,立皇子见济为皇太子。次年,见济薨。谥"怀献"。　㉚郕(chéng)王:即明代宗朱祁钰(1428—1457),称帝前为郕王。明宣宗朱瞻基皇二子,明英宗朱祁镇弟。明英宗被蒙古瓦剌军俘去后继位,英宗复辟,被废黜软禁。　㉛遵晦:遵养时晦,根据时势,隐藏以保护自己。原为颂扬周武王顺应时势,退守待时。后多指暂时隐居,等待时机。　㉜徐有贞、曹、石夺门之举:景泰八年(1457)正月十六日夜,左副都御史徐有贞、宦官曹吉祥与武清伯右都督石亨等,趁代宗病重,开长安门,纳兵千人,将软禁于南宫之上皇英宗拥至奉天殿,宣布英宗复位。　㉝劫局:突发的大难局势。　㉞迟局:迟缓到来的局势。　㉟纵横家局:由纵横家策划的无常的局势。　㊱社稷大臣局:由以社稷为重的大臣商定的局势。　㊲南宫之锢:指明英宗被放还后,代宗将其软禁在北京宫城内之南宫。　㊳烛影斧声:指宋太祖赵匡胤暴死,宋太宗赵光义即位之间发生之谜案。宋释文莹《续湘山野录》云:"至所期之夕,上御太清阁四望气。是夕果晴,星斗明灿,上心方喜。俄而阴霾四起,天气陡变,雪雹骤降,移仗下阁。急传宫钥开端门,召开封王,即太宗也。延入大寝,酌酒对饮。宦官、宫妾悉屏之,但遥见烛影下,太宗时或避席,有不可胜之状。饮讫,禁漏三鼓,殿雪已数寸,帝引柱斧戳雪,顾太宗曰:'好做,好做!'遂解带就寝,鼻息如雷霆。是夕,太宗留宿禁内,将五鼓,周庐者寂无所闻,帝已崩矣。太宗受遗诏于枢前即位。"后人因以烛影斧声指作赵光义杀兄夺位之疑案。　㊴宋之德昭:指宋太祖赵匡胤之子赵德昭(951—979)。赵德昭,字日新,宋太祖赵匡胤次子,赵德芳兄,初授贵州防御史,太宗时累139京兆尹,封武功郡王。宋太宗赵光义对平灭北汉的有功将士未予封赏,赵德昭以为不妥。太宗怒斥道,待你当了皇帝之后,再赏他们还不晚!赵德昭听后十分惶恐,取割果刀自刎。　㊵"高皇帝"句:指高皇帝(即明太祖朱元璋)攻破元大都后,让元顺帝(即元惠帝)退回漠北草原,得以生还。　㊶余阙(1303—1358),字廷心,一字天心,生于庐州(今安徽合肥)。先世为唐兀人,世居武威(今属甘肃)。元末官吏。元元统元年(1333)进士,历官泗州(安徽泗县)同知、监察御史。至正十三年(1353)出守安庆、淮南行省左丞。十七年(1357)冬,红巾军陈友谅围安庆。次年正月,城破,余阙自杀。陈友谅感其义,派兵觅得其尸,殓葬于正观门外。朱元璋为表彰余阙"忠君",下令在蕲州下庄、安微安庆等地敕建专祠。 ㊷ 报何居:报应何在?居,助词。 ㊸ 郭汾阳:指唐代将领郭子仪(697—781)。郭子仪,华州郑县(今陕西华县)人。以武举官至天德军兼九原太守。一生平定安史之乱等诸多乱事,历事玄、肃、代、德四帝,封汾阳王。 ㊹ 李西平:指唐代将领李晟(727—793)。李晟,字良器,洮州临潭(今属甘肃)人。初为边镇裨将,因战功升至右神策军都将。因平朱泚之乱,被封为西平郡王。 ㊺ 镯镂:剑名。泛指宝剑。 ㊻ 胥涛:典故名,出自《吴越春秋》卷五。传说春秋时伍子胥为吴王所杀,尸投浙江,成为涛神。后人因称浙江潮为"胥涛"。 ㊼ 岳庙:即岳飞墓,亦称岳坟,位于杭州栖霞岭南麓,建于南宋嘉定十四年(1221),明景泰年间改称"忠烈庙"。 ㊽ 慭:慎重。

【赏析】　陈继儒是晚明著名的小品文作家,又是一名隐士,竟然对本朝一百五十年前的于忠肃公感起了兴趣,写出了一篇在其文集内为数不多的谈忠臣论社稷的碑文。倒有点身在山林,心存魏阙。可见陈山人并未完全忘情于社会,意欲借于谦一抒其忠忱之情志。

写墓碑文的由头在御史杨嗣昌拜谒于谦墓后大发感慨,然后又是"捐俸",又是扩大规模,作者应杨公之请,写下碑文。杨公之言,虽为"公祠宇如陋巷矮屋"而发,却重心已被陈继儒拈出,即"浙中伍大夫、岳武穆,与公鼎立而三"。那么,凭什么于谦就能和春秋时的伍子胥、南宋的岳飞"鼎立而三"呢?陈眉公此记做了明确的回答。

于谦祠宇之所以"能容数百万风车云马",于谦之所以值得后人怀念,关键在"忠臣为国,不惜死,亦不惜名"。于谦在"裕陵北狩"的危难时刻,勇于承担责任,拥戴代宗,守卫京师,国家社稷得以保存,朱家王朝得以延续,于忠肃自然功不可没。只是这样个大忠臣,还会招来杀身之祸,而身后之名也颇有争议,作者似乎要为一百多年前的于谦洗冤正名。作者大谈《左传》、《史记》、《宋书》中历代人主去国、国内不使君王缺位的史实。一篇为本朝大臣功德张言的碑文,化大量笔墨扯史上旧事,为的是论证于谦拥立代宗的正统合法性。

墓记还了于谦的忠贞大义,但总觉应让凭吊者在实地感受一下于忠肃的大悲奇冤,能为之一掬同情之泪。当年明太祖朱元璋给元顺帝留了条活路,其报应是北狩的英宗得以返国。同样朱皇帝建祠追祀元臣余阙,换取了老天的护佑,出了个于谦使明社稷长存。但"以逸死"的于忠肃怎么没能得到好报,连郭子仪、李晟的命运都不如,只能与冤死的伍子胥、岳飞为伍了,你说惨不惨!作者文末照应开头"鼎足而三"的浙中英烈,归结到杨公的祭扫,又一次凸显纪念于公的深远历史意义。

陈继儒以一名隐士的身份,为彰显于谦社稷忠臣的形象化足功夫,从历史人物的类比,到事理逻辑的推论,使日后追思者,能理解忠肃公的冤屈,张扬逝者的高风亮节。就文章本身而言,正如明李东阳论山林之文指出的那样:"山林之文,尚志节,远声利,其体则清耸奇峻,涤陈薙冗,以成一家之论。"(《倪文僖集序》,《怀麓堂集》卷二十九)

徐光启

【作者简介】

徐光启（1562—1633），字子先，号玄扈，天主教圣名保禄，上海人。明大臣、学者、科学家。万历三十二年（1604）进士，选翰林院庶吉士，历官翰林院检讨、詹事府少詹事兼河南道监察御史、礼部左侍郎、礼部尚书兼东阁大学士。生平勤学，提倡经世致用，精于农学和天文学。亦为中西文化交流先驱，是上海地区最早之天主教基督徒。万历二十八年（1600），徐光启首次与耶稣会教士意大利人利玛窦晤面，此后接受了利玛窦传授的西方科学知识。自万历三十四年（1606）始，与利玛窦共同翻译古希腊数学家欧几里得的《几何原本》前六卷。此外，徐光启曾编撰《农政全书》，而天文学的成就主要是主持历法的修订和《崇祯历书》的编译。著有《徐光启集》。

刻《几何原本》序

【题解】　本文选自《徐光启集》卷二。《几何原本》为古希腊数学家欧几里得（Euclid）（前325—前265）所著，共十三卷。德国神父克里斯托弗·克拉维乌斯校订增补的拉丁文本《欧几里得原本》为十五卷。《几何原本》是欧洲数学的基础，以严密的逻辑推理形式，由公理、公设、定义出发，用一系列定理的方式，把初等几何学知识整理成一个完备的体系。欧几里得几何是历史上成功的教科书。徐光启首先将欧几里得几何学介绍到国内，对我国的数学发展和学术革新有着深远的影响。徐光启与利玛窦合译了《几何原本》前六卷，刻书时写下这篇序文。本文着重说明数学这门纯理科学是一切实用科学的基础，指出此著译成汉文，可使中国人掌握几何学基础知识，了解几何学求证方法，从而培养逻辑思维能力。本文探求数理学习与思维锻炼的关系，是认识方法上的重要发展。序文阐述明晰，理据充分，是中国实学思想史上的有数文字，也为中西道学的贯通起了先行一步的作用。

【原文】

唐虞①之世，自羲和治历②，暨司空、后稷、工、虞、典乐五官者③，非度数④不为功。《周官》⑤六艺⑥,数与居一焉,而五艺者,不以度数从事,亦不得工也。襄旷⑦之于音,般墨⑧之于械,岂有他谬巧⑨哉?精于用法尔已。故尝谓三代而上为此业者盛,有元元本本师傅曹⑩习⑪之学,而毕丧于祖龙之焰⑫。汉以来多任意揣摩,如盲人射的,虚发无效;或依拟形似,如持萤烛象⑬,得首失尾。至于今而此道尽废,有不得不废者矣。

《几何原本》者,度数之宗,所以穷方圆平直之情,尽规矩准绳之用也。利先生⑭从少年时,论道之暇,留意艺学。且此业在彼中⑮所谓师傅曹习者,其师丁氏⑯,又绝代名家也,以故极精其说。而与不佞游久,讲谈馀晷⑰,时时及之,因请其象数诸书,更以华文。独谓此书未译,则他书不可得论,遂共翻其要。约六卷,既卒业而复之⑱,由显入微,从疑得信,盖不用为用⑲。众用所基。真可谓万象之形囿⑳,百家之学海。虽实未竟㉑,然以当他书,既可得而论矣。私心自谓:不意古学废绝二千年后,顿获补缀唐、虞、三代之阙典遗义,其裨益当世,定复不小,因偕二三同志,刻而传之。

先生曰:"是书也,以当百家之用,庶几有羲和、般墨其人乎,犹其小者;有大用于此,将以习人之灵才,令细而确也。"余以为小用大用,实在其人,如邓林伐材㉒,栋梁榱㉓桷㉔,恣所取之耳。顾惟先生之学,略有三种:大者修身事天;小者格物穷理㉕;物理之一端别为象数。一一皆精实典要,洞无可疑。其分解擘析,亦能使人无疑。而余乃亟传其小者,趋㉖欲先其易信,使人绎其文,想见其意理,而知先生之学可信不疑,大概如是,则是书之为用更大矣。他所说几何诸家藉此为用,略具其自叙中,不备论。吴淞徐光启书。

【注释】　①唐虞:唐尧、虞舜的并称,传说中的远古帝王。　②羲和治历:传说尧曾命羲仲、羲叔,和仲、和叔两对兄弟分驻四方,以观天象,并制历法。羲和,羲氏、和氏的并称。　③"司空"句:分别指古代掌水利、营建之官(司空),掌农业生产之官(后稷),掌百工及官营手工业之官(工),掌山林、泽薮之官(虞),掌朝廷音乐之官(典乐)。　④度数:以度为单位计量而得的数目。《周礼·天官冢宰·小宰》:"一曰天官,其属六十,掌邦治,大事则从其长,小事则专达。"汉郑玄注:"六官之属,三百六十,象天地四时、日月星辰之度数。"　⑤《周官》:定型于战国时期、记载周代官制与百官职守之书。相传为周公所作。汉代原称《周官》,西汉刘歆始称《周礼》。王莽时,《周官》更名《周礼》。　⑥六艺:《周礼》中指西周之前贵族教育的六个学科,即礼、乐、射、御、书、数。见《周礼·地官司徒·保氏》。　⑦襄旷:师襄和师旷,春秋时鲁国和晋国乐官。　⑧般墨:公输般和墨翟。公输般,即鲁班、鲁般,春秋时鲁国巧匠。墨翟,即墨子,春秋末年鲁国哲学家,也长于工程技术。　⑨谬巧:欺骗人的法术。　⑩曹:古代分科办事的官署或部门。　⑪习:训练。　⑫祖龙之焰:指秦始皇帝三十四年(前213),秦始皇采纳李斯意见,下令焚书事。祖龙,特指秦始皇嬴政。《史记·秦始皇本纪》:"三十六年……秋,使者从关东夜过华阴平舒道,有人持璧遮使者曰:'为吾遗滈池君。'因言曰:'今年祖龙死。'"裴骃《集解》引苏林曰:"祖,始也;龙,人君像,谓始皇也。"　⑬持萤烛象:拿着萤火虫照大象,比喻只能看到局部现象。　⑭利先生:利玛窦(Matteo Ricci)(1552—1610),天主教耶稣会意大利籍神父、传教士、学者。明神宗万历十一年(1583)来中国居住。其原名中文直译为马泰奥·里奇,利玛窦是其汉名,号西泰,又号清泰、西江。利玛窦除传播天主教教义外,还广交中国官员和各界名流,传播西方天文、数学、地理等科学技术知识。著有《利玛窦全集》。　⑮彼中:那里,此处指西欧。　⑯丁氏:即格拉维(Clavius)。格拉维一字在拉丁文里是"Clavius",意义是"钉子",利玛窦和徐光启就译其姓为汉文"丁"字。　⑰馀晷(guǐ):闲暇。晷,日影,比喻时光。　⑱复之:重看一遍。　⑲不用为用:以看似无用之物来派用处。因数学主要是纯理科学,故作者作如是言。　⑳万象之形囿:种种形象集中荟萃之处。　㉑未竟:德国神父克里斯托弗·克拉维乌斯校订增补的拉丁文本《欧几里得原本》(即《几何原本》)共有十五卷,当时徐、利只译出六卷,故说"未竟"。　㉒邓林伐材:在树林中砍伐木材。邓林,《山海经·海外北经》:"夸父与日逐走,入日。渴欲得饮,饮于河渭,河渭不足,北饮大泽。未至,道渴而死。弃其杖,化为邓林。"　㉓榱(cuī):房屋的椽子。　㉔桷(jué):方形的屋椽。　㉕格物:推究物理。　㉖趋:同"趣",旨趣的意思。

【赏析】　徐光启是在明代晚期将西方科技文化介绍给中土的先行者,《几何原本》是徐和利玛窦合译的一部古希腊数学家欧几里得的数学著作。对于一个本来循着传统社会士子读书登上仕途的轨迹来看,徐光启似乎也做得中规中矩。从中进士起,一路升迁,历任翰林院检讨、监察御史、礼部尚书、东阁大学士,"雅负经济才,有志用世"(《明史》本传)

　　序文首先指出上古三代,与"度数"相关的学问技艺一度盛行,这就为《几何原本》一类的西学应该在中国推行,找到了历史和法理的依据。唐虞时代的官制设有专职治历的官员,还有"司空、后稷、工、虞、典乐五官",执掌"非度数不为功"的职能。而作为儒家经典《周官》中的教育科目"六艺",不仅"数"列其中,其他五艺也不能外于"度数"。被国人津津乐道的襄旷和般墨,又何尝不是"精于用法"者。翻译《几何原本》,原来是合于古道的,是无悖于传统学问的,作者立论正是从根本入手,把准了朝廷和官员的命脉,使序文的底气大增。

　　序文接着论述《几何原本》的性质与功用,肯定了其"度数之宗"的学术地位,以及"穷方圆平直之情,尽规矩准绳之用"的现实意义。虽说产自泰西,但不失其"普世价值"。然后介绍合译者利玛窦和其师格拉维,以利先生和丁先生在"彼中"的治学声誉,为《几》著强调其权威性。序文正是通过原著和引介者的学术价值、学术影响,导出翻译此著的缘由和必要性。突出利氏的声价,为的是替"象数诸书"张目,也给"更以华文"的施行,交代了来龙去脉。至于为何以《几何原本》先下手,全因"此书未译,则他书俱不可得论",此书可谓"象数诸书"之基础,纲举才能目张。而《几何原本》总计十五卷,又为何翻译其中六卷作重点,就因为此六卷起到了"不用为用,众用所基"的功能,"真可谓万象之形囿,百家之学海",体现了全书精要的特质。序文抽丝剥茧般地逐层述来,使人未见全书而已知其简况和要义。继而以《几何原本》上接唐虞三代,视之为兴废继绝的益世之典籍,再次将西学之用与中学之体紧密对接。至此,翻译《几何原本》一书的动机、意义,差不多已经道尽,读者当必产生阅读此书的好奇心和动力,那么译者的目的已经达到了。

作者最后援引利玛窦围绕此书的"小用""大用"说,进一步推导出利氏学说的根本内容、深远意义和研学途径。徐光启觉言犹未尽,继续申述"大用小用,实在其人"的道理,阐明有眼力、有智慧的人,尽可在大树林里找到所需之才,这"邓林"就是利先生介绍的《几何原本》一类西学著述。比喻贴切,发人深思。

徐光启译介西学名著,尚在西方列强打破国门之前,以其过人的胆识,以不用为有用,由特殊而一般,将西方学理融会中土道统,实在是睁眼看世界的先行者。在翻译《几何原本》过程中,"光启反复推阐,其文句尤为明显",终使是著得以"弁冕西术"。(《四库全书总目提要》引利玛窦言,见同上)序者本人功莫大焉。

袁宏道

作者简介

袁宏道(1568—1610),字中郎,又字无学,号石公,又号六休,湖广公安(今属湖北)人。明文学家。万历十六年(1588)举人,二十年(1592)进士,历官吴县知县、顺天府教授、礼部主事、吏部稽勋郎中。后辞归。与兄宗道、弟中道并称"公安三袁"。袁宏道反对明七子"文必秦汉,诗必盛唐"的文学主张,倡导"独抒性灵,不拘格套"的性灵说,认为诗文应随时代的变化而变化。袁宏道及公安派的文学理论和创作,引领了晚明文学的新思潮。著有《袁中郎全集》。

徐 文 长 传

【题解】 本文选自袁宏道著、钱伯城笺校之《袁宏道集笺校》卷十九《瓶花斋集》卷七。据笺校者称,此传作于万历二十七年己亥(1599)春。徐文长,即徐渭(1521—1593),生平参见徐渭《赠光禄少卿沈公传》一文之"作者简介"。此传开头有一段文字,说明作者的写作缘起,其文如下:"余一夕坐陶太史楼,随意抽架上书,得《阙编》诗一帙,恶楮毛书,烟煤败黑,微有字形。稍就灯间读之,读未数首,不觉惊跃,急呼周望:'《阙编》何人作者?今耶?古耶?'周望曰:'此余乡徐文长先生书也。'两人跃起,灯影下读复叫,叫复读。僮仆睡者皆惊起。盖不佞生三十年,而始知海内有文长先生。噫,是何相识之晚也!因以所闻于越人士者,略为次第,为《徐文长传》。"此段文字中,"陶太史"即陶望龄(1562—1609)。陶望龄,字周望,号石篑,会稽(今浙江绍兴)人。明学者、文学家,公安派成员之一。万历十七年(1589)进士,授翰林院编修,官至国子监祭酒。著有《歇庵集》。《阙编》,徐渭于万历八年(1590)自刻的一部文集。此传林云铭评曰:"以'奇'字作骨,而重惜其不得志。悲壮淋漓,文如其人。"(《古文析义》卷十六)可谓切中肯綮。

【原文】

徐渭,字文长,为山阴诸生,声名藉甚。薛公蕙①校越②时,奇其才,有国士之目;然数奇,屡试辄蹶。中丞胡公宗宪③闻之,客诸幕。

文长每见,则葛衣乌巾④,纵谈天下事,胡公大喜。是时公督数边兵⑤,威镇东南;介胄之士,膝语蛇行,不敢举头,而文长以部下一诸生傲之,议者方之刘真长⑥、杜少陵⑦云。会得白鹿⑧,属文长作表。表上,永陵⑨喜。公以是益奇之,一切疏记⑩,皆出其手。

　　文长自负才略,好奇计,谈兵多中。视一世士无可当意者,然竟不偶⑪。文长既已不得志于有司,遂乃放浪曲蘖⑫,恣情山水,走齐、鲁、燕、赵之地,穷览朔漠。其所见山奔海立,沙起云行,风鸣树偃,幽谷大都,人物鱼鸟,一切可惊可愕之状,一一皆达之于诗。其胸中又有勃然不可磨灭之气,英雄失路、托足无门之悲。故其为诗,如嗔如笑,如水鸣峡,如种出土,如寡妇之夜哭,羁人之寒起。虽其体格时有卑者,然匠心独出,有王者气,非彼巾帼而事人者所敢望也。文有卓识,气沉而法严,不以模拟损才,不以议论伤格,韩、曾⑬之流亚也⑭。文长既雅不与时调合,当时所谓骚坛⑮主盟者⑯,文长皆叱而怒之⑰,故其名不出于越。悲夫!喜作书,笔意奔放如其诗,苍劲中姿媚跃出,欧阳公所谓"妖韶女老,自有馀态"者也。间以其馀,旁溢为花鸟,皆超逸有致。卒以疑杀其继室⑱,下狱论死,张太史元汴⑲力解,乃得出。

　　晚年愤益深,佯狂益甚,显者至门,或拒不纳。时携钱至酒肆,呼下隶与饮。或自持斧击破其头,血流被面,头骨皆折,揉之有声;或以利锥锥其两耳,深入寸馀,竟不得死。周望⑳言:"晚岁诗文益奇,无刻本,集藏于家。"余同年有官越者,托以钞录,今未至。余所见者,《徐文长集》、《阙编》㉑二种而已。然文长竟以不得志于时,抱愤而卒。

　　石公曰:先生数奇不已,遂为狂疾;狂疾不已㉒,遂为囹圄。古今文人牢骚困苦,未有若先生者也!虽然,胡公间世豪杰,永陵英主,幕中礼数异等,是胡公知有先生矣。表㉓上,人主悦,是人主知有先生矣。独身未贵耳。先生诗文崛起,一扫近代芜秽之习,百世而下,自有定论,胡为不遇哉?梅客生㉔尝寄予书曰:"文长吾老友,病奇于人,人奇于诗。"余谓文长无之而不奇者也。无之而不奇,斯无之而不奇也㉕!悲夫!

【注释】　①薛公蕙：薛蕙(1489—1539)，字君采，号西原亳州〔今属安徽〕人。明大臣、学者。正德九年(1514)进士，历官刑部主事、官吏部考功司郎中。著有《西原集》等。②校越：任浙江乡试主考官。　③胡公宗宪：胡宗宪(1512—1565)：字汝贞，号梅林，绩溪（今属安徽）人。明将领。嘉靖十七年(1538)进士，历官益都知县、余姚知县、浙江巡按御史、右佥都御史、南直隶总督、兵部尚书兼都察院右都御史。多次参加东南沿海平定倭患之战，为当时抗倭名将。徐渭曾在胡宗宪幕中，常为之出谋划策。胡宗宪后以结交严嵩父子而入狱，自尽于狱中。　④葛衣乌巾：葛布所制衣服，黑纱所制头巾。指村野服装。⑤督数边兵：嘉靖三十五年(1556)，胡宗宪总督南直隶、浙、闽军务，负责剿灭倭寇，故云。⑥刘真长：即刘惔(dàn)，字真长，沛国相县（今安徽宿州）人。晋清谈家。曾任简文帝幕中上宾。　⑦杜少陵：即杜甫。在蜀中时曾任剑南节度使严武幕僚。　⑧白鹿：白色的鹿，古时以为祥瑞。　⑨永陵：即明世宗嘉靖帝朱厚熜。　⑩疏记：奏疏、奏章一类公文。《徐渭集·徐文长三集》卷十三有《代初进白牝鹿表》等文。　⑪不偶：即不遇，指仕途不顺利。　⑫曲蘖(niè)：酒母，代指酒。　⑬韩、曾：韩愈、曾巩。韩、曾分别为唐、宋古文大家，名列"唐宋八大家"中。　⑭流亚：同一类人物。　⑮骚坛：文坛。　⑯主盟者：指李攀龙、王世贞，即"后七子"领袖人物。　⑰"文长"句：《明史·徐渭传》："当嘉靖时，王、李倡七子社，谢榛以布衣被摈。渭愤其以轩冕压韦布，誓不入二人党。"　⑱"卒以"句：陶望龄《徐文长传》："渭为人猜而妒，妻死后有所娶，辄以嫌弃，至是又击杀其后妇，遂坐法系狱中，愤懑欲自决。"　⑲张太史元汴：张元汴(1538—1588)，字子荩，别号阳和，山阴（今浙江绍兴）人。隆庆五年(1571)进士，授翰林院修撰。官至翰林侍读、左谕德。太史，官名，西周、春秋时有太史（太史令、太史丞）官，掌天时、星历职。明代翰林院掌修史之事，故翰林亦称为太史。　⑳周望：陶望龄字。　㉑《徐文长集》、《阙编》：徐渭生前所编诗文作品，《徐文长集》十六卷，《阙编》十卷。　㉒狂疾不已：陶望龄《徐文长传》："及(胡)宗宪被逮，渭虑祸及，遂发狂，引巨锥刺耳，刺深数寸，流血几殆。又以椎击肾囊碎之，不死。"　㉓表：即前文所说的胡宗宪"会得白鹿，属文长作表"。　㉔梅客生：梅国祯(1542—1605)，字客生，号衡湘，麻城（今属湖北）人。明大臣。万历十一年(1583)进士，历官固安知县、浙江道御史、太仆少卿、右佥都御史、兵部右侍郎。著有《梅司马遗文》、《燕台集》等。　㉕"无之"二句：前一"奇(qí)"字作奇特解，后一"奇(jī)"字，"数奇"之"奇"，意为命运不顺当。

【赏析】　清人李扶九《古文笔法百篇》在袁宏道《徐文长传》一文的《书后》说道："传者，记载事迹，以传示后世者也。诸史列传，班班可考，而其中或传或不传，非其人不足传，盖生平行事，必无一二奇行奇能，可以骇动人之耳目者，故虽传而其传不广。"这里的议论直可作鉴赏此传的导读。《书后》讲出了一篇传记之所以能传并传得广的基本缘由，那就是传主必有"一二奇行奇能，可以骇动人之耳目者"。以本文传主徐渭为例，必定是一有"奇行奇能，可以骇动人之耳目者"，要不然，包括《古文观止》在内的比较权威的选本也不会选入了，徐渭此人也不会因此传而大享名声了。

徐渭在政治活动中,面对高官,表现得坦荡自在,安之若素。传记多层次、全方位所呈现的文长"奇"状,即使在明代社会,应该都属正面的才干,特别其政治操守、用兵谋略,得到朝廷赏识本是自然的事。但这位文长先生,却又有为人处世的另一面,即"视一世士无可当意者","雅不与时调合",就是一狂放孤傲、目无余子的怪杰,结果闹得"不偶"、"不得志于有司",并得罪了"骚坛主盟者",使"其名不出于越",而且"晚年愤益深,佯狂益甚"。

在作者笔下,徐渭其人、其文、其艺的奇特性,和徐渭结局的悲剧性,似乎有着必然的内在逻辑:正是徐渭的奇狂,无法为政坛和文坛接受,所以造成身陷囹圄、自杀未果,最终抑郁而死的结局。传记的深刻之处在于,个人才能哪怕得到过皇帝的首肯,但得不到主流社会的承认,仍将无法见容于这个世界,这是最令人感叹不已的。只有在一个非正常的年代,才会出现徐渭这样"数奇"的悲剧人物。与文长惺惺相惜的中郎,难以用切当理由来解释徐渭身上反映的矛盾现象,只能说"文长无之而不奇者也","无之而不奇,斯无之而不奇也。""奇(jī)"是社会全局性弊病说带来的必然结果,唯此,方可正确理解传记中徐渭命运的悲剧意义。

作者对徐渭的幸与不幸的认识是清醒的,对徐渭诗文"百世而下,自有定论"是充满信心的。事实证明,《徐文长传》之可传,不但在于袁、徐心灵的贯通,强化了对传主的认同感;也在于作者独具匠心的精细摹写,使读者对传主产生了亲近感。而《徐文长传》的传世,也使后人加深了对晚明社会历史意蕴的理解。

杨　涟

作者简介

杨涟(1572—1625),字文孺,号大洪。湖广应山(今属湖北)人。明大臣、东林党人。万历三十五年(1607)进士,历官常熟知县、兵科给事中、左都副御史。天启四年(1624),疏参魏忠贤二十四罪,被诬陷下狱,受酷刑而死。明思宗即位,冤案平反,赠太子太保、兵部尚书,谥号"忠烈"。著有《杨大洪集》。

血　书

【题解】　本文选自黄煜汇辑《碧血录》上。黄煜题称"碧血,纪死忠也。"清卢文弨《碧血录·题辞》曰:"《碧血》一编,纪明天启时死阉祸诸忠也。""此则皆被逮以后及狱中之笔也。"卢氏题辞交代了集中包括杨涟在内的忠烈遗言、遗札的来由:"有燕客所自为传,隐其姓名,故曰燕客。天启五年,闻六君子之狱兴,乃走燕,变服杂北镇抚司狱卒中,得其遗言、遗札。"此《血书》和《杨大洪先生狱中书》、《绝笔》同辑入《碧血录》上。《碧血录》末附《天人合徵纪实》,即为"燕客"所写,记载了杨涟、左光斗、魏大中、顾大章、周朝瑞、袁化中等六君子受尽酷刑折磨的惨状。

【原文】

涟今死杖下矣!痴心报主,愚直仇人①;久拼七尺,不复挂念。不为张俭逃亡②,亦不为杨震③仰药④,欲以性命归之朝廷,不图妻子一环泣耳。

打问之时,枉坐赃私⑤,杀人献媚,五日一比⑥,限限⑦严旨。家倾路远,交绝途穷,身非铁石,有命而已。雷霆雨露⑧,莫非天恩,仁义一生,死于诏狱⑨,难言不得死所。何憾于天?何怨于人?

惟我身副宪臣⑩,曾受顾命⑪。孔子云:"托孤寄命,临大节而不可夺⑫!"持此一念,终可以见先帝⑬于在天,对二祖十宗⑭与皇天后土⑮、天下万世矣。大笑,大笑,还大笑!刀砍东风⑯,于我何有哉?

【注释】　①仇人:为人所仇视。　②张俭(115—198)逃亡:张俭,字元节,山阳高平(今山东邹城)人。东汉名士,江夏八俊之一。延熹初为东部督邮,弹劾宦官侯览,为览所诬,遂逃亡在外。望门投止,每家均冒族诛之祸而予以收留,前后受其牵连受诛者以十数。　③杨震(54—124):字伯起,弘农华阴(今陕西华阴东)人。东汉大臣。举茂才,历官荆州刺史、东莱太守、太常、司徒、太尉。延光初被罢免,于途中饮鸩而死。　④仰药:服毒。　⑤枉坐赃私:冤枉而被定为贪赃罪,即被指接受熊廷弼贿赂。坐,定罪。　⑥比:官府限期办好公事。　⑦限限:限定在一定期限内。　⑧雷霆雨露:喻指遭到打击或承受恩泽。　⑨诏狱:古代的高等监狱,内中的罪犯多属九卿、郡守等一级高官,须皇帝亲自下诏书定罪的案子。　⑩宪臣:指御史,杨涟任左都副御史,故称。　⑪顾命:指皇帝临终遗命,嘱托亲信大臣辅佐新君。《尚书·序》:"成王将崩,命召公、毕公率诸侯相康王,作顾命。"　⑫"托孤寄命"二句:《论语·泰伯》:"曾子曰:'可以托六尺之孤,可以寄百里之命,临大节而不可夺也!君子人与?君子人也。'"此处引作孔子语,实为曾子所言。　⑬先帝:指明光宗朱常洛。　⑭二祖十宗:光宗以上,明朝开国以来计有太祖、成祖"二祖",仁宗、宣宗、英宗、代宗、宪宗、孝宗、武宗、世宗、穆宗、神宗"十宗"。　⑮皇天后土:天地或天地神灵的总称。　⑯东风:草名。刀砍东风,谓刀砍头颅,就如砍去草一样,含等闲视之之意。

【赏析】　这封血书是明著名东林党人杨涟在狱中所写,是其被诬陷、受酷刑后的泣血控诉和辩白,也是对阉党魏忠贤之流残忍迫害政治异己的晚明现实的深痛揭示。杨涟等六君子是天启年间反魏忠贤宦官集团的中坚力量,一开始就被阉党视为必欲拔除的眼中钉。杨等下狱后,政治迫害和罪名罗织一直伴随着六君子。在惨无人道、生不如死的肉刑摧残下,杨涟写下"血书二百八十字,藏之枕中,冀死后枕出,家人拆而得之。"(《天人合徵纪实》)

杨涟写血书时已不抱生还希望,只是以文字表明心迹而已。血书不长,首要是对今上及皇室忠贞的宣言。书中所称:"痴心报主"、"欲以性命归之朝廷"、"终可以见先帝于在天,对二祖十宗与皇天后土、天下万世",都是直接效忠之言,欲证明本人于朱明王朝绝无二心。而引用张俭、杨震二典,则借助古人尽忠故事,声明自己虽受陷害,死在眼前,都不会像张俭般远遁,也不会像杨震那样自尽,堂堂正正之愚忠可谓超越了前人,天人可鉴。血书同时在辩诬,即申诉自身所遇完全是冤狱。书中从"愚直仇人"、"枉处赃私"到"死于诏狱",明白无误地告诉世人,自己在移宫一案中威逼李选侍离开乾清宫与魏忠贤结下梁子(事见计六奇《明季北略》卷二等),后又有弹劾魏阉二十四罪之奏,更被人诬以受熊廷弼之贿,以此数端,邪恶势力必欲置我于死地而后快。写下此书,为的是有朝一日能湔雪前冤。这封血书还明确表达了自己对死亡的态度,作为顾命大臣,不负宪臣重责,那砍头直如风砍草,身死无憾天与人。血书通篇以短句出之,间用反问句式,字字如血泪迸溅,掷地有声!

当我们读及当年杨涟身临惨境的描述,便能感受到这封血书的沉重:"许显纯密承珰意,异刑酷拷,肉绽骨裂,坐赃二万,五日一比,髓血飞溅,死而复苏。许显纯竟将头面乱打,齿颊尽脱,钢针作刷,遍体扫门都丝。公骂不绝口。复以铜锤击胸,胁骨寸断,仍加铁钉贯顶,立刻致死。"(计六奇《明季北略》卷二)而张伯行所赞杨文"痛切纠参,词严义正,直足夺奸恶之魄,而斩逆阉之魂",也正是这封血书的风范特征。

沈德符

作者简介 沈德符（1578—1642），字景倩，一字景伯，又字虎臣，秀水（今浙江嘉兴）人。明文学家。万历四十六年（1618）举人。自幼随祖父、父亲居住北京，就读于国子监。受父亲沈自邠影响，好谈朝野故事，尤精熟明代时事掌故。父辞世，即随母回乡。由祖父沈启原教读，继续研学家藏各类图书。著有《万历野获编》。

陈 增 之 死

【题解】 本文选自沈德符《万历野获编》卷六。《万历野获编》三十卷首次编成于明万历三十四、三十五年间（1606—1607），即沈德符入国子监为贡生前后，书名寓"谋野则获"之意。（按："谋野则获"见沈德符《万历野获编·序》，《左传·襄公三十一年》有云："裨谌能谋，谋於野则获，谋於邑则否。""谋野则获"指谋于乡郊野外能有所收获。）沈德符搜集两宋以来的历史资料，仿欧阳修《归田录》之体例，成《万历野获编》一书。有明一代，尤其世宗、神宗两朝掌故，所记最为详赡。本文记载了万历年间矿税太监陈增及其亲信程守训贪赃枉法，最后为淮抚李三才设计所除的故事，反映了明代官场腐败、斗争复杂的社会现实。

【原文】

矿税流毒，宇内已无尺寸净地，而淮徐①之陈增②为甚。增名下参随③程守训者，徽人也，首建矿税之议。自京师从增以出，增唯所提掇④，认为侄婿⑤。又不屑与诸参随为伍，自纳银助大工⑥，特授中书舍人⑦，直武英殿⑧，自是愈益骄恣。署其衔曰："钦差总理山东直隶矿税事务，兼查工饷。"以示不复服属内监。旋于徽州起大第，建牌坊，揭黄旗于黄竿曰"帝心简在⑨"，又扁其堂曰"咸有一德⑩"。是时山东益都知县吴宗尧⑪，疏劾陈增贪横，当撤回。守训乃讦⑫宗尧多赃巨万，潜寄徽商吴朝俸家。上如所奏严追。宗尧徽人，与朝俸同宗也。自是徽商皆指为宗尧寄赃之家，必重赂始释。又徽州大商吴养晦者，家本⑬素封⑭荡尽，诡称有财百万，在兄叔处，愿助大工。上是之，行抚按查核。守训与吴姻连，遂伪称勘究江淮不法大户及私藏珍宝之家，出巡太平⑮安庆⑯等府，许人不时告密问理，凡衣食稍温厚者，无不严刑拷诈，祸及妇孺矣。又署棍徒⑰仝治者为中军官⑱，晨夕鼓吹⑲举炮⑳。时巡南畿㉑者，为御史刘日梧㉒，遇之于途，见其导从旗帜弓戟，较督抚加盛，令呵止之。程以彼此奉使为达，刘竟无以难之。唯稍畏淮抚李三才㉓，不敢至李所。住泰州㉔，李亦密之为备。佯以好语陈增曰："公大内贵臣，廉干冠诸敕使㉕，今徽有议者，仅一守训为祟耳。他日坏乃㉖公事，祸且及公。虎虽出柙㉗，盍自缚而自献之？"增初闻犹峻拒，既又歆㉘之曰："守训暴敛，所入什佰于公。公以半献之朝，以半归私帑㉙，其富可甲京师也。"增见守训跋扈渐彰，不复遵其约束，心愠已久，因微露首肯意。李中丞觉之，潜令其家奴之曾受守训酷刑者，出首㉚于增，云："守训有金四十余万，他珍宝瑰异无算，并畜龙凤僭逆㉛之衣，将谋不轨。"李又怵㉜增急以上闻："公不第积谤可雪，上喜公勤，即司礼印㉝可得也。"增以为诚言，果以疏闻。上即命李三才捕送京师治罪，及追所首㉞多赃。增既失上佐㉟，迹已危疑，其部曲㊱亦有戒心，所朘取㊲不能如岁额。上疑增屡岁所剥夺且不赀㊳，又苛责之。李中丞又使人胁之，谓："阁臣密揭入奏，上又允矣。"又曰："某日缇骑�439出都门矣。"增不胜愧悔，一夕雉经死㊵。名下狐鼠惧罪，即时鸟兽散去。其署中所蓄，中丞簿录以献。江淮老幼，歌舞相庆。说者云："淮抚匿增金钱巨万，所进不过十之一二耳。"此固未足信。即有之，诛翦长鲸㊶，其功不细，以此酬庸㊷，亦何不可？

【注释】　①淮徐：今江苏省淮安、徐州一带。　②陈增（？—1605）：明神宗朝矿税太监。万历二十年（1592）以来，接连用兵，宫殿罹灾，国用匮乏，因而矿税大兴。陈增奉敕开采山东，以税监纵横盘剥，然入公帑（tǎng）者什不及一。增肆恶山东十年，至万历三十三年（1605）始死。　③参随：随从人员。　④提掇（duō）：提携、选拔。　⑤侄婿：侄子，女婿，小一辈。宦官没有子女，侄子相当女婿。　⑥大工：指皇帝钦定的大工程，如万历二十四年（1596）三月乾清、坤宁二宫同时被烧毁，重建二宫，即是当时的"大工"。　⑦中书舍人：舍人始于先秦，本为国君、太子亲近属官，魏晋时于中书省内置中书通事舍人，掌传宣诏命。南朝沿置，至梁，除通事二字，称中书舍人，任起草诏令之职。明代分为中书科舍人、直文华殿东房中书舍人、直武英殿西房中书舍人、内阁诰敕房中书舍人、内阁制敕房中书舍人五种,均为从七品。 ⑧ 武英殿:武英殿是紫禁城外朝西路的正殿,对应外朝东路的文华殿,初建于明永乐年间,为皇帝斋居和召见大臣之处。 ⑨ 帝心简在:即"简在帝心",《论语·尧曰》云:"帝臣不蔽,简在帝心。"指皇帝的子臣不敢蒙蔽,因为都是皇帝所选拔任命的。 ⑩ 咸有一德:《尚书》篇名,作者据传是伊尹。大意是君臣都应该有纯一的品德,即正心、诚意,约束犹豫不定的心志。 ⑪ 吴宗尧:字仁叔,安徽歙县人。万历二十三年(1595)进士。 ⑫ 讦(jié):揭发他人阴私。 ⑬ 家本:家中本钱。 ⑭ 素封:平素的封存。 ⑮ 太平:五代南唐保大末置新和州,寻改雄远军,宋改曰平南军,升为太平州,元为太平路,明为太平府。属安徽省,故治即今当涂县。 ⑯ 安庆:春秋时皖国及群舒地,隋时曰同安郡,唐为舒州,宋改曰安庆军,升为安庆府,元置安庆路,明曰宁江府,复曰安庆府,直隶南京,治所即今安庆市。 ⑰ 棍徒:恶棍,无赖。 ⑱ 中军官:明代总督、巡抚的侍从武官。 ⑲ 鼓吹:擂鼓吹号。 ⑳ 举炮:鸣炮。 ㉑ 南畿:南京附近,因明初都城在南京。畿:京都附近之地。 ㉒ 刘日梧:江西南昌人。万历十四年(1586)进士,曾任直隶巡按御史。 ㉓ 李三才(?—1623):字道甫,号修吾,陕西临潼人,寄籍顺天通州(今北京市通县)。明大臣。万历二年(1574)进士,历官户部主事、山东佥事、河南参议、大理少卿。二十七年以右佥都御史总督漕运,巡抚淮阳,官至南京户部尚书。 ㉔ 泰州:位于江苏中部,长江北岸。西汉元狩六年(前117)在临淮郡下,称海陵县,东晋分广陵郡置海陵郡,唐初置吴州,南唐升元元年(937)升为泰州。元、明、清称泰州。 ㉕ 敕使:皇帝的使者。 ㉖ 乃:你。 ㉗ 柙(xiá):关兽的木笼。 ㉘ 歆(xīn):喜爱,羡慕。 ㉙ 帑:古时收藏钱财的府库。 ㉚ 出首:告发犯罪者。 ㉛ 僭(jiàn)逆:越礼犯上。 ㉜ 怵(xù):诱惑,引诱。 ㉝ 司礼印:司礼监大印。司礼监掌印太监是明代十二监中最具权势的太监职位,负责完成国家决策中的"批红"部分。 ㉞ 首:控告。 ㉟ 上佐:皇帝的支持。 ㊱ 部曲:此指部属、部下。 ㊲ 朘(juān)取:搜刮榨取。 ㊳ 不赀(zī):不可计算。 ㊴ 缇(tí)骑(jì):指古代贵官出行时前后随行的红衣骑士,后为逮治犯人的禁卫军差役的通称。 ㊵ 雉经死:缢死。 ㊶ 长鲸(jīng):大鲸鱼。喻指吞噬巨财的陈增。 ㊷ 庸:功劳。

【赏析】 这篇笔记文记的是明万历年间,矿税监陈增勾结参随程守训,借征收矿税为名,残酷掠夺民间财富,演出了一场场仗势欺人的闹剧。一般朝臣竟奈何他们不得,而淮阳巡抚李三才略施小计,治了程氏之罪,也迫使陈增自经。这则笔记不仅从一个侧面展现出在皇帝、宦官和酷吏的多重压榨逼迫下,所谓资本主义萌芽遭受到的制度性的摧折和扭曲,也提供了明代晚期宦官及各级官吏工于心计、谋求私利的生动写照。

陈增是一个主管征收山东地方矿税的宦官,《明史》称其为"纵横绎骚,吸髓饮血,以供进奉"之"最横者"。作者没有正面描述陈增的贪横,但从被人弹劾到心理防线的崩溃,应是罪孽不小,死有余辜。

程守训是个参透官场权术、善于拿捏时势的小人,程一方面甘做陈太监的"侄婿",一方面打出皇帝的旗号,声称直属中央管辖;一方面又和吴养晦联手,投今上之所好。程守训的落马全在于此人过于高调,已到了忘乎所以的地步,终被老上级陈增出卖,"捕送京师治罪"。

　　李三才是个颇有心计的能使税监生畏的巡抚,此公贵在能审时度势,先对陈增晓之以理,接着就诱之以利,最后则施之以威,把陈增逼上了绝路。

　　以上三人为笔记主要人物,也可视为前台人物,形成的是太监、奸佞、谋臣之间的三角关系。三人的活动充满了放纵、嫉妒、诳骗和算计,正是万历年代官场的真实写照。记中还有几个次要人物,或曰二线人物:强项不屈、疏劾税监的益都知县吴宗尧,遭受诬讦、无端被查的徽商吴朝俸,诡称巨资、愿助大工的徽州商人吴养晦,不满越礼、徒唤奈何的巡按御史刘日梧,擂鼓吹号、鸣炮造势的中军官仝治。这些人物的加入,为绘制一张特定历史时期的官商图增色不少。其实,记中更有一位隐形的关键人物——神宗朱翊钧。在失去辅政重臣张居正后,神宗天运不济,又任由内监敛钱,种种奇事怪象,万历帝实乃总根子也。作者运用神龙见首不见尾的手法,记述神宗的种种作为。正是最高当政者出于国帑匮乏、个人挥霍受制,纵容了内臣肆行,献金闹剧不断,造成了民怨沸腾、攘臂而起的局面。万历间不堪的社会情状,神宗难辞其咎。

　　一则笔记、八九个人物,折射出明万历年代的政治光谱。

钱谦益

作者简介

钱谦益(1582—1664),字受之,号牧斋,晚号蒙叟,常熟(今属江苏)人。明清之际大臣、学者、文学家。明万历三十八年(1612)进士,授编修,天启中任经筵日讲官、詹事府少詹事,崇祯中任礼部侍郎、翰林侍读学士。南明弘光朝,任礼部尚书。早年名列东林党,与宰相温体仁不合,遭革职,入狱。顺治二年(1645),清兵南下,迎降,授礼部侍郎,充明史馆副总裁。以疾归。南归后,曾从事秘密抗清活动,以事系狱江宁经年。获赦归里,居家著述以终。其两门人,瞿式耜佐桂王于粤中,任大学士;郑成功则活动于海上。乡居时,与遗民黄宗羲、熊开元、弘储、归庄、屈大均、吕留良等往还其间,密有所图。曾筑绛云楼,富于藏书。纳名妓柳如是为次妻。诗融合唐宋,摆脱七子,而自成面目,与吴伟业、龚鼎孳称"江左三大家"。其文名实亦与诗名相埒,论文诋诃复古模拟,力主性灵,然又不满竟陵之狭窄、公安之肤浅。故其既倡"情真"、"情至",以反对模拟;又主张学问,以反对空疏。治学兼通经学、史学,识见高超。为文取境甚高,诸体兼长,能融合"学人之文"与"文人之文",风格恢诡,典雅蕴藉,是明末清初提振文章气局的大家。著有《初学集》、《有学集》、《投笔集》、《杜诗笺注》、《国初群雄事略》等。

特进光禄大夫左柱国少师兼太子太师兵部尚书中极殿大学士孙公行状

【题解】 本文节选自钱谦益《初学集》卷四十七,是集中为数不多的"行状"之佳篇。写于明崇祯十五年(1642)。孙公,孙承宗(1563—1638),字稚绳,号恺阳,谥文忠,高阳(今属河北)人。明大臣、军事家、东林党人。万历三十二年(1604)进士,授编修,历官中允、詹事府少詹事、礼部侍郎、兵部尚书兼东阁大学士、左柱国、少师、太子太师、中极殿大学士。明熹宗时,曾以左庶子充日讲官。尝督山海关及蓟辽、天津、登莱诸处军务。任用袁崇焕、孙元化等将领，经营坚固的关(山海关)宁(远)锦(州)防线，成为后金骑兵不可逾越的障碍。因遭魏忠贤所忌，于天启五年(1625)去职。崇祯二年(1629)，复为思宗起用，赴通州、山海关督理军务。崇祯四年(1631)，受明廷内部倾轧排挤，连疏乞归，获准还乡。崇祯十一年(1638)，清兵围攻高阳，率全家及城内百姓拒守，城破被擒，自杀殉国。著有《高阳集》。本文作者钱谦益于万历三十八年(1612)得中进士，会试时承宗为其座师，钱每以"师相"称之。本文选取部分，主要记述孙承宗的家世概况、从学经历、出仕履绩，其中重点介绍了处置梃击案、担任日讲官的事迹。《行状》事例详实，叙述生动，是一篇史学、文学完美结合的传记文。

【原文】

公讳承宗，字稚绳，其先河南之汤阴①人。永乐中，有讳遇者，徙居高阳②城北二里之西庄，子孙因家焉。遇生怀，怀生逵，逵生麒，麒生四子，叔子讳敬宗③，繇举人仕至兵部职方司④员外郎，而公其季⑤也。

家世丰产，孝弟力田，好行其德。公之父太公俶傥⑥阔达，耽诗酒。岁大祲⑦，族里皆仰给以生。倾家以应徭役，产益落，其任侠好施自如也。公生二岁，凛然如成人，邻媪予之饼，必怀归以遗母，母食然后敢食。母使之旋⑧，顾视诸甥成童者曰："孺子⑨在旁，不便也。"母笑而异之。年十余岁，徒步从职方公⑩读书学宫，往来西庄，遇风雪，职方公欲负之，公不肯。兄弟相视，含涕而笑。遂从职方公授五经诸史，穿穴今古，蔚为硕儒。年三十二，应选贡试，奉天门对御倭策万言，文不加点。是日西华门灾，红云覆五凤楼⑪。公赋诗记之曰："黄扉进御平夷策，应许书生抱六奇⑫。"其自负已不徒矣。是岁举于乡，又十年举进士。公长而铁面剑眉，须髯如戟，声如鼓钟，殷动⑬墙壁。方严鲠亮，沈塞果毅，不苟訾笑，不妄取予。虽为儒生，岿然如巨人长德，人望而畏之矣。尝授经易水⑭、云中⑮，杖剑游塞下，从飞狐⑯、拒马⑰间直走白登⑱，又从纥干⑲、青波⑳故道南下，结纳其豪杰，与戍将老卒，周行边垒，访问要害阨塞㉑，相与解裘系马，贳酒高歌。用是以晓畅虏情，通知边事本末。大同兵噪围抚院，鼓声如雷，阖署莫知所为。公教令史书榜示曰：向某道领饷，哗者斩。

兵士从门阖中窥之,薨然而散。巡抚房守士㉒执公手而叹曰:"非吾所及也。"万历三十二年,试进士,唱名第二,除翰林院编修。十二载迁左春坊中允㉓,历左谕德㉔、司经局洗马㉕。熹宗㉖即位,迁左庶子,充日讲官,拜詹事府少詹事㉗,加礼部右侍郎,协理詹事府事,日讲如故。

公为史官,不造请权要,不徵逐游宴,厚自贵重,泊如也。顾不屑为低眉拱手,优闲养望。馆阁间有大议,矫尾厉角㉘,奋袤㉙而谭,往往自公一言而决。内阁以中堂㉚相临,兼有师资之谊㉛。其贤者争相引重,退而一无所附丽;其不贤者深自闷匿㉜,不欲一过其门,及其罢免死亡,未尝不郑重慰藉也。神宗末,东宫有梃击之变㉝,御史刘廷元㉞以风癫蔽其狱,阁臣吴道南密以谘公㉟,公曰:"事关东宫,不可不问;事关皇宫,不可深问。庞保、刘成㊱而下,不可不问也;庞保、刘成而上,不可深问也。独皇上能了此,须中堂密揭启之耳。"道南谢曰:"谨受教。"于是梃击之狱定。已而为人序谏草暨南闱㊲发策㊳,颇著其语。主风癫者衔之。丁巳㊴,内计议左㊵公于外。掌院刘一燝㊶曰:"孙公国之元气,诚不忍阿附党论,得罪天下万世也。"力持之,乃止。熹庙初御讲筵,内阁戒讲官讲章宜简要,讲毕勿多献替㊷,恐上倦弗能省也。公告同官曰:"主上幼冲,在我辈六七措大㊸,开导圣聪,讲章须详明切直,博引曲譬。若讲官听中堂为芟改㊹,中堂又视中人㊺为忌讳,则讲筵为无人矣。中堂当择讲官,不当择讲章。与其择讲章,宁去讲官可也。"讲官李光元㊻亦以内阁不宜芟改讲章上书争之,于是讲章乃得勿改。公当进讲,容止庄静,敷陈剀切,忠诚恻怛,著见眉宇。上听之,辄洒然动色易容,询近侍:"长须者何官?"曰:"庶子孙某。"上曰:"我偏懂他讲。"每进直讲姓名,辄喜曰:"我又懂他。"上朝罢,喜谓近侍:"我尊重如此。"移宫之议㊼,司礼王安㊽主之。公恐上幼而骄,宫闱之中,或导之以薄也,进讲《克明俊德章》㊾,既毕,乃疏解以亲九族高曾祖父子孙曾玄之详,因反覆开谕,言:"帝尧德为圣人,尊为天子,决不敢自恃,说自家是天子,极尊重了,便轻疏一家骨肉。所以要亲爱九族,处置得所。我皇上内有宫眷戚畹㊿,外有宗室亲藩,皆九族之支属,须要同其好恶,共其富贵。凡先遗眷属,仁至义尽,无使骄恣,无俾怨恫㉛,以伤亲睦。"上端凝拱听，退而喜曰："我今日才知九族，昨日如何不做在讲章里？"安曰："讲官于讲章外临时发明耳。"然而安殊不怿也。进讲次，上嗽，以纸拭涕唾。公东向拱立不进，上目之，东班官亦目趣公，公拱立如故。俟上拭罢整衣，乃前讲"出入起居，罔有弗钦㊾"。于"出入起居"四字，点分为读，抑扬其音节，以耸上听。备述尧、舜钦明兢业及我二祖㊿敬天家法，上肃然起敬，退谓孙讲官知礼。再讲，值上嗽，公释签㉝以待，上益庄，不复拭唾矣。凡讲官读书，近侍皆先期进读，字韵有互异者，上高声读某字为某，讲官从之，不敢是正也。公侍上读书，至三百六旬有六日，读六为溜，上高声读溜者三，公亦高声读禄者三，上改而从公。退而知溜音之讹也，戒近侍曰："毕竟拗讲官不过，以后休错被讲官笑。"公谓安及高时明㉞曰："民间家塾讲习，朝夕聚首促膝，群萃笑语，相习而熟。今上御讲筵，恭默无一问难，臣下日跼蹐㉟而退，何繇熟也？常朝奏事，例有口答。今借此仪，与公等约：上问某句，讲官通俗细解；再问，讲官又细解。借此套数，起发问难，俾上渐通晓机务。讲《帝鉴图说》㊱，指图画像如民间词话演义之比，俾圣心与臣下日亲日熟，入而后说之，此启沃㊲之要也。"时明曰："非复午讲不可。"安曰："甚善，当请修九五斋㊳。"时明曰："孙公欲致君尧、舜，须有茅茨土阶㊴遗意，何必修斋而后讲乎？"安、时明皆先帝东朝伴读，夜直宿御榻旁，孳孳为圣学计。未几，逆奄魏忠贤㊵用事，杀安，罢时明，公亦辍讲帷以去，而讲筵遂为故事矣。

【注释】　①汤阴：县名，因汤水流经其县而得名。明代属河南彰德府，今划归河南安阳市管辖。　②高阳：县名，属河北省。汉时始置，明代属保定府。　③敬宗：孙承宗三兄，承宗曾从敬宗学"五经"及诸子。　④兵部职方司：全称"兵部职方清吏司"，是明清兵部四司之一。掌理各省之舆图（地图）、武职官之叙功、核过、赏罚、抚恤及军旅之检阅、考验等事。设郎中、员外郎各一人，主事二人。下文"职方公"即指曾任兵部职方司员外郎的孙敬宗。　⑤公其季：谓孙承宗兄弟中排行第四。　⑥俶（tì）傥（tǎng）：亦作"倜傥"，卓异不凡。　⑦祲（jìn）：不祥之气，妖氛。　⑧旋：小便。　⑨孺子：小孩，幼儿。　⑩职方公：见本文注释④。　⑪五凤楼：当指午门，为紫禁城正门，上有崇楼五座，以游廊相连，东西各有一座阙亭，形如雁翅，俗称"五凤楼"。　⑫六奇：西汉陈平为高祖刘邦六出奇计，助其统一中国，建立并巩固刘汉王朝。《史记·太史公自序》称之为"六奇"。参见《史记陈丞相世家》。后泛指出奇制胜的谋略。　⑬殷动：雷声震动。　⑭易水：水名。

其水有三,皆发源于河北易县。 ⑮云中:地名。战国时赵地,秦置郡,汉分其西南部为云中郡,治云中县,即今内蒙古托克托县。东汉废。唐置云州,后改曰云中郡,宋曰云中府,辽改为大同府,即今山西大同县治。 ⑯飞狐:县名。汉为广昌县地,属代郡。隋改名飞狐,因县北有飞狐口而名。明初复旧名广昌。 ⑰拒马:拒马河,发源于河北涞源县西北太行山麓,东北流至张坊分为南北两支。北拒马河东流与琉璃河合,南拒马河南流入大清河。 ⑱白登:山名。今山西省大同市东北马铺山。 ⑲纥(hé)干(gàn):山名。又名纥真山,在今山西大同县东。 ⑳青波:地名。即青陂,在今河南新蔡县西南。 ㉑阨塞:险阻要塞。 ㉒房守士(1537—1605):字升甫,号备吾,齐河(今属山东)人。万历五年(1577)进士,历官户部陕西司主事、湖广承天府知府、陕西按察司副使、山西按察使司按察使、山西布政使、大同巡抚、兵部尚书等。晚年因病告归,以藏书,课子为乐。曾为家族修创《房氏族谱》。 ㉓左春坊中允:汉代詹事府属官有太子率更、家令丞、仆、中盾。中盾后改称"中允"。唐制于左春坊左庶子之下置"中允",于右春坊右庶子之下置中舍人。明代始于左、右春坊皆称中允,有左中允、右中允之别。 ㉔左谕德:明左春坊所设职官,属詹事府统辖。 ㉕司经局洗马:明右春坊所设职官,属詹事府统辖。 ㉖熹宗:天启皇帝朱由校。 ㉗詹事府少詹事:詹事府是掌管皇后、太子家族(东宫)事务的机构。詹事掌统府、坊、局之政事,以辅导太子。少詹事为詹事之副贰。 ㉘矫尾厉角:形容逞强好胜、趾高气扬的模样。矫尾,翘尾巴。厉角,磨头角。 ㉙奋褎(xiù):即"奋袖",挥动衣袖。常用以表示情绪激动。 ㉚中堂:明清时对内阁大学士的称呼。明代大学士实际掌握宰相的权力,其办公处在内阁,中书居东西两房,大学士居中,故称中堂。 ㉛师资之谊:即师生之谊。 ㉜閟(bì)匿:隐藏。 ㉝梃击之变:指梃击案,明末"三案"之一。万历四十三年(1615)五月,东宫发生以枣木棍袭击太子朱常洛未遂案,案发后牵连朝廷内外多人。审问此案的官吏巴结郑贵妃,称作案男子张差是个疯癫病人,欲以此掩盖有人加害太子的真相。朝中东林党人怀疑郑贵妃为幕后密谋者,要求彻底追究。最后万历帝和太子商议后,决定把张差处死,两个太监庞保和刘成在内廷被秘密打死,草草了结了这桩大案。 ㉞刘廷元:浙江平湖人。万历三十二年(1604)进士,官至兵部尚书。 ㉟吴道南:字会甫,号曙谷,崇仁(今属江西)人。明大臣。万历十七年(1589)进士,授编修,官至礼部尚书东阁大学士。曾知经筵日讲,预修正史,主纂《河渠志》。 ㊱庞保、刘成:涉梃击案之二太监,为神宗之皇贵妃郑氏手下人。 ㊲南闱:明朝在南京举行的应天乡试的别称。闱,指考场。明朝实行南、北两京制,故以在南京举行的应天乡试为南闱,以别于在北京举行的顺天乡试。 ㊳发策:发出策问。古代考试把试题写在策上,令应试者作答,称为策问,简称策。 ㊴丁巳:指万历四十五年(1617)。 ㊵左:降低官职。 ㊶刘一燝(1567—1635):字季晦,江西南昌人。明大臣。万历二十三年(1595)进士,历官礼部右侍郎、礼部尚书兼东阁大学士、内阁首辅。与叶向高、左光斗等同为辅政大臣,主持朝政。为魏忠贤阉党所劾,奏请去职,终辞官回乡。 ㊷献替:即"献可替否"。进献可行者,废去不可行者。谓对君主进谏,劝善规过。亦泛指议论国事兴革。"献可替否"可省作"献替"、"献可"。 ㊸六七措大:六七个贫寒的读书人。自谦语。 ㊹芟(shān)改:删削、改动文字。 ㊺中人:此指有权势的朝臣。 ㊻李光元:字麟初,号市南子,江西进贤人。万历三十五年(1607)进士。 ㊼移宫之议:指移宫案,明末"三案"之一。万历四十八年

(1620年)七月,明光宗朱常洛即位,宠妃李选侍照顾皇长子朱由校迁入乾清宫。后光宗死于红丸案,立熹宗为帝。李选侍控制乾清宫,与郑贵妃、魏忠贤等密谋挟持朱由校,把持朝政大权。都给事中杨涟、御史左光斗等,为防其干预朝事,要求李选侍移出乾清宫,迁居仁寿殿哕鸾宫。此事史称"移宫案"。参见本书杨涟《血书》一文。　㊽王安:雄县(今属河北)人。明宦官。初隶冯保名下。万历二十二年(1594),为皇长子伴读。时宦官魏忠贤、曹化淳、王裕民、惠进皋、杨公春等皆出其门下。光宗即位,擢司礼秉笔太监。熹宗时,魏忠贤与客氏(熹宗乳母)忌王安甚。王安先降充南海子净军,后被杀。　㊾《克明俊德章》:克明俊德,能明白尧之大德。见《尚书·虞书·尧典》:"曰若稽古帝尧,曰放勋,钦明文思安安,允恭克让,光被四表,格于上下。克明俊德,以亲九族。九族既睦,平章百姓。百姓昭明,协和万邦。黎民于变时雍。"　㊿戚畹:外戚亲贵。　㊼怨恫:亦作"怨痛",怨恨,哀痛。　㊷钦:恭敬。　㊳二祖:指神宗朱翊钧、光宗朱常洛。　㊴签:古代漏壶上记时的竹签。　㊵高时明:初名永升,赐名时明,永清(今属河北)人。明宦官。十五岁入宫,后任司礼监掌印太监。崇祯十七年(1644),李自成攻进北京,高时明自焚身亡。　㊶踧(cù)踖(jí):恭敬而不安的样子。　㊷《帝鉴图说》:明代内阁首辅、大学士张居正亲自编撰,供当时年仅十岁的神宗朱翊钧阅读之书。书成于隆庆六年(1572),取唐太宗"以古为鉴"之语,名之曰《帝鉴图说》。由一个个小故事组成,并配以形象插图。全书分上、下两部,上部《圣哲芳规》,编录上自尧舜、下止唐宋二十三个帝王"其善为可法者"事迹共八十一则;下部《狂愚覆辙》,编录三代以下共二十个帝王"恶可为戒者"劣行共三十六则。　㊸启沃:典故名,典出《尚书》卷三《商书·说命上》。商高宗武丁命傅说曰:"……若岁大旱,用汝作霖雨。启乃心,沃朕心。"宋蔡沈注曰:"启,开也。沃,灌溉也。启乃心者,开其心而无隐。沃朕心者,溉我心而厌饫也。"后因以"启沃"谓竭诚开导、辅佐君王。　㊹九五斋:在紫禁城东部文华殿之侧,明嘉靖时所建。《明史·张璁传》:"帝(世宗)于文华殿后建九五斋、恭默室为斋居所,命辅臣赋诗。孚敬(张璁)及(李)时各为四首以上。"沈德符《万历野获编补遗》卷一:"文华殿在奉天门,今改称皇极之东北,其制度较诸殿稍小,而加精工焉。盖至尊所尝御便殿,且为开设经筵之所。中设镀金鹤一双,东西相向立,以口衔香,乃外国所贡,状如细烛,遇开讲时,展书等官,立鹤之下,及讲毕事,即知经筵大臣亦绕鹤下出……本殿之侧,则为精一堂、恭默室、九五斋,皆世宗所建,殿之后则名玉食馆,为上进膳之所。"　㊺茅茨土阶:茅草盖的屋顶,泥土砌的台阶。形容房屋简陋,或生活俭朴。张衡《东京赋》:"慕唐虞之茅茨,思夏后之卑室。"　㊻魏忠贤:见张溥《五人墓碑记》注释。

【赏析】　这是钱谦益为孙承宗所撰之《孙公行状》的一小部分。全篇行状占了《初学集》整整一卷(第四十七卷),是牧斋为数不多的行状文的重要篇目。作为一位文坛领袖、东林党人,其笔下人物,不仅有着浓厚的政治色彩,而且带有作者明显的主观倾向,全方位、细腻地展示了孙承宗聪慧的天资、丰富的阅历、老到的才干,特别是权臣对朝廷的一片忠忱。透过孙承宗,我们可以看到晚明士大夫的生活状态,以及当时朝政的运作情况,有助于深层次地认识和理解晚明社会的各个方面。

《行状》着重介绍了孙公父母及其三兄的言传身教,烘托出日后承宗成为朝廷栋梁的家庭因素。继而写孙承宗的科举中式和仕途履迹,其间还穿插着孙氏的形貌特点,突出外强而内秀的文武全才的质素,通过侧面烘托,强化孙的个人魅力,举重若轻地将孙公治军的胆魄识力做了形象的铺垫。

《行状》节选部分花大力气述及了孙承宗为官的作派和手段。一是清正廉洁,二是集思广益,三是公权决不私用。在孙承宗这样的台阁重臣面前,"贤者"在位时备受关照、甚得重用,离职时不带走任阁僚时的光环,一仍其清正;"不贤者"与孙公不相往来、相安无事,避免了若结党营私可能带来的烦恼。

作者在概述了孙承宗居官为人的一般状况后,还介绍了梃击案和出任经筵讲官两桩特殊事件,而两事均关系朝廷命运、帝王千秋业。如果说前事突显了孙公的圆通,那么此后任内诸事则展示了帝师的守法、循道与敬业。孙公为官诸事,前后看似不相关连,但归根到底描绘出了一位为帝业殚精竭虑、鞠躬尽瘁的忠臣形象。

《行状》节选的这一段落,仅为全文一小部分,相较于下文传主大量的文武功绩,是短短的铺垫文字。钱谦益以其若椽大笔勾画的明末社会的恢宏场景,本文只是一个小小的截图,但从中我们不难看出万历、天启年间朝政吏治的错综复杂,认识孙承宗辈力挽狂澜的种种尝试,反思明帝国大厦倾刻坍塌的历史教训。作为东林党人的作者,正是运用隔山打牛的写法,生动形象地揭露了这个社会的高层腐败和制度缺陷。

史可法

作者简介

史可法(1601—1645),字宪之,号道邻,河南祥符(今河南开封)人。明末政治家,军事统帅。明崇祯元年(1628)进士。授西安府推官,累迁右佥都御史,总督漕运,巡抚凤阳、淮安、扬州。升任南京兵部尚书。崇祯十七年(1644),史可法与马士英等在南京拥立福王朱由崧(弘光帝),加大学士,称史阁部。次年(弘光元年),清军南下,扬州城破后自杀未死,被清军所害。有衣冠冢在扬州梅花岭。南明朝廷谥之忠靖,清高宗追谥忠正。著有《史忠正公集》。

复摄政睿亲王书

【题解】 此信见于《史忠正公集》卷二,为史可法回应多尔衮劝降之书。原藏清朝内阁册库,清高宗认为并无诋毁清朝字样,许其流传。蒋良骐《东华录》收录此信,仍删去数句,旧日选文多据此本。本文是全文,录自《史忠正公集》卷二(《丛书集成》本),并参照计六奇《明季南略》卷二。蒋良骐《东华录》所收此信开头列衔为"大明国督师兵部尚书兼东阁大学士史可法顿首谨启大清国摄政王殿下",书尾署的年月日是"弘光甲申九月十五日"。

【原文】

南中①向②接好音③,法随遣使问讯吴大将军④,未敢遽通左右⑤,非委隆谊⑥于草莽也⑦,诚以大夫无私交⑧,《春秋》之义。今恇悸⑨之际,忽奉琬琰之章⑩,真不啻⑪从天而降也。循读再三,殷殷致意。若以逆贼尚稽⑫天讨,烦贵国忧,法且感且愧,惧左右不察,谓南中臣民,偷安江左⑬,竟忘君父之仇,敬为贵国一详陈之。

我大行皇帝⑭敬天法祖,勤政爱民,真尧舜之主也。以庸臣误国,致有三月十九日之事⑮。法待罪⑯南枢⑰,救援莫及,师次淮上⑱,凶问遂来,地坼天崩,山枯海泣。嗟乎!人孰无君,虽肆⑲法于市朝⑳,以为泄泄者㉑之戒,亦奚足谢先皇帝于地下哉!

尔时㉒南中臣民，哀恸如丧考妣，无不拊膺切齿㉓，欲悉㉔东南之甲㉕，立翦凶仇。而二三老臣㉖，谓国破家亡，宗社为重，相与迎立今上，以系中外㉗之心。今上非他，神宗㉘之孙，光宗㉙犹子，而大行皇帝之兄也。名正言顺，天与㉚人归㉛。五月朔日㉜驾临南都，万姓夹道欢呼，声闻数里。群臣劝进㉝，今上悲不自胜，让再让三，仅允监国㉞。迨㉟臣民伏阙㊱屡请，始以十五日正位㊲南都。从前凤集河清㊳，瑞应㊴非一，即告庙㊵之日，紫气如盖㊶，祝文升霄㊷，万目共瞻，欣传盛事。大江涌出枏梓㊸数十万章㊹，助修宫殿，岂非天意也哉！越数日，遂命法视师江北，刻日㊺西征。忽传我大将军吴三桂借兵贵国，破走㊻逆成㊼，为我先皇帝后发丧成礼，扫清宫阙，抚辑㊽群黎㊾，且罢薙发之令㊿，示不忘本朝。此等举动，振古铄今，凡为大明臣子，无不长跽北向(51)，顶礼加额，岂但如明谕所云"感恩图报"已乎(52)！谨于八月，缮治(53)筐篚(54)，遣使犒师，兼欲请命鸿裁(55)，连兵西讨。是以王师即发，复次江淮，乃辱明诲(56)，引《春秋》大义(57)，来相诘责，善哉言乎！然此为列国君薨，世子应立，有贼未讨，不忍死其君者立说耳(58)！若夫天下共主，身殉社稷，青宫皇子，惨变非常，而犹拘牵不即位之文(59)，坐昧(60)大一统之义(61)，中原(62)鼎沸(63)，仓卒出师(64)，将何以维系人心，号召忠义？紫阳(65)《纲目》(66)，踵事《春秋》，其间特书，如莽移汉鼎，光武中兴(67)；丕废山阳，昭烈践祚(68)；怀愍亡国，晋元嗣基(69)；徽钦蒙尘，宋高缵统(70)。是皆于国仇未翦之日，亟正位号，《纲目》未尝斥为自立(71)，率皆以正统予之。甚至如玄宗幸蜀，太子即位灵武(72)，议者疵之，亦未尝不许以行权(73)，幸其光复旧物也。

本朝传世十六(74)，正统相承，自治冠带之族(75)，继绝存亡(76)，仁恩遐被(77)。贵国昔在先朝，夙膺封号(78)，后以小人构衅，致启兵端(79)，先帝深痛疾之，旋加诛戮(80)，此殿下之所知也。今痛心本朝之难，驱除乱逆，可谓大义复著于《春秋》矣。若乘我国运中微，一旦视同割据，转欲移师东下，而以前导命元凶(81)，义利兼收，恩仇倏忽(82)，奖乱贼而长寇仇，此不惟孤(83)本朝借力复仇之心，亦甚违殿下仗义扶危之初志矣。昔契丹和宋，止岁输以金缯(84)；回纥助唐，原不利其土地(85)。况贵国笃念世好，兵以义动，万代瞻仰，在此一举。若乃乘我蒙难，弃好崇仇(86)，规(87)此幅员(88)，为德不卒，是以义始而以利终，为贼人所窃笑也。贵国岂其然乎！

往者，先帝轸念潢池⑧⑨，不忍尽戮，剿抚互用，贻误至今。今上天纵英武，刻刻以复仇为念。庙堂之上，和衷体国⑨⑩；介胄之士⑨①，饮泣枕戈；忠义兵民，愿为国死。窃以为天亡逆闯，当不越于斯时矣。语曰："树德务滋⑨②，除恶务尽。"今逆成未伏天诛，谍知卷土西秦⑨③，方图报复。此不独本朝不共戴天之恨，抑亦贵国除恶未尽之忧。伏乞坚同仇之谊，全始终之德，合师进讨，问罪秦中，共枭⑨④逆成之头，以泄敷天之忿⑨⑤。则贵国义问⑨⑥，照耀千秋，本朝图报，惟力是视⑨⑦。从此两国世通盟好，传之无穷，不亦休乎⑨⑧？至于牛耳之盟⑨⑨，本朝使臣，久已在道，不日抵燕，奉盘盂从事⑩⑩矣。法北望陵庙，无涕可挥，身蹈大戮，罪应万死。所以不即从先帝于地下者，实为社稷之故。传曰："竭股肱之力，继之以忠贞⑩①。"法处今日，鞠躬致命，克尽臣节而已。即日奖率三军⑩②，长驱渡河，以穷狐兔之窟⑩③，光复神州，以报今上及大行皇帝之恩。贵国即有他命，弗敢与闻⑩④，惟殿下实昭鉴之！

【注释】 ① 南中：此凡指南方，南部地区。 ② 向：近来。 ③ 好音：指吴三桂借清兵打败李自成的消息。 ④ 吴大将军：吴三桂（1612—1678），字长伯，一字月所，辽东人。明末清初政治军事人物。祖籍江南高邮（今江苏高邮），锦州总兵吴襄之子。明崇祯时为辽东总兵，封平西伯，镇守山海关，后封汉中王、济王。甲申年（1644）降清，引清军入关，被封为平西王。清康熙十二年（1673）叛清，发动三藩之乱。 ⑤ 左右：指多尔衮身边之人。 ⑥ 隆谊：深厚的情谊。 ⑦ 草莽：偏僻的乡野。 ⑧ 大夫无私交：原指诸候国的大夫之间不应该相互建立私交，为避免因私人感情而妨碍国事。此处是为自己与多尔衮未通音讯而找的托词。 ⑨ 倥（kǒng）偬（zǒng）：事务繁杂迫促。 ⑩ 琬（wǎn）琰（yǎn）之章：指多尔衮的来信，文章很美。琬琰，琬圭和琰圭，两种精美的玉器。计六奇《明季南略》、蒋良骐《东华录》均收入多尔衮致史可法书。《明季南略》："甲申十月，清朝摄政王遣副将唐起龙招抚江南，致书史可法云云。"蒋良骐《东华录》："（六月）[七月]，摄政王遣南来副将韩拱薇等致书明大学士史可法云云。"或以为多尔衮书为仕清的前明举人、"云间三子"之一的李雯所写。 ⑪ 不啻（chì）：无异于。 ⑫ 稽：停留在，留待于。 ⑬ 江左：古代的地理概念，指长江以东地区，即江东，也即江南。因长江在安徽境内向东北方向斜流，身处中原的古人以此段江为标准确定左右，故江左也称"江东"，包括长江下游南岸地区。 ⑭ 大行皇帝：古代皇帝去世后至谥号、庙号确立之前，对去世皇帝的正式称谓。大行，一去不返之意。 ⑮ 三月十九日之事：指甲申年（1644）三月十九日李自成破京师，明思宗自杀。 ⑯ 待罪：官吏供职的谦辞。 ⑰ 南枢：史可法于南明弘光朝加任东阁大学士，位居南都枢要，故云。 ⑱ 师次淮上：军队驻扎淮河边上。 ⑲ 肆：指古代将人处死刑后暴尸示众。 ⑳ 市朝：市集、市场等众人聚集之处。 ㉑ 泄（yì）泄者：行事迟缓的人。　㉒ 尔时：那时。　㉓ 拊膺（yīng）切齿：捶胸咬牙，表示悲痛至极。膺，胸膛。㉔ 悉：这里是尽其所有的意思。　㉕ 甲：军队。　㉖ 二三老臣：几位老臣，指南京兵部侍郎吕大器、都御史张慎言、翰林院詹事姜曰广及凤阳总督马士英等。　㉗ 中外：朝廷内外，即中央和地方。　㉘ 神宗：万历帝朱翊钧。　㉙ 光宗：神宗太子常洛，即位年号泰昌。㉚ 天与：上天赞许。　㉛ 人归：众望所归。　㉜ 朔日：阴历初一日。　㉝ 劝进：臣下劝说实际上已经掌握政权者当皇帝。　㉞ 监国：君主因故未能亲政，由皇族宗室代理朝政。福王朱由崧于甲申年（1644）五月初三监国于南京，五月十五日即皇帝位，次年改元弘光。㉟ 迨（dài）：等到。㊱ 伏阙（què）：拜伏于宫阙下。多指直接向皇帝上书奏事。　㊲ 正位：正式登位。　㊳ 凤集河清：古人视凤鸟聚集和黄河变清为吉兆。　㊴ 瑞应：天降祥瑞以应帝王修德，时世清平。　㊵ 告庙：古时皇帝及诸侯外出或遇大事，告于祖先之庙。㊶ 紫气如盖：紫气如篷、伞一般笼盖着告庙者。紫气，紫色的霞气，古人以之为瑞样的征兆。　㊷ 祝文升霄：祭告祖先的文辞升上云霄，古人认为此为天帝接受祝文的吉兆。㊸ 柟（nán）梓（zǐ）：柟（即楠）、梓均树名，柟木、梓木为珍贵有用之木材。　㊹ 章：棵，根。㊺ 刻日：限定日期。㊻ 破走：击溃败走。　㊼ 逆成：对李自成农民军的蔑称。　㊽ 扶辑：扶持，使和睦。　㊾ 黎：黎民。　㊿ 薙（tì）发之令：甲申年（1644）清军打败李自成大顺军，进入山海关，第一天就下令城内军民薙发，改成与满人同样的发式，以辨识顺逆。此令引起汉人强烈反抗，多尔衮随即在五月二十四日下令暂缓薙发令。　㉛ 长跽北向：面朝北方长跪。　㉜ "岂但"句：岂止是来示所说"感恩图报"而已。多尔衮致史可法书云："贼（按：指李自成大顺军）毁明朝之庙主，辱及先王，国家（按：指清朝）不惮征缮之劳，悉索敝赋，代为雪耻。仁人君子，当如何感恩图报！"　㉝ 缮治：整治。　㉞ 筐篚（fěi）：筐、篚都是盛物的竹器，此指赠礼。　㉟ 鸿裁：宏伟的体制，多指文章。此处指重大的决策文字。㊱ 辱明诲：承蒙接受到英明的教导。　㊲ 引《春秋》大义：据多尔衮致史可法书云："夫君父之仇，不共戴天。《春秋》之义，有贼不讨，则故君不得书葬，新君不得书即位，所以防乱臣贼子，法至严也。"多尔衮书认为，李自成未灭，故君崇祯帝不得书葬，新君福王朱由崧不得书即位。而当下朱由崧却意在五月十五日即皇帝位，这与《春秋》大义不合。　㊳ "然此"四句：意谓这只是春秋列国时国君逝世，诸侯长子虽然应该继位，但弑君之贼尚未讨伐，内心不愿承认国君已故的一种说法。　㊴ "若夫"五句：意谓若是天下都拥戴的皇帝，为国殉难，宫中太子，遭到了非常惨烈的变故，还拘泥什么"不得书即位"的说法呢？按：李自成攻陷北京城，明思宗朱由检自缢身亡，周皇后等后妃亦殉身，思宗太子慈烺及定王慈炯、永王慈炤皆于京师陷后不知所终。　㊵ 坐昧：恰恰违背。　㊶ 大一统之义：大，重视、尊重；一统，指天下诸侯皆统系于周天子。后世因此称封建王朝统治全国为大一统。《公羊传·隐公元年》："何言乎王正月？大一统也。"徐彦疏："王者受命，制正月以统天下，令万物无不一一皆奉之以为始，故言大一统也。"后人因以大一统为《春秋》最首要的主旨。㊷ 中原：狭义的中原指今河南一带，广义的中原指黄河中下游地区或整个黄河流域。中原地区被古代华夏民族视为天下中心，古人常将"中国"、"中土"、"中州"、"中土"用作中原的同义语。　㊸ 鼎沸：水势汹涌，如鼎中沸腾的开水，用以比喻纷扰动荡。　㊹ 仓卒出师：匆忙出兵。此处特指假如在纷乱无主的情势下出兵。　㊺ 紫阳：指朱熹。　㊻《纲目》：朱熹所编的《通鉴纲目》。　㊼ "莽移汉鼎"二句：指西汉末王莽夺取刘家天下，东汉的开国皇帝光武帝刘秀推翻王莽,并平灭各路割据者,重建汉朝。　⑱"丕废山阳"二句:指曹丕废汉献帝,封献帝为山阳公,刘备在成都称帝,是为蜀汉昭烈帝。祚,皇位。　⑲"怀愍(mǐn)亡国"二句:晋怀帝司马炽、晋愍帝司马邺先后被刘聪杀害,西晋亡,琅琊王司马睿在建康(今南京)即位,即晋元帝,建立了东晋王朝。　⑳"徽钦蒙尘"二句:指宋徽宗赵佶、钦宗赵桓父子于靖康年同被金兵掳去,徽宗另一子康王赵构(yín)继承了赵家的王统。　㉑"《纲目》"句:朱熹《通鉴纲目》并没有斥责继位者"自立"(承认了他们的正统地位)。　㉒"玄宗幸蜀"二句:指唐安史之乱爆发,玄宗李隆基逃往四川。太子李亨到灵武自立为帝,是为肃宗。　㉓许以行权:赞许其能实行变通之法。权,变通,不依常规。　㉔本朝传世十六:指明朝从太祖朱元璋到思宗朱由检共十六位皇帝。　㉕冠带之族:指官吏、士大夫。冠带,本为帽子和腰带,引申为官爵的装束。　㉖继绝存亡:恢复灭亡的国家,延续断绝了的贵族世家。《论语·尧曰》:"兴灭国,继绝世,举逸民,天下之民归心焉。"　㉗仁恩遐被:仁爱的恩泽使远方的人都能感受到。　㉘凤膺封号:一向受到封号。如后金(清)太祖努尔哈赤本人不仅袭封为建州卫指挥使,还升为建州卫都督金事,加大都督,封龙虎将军。　㉙"小人构衅"二句:此当指万历四十七年(1619)杨镐率四路大军攻金(建州女真),在"萨尔浒战役"中大败。　㉚旋加诛戮:不久就将其(杨镐)处死。崇祯二年(1629),御史交章劾奏杨镐,因而下狱被杀。　㉛以前导命元凶:命首要的凶犯做开路前锋。多尔衮致史可法书云:"予将简西行之锐,转旆东征;且拟释彼重诛,命为前导。"　㉜恩仇倏(shū)忽:恩人与仇敌转眼之间发生颠倒。　㉝孤:同"辜",辜负。　㉞"昔契丹和宋"二句:宋真宗景德元年(1004),辽(契丹)攻宋至澶州(今河南省濮阳县)。宋与辽讲和,订下"澶渊之盟",宋每年输辽岁币银十万两、绢二十万匹。缯,古代纺织品总称。　㉟"回纥(hé)助唐"二句:回纥曾出兵助唐,平定安史之乱,并不图谋土地上获利。回纥,突厥的分支,中国古代北方及西北的少数民族,唐时活动在温昆河(今蒙古鄂尔浑河)一带。　㊱崇仇:增长怨恨。　㊲规:规划,企图。　㊳幅员:指疆域。幅,广狭。员,周围。　㊴潢池:指造反的下层百姓。《汉书·龚遂传》:"其民困对饥寒,而吏不恤,故使陛下赤子,盗弄陛下之兵于潢池中耳。"颜师古注:"赤子,犹言初生幼小之意也。积水曰潢。"在积水塘里耍弄兵器。　㊵和衷体国:团结一致,共谋国事。　㊶介胄(zhòu)之士:军队将士。介胄,铠甲和头盔。　㊷树德务滋:树立德行,必须求其不断增益。　㊸"谍知"句:据谍报知道李自成准备在陕西卷土重来。　㊹枭(xiāo):指斩首示众。　㊺敷(fū)天之忿:形容忿恨极大。敷天,铺天。　㊻义问:仗义出师的名声。　㊼惟力是视:尽力量办事。视,治理,处理。　㊽不亦休乎:那不是很好吗? 休,吉庆,美好。　㊾牛耳之盟:指南明与清商订盟约之事。古代盟会时割牛耳取血,主盟者执牛耳。　㊿奉盘盂从事:指履行订约的仪式。盘盂,圆盘与方盂的并称,结盟时盛放牲血的器皿。　(51)"竭股肱(gōng)之力"二句:见《左传·僖公九年》,意谓竭力尽忠。股,大腿;肱,手臂从肘到腕的部分。比喻辅佐帝王的重臣。　(52)奖率三军:率领三军。奖,含劝勉之意,因出兵须鼓舞士气,故用。　(53)穷狐兔之窟:指捣毁李自成军的巢穴。　(54)"贵国"二句:指清政府即便有其他命令,也不敢听取了。此处以委婉语句表示对投降的坚决拒绝。

【赏析】　南明弘光政权刚成立,即陷入清军压境的困厄之中,史可法明知不可为而为之,其志可哀也是显而易见的。对于清摄政王多尔衮而言,要趁打败大顺军、攻占北京城的有利局势,逼降史可法,进而拿下南都,这样可以最小的代价使山海关内外成为清的一统天下,从而获取名利双收。据称由降臣李雯所拟的劝降书,恩威并施,咄咄逼人,几乎是最后通牒,考验着何去何从的南明东阁大学士史可法。史可法背负着命悬一线的弘光小朝廷的重托,承受着南方军民的复明希望,这封书信正是以儒家道德伦理为依据,通过内蕴的理气、过人的智慧和巧妙的言辞,去应对强势的清摄政王。无论政局的结果如何,复多尔衮书在明清交替的历史上,留下了浓墨重彩的一笔。

身处家国存亡的历史关头,恪守君臣大义,既是儒家纲常的根本,也是传统士大夫安身立命的信条。此书正是以儒学思想为立论的根基,从开头称说"大夫无私交",是为"《春秋》之义",到书末的"传曰:'竭股肱之力,继之以忠贞'",都将忠君意识一以贯之。

面对兵戎相向的危殆时刻,权衡义利轻重,是明辨是非曲直的关键。作者将明清对照,古今作比,明明白白指出清朝只求利益,觊觎疆域的真实企图。清军"破走逆成,为我先皇帝后发丧成礼,扫清宫阙,扶辑群黎,且罢薙发之令"的背后,却是趁人之危,侵掠我土。明清双方,孰是孰非,昭然若揭。有着如此贪欲的大清国,还有什么道德感召力呢?

审视敌我交杂的错综局面,透析症结所在,是解决两朝矛盾的要点。本来明、清、大顺之间的恩怨情仇,确实复杂已极。明、清虽有"小嫌",(多尔衮语)但还未至你死我活,全面对抗,何况讨逆有"同仇之谊";大顺于明,扯出造反旗帜,明"先帝轸念潢池,不忍尽戮,剿抚互用",酿成闯军攻陷北京,思宗殉难,南中臣民"欲悉东南之甲,立剪凶仇";大顺与清,"未尝得罪于我国家",(多尔衮语)而由于明"大将军吴三桂借兵"清国,"破走逆成",双方开了杀戒,不过只是"除恶未尽"。眼下南明一方"庙堂之上,和衷体国;介胄之士,饮泣枕戈;忠义兵民,愿为国死"。清朝一方只要与明军"合师进讨,问罪秦中,共枭逆成之头",则两国可"世通盟好,传之无穷"。史可法做了这样一番敌友的定位,以及下一步的运作蓝图,彻底终结了接受清方"即有他命"的可能性。

整封书信,语气委婉,时见敬语,当然与史相国身处政治隙缝,弘光帝本身难以扶持的窘境有关,但清晰的理路,明摆的事实,终使受书者无法再生劝降之念。而言辞柔中有刚,绵里藏针,也是此书耐读的原因之一。同时,复多尔衮书的行文,在文意的照应上显得周全完满,如假设对方叩问,史公既然自称忠臣,何不随先帝殉国? 对此,史可法似乎成竹在胸,原来"不即从先帝于地下者,实为社稷之故",而且史某还将以"光复神州,以报今上及大行皇帝之恩"呢。这一补笔,将不会给对方以任何口实。

张　溥

作者简介

张溥(1602—1641),初字乾度,后字天如,号西铭,太仓(今属江苏)人。明文学家、复社中人。与同乡张采齐名,合称"娄东二张"。崇祯四年(1631)进士,选庶吉士,授编修。与郡中名士结为复社,沿袭东林党风气,好议论时政。著有《七录斋诗文合集》。

五人墓碑记

【题解】　本文选自《七录斋诗文合集·存稿》卷三。天启六年(1626),东林党人周顺昌在苏州为大阉魏忠贤所派缇骑追捕,激起数万苏州市民的义愤,暴力抗阉。江苏巡抚毛一鹭罗织罪名,逮捕并处死了颜佩韦等五人。明思宗(朱由检)即位后,诛杀魏忠贤,在"贤士大夫"的倡议并推动下,苏州百姓重修五人坟墓,张溥写了这篇碑文。碑记主旨即在"明死生之大,匹夫之有重于社稷也"。全文议叙结合,层层对比,感情充沛,说理清楚。

【原文】

五人者,盖当蓼洲周公①之被逮,激于义而死焉者也。至于今,郡之贤士大夫请于当道,即除魏阉废祠②之址以葬之,且立石于其墓之门,以旌③其所为。呜呼,亦盛矣哉!

夫五人之死,去今之墓而葬焉,其为时止十有一月尔。夫十有一月之中,凡富贵之子,慷慨得志之徒,其疾病而死,死而湮没④不足道者,亦已众矣,况草野之无闻者欤!独五人之皦皦⑤,何也?

予犹记周公之被逮,在丁卯三月之望⑥。吾社⑦之行为士先者⑧,为之声义,敛赀财以送其行,哭声震动天地。缇骑按剑而前⑨,问:"谁为哀者?"众不能堪,抶而仆之⑩。是时以大中丞抚吴者⑪,为魏之私人,周公之逮所由使也。吴之民方痛心焉,于是乘其厉声以呵⑫,则噪而相逐,中丞匿于溷藩⑬以免。既而以吴民之乱请于朝,按诛五人,曰:颜佩韦⑭、杨念如⑮、马杰⑯、沈扬⑰、周文元⑱,即今之傫然⑲在墓者也。然五人之当刑也,意气阳阳⑳,呼中丞之名而詈㉑之,谈笑以死。断头置城上,颜色不少变。有贤士大夫发五十金,买五人之脰而函之㉒,卒与尸合。故今之墓中,全乎㉓为五人也。

嗟乎!大阉之乱,缙绅㉔而能不易其志者,四海之大,有几人欤?而五人生于编伍㉕之间,素不闻《诗》、《书》之训㉖,激昂大义,蹈死不顾,亦曷故哉?且矫诏㉗纷出,钩党㉘之捕,遍于天下,卒以吾郡之发愤一击,不敢复有株治。大阉亦逡巡㉙畏义,非常之谋,难于猝发。待圣人之出㉚,而投缳道路㉛,不可谓非五人之力也。

繇是观之,则今之高爵显位,一旦抵罪,或脱身以逃,不能容于远近,而又有剪发㉜杜门,佯狂不知所之者,其辱人贱行,视五人之死,轻重固何如哉?是以蓼洲周公,忠义暴于朝廷,赠谥㉝美显㉞,荣于身后。而五人亦得以加其土封,列其姓名于大堤之上,凡四方之士,无有不过而拜且泣者,斯固百世之遇也!不然,令五人者保其首领,以老于户牖㉟之下,则尽其天年,人皆得以隶使之,安能屈豪杰之流,扼腕㊱墓道,发其志士之悲哉?故予与同社诸君子,哀斯墓之徒有其石也,而为之记,亦以明死生之大,匹夫之有重于社稷也。

贤士大夫者:冏卿因之吴公㊲、太史文起文公㊳、孟长姚公㊴也。

【注释】 ① 蓼(liǎo)洲周公:周顺昌(1584—1626),字景文,号蓼洲,吴县(今江苏苏州)人。明大臣,东林党人。万历四十一年(1613)进士。历官福州推官、文选员外郎。因触怒魏忠贤遭迫害,下镇抚司狱,受酷刑而死。崇祯元年(1628)得昭雪,谥忠介。② 魏阉废祠:魏忠贤被废之生祠。魏忠贤当权时,一些地方官曾为其立生祠。魏阉,魏忠贤(1568—1627),原名魏四,改名李进忠,又改名忠贤,表字完吾,肃宁(今属河北)人。明宦官。少时家境贫穷,自阉入宫。在宫中得太子宫太监王安佑庇,后甚得皇长孙朱由校欢心。光宗泰昌元年(1620),升为司礼监秉笔太监。思宗即位,贬黜至凤阳,途中畏罪自缢。③ 旌:表彰。 ④ 湮(yān)没:埋没。 ⑤ 皦(jiǎo)皦:清白,光明磊落。 ⑥ 丁卯三月之望:天启七年(1627)农历三月十五日。望,望日,农历每月十五日。天文学上月圆之日。按:由周顺昌被逮而引发吴民抗阉义举,并导致颜佩韦等五人遇难,当发生在天启六年(1626)三月,姚希孟《开读始末》、谷应泰《明史纪事本末》、计六奇《明季北略》均有明确记载。本记此处有误。 ⑦ 吾社:指复社。 ⑧ 行为士先者:行可作为士人表率之人。 ⑨ 缇骑:见沈德符《陈增之死》注释。 ⑩ 抶(chì)而仆之:笞击某人而使倒地。抶,用鞭、杖或竹板打。 ⑪ 以大中丞抚吴者:以大中丞职衔任江苏巡抚者,即毛一鹭。毛一鹭,遂安(今浙江淳安)人。万历三十二年(1604)进士,曾任上海县知县、兵部左侍郎。天启年间,任应天巡抚,曾为魏忠贤立生祠于苏州虎丘。 ⑫ 呵:呵叱。 ⑬ 溷(hùn)藩:厕所。

⑭ 颜佩韦(?—1626):苏州(今属江苏)人。父兄为商人。 ⑮ 杨念如(?—1626):苏州(今属江苏)人。以鬻衣为业。 ⑯ 马杰(?—1626):苏州(今属江苏)人。有勇力。 ⑰ 沈扬(?—1626):苏州(今属江苏)人。商贸交易经纪人。 ⑱ 周文元(?—1626):苏州(今属江苏)人。舆夫。 ⑲ 傫(lěi)然:重叠相连的样子。 ⑳ 意气阳阳:形容很得意的样子。 ㉑ 詈(lì):骂。 ㉒ 脰(dòu):头颅。脰,假借为“头”。 ㉓ 全乎:完整的。 ㉔ 缙绅:古代称有官职或做过官的人。 ㉕ 编伍:指平民百姓。 ㉖《诗》、《书》之训:受到《诗经》、《尚书》的教诲和启迪。《诗》、《书》,可泛指儒家经典。 ㉗ 矫诏:伪托皇帝的诏书。 ㉘ 钩党:相互牵连的同党。 ㉙ 逡(qūn)巡:因为有所顾虑而徘徊不前。 ㉚ 圣人之出:指明思宗朱由检即位。 ㉛ 投缳(huán)道路:指魏忠贤在被贬往凤阳途中自缢。投缳,自缢。 ㉜ 剪发:指剃度出家。 ㉝ 赠谥:指周顺昌被崇祯帝追赠“忠介”谥号。 ㉞ 美显:美好显明。 ㉟ 户牖(yǒu):门窗,代指自家的屋舍。 ㊱ 扼腕:以一手握住另一手腕,常表示激愤、惋惜等情绪。 ㊲ 冏卿因之吴公:冏卿,指太仆卿,掌管皇帝车马、牲畜之事。因之吴公,即吴默(1551—1637),字因之,吴江(今属江苏苏州)人。万历二十年(1592)进士,历官礼部祠祭司主事、太仆少卿。 ㊳ 太史文起文公:太史,古官名,明时称指翰林。文起文公,即文震孟(1574—1636),字文起,长洲(今江苏苏州)人。明大臣,书法家。天启二年(1622)进士,历官翰林院修撰、礼部左侍郎、兼东阁大学士。 ㊴ 孟长姚公:即姚希孟(1579—1636),字孟长,号现闻,吴县(今江苏苏州)人。文震孟外甥。万历四十七年(1619)进士,改庶吉士,授检讨,历官右庶子、詹事府詹事。曾作《开读始末》,记吴民反阉党事。

【赏析】 《五人墓碑记》是一篇流传甚广的纪念苏州市民抗暴义举的佳文。“碑记”作为一种古代文体,常刻在墓碑上,用以追述、缅怀死者的功德业绩,寄托后人的思念之情。碑记的要件一般包括逝者为何人,逝者生前有何事迹,纪念逝者有何意义。本文正是围绕这三方面展开的。

碑记所记为五人,与普通碑记单记一人有所不同,由于五人身份、职业各异,揉入同一篇章,必须发掘其共性,方能使全文妥帖有序。只是这五人名不见经传,并无辉煌的功业可言,拈出一个“义”,作为扭结五人的关键。

碑记的重心在记叙逝者的惊泣鬼神的作为。吴民反阉暴动是发生在古城苏州的一次市民起义,痛击的目标便是苏州织造太监李实、巡抚毛一鹭等阉党势力,事件的来龙去脉并未在碑记中详述,本文所记仅为这一事件的压缩版。本记言简意赅地点明了五人罹难的突发性和内在缘由,而且文意与篇首提示的“义”一气相承。不过缇骑的凶相、巡抚的严呵,还是做了刻写,以突出引发事变的刺激作用。

当碑记推出五位义士后,于史实有所取舍,作者以浓墨描述了五人临刑时慷慨赴义的情景,让读者对暴烈冲突的悲壮画面留下想象空间,为五人置生死于度外的昂然大义肃然起敬,也加深了对作者行文匠心的理解,直可谓控驭有度,抑扬自如。

最后,碑记昭示五人死难的生命价值和崇高意义,数度强调包括周顺昌等东林党人和五义士在内的政治力量的凛然正气与烈士风范。值得注意的是,作者在记中反复运用对比手法,衬托出周顺昌、颜佩韦等人的大气和高义。将"富贵之子,慷慨得志之徒"与"草野之无闻者"作比,"大阉之乱"中的"缙绅"与"生于编伍之间"的五人作比,高下立见,这是人物的对比;反阉人士和苏州市民的"哭声震动天地"与缇骑的"按剑而前"、"厉声以呵"作比,"高爵显位"者"脱身以逃"、"佯狂不知所之"与五义士慷慨赴死作比,正邪可判,这是行为的对比;大阉"逡巡畏义"而终于"投缳道路",周顺昌"赠谥美显,荣于身后",五人更是光耀史册,使"四方之士,无有不过而拜且泣者",荣辱分明,这是结局的对比。如此多层的比较,为碑记的传世夯实了丰富的文学基础。

《五人墓碑记》不仅为晚明都市士绅平民的生存状态、政治追求和道德崇尚,展现了特定时空的实况录像,还发表了对种种忠奸善恶言行的历史定论,倾注了对周顺昌及五人为代表的江南高士的崇仰之情,而在散文史上,也由此留下了脍炙人口的佳作,正如吴楚材、吴调侯所评:"议论随叙事而入,感情淋漓,激昂尽致。当与史公《伯夷》、《屈原》二传,并垂不朽。"

许重熙

作者简介

许重熙,字子洽,江苏常熟人。明末清初史学家。太学生,以史学著当世。明崇祯时,以撰《五陵注略》等书,为诚意伯刘孔昭所纠。所著有《历代通略大臣年表》、《缀篱草》、《旅寄轩稿》。

江阴城守记

【题解】 《江阴城守记》一文,作为附录,与南园啸客《平吴事略》、戴田有《扬州城守纪略》一同收入韩菼等撰《江阴城守纪》一书。本文记载了江阴各界民众在典史阎应元率领下,英勇抗击南下清军的泣血故事。

【原文】

江阴①以乙酉②六月方知县③至,下薙发之令④;闰六月初一日,诸生许用德悬明太祖御容于明伦堂,率众拜,且哭曰:"头可断,发不可剃。"下午,北门乡兵奋袂先起,拘知县于宾馆。四城内外应者数万人,求发旧藏火药器械,典史⑤陈明选⑥许之。随执守备陈瑞之,搜获在城奸细。以徽商邵康公⑦娴武事,众拜为将,邵亦招兵自卫。旧都司⑧周瑞珑船驻江口,约邵兵出东门,己从北门协剿。

遇战,军竟无功,敌势日炽,各乡兵尽力攻杀,每献一级,城上给银四两。是时,叛奴乘衅四起,大家救死不暇。清兵首掠西城,移至南关。邵康公往御,不克。敌烧东城,火劫⑨城外富户。乡兵死战,有兄弟杀骑将一人。乡兵高瑞为敌所缚,不屈死。周瑞珑下船逃去。时旧典史阎应元⑩,已升广东英德县主簿,以母病未行。会国变,挈家侨居邑东之砂山⑪。明选曰:"吾智勇不如阎君,此大事,须阎君来。"乃夜驰骑往迎应元。元应投袂起,率家丁四十余人入城协守。敌四散焚劫,乡兵远窜,无复来援者。敌专意攻城,城中兵不满千,户裁及万⑫,又饷无所出。应元料⑬尺籍⑭,治楼橹,令户出一男子乘城,余丁传餐。已乃发前兵备道⑮曾化龙⑯所制火药、火器,贮堞楼。已乃劝输巨室,令曰:"输不必金,出粟菽、帛布及他物者听。"国子上舍⑰程璧⑱首捐二万五千金,捐者麇集。于是,围城中有火药三百罂、铅丸铁子千石、大炮百、鸟机千张、钱千万缗、粟麦豆万石,他酒酤、盐铁、刍藁⑲称是。已乃分城而守,武举黄略守东门,把总某守南门,陈明选守西门,应元自守北门,仍徼巡四门。时,清兵薄城下者已十万,列营百数,四面围数十重,引弓仰射,颇伤城上人。而城上礧炮⑳机弩㉑,乘高下,杀伤甚众。又架大炮击城,城垣裂。应元命用铁叶裹门板贯铁绠护之,取空棺实以土障隙㉒处。乃攻北城,一人驾云梯独上,内用长枪拒之。将以口纳枪,奋身跃上,一童子力提而起,旁一人斩首,尸堕城下。或曰:此七王也。又一将周身服利刃,以大钉插城而上,内用锤击毙之。敌骑日益,依君山为营,瞰城虚实。居民有黄云江者,素善弩,火镞㉓发弩,中人面目,号叫而毙。陈瑞之子在狱制木铳㉔,铳类银鞘,从城上投下,火发铳裂,中藏铁乌菱,触人立死。应元复制铁挝㉕,用棉绳系掷,着人即吊进城。又制火毬㉖、火箭之类。敌皆畏之,乃离城三里止营。帅刘良佐㉗,故宏光四镇之一,封广昌伯,降敌为上将。设牛皮帐攻城东北角,众索巨石投下,数百人皆死。良佐移营十方庵㉘,令僧望城跪泣,陈说利害,众不听。良佐策马近城,呼曰:"吾与阎君雅故,为我语阎君,欲相见。"应元出,立城上,良佐谓之曰:"宏光已走,江南无主,君早降,可保富贵。"应元曰:"我明朝一典史耳,死何足惜!汝受朝廷封爵,为国重镇,不能保障江淮,今日反来侵逼,何面目见吾邑义士民乎!"良佐惭而去。应元伟躯干,面苍黑,微髭。性严毅,号令明肃,犯法者鞭笞贯耳不稍贳㉙。然轻财,赏赐无所吝。伤者手为裹创,死者厚棺殓,酹酾㉚而哭之。与壮士语,必称好兄弟,不呼名。明选宽厚呕煦㉛,每巡城,拊循㉜其士卒,相劳苦,或至流涕。故两人皆能得士心,乐为之死。一夕,风雨怒号,满城灯火不然。忽有神光四起,敌中时见三绯衣在城指挥,其实无之。又见女将执旗指挥,亦实无之。敌破松江,贝勒率马步来江上㉝,缚吴志葵、黄蜚㉞于十方庵,命作书招降。蜚曰:"我与城中无相识,何书为!"临城下,志葵劝众早降,蜚默然。应元厉声曰:"汝不能斩将杀敌,一朝为敌所缚,自应速死,奚喋喋㉟耶!"志葵大泣拜谢。城下大炮日增,间五六尺地一具,弹飞如雹。一人立城上，头随弹去而僵不仆。又一人胸背洞穿，而直立如故。会八月望，应元给钱与军民赏月，分曹㊱携具登城痛饮，而许用德制乐府《五转曲》㊲，令善讴者曼声歌之。歌声与刁斗箛吹声相应，竟三夜罢。贝勒既觇知㊳城中无降意，攻愈急。梯冲死士，铠胄皆镶铁，刀斧及之，声铿然，锋口为缺。炮声彻昼夜，百里内地为之震。城中死伤日积，巷哭声相闻。应元慷慨登陴，意气自若。旦日大雨如注，至日中，有红光一缕起土桥，直射城西，城俄陷。清兵从烟焰雾雨中蜂拥而上，遂入城。应元率死士百人，驰突巷战者八，所当杀伤以千数。再夺门，门闭不得出。应元度不免，踊身投前湖，水不没项。而刘良佐令军中必欲生致应元，遂被缚。良佐箕踞乾明佛殿㊴，见应元至，跃起持之哭。应元笑曰："何哭！事至此，有一死耳！"见贝勒，挺立不屈。一卒持枪刺应元贯胫㊵，胫折踣地㊶。日暮，拥至栖霞禅院㊷。院僧夜闻大呼"速斫我"，骂不绝口而死。陈明选下马搏战，至兵备道前被杀，身负重创，手握刀，僵立倚壁上不仆。或曰："阖门投火死。"有韩姓者，格杀三人，乃自刎。训导冯某，金坛人，自经于明伦堂。中书戚勋，字伯平，家青阳，入城协守，度力不支，大书于壁曰："戚勋死此，勋之妻若女、子若媳死此。"阖门自焚。许用德，亦阖室自焚。黄云江，故善弹唱，城陷后，抱胡琴出城，人莫识其为弩师也。

凡攻守八十一日，清兵围城者二十四万，死者六万七千，巷战死者又七千，凡损卒七万五千有奇。城中死者，井中处处填满，孙郎中池㊸及泮池㊹迭尸数层，然竟无一人降者。

江阴野史曰：有明之季，士林无羞恶之心，居高官、享重名者，以蒙面乞降为得意，而封疆大帅，无不反戈内向，独阎、陈二典史，乃以一城见义。向使守京口如是，则江南不至拱手献人矣。时为之语曰：八十日戴发效忠，表太祖十七朝人物；六万人同心死义，存大明三百里江山。㊺

【注释】　①江阴：地名。晋太康初置暨阳县，梁改江阴县。明清属常州府。今属江苏省无锡市。　②乙酉：南明弘光元年、清顺治二年（1645）。　③方知县：方亨，清政府委派至江阴的新知县。"亨，豫人，乙科进士。"（韩菼等编《江阴城守纪》卷上）　④薙（tì）发之令：即剃发令。清初强迫汉人仿照满人习惯剃发的法令。清军攻下南京、苏杭后，清廷认为大局已定,便重申剃发令,实行"留头不留发,留发不留头"。 ⑤ 典史:官名。元始置,明清沿置,不入品阶,为知县下掌管缉捕、监狱的属官。 ⑥ 陈明选(？—1645):浙江上虞人,明末抗清英雄。崇祯末任江阴典史。弘光元年(1645),为江阴士民所推,倡义抗清,迎阎应元入城主兵,坚守江阴城八十余日,城破后,战死。《明史·阎应元传》、计六奇《明季南略》、徐鼒《小腆纪传》作陈明遇。 ⑦ 邵康公:据韩菼编《江阴城守纪》卷上:"徽商程璧荐回籍邵康公娴武事。康公年未四十,人材出众,力敌四五十人。" ⑧ 都司:官名。明代都指挥使司为一省掌兵的最高机构,简称都司。 ⑨ 火劫:趁火打劫。 ⑩ 阎应元:字丽亨,顺天通州人,由武生起椽吏,官京仓大使。崇祯十四年,赴江阴典史任。 ⑪ 砂山:位于江阴古城东南,定山东十里,为华士的屏障。典史阎应元在清兵入关时全家避居砂山南麓海惠庵。 ⑫ 户裁及万:以户来计数才达到万。 ⑬ 料:安排,料理。 ⑭ 尺籍:书写军令、军功等的簿籍。 ⑮ 兵备道:官名。明制于各省重要地方设整饬兵备的道员。掌监督军事,并可直接参与作战行动。 ⑯ 曾化龙(1588—1650):字大云,号霖寰,福建晋江人。万历间进士。初授临川知县,历官北兵部车驾司郎中、江南按察使、江西按察使、山东巡抚等职。 ⑰ 国子上舍:指明代国子监生中的上舍生。一般为品级较高官僚的子弟,或考试优秀者。 ⑱ 程璧:徽商,尽散家资充饷,自往田仰巡抚及吴志葵总兵处乞师。"田、吴不至,程亦不返,遂祝发为僧。"(计六奇《明季南略》卷四)按:《明史·阎应元传》作"志葵至,璧遂不返"。 ⑲ 刍藁:饲养牲畜的干草。 ⑳ 礌(lèi)炮:发射石块的大炮。 ㉑ 机弩(nǔ):以机械制动的强弓。 ㉒ 铁纼(huán):铁制的大绳索。 ㉓ 火镞(zú):带火的箭头。 ㉔ 木铳(chòng):木制的用火药发射弹丸的火器。 ㉕ 挝(zhuā):中国古代的兵械,十八般兵器之一。兼有抓勾之作用,与宋之抓枪、抓子棒相似。 ㉖ 火毬:亦作火球,古代用于火攻的一种球形武器。 ㉗ 刘良佐:字明辅,山西大同人。明末将领。初与高杰同为李自成麾下战将。南明弘光时与黄得功、刘泽清、高杰同列为四镇。顺治二年降清。 ㉘ 十方庵:位于江阴市城南,初建于明万历年间,本名"十方云水禅院"。 ㉙ 贳(shì):宽纵,赦免。 ㉚ 酹(lèi)酼(zhuì):以酒洒地以祭。 ㉛ 呕煦:和颜悦色。 ㉜ 拊循:抚慰。 ㉝ 贝勒:贝勒博洛(1613—1652),清宗室,爱新觉罗氏。努尔哈赤孙,饶余敏郡王阿巴泰第三子。封贝勒。 ㉞ 吴志葵、黄蜚:吴志葵,松江人,吴淞总兵,与总兵黄蜚驻兵松江西南之豆腐浜。清兵南下,两人兵败被擒。 ㉟ 喋喋:说话繁琐、唠叨。 ㊱ 分曹:分成两对,好比说两两。 ㊲《五转曲》:亦称《五更转曲》,又名《五更调》,民间曲调的一种,每首五叠,一叠十句。 ㊳ 觇(chān)知:暗中了解。 ㊴ 乾明佛殿:江阴佛寺名。 ㊵ 贯胫:自膝至踵,俗称小腿。 ㊶ 踣(bó):倒地。 ㊷ 栖霞禅院:在江阴东城。 ㊸ 孙郎中池:在江阴城中兴国寺塔东北侧,因苏轼《江城子·密州出猎》词句"亲射虎,看孙郎"得名。孙郎,指孙权。 ㊹ 泮(pàn)池:江阴文庙大成门外水池。 ㊺ "八十日"四句:韩菼《江阴城守纪》卷下作:"八十日带发效忠,表太祖十七朝人物;十万人同心死义,留大明三百里江山。"称是为阎应元题城楼之句。词句稍有出入,其中"十万人"句,似更接近江阴死难人数。

【赏析】　阎应元典史率江阴义师及百姓奋起抗清、喋血古城的事迹,在南明史和清开国史上,都是极其悲壮惨烈的一章。许重熙此文,则大略以时间为线索,交织着各阶层人的高贵和卑贱、血性和畏葸,展示了民族危亡关头江南士庶对气节、尊严的坚守。

在南都已陷,兵祸迫近之际,一个江南并不起眼的小城,竟然继扬州之后,奏响了民间自发的武装守卫的慷慨悲歌。许文首先以乙酉年(1645)清政府派出方亨任江阴新知县,揭开江阴保卫战的序幕,而聚焦就在剃发令的发布上。文章巧妙地点出了事件的肇始,交代了江阴军民抗清凝聚力的思想基础。

随之,文章摆出攻方和守方对垒的阵势。"清兵薄城下者已十万"到文末所称的"清兵围城者二十四万"。而乃江阴一弹丸之地,"城中兵不满千,户裁及万"。双方兵力相较,强弱立判。正因攻守力量如此悬殊,江阴一仗的拼杀场面异常血腥。双方都竭尽全力,兵来将挡,水来土掩。厮杀处头颅横飞,尸积成山。作者泼墨如洒血,把个城墙上下写成了屠宰场。

作者调动了多样的手法,除了鲜明的对比,错综的穿插,前后的照应外,还虚实相间地将守城战写得如此的惊天地、泣鬼神:"忽有神光四起,敌中时见三绯衣在城指挥,其实无之。又见女将执旗指挥,亦实无之。""日中,有红光一缕起土桥,直射城西,城俄陷。"所述亦真亦幻,但并非闲笔,恰是史传文写实与浪漫巧妙结合的成功案例。

全书编撰者韩菼回顾此役,称"独能顾纲常,思节义,甘以十万人之肝脑,同膏八十日之斧钺"(《江阴城守纪·序》),肯定并赞扬了守城忠烈们捍卫乡土、舍身取义的铮铮铁骨。而本文引述江阴野史所云,则是江阴失守乃至南明覆亡的历史总结和点睛之论。

黄宗羲

作者简介

黄宗羲(1610—1695),字太冲,号梨洲,又号南雷,浙江余姚人。明御史黄尊素长子。明末清初思想家、史学家、文学家,与顾炎武、王夫之并称"清初三大儒"。明诸生。就学于刘宗周,与弟宗炎、宗会有"浙东三黄"之名。崇祯十一年(1638),参与草拟《南都防乱揭》,力斥阮大铖。南都破,起兵江上,从事抗清活动,后随鲁王入海,奔走国难。明统既绝,遂聚徒讲学,专意著述。诏举博学鸿儒,徵荐修《明史》,俱不应。以遗逸终。黄宗羲为学主穷经,尚王学,求事实于史,开浙东学派之先。经学、史学、文学以外,于天文、历算、数学、音律诸学均深有造诣。谢国桢先生曾指出:"梨洲之于文学,仍不出于其治史学之范围,其所为文,所注意者尤在于乡邦之文献、人物之传记,因文章而存其人,以补史氏之缺。"(《黄梨洲学谱》)著有《明儒学案》、《明文海》、《南雷文案》、《文定》、《文约》、《明夷待访录》。

原 君

【题解】　本文选自黄宗羲《明夷待访录》首篇。《明夷待访录》作于康熙二年(1663),包括《原君》、《原臣》、《原法》等二十余篇政论文。"明夷"出自《周易》卦名:"箕子之明夷。""明夷"指有智慧的人身陷患难,或谓处在黎明前的昏暗。"待访",指等待明君来访。"明夷待访录"全名意为:在黎明前等待明君来访的备忘录。"原君",指推论、还原君王之道,也即何为君王的职责、本质。文章根据古代"大道之行也,天下为公"(《礼记·礼运》)的思想,指出古之为君者,为天下兴利除害,不以天下为私产,而后之人君不明为君之职分,倒行逆施,终成天下之大害。文章还特别批评了愚守"君臣之义"的小儒。全文理据充分,论证慎密,底气足而真情显。

【原文】

有生之初①,人各自私也,人各自利也。天下有公利而莫或②兴之,有公害而莫或除之。有人者出,不以一己之利为利,而使天下受其利;不以一己之害为害,而使天下释其害。此其人之勤劳必千万③

于天下之人。夫以千万倍之勤劳而己又不享其利,必非天下之人情所欲居④也。故古之人君,量而不欲入者,许由⑤、务光⑥是也;入而又去之者,尧、舜是也;初不欲入而不得去者,禹是也。岂古之人有所异哉?好逸恶劳,亦犹夫人之情也。

　　后之为人君者不然,以为天下利害之权皆出于我,我以天下之利尽归于己,以天下之害尽归于人,亦无不可。使天下之人不敢自私,不敢自利,以我之大私为天下之大公。始而惭焉,久而安焉,视天下为莫大之产业,传之子孙,受享无穷。汉高帝所谓"某业所就,孰与仲多⑦"者,其逐利之情不觉溢之于辞矣。此无他,古者以天下为主,君为客,凡君之所毕世而经营者,为天下也。今也以君为主,天下为客,凡天下之无地而得安宁者,为君也。是以其未得之也,屠毒⑧天下之肝脑,离散天下之子女,以博我一人之产业,曾⑨不惨⑩然,曰:"我固为子孙创业也。"其既得之也,敲剥天下之骨髓,离散天下之子女,以奉我一人之淫乐,视为当然,曰:"此我产业之花息⑪也。"然则为天下之大害者,君而已矣。向使无君,人各得自私也,人各得自利也。呜呼!岂设君之道固如是乎?

　　古者天下之人爱戴其君,比之如父,拟之如天,诚不为过也。今也天下之人怨恶其君,视之如寇仇⑫,名之为独夫⑬,固其所也。而小儒规规焉以君臣之义无所逃于天地之间,至桀⑭、纣⑮之暴,犹谓汤、武不当诛之,而妄传伯夷、叔齐无稽⑯之事,使兆人万姓崩溃之血肉,曾不异夫腐鼠。岂天地之大,于兆人万姓之中,独私其一人一姓乎!是故武王圣人也,孟子之言圣人之言也,后世之君,欲以如父如天之空名禁人之窥伺者,皆不便于⑰其言,至废孟子而不立⑱,非导源于小儒乎?

　　虽然,使后之为君者果能保此产业,传之无穷,亦无怪乎其私之也。既以产业视之,人之欲得产业,谁不如我?摄缄縢,固扃鐍⑲,一人之智力不能胜天下欲得之者之众,远者数世,近者及身,其血肉之崩溃在其子孙矣。昔人愿世世无生帝王家⑳,而毅宗之语公主㉑,亦曰:"若何为生我家!"痛哉斯言!回思创业时,其欲得天下之心,有不废然㉒摧沮㉓者乎!是故明乎为君之职分,则唐、虞之世,人人能让,许由、务光非绝尘㉔也;不明乎为君之职分,则市井之间,人人可欲,许由、务光所以旷后世而不闻也。然君之职分难明,以俄顷淫乐不易无穷之悲[25],虽愚者亦明之矣。

【注释】 ①有生之初:从开始有人类社会。 ②莫或:没有人。 ③千万:千万倍。 ④居:守持。 ⑤许由:亦作"许繇",字武仲。唐尧时人。传说尧欲让天下于许由,许由不受,隐于箕山。 ⑥务光:夏人。相传曾拒绝商汤禅位,负石沉水而死。 ⑦"某业所就"二句:语见《史记·汉高祖本纪》。刘邦得天下后,向其父夸耀所得家业比其二兄大得多。仲,指其善于经营的二兄,常得到父亲的赞扬。 ⑧屠毒:毒害,残害。 ⑨曾:竟。 ⑩惨:羞惭。 ⑪花息:利息。 ⑫寇仇:仇敌。《孟子·离娄下》:"君之视臣如土芥,则臣之视君如寇仇。" ⑬独夫:残害万民、众叛亲离之国君。《书·泰誓》:"独夫受洪惟作威,乃汝世仇。" ⑭桀:夏桀,夏朝君王。历史上有名的暴君。为殷汤所诛灭。 ⑮纣:殷纣王、商纣王,商朝君王。亦为暴君。周武王伐纣,纣自焚死。 ⑯无稽:无从考查。 ⑰便于:合于,适宜。 ⑱废孟子而不立:指明太祖朱元璋曾下诏撤除孟子在孔庙中的配享地位,因孟子有"民贵"、"君轻"、"视君如寇仇"等说。 ⑲摄缄縢,固扃鐍:语见《庄子·胠箧》。摄缄縢,收紧绳索。缄縢,缄和縢,指的都是绳子。固扃鐍,关闭门闩锁钥。扃,外闭的门闩。鐍,锁钥。 ⑳"世世"句:指南朝宋顺帝刘准被逼退位时所说的话。《南史·王敬则传》:"顺帝泣而弹指:'唯愿后身生生世世不复天王作因缘。'宫内尽哭,声彻于外。" ㉑"毅宗"句:指明崇祯帝朱由检于李自成破北京时,用剑砍长平公主,说:"汝何故生我家!"见《明史·公主列传》。毅宗,崇祯帝朱由检谥号。 ㉒废然:颓丧失望的样子。 ㉓摧沮:沮丧。 ㉔非绝尘:指世上尚有(这类人)。绝尘,与尘世隔绝。 ㉕"以俄顷"句:用片刻过度的行乐,不会去换无穷的悲伤。

【赏析】 历代封建文人和士大夫,早已养成"普天之下,莫非王土;率土之滨,莫非王臣"的思维定势,大多将忠君爱国视作思想信条和行为准则。但先秦以来,却还是不乏非议君主专制的言论。宋以后,随着程朱理学在思想领域确立了统治地位,批评君权专制的言论才逐渐见少。黄宗羲可以说是生活在明清之际的君权怀疑论的继承者和深化者。

文章一开始便论述了君主制的起源及"古之人"对居君位的态度。黄宗羲认为古人并不在乎当皇帝,勉为其难当了也还想让位。但后人却为争夺君位不惜身败名裂,到底出于何因,值得深思,这就为下文的展开做了铺垫。

作者接着就论起了"后之为人君者"的种种作为:今之君主在意识上已"视天下为莫大之产业"了,既然是私产,那就可"传之子孙",就心安理得地"为子孙创业";今之君主在言行上,一面狂妄宣称所事产业已无可比拟,一面变本加厉地"屠毒天下之肝脑"、"敲剥天下之骨髓";今之君主在后果上,必然造成"离散天下之子女",使天下"无地而得安宁"。作者以为这一切都是"君"造成的,"向使无君,人各得自私也,人各得自利也。"情势不会如此不堪。

因而结论就是"为天下之大害者,君而已矣!"文章发出了振聋发聩的呐喊,一下子将意绪和情感推向了高潮。

君主自私残暴,小儒糊涂昏昧,如何训诫、警醒这上下二者,作者以史实和情理做出答复,也深入点化了文章的主旨。在对君主的职责和本分进行明了的剖析后,作者退一步讲,后之君主要是能保住天下这份产业,可有哪个皇帝能保江山千秋万代不易手呢?上古之人君"为天下"之公,是为"明乎为君之职分";后之君主则"为君"一己之私,是为"不明乎为君之职分",不断上演"以俄顷淫乐"去换"无穷之悲"的历史剧目。篇末点题,告诫统治者务必不能重蹈覆辙。

作为《明夷待访录》的首篇,本文的手法也值得称道。作者擅长托古论今,古今对举。作者的史学功底使其很自然地运用古例来论证现实,引经据典,信手拈来,比照鲜明,正中时弊。整篇的对比还是组合式的,有上古人君、隐逸高士的对比,天下之人爱戴其君、怨恶其君的对比,圣人、小儒的对比,还有公与私、利与害、主与客的对比,在层层反复的对比中推出文章主旨。黄宗羲以一位思想家的犀利眼光,鞭辟入里地抨击今之人君为天下之大害,持之有故,言之成理,环环相扣,逻辑严密。黄宗羲行文不仅言之有物,而且真情流淌,充溢篇章中,读者当不难体会到作者对以天下为私产者、对桀、纣类暴君、对愚昧昏庸小儒的愤慨,以及对去除天下之大害、明乎为君之职分的倾心呼唤。

东林学案·总论

【题解】 本文选自黄宗羲《明儒学案》卷五十八,是《东林学案》的一篇总论,或曰总序。《明儒学案》是黄宗羲的代表作之一,成书于康熙十五年(1676),计六十二卷,为明代学术思想史专著。全书以王守仁心学发展为主线,在广泛收集资料的基础上,梳理明代各家学术派别,使其"宗旨历然"(《自序》)。所记学派学人"有所授受者分为各案,其特起者,后之学者,不甚著者,总列诸儒之案"(《凡例》)。各学案之首均有叙论,作简要的说明介绍。本篇就是"东林学案"的概括论述。"东林",即东林党,晚明以江南士大夫为主的官僚政治集团。"东林党"之"党",是朋党而非近代政党。宋代二程弟子杨时建东林书院于无锡,明万历后期,学者顾宪成家居时修葺东林书院,与高攀龙、钱一本等讲学其中。一时门人弟子及慕名前往求教者甚众,四方明彦学士在东林书院探讨理学,议论朝政,被称为"东林党"。《东林学案》四卷,介绍了顾宪成、高攀龙、钱一本、黄尊素等十六位学人的学术经历和主要思想。这篇总论意在辨清外界给予东林党人的污蔑不实之词,通过东林书院的规模、宗旨,东林人士的言论、德行,来证明东林人士不随流俗、好作清议,其学术思想与民族国家的大义紧密相连,而绝非误政亡国的小人。论述文气充沛,感情激越,力求为东林学人作出正确的历史定位。

【原文】

今天下之言东林者,以其党祸与国运终始。小人既资①为口实②,以为亡国由于东林,称之为两党③。即有知之者,亦言东林非不为君子,然不无过激,且依附者之不纯为君子也,终是东汉党锢④中人物。嗟乎!此寱语⑤也。东林讲学者,不过数人耳,其为讲院,亦不过一郡之内⑥耳。昔绪山⑦、二溪⑧,鼓动流俗;江、浙南畿⑨,所在设教。可谓之标榜⑩矣,东林无是也。京师首善之会,主之为南皋⑪、少墟⑫,于东林无与。乃言国本⑬者谓之东林,争科场⑭者谓之东林,攻逆阉⑮者谓之东林,以至言夺情⑯、奸相⑰、讨贼⑱,凡一议之正、一人之不随流俗者,无不谓之东林,若似乎东林标榜,遍于域中,延于数世。东林何不幸而有是也!东林何幸而有是也!然则东林岂真有名目⑲哉?亦小人者加之名目而已矣!论者以东林为清议所宗,祸之招也。子言之:"君子之道,辟则坊与⑳。"清议者天下之坊也。夫子之议臧氏之窃位㉑,议季氏之旅泰山㉒,独非清议乎?清议熄,而后有美新之上言㉓,媚阉之红本㉔。故小人之恶清议,犹黄河之碍砥柱㉕也。熹宗㉖之时,龟鼎㉗将移,其以血肉撑拒,没虞渊㉘而取坠日者,东林也。毅宗之变㉙,攀龙髯而蓐蝼蚁者㉚,属之东林乎?属之攻东林者乎?数十年来,勇者燔妻子㉛,弱者埋土室㉜,忠义之盛,度越前代,犹是东林之流风余韵也。一堂师友,冷风热血,洗涤乾坤,无智之徒窃窃然从而议之,可悲也夫!

【注释】 ①资:取用。 ②口实:话柄。 ③两党:指东林党和阉党。此处阉党即明天启年间依附司礼监秉笔太监魏忠贤的政治团体。 ④东汉党锢:东汉桓帝时,朝臣李膺、陈蕃联合太学生郭泰、贾彪等,猛烈抨击宦官乱政。延熹九年(166),因李膺处死宦官党羽张成之子,引发宦官集团报复,矫诏以"共为部党,诽讪朝廷"的罪名,将李膺连同陈实、范滂等二百多名"党人"下狱。后虽遇赦,仍禁锢终身,不得再出。此次钩党之狱延亘达一年。灵帝即位后,外戚窦武专政,起用"党人",并与太傅陈蕃合谋诛灭宦官。建宁元年(168),灵帝在宦官曹节的挟持下,捕杀窦武、陈蕃等"党人"百余人,被监禁、流放者六七百人,并且株连及五族、师生。此次党祸亦延及第二年。 ⑤ 寱(yì)语:梦话。寱,同"呓"。 ⑥ 一郡之内:指吴郡内的无锡。东林书院创建于北宋年间,原为理学家杨时(1044—1130)在无锡的讲学之所。明万历间,顾宪成(1550—1612)、高攀龙(1562—1626)等重建荒废了的东林书院,使其成为主要是江南籍文人学士交流学问和议论时政的场所。顾宪成,字叔时,号泾阳,江苏无锡人。明思想家,东林党领袖。万历八年(1580)进士,历官户部主事、吏部文选司郎中。革职家居后,与顾允成、高攀龙、安希范、刘元珍、钱一本、薛敷教、叶茂才(时称东林八君子)等人,发起东林大会,制定《东林会约》。著有《小心斋札记》、《泾皋藏稿》、《顾端文遗书》等。高攀龙,字存之,又字云从,江苏无锡人。明思想家、东林党领袖。万历十七年(1589)进士,官至都察院左都御史。在家讲学其间,与顾宪成等复建东林书院。被诬投水自尽。著有《高子遗书》。 ⑦ 绪山:钱德洪(1496—1574)的号。钱德洪,初名宽,字洪甫,号绪山,浙江余姚人。明哲学家、思想家、教育家。嘉靖十一年(1532)进士,历官刑部郎中。王守仁心学嫡传弟子,对王学的传播起了很大作用。著有《绪山会语》。 ⑧ 二溪:指王畿和顾应祥。王畿(1498—1582),字汝中,号龙溪。山阴(今浙江绍兴)人。明哲学家。嘉靖十一年(1532)进士,历官南京职方主事、南京武选郎中。师事王守仁,弃官后专事讲学,为传播发展王学足迹遍东南各省。著有《龙溪王先生全集》。顾应祥(1483—1565),字惟贤,号箬溪,浙江长兴人。明思想家、数学家。弘治十八年(1505)进士,官至南京刑部尚书。亦为王守仁弟子,与王畿同属浙中王门学派。钱德洪与顾应祥被合称为"二溪"。 ⑨ 江、浙南畿:指江浙一带地区。畿本指京城管辖之地,明太祖以应天(南京)为京师,明成祖虽迁都北京,但仍保留南京为"留都"。 ⑩ 标榜:意为称扬、夸耀。 ⑪ 南皋:邹元标(1551—1624)的号。邹元标,字尔瞻,号南皋,江西吉水人。明大臣、东林党首领之一。万历五年(1577年)进士,历官刑部右侍郎、南京吏部员外郎。曾多次犯颜直谏,屡遭贬。家居讲学著述三十年,与顾宪成、赵南星成为"东林党三君"。著有《愿学集》、《太平山居疏稿》、《日新篇》、《仁丈会语》等。 ⑫ 少墟:冯从吾(1556—1627)的号。冯从吾,字仲好,号少墟,长安(今陕西西安人)。明学者、教育家。万历十七年(1589)进士,官至工部尚书。家居时创办关中书院,讲授儒家经典,传扬张载关学。著有《冯少墟集》、《元儒考略》等。邹元标、冯从吾两人曾在北京同建首善书院,以讲学为名议论时政,不时影射魏忠贤集团,终遭禁毁。 ⑬ 言国本:指明神宗时所谓"争国本"一事。明神宗册立太子,引发朝臣争议,当时有两派分别拥护皇长子朱常洛与福王朱常洵争夺太子之位。参见顾秉谦等《明神宗实录》卷二百一十九(毓德宫召见)一文及注释。 ⑭ 争科场:明万历初年,张居正任首辅,其子嗣修、懋修、敬修应考举人,考官陆应科等舞弊以献媚。又高启愚主应天(南京)试,命题"舜亦以命禹"。张居正死后,御史丁此吕追论此题为阿附故太师张居正而出,有劝进受禅之意。是谓"争科场"。 ⑮ 攻逆阉:明天启年间,魏忠贤为首的宦官专权,以东林党为主的部分朝臣称之为"逆珰"。参见张溥《五人墓碑记》注释。 ⑯ 夺情:按古代礼俗,官员遭父母丧应弃官家居守制,称"丁忧",服满再行补职。但若为国夺去了孝亲之情,可不必去职,以素服办公,不参加吉礼。明代正统时开始,明令"不许保奏夺情起复",而万历五年(1577)张居正父死,户部侍郎李幼孜上疏建议"夺情",以媚张相,受到吴中行、赵用贤、邹元标等张居正政敌的反对。在这一事件中,反对"夺情"的官员遭到严厉处置。 ⑰ 奸相:指崇祯朝入阁为首辅而真正当政的周延儒、温体仁、薛国观、魏藻德、陈演等,此数人《明史》列为"奸相"。 ⑱ 讨贼:指镇压李自成、张献忠领导的农民起义。 ⑲ 名目:称道,标榜。 ⑳ "君子之道"二句:见于《礼记·坊记》,意思是孔子说过,君子之道,防止百姓的过失,就好比修堤防以阻止水患。辟,通"譬"。坊,同"防",堤防。 ㉑ 臧氏之窃位:指春秋时鲁国大夫臧文仲,明知柳下惠的贤能而不推举之,自己偷安于位。事见《论语·卫灵公》篇。 ㉒ 季氏之旅泰山:指春秋时季康子以鲁卿的身份祭泰山,孔子以为这是违背礼制的僭越之举。按古礼,诸侯即鲁公方有资格祭其封地内的山川。事见《论语·八佾》篇。 ㉓ 美新之上言:指扬雄颂扬王莽新朝的所上之言。王莽篡汉,自立新朝,扬雄仿司马相如《封禅文》,上封事给王莽,名为《剧秦美新》,贬斥秦朝,美化新朝。 ㉔ 媚阉之红本:诟媚阉臣的朱批奏折。明宦官刘瑾专权时,大臣奏折须先具红色标志投刘瑾,即所谓红本。 ㉕ 砥柱:见都穆《砥柱》一文及注释。 ㉖ 熹宗:见钱谦益《特进光禄大夫左柱国少师兼太子太师兵部尚书中极殿大学士孙公行状(节选)》注释。 ㉗ 龟鼎:古时认为传国之宝器。龟,元龟。鼎,九鼎。龟鼎将移,意指帝位将要倾覆。 ㉘ 虞渊:古代传说中的日没之处。 ㉙ 毅宗之变:指明崇祯十七年(1644)李自成农民军攻进北京,崇祯帝自缢于煤山(今北京景山)。毅宗,崇祯帝朱由检的谥号。 ㉚ "攀龙髯"句:喻指崇祯帝自尽时随之殉身的臣下。攀龙髯,黄帝升天而去,群臣后宫攀髯、百姓号哭,后为帝王死亡的典故。《史记·封禅书》:"黄帝采首山铜,铸鼎于荆山下。鼎既成,有龙垂胡髯下迎黄帝。黄帝上骑,群臣后宫从上者七十余人,龙乃上去。余小臣不得上,乃悉持龙髯,龙髯拔,堕,堕黄帝之弓。百姓仰望黄帝即上天,乃抱其弓与胡髯号。"蓐蝼蚁,愿为草席在地下避蝼蚁护卫帝王,即舍身为死去的帝王效劳。《战国策·楚策一》:"安陵君泣数行而进曰:'臣入则编席,出则陪乘。大王万岁千秋之后,愿得以身试黄泉,蓐蝼蚁,又何如得此乐而乐之。'" ㉛ 燔妻子:为尽君臣之义献出妻子和儿子。燔,焚烧。 ㉜ 埋土室:隐居在土房子里,指不愿与邪恶黑势力同流合污。

【赏析】

黄宗羲的《明儒学案》是"学案"体史籍的定型之作,该著记载了二百多位明代理学中人,特别对王守仁的心学及其传衍十分做了周详的论述。《东林学案》介绍了后期东林党人顾宪成、高攀龙等十六人的大致经历和主要学术思想,本文是有关"东林学案"的总序,意在申述东林党人在明末的历史作用,廓清学者和社会各界对东林党人的误解。

本文一开始便指斥那些将东林视作党祸、归为明亡之由的论调。小人以党锢为口实攻击东林党人,固然可恨,作者犹感痛惜者,是夏允彝这样的"知之者",竟也不明事理,将东林人士看作"东汉党锢中人物"。黄宗羲以为这类话全为"瞽语",表示了坚决的反对。

然后,本文对清议问题做出自己的判断。清议对江山社稷而言,无疑是可贵的堤防,有了清议这样的堤防,才能保障朝廷的稳固。在作者看来,儒家的老祖宗孔子就是名副其实的清议者,黄宗羲用的就是拉大旗做虎皮的手段,以孔子的言行为招牌,指斥不同意见者,连孔子也好清议,东林的清议又算得了什么!作者为东林、复社张本,不惜用二元对立、非此即彼的思维方法,贬低、毁伤非东林、复社人士。

最后,黄宗羲又一次正面叙说,熹宗的天启朝、毅宗的崇祯朝不都是曾经由东林人士在那儿撑着吗?东林人士不惜以血肉之躯,为明王朝殉节。作者又通过两个反诘句,竭力称扬东林义士尽忠于亡明的壮举。但大名鼎鼎的有着"东林浪子"之誉的钱谦益早早迎降了清朝,很难讲黄宗羲的结论是完全符合事实的。在《东林学案》中将学者、学派用民族气节这一道德标尺来衡量,将"忠义之盛,度越前代"的士林现状,看作"东林之流风余韵",显然表现出作者对东林党包括自己父亲的政治倾向的高度认同,罔顾引为论据的史实带有某些偏差,为的是迎合清初汉族文人、士大夫的价值判断,同时对明亡于东林的论调借学术讨论再次给予了根本的否定。

这是一篇具有强烈感情色彩的论学之文、论政之文,文章立场鲜明、据理力争,将对东林人士的学术评论,和国家命运、民族大义紧密结合,体现了一位史学家的高度的道德感和责任心,也为史论、政论的写作,提供了可资参考的范本。

顾炎武

作者简介

顾炎武(1613—1682),初名绛,字忠清。明亡后,改名炎武,字宁人,号亭林,亦自署蒋山佣。昆山(今属江苏)人。明末清初学者、思想家、文学家,与黄宗羲、王夫之并称"清初三大儒",又与同乡归庄文名相埒,有"归奇顾怪"之号。明末诸生。早年参加复社,关心社会现实,重经世之学。入清,遍游北地,以图复明。康熙十七年(1678),诏举博学鸿词科,次年开《明史》馆,大臣争荐之,并力辞不赴。卒以布衣终。著有《肇域志》、《天下郡国利病书》、《日知录》、《亭林文集》等。

经 义 论 策

【题解】 本文节选自《日知录》卷十六《经义论策》。"经义"指经书的义理,宋代以经书中文句为题,应试者作文阐明其义理,故称。明清沿用而演变成八股文。"论策",犹策论。宋代以来各朝常用作科举考试的项目之一。明归有光《三途并用议》:"今进士之与科贡,皆出学校,皆用试经义论策。"顾炎武在《经义论策》的前半部分,对唐宋以来科场试诗赋、经义的兴废做了简要的论述,抨击了与科举弊端相应的空虚不实之学风,体现了作者力挽世运、经国济世的实学精神。

【原文】

今之经义论策,其名虽正,而最便于空疏不学之人。唐宋用诗赋①,虽曰雕虫小技②,而非通知古今之人不能作。今之经义始于宋熙宁③中,王安石所立之法④,命吕惠卿⑤、王雱等为之⑥。(《宋史》:"神宗熙宁四年二月丁巳朔⑦,罢诗赋及明经⑧诸科,以经义论策试进士,命中书⑨撰大义式⑩颁行。")

元祐八年三月庚子⑪。中书省言:"进士御试答策,多系在外准备之文,工拙不甚相远,难于考较。祖宗旧制,御试进士赋、诗、论三题⑫,施行已远,前后得人不少。况今朝廷见行⑬文字,多系声律对偶，非学问该洽不能成章。请行祖宗三题旧法，诏来年御试，将诗赋举人复试三题，经义举人且令试策，此后全试三题。"是当时即以经义为在外准备之文矣。(《宋史·徐禧⑭传》："神宗见其所上策曰：'禧言朝廷用经术变士，十已八九，然窃袭人之语，不求心通者相半。此言是也。'")陈后山⑮《谈丛》⑯言："荆公《经义》⑰行，举子专诵王氏章句，而不解义。荆公悔之，曰：'本欲变学究⑱为秀才⑲，不谓变秀才为学究也。'"岂知数百年之后，并学究而非其本质乎？此法不变，则人才日至于消耗，学术日至于荒陋，而五帝三王以来之天下，将不知其所终矣。

【注释】　①唐宋用诗赋：指唐宋时期科举考试的主要内容为诗赋。诗赋，即"试帖诗"或"赋得体"。唐初科举考试，试时务策五道。唐耀元年(681)始，加试杂文二道，并帖小经。至此形成了杂文、帖经和时务策三场考试制度。次序为先帖经，次杂文，最后试策。杂文泛指诗、赋、箴、铭、颂、表、议、论之类。杂文专用诗赋，当在天宝年间。自中唐起，第一场试诗赋，第二场试帖经，第三场试策问。且诗赋考试内容加重，压倒了策问和帖经，成为唐代进士科中决定取舍的重要部分。宋神宗熙宁时废诗赋考试。南宋时以诗赋、经义两类取进士。明代则专考经义。　②雕虫小技：比喻微不足道的技能。雕，雕刻。虫，指鸟虫书，古代汉字的一种字体。　③宋熙宁：宋神宗赵顼的一个年号(1068—1077)。　④"王安石"句：指王安石变法的一项重要内容，即改变科举制度，用经义和论策试士，废除了诗赋取士和烦琐的记诵传注经学。为此，王安石设置了经义局，训释《诗》、《书》、《周礼》三经义，并编纂字说，代替旧的经说和传注，成为士子必修的经典，以达到所谓"一道德而同风俗"的目的。　⑤吕惠卿(1032—1111)：字吉甫，晋江(今属福建)人。北宋政治家、改革家，王安石变法重要人物。嘉祐二年(1057)进士，历仕仁宗、英宗、神宗、哲宗、徽宗五朝，曾任太子中允、崇政殿说书、集贤校理、判司农寺、天章阁侍讲、翰林学士、参知政事等。又与王安石子王雱同修《三经新义》。著有《文集》、《孝经传》、《道德经注》、《论语义》、《庄子解》等。　⑥王雱(pāng)(1044—1076)：字元泽，临川(今属江西)人。北宋文学家、学者。王安石之子，为王安石推行新法之助手。世称王安礼、王安国、王雱为"临川三王"。治平四年(1067)进士。历官太子中允、崇政殿说书、天章阁待制兼侍读。曾与吕惠卿同修《三经新义》。　⑦"熙宁"句：即熙宁四年(1071)二月初一。　⑧明经：唐代科举考试科目之一，与进士科同为唐代科举的基本科目。明经分为五经、三经、二经、学究一经、三礼、三传等。考试之法，先贴文，后口试，经问大义十条，答时务策三道。　⑨中书：此指中书省，官署名。从隋朝和唐朝开始正式设立的三省六部制中的一省，负责草拟和颁发皇帝的诏令。中书省长官在隋朝称为内史令，唐朝称为中书令，副职称中书侍郎。中书省内设中书舍人若干，掌草拟诏命。另参见何景明《上冢宰许公书》注释。　⑩大义式：即所谓经大义，或以为此后八股文之祖。王安石科举改革举措之一就是以经义取代诗赋，同时命人撰写大义式，把文采引入经义的考试之中。　⑪"元祐"句：即元祐八年(1093)

三月二十三日。 ⑫"御试"句：隋炀帝大业三年(607)开设进士科，以考试方法选取进士。考试内容主要为时务策，即与国家政治生活相关的政治论文，也称试策。唐代科举的常科主要科目为明经、进士两科。明经、进士两科，最初都只是试策，考试的内容为经义或时务。后来两种考试科目的基本精神是进士重诗赋，明经重帖经、墨义。所谓帖经，就是将经书任揭一页，将左右两边蒙上，中间只开一行，再用纸帖盖三字，令试者填充。墨义是对经文的字句作简单的笔试。帖经与墨义，只要熟读经传和注释即可中试，诗赋则需具文学才能。宋代科举基本上沿袭唐制，进士科考帖经、墨义和诗赋。宋太祖开宝五年(972)，礼部试进士后，太祖召对讲武殿，试得进士二十二人，均赐及第。此后，省试之后进行殿试，也即"御试"，遂为常制。 ⑬见行：现在施行的，现在有效的。 ⑭徐禧(1035—1082)：字德占，洪州分宁(今江西修水)人。北宋大臣、变革派人物。不事科举，好谈兵。历官镇安军节度推官、太子中允、馆阁校勘、集贤校理、知制诰兼御史中丞。曾奉宋神宗之命进攻西夏，兵败永乐城，战死。 ⑮陈后山：陈师道(1053—1102)，字履常，一字无己，号后山居士，彭城(今江苏徐州)人。北宋大臣、诗人。历官徐州教授、太学博士、颍州教授、秘书省正字。陈师道为苏(轼)门六君子之一，江西诗派重要作家。 ⑯《谈丛》：陈师道所著《后山谈丛》，宋代史料笔记。该书杂载宋代政事、边防、朝野琐闻、文人轶事，可作研究宋代文学的参考资料。 ⑰荆公《经义》：参见本文注释④。 ⑱学究：唐代科举取士，明经科有"学究一经"科，即专门研究一种经书，应此科考试者称为学究，后来泛指读书人，或指迂腐的读书人。 ⑲秀才：别称茂才，原指才之秀者。汉武帝荐举人才的科目之一。隋唐与进士、明经科并列。宋代凡经过各地府试者，无论及第与否，都可称为秀才。

【赏析】 顾炎武是明末清初的学术大师，梁启超尊之为"清学之祖"。(见梁启超《论中国学术变迁之大势》第八章)顾炎武笃信学问应以"明道"、"救世"为职志，曾自述其《日知录》，"将以见诸行事，以跻斯世于治古之隆。"(《亭林文集》卷四《与人书》)因而在考论科举制度即相关考试内容时，极力反对空疏不实的"经义论策"，以为不变革选拔人才的体制，将无以自保天下。

作者开宗明义，指出"经义论策"只是名正罢了，最适合空疏不学者所操弄。唐宋时考的主要是诗赋，或曰此为"雕虫小技"，但不是"通知古今之人"还做不来。两用转折，均前句虚晃一枪，后句则为立论之实据。这一番抽象肯定、具体否定，一下子摆出了顾大师崇尚实学、博通古今的架势。作者紧接着就在正文中展示了元祐八年中书省文告，要点是经义为"在外准备之文"，按"祖宗旧制"，应恢复"御试进士赋、诗、论三题"，找出了元祐年间否定王安石变法废诗赋进士的史实依据。文中中书省言，亦见于《文献通考》，但明显省略了国子监习诗赋与习经义生员的具体数字等内容，使论述更显简洁精练。神宗至哲宗年代，确实经历了废诗赋、复诗赋、再废诗赋的波折，顾炎武坚持了不满经义论策、反对空疏学风的立场。从宋代历史来看，不仅此后南宋实行了"双轨制"，采取的是诗赋取士和经义取士并行的科考制度，连当时下令废诗赋的神宗和王安石也认识到了这一做法的弊病。顾炎武在《宋史·徐禧传》中发现神宗对徐禧上策的认同，即"朝廷用经术变士"，导致士子"窃袭人之语，不求心通者相半"。而王安石本人对推行《三经新义》也有所后悔，因为始料未及的是"欲变学究为秀才"，弄成了"变秀才为学究"，（见陈师道《后山谈丛》）也就是说本想将仅通一经的"学究"借助科举考试，变为博学多才的"秀才"。这场当时宋人都已察觉其利弊的科场变局，竟没能唤醒后世主政者和士子们，顾炎武不禁深为感叹。

顾炎武的过人处，还在于借古论今，还在于能对延续了数百年的八股时文大胆提出非议。不是么，整个有明一代，最终还是让空虚的理学成为科举考试的主流，"学究"一仍其旧，人才"消耗"，学术"荒陋"，有着悠久历史的煌煌大国已"不知其所终"，悲夫！顾炎武对科场弊端已是深恶痛绝，高扬"保天下者，匹夫之贱，与有责焉"的志节，忍不住以一个真正的经学家、卫道士的面目去正风祛邪，挽救华夏之人才。

这篇纵谈科举演变史话的专论，力批科场空疏不学之历史与现实状况，无视政坛、学界的权威，大胆控诉八股文对人才的戕害，例证扎实，对比鲜明，既是一篇声讨科举弊病的檄文，又是历代科举思想和选材观念碰撞的客观写照。

作史不立表志

【题解】 本文节选自《日知录》卷二十六，对"作史不立表志"问题发表看法。文章历述《史》、《汉》以来，史书围绕是否立表志，出现书法不一的现象。对此，作为史学大家的顾炎武，肯定了表志在史书纂写中的重要性。顾炎武通过引用朱鹤龄所言即自己的补充说明，指出《三国志》至《周书》等一系列史书缺表少志现象的弊病，展示了史家的挽救措施，彰显了作者严谨周密的治学态度。

【原文】

朱鹤龄①曰："太史公②《史记》③，帝纪之后，即有十表、八书。表以纪治乱兴亡之大略，书以纪制度沿革之大端。班固④改书为志，而年表视《史记》加详焉。盖表所由立，昉⑤于周之谱牒⑥，与纪、传相为出入。凡列侯将相、三公九卿，其功名表著者，既系之以传，此外大臣无积劳亦无显过，传之不可胜书，而姓名爵里、存没盛衰之迹，要不容以遽泯⑦，则于表乎载之。又其功罪事实，传中有未悉备者,亦于表乎载之。年经月纬,一览了如。作史体裁莫大于是。而范书⑧阙焉,使后之学者无以考镜二百年用人行政之节目⑨,良可叹也。其失始于陈寿⑩《三国志》⑪,而范晔踵之,其后作者又援范书为例,年表皆在所略。(姚思廉⑫《梁》、《陈》二书⑬,李百药⑭《北齐书》⑮,令狐德棻⑯《周书》⑰,李延寿⑱《南北史》⑲,皆无表志。)不知作史无表,则立传不得不多。传愈多,文愈繁,而事迹或反遗漏而不举。欧阳公⑳知之,故其撰《唐书》,有《宰相表》,有《方镇表》,有《宗室世系表》,《宰相世系表》,始复班、马之旧章云。"

陈寿《三国志》、习凿齿㉑《汉晋春秋》㉒无志,故沈约《宋书》㉓诸志并前代所阙者补之。姚思廉《梁》、《陈》二书,李百药《北齐书》,令狐德棻《周书》皆无志。而于志宁㉔、李淳风㉕、韦安仁㉖、李延寿别修《五代史志》㉗,诏编第入《隋书》。古人绍闻述往㉘之意,可谓宏矣。

【注释】 ① 朱鹤龄(1606—1683):字长孺,号愚庵,吴江(今属江苏)人。清学者、文学家。明诸生,明亡后隐居乡里,以著述为业。与顾炎武友,致力于经史注疏及儒先理学。著有《易广义略》、《尚书埤传》、《诗经通义》、《春秋集说》、《读左日钞》、《禹贡长笺》、《愚庵诗文集》等。 ② 太史公:司马迁(前145或前135—前87?)称号。汉司马谈为太史令,子迁继之,《史记》中皆称"太史公"。司马迁,字子长,左冯翊夏阳(今陕西韩城)人(一说山西河津人)。西汉史学家、文学家。所撰《史记》为中国史书的典范,后世尊称其为史迁、太史公。 ③《史记》:中国历史上第一部纪传体通史,最初称为《太史公书》,或《太史公记》、《太史记》。作者司马迁。《史记》记载了从黄帝至汉武帝太初四年(前101)约三千年的史事。全书共一百三十篇,含"本纪"十二篇、"表"十篇、"书"八篇、"世家"三十篇、"列传"七十篇,计五十二万字。 ④ 班固(32—92):字孟坚,扶风安陵(今陕西咸阳)人。东汉史学家、文学家。与司马迁并称"班马"。曾入洛阳太学,得以博览群书,穷究九流百家之言。返乡居忧时,开始在其父班彪续补《史记》之作《后传》的基础上编写《汉书》,至汉章帝建初中基本完成。《汉书》,又称《前汉书》,是中国历史上第一部纪传体断代史,与《史记》、《后汉书》、《三国志》并称为"前四史"。《汉书》记载了从汉高祖元年(前206)至新朝王莽地皇四年(23)约二百三十年的史事。全书共一百篇,含"纪"十二篇,"表"八篇,"志"十篇,"传"七十篇,计八十万字。 ⑤ 昉(fǎng):起始。 ⑥ 周之谱牒:周代的谱牒。谱牒,记载某一宗族主要成员世系及其事迹的档案,是伴随着家族制度而产生的记录家族血缘关系的文献。周代实行宗法分封制,为"定世系,辨昭穆",周代谱牒得到很快的发展,并有专官掌管。周代谱牒虽已亡佚,但汉代人还曾得见,对其内容和形式有过描述,战国以后成书的《周礼》、《礼记》也对周代谱牒有片断的论述。 ⑦ 遽(jù)泯:急速地消失。 ⑧ 范书:范晔(398—445)的《后汉书》。范晔,字蔚宗,顺阳

(今河南淅川)人。南朝宋史学家。官至左卫将军、太子詹事。所撰《后汉书》,写成十纪、八十列传,原计划十志未能完成。今本《后汉书》中八志三十卷,为南朝梁刘昭从司马彪《续汉书》中抽出补入。 ⑨ 节目:关键,条理。 ⑩ 陈寿(233—297):字承祚,巴西郡安汉(今四川南充)人。西晋史学家。蜀汉时官观阁令史,被黜。蜀汉亡国后出仕西晋,举孝廉,除著作郎。著有《三国志》。 ⑪《三国志》:陈寿著,六十五卷,包括《魏书》三十卷、《蜀书》十五卷、《吴书》二十卷,为记载魏、蜀、吴三国时代历史的断代史。 ⑫ 姚思廉(557—637):字简之,一说名简,字思廉,吴兴(今浙江湖州)人。唐史学家。历官太子洗马、著作郎、散骑常侍。受命与魏徵同修梁、陈二史。 ⑬《梁》、《陈》二书:《梁书》、《陈书》。《梁书》,姚思廉著,含本纪六卷、列传五十卷,无表、无志。记载上自梁武帝萧衍称帝(502),下止陈武帝陈霸先灭梁(557)其间的史事。《陈书》,姚思廉著,含本纪六卷、列传三十卷,无表、无志。记载自陈武帝陈霸先即位(557)至陈后主陈叔宝亡国(589)其间的史事。 ⑭ 李百药(565—648):字重规,定州安平(今属河北)人。唐史学家。隋时官太子舍人、东宫学士、建安郡丞,入唐,官中书舍人、礼部侍郎、散骑常侍。著有《北齐书》。 ⑮《北齐书》:李百药著,五十卷,含本纪八卷,列传四十二卷,记载从高欢起兵到北齐灭亡前后约八十年的史事,述及与东魏、北齐王朝相关的人物、事件。 ⑯ 令狐德棻(fēn)(583—666):宜州华原(今陕西铜川)人。唐大臣、史学家。历官大丞相府记室、起居舍人、礼部侍郎、太常卿、国子祭酒等。著有《周书》、《五代史志》、《大唐礼仪》、《太宗实录》、《高宗实录》等。 ⑰《周书》:令狐德棻著,五十卷,含本纪八卷、列传四十二卷。记载北周宇文氏所建周朝(557—581)其间的史事。 ⑱ 李延寿:相州(今河南安阳)人。唐史学家。历官太子典膳丞、崇贤馆学士、符玺郎。曾参与《隋书》、《五代史志》、《晋书》及当朝国史的修撰。著有《南史》、《北史》。 ⑲《南北史》:即《南史》、《北史》,李延寿著。《南史》,八十卷,含本纪十卷,列传七十卷,上起宋武帝刘裕永初元年(420),下迄陈后主陈叔宝祯明三年(589),记载南朝宋、齐、梁、陈四国一百七十年史事。《北史》,李延寿著,一百卷,含本纪十二卷,列传八十八卷。记载北朝(386—618)魏、齐(包括东魏)、周(包括西魏)、隋四个时期共二百三十三年的史事。 ⑳ 欧阳公:即欧阳修。 ㉑ 习凿齿(?—383):字彦威,襄阳(今湖北襄樊)人。东晋史学家、文学家。著有《汉晋春秋》、《襄阳耆旧记》、《逸人高士传》、《习凿齿集》等。 ㉒《汉晋春秋》:习凿齿著,五十四卷,记载上起东汉光武帝刘秀,下迄西晋近三百年史事。 ㉓《宋书》:沈约著,一百卷,含本纪十卷、志三十卷、列传六十卷,记载宋武帝永初元年(420)至宋顺帝升明三年(479)六十年间的史事。沈约根据宋何承天、山谦之、苏宝生、徐爰的《宋书》,作了增删、订补。今本个别列传有残缺,少数列传为后人用唐高峻《小史》、《南史》所补而成。《宋书》八志,包括《律历志》、《礼志》、《乐志》、《天文志》、《符瑞志》、《五行志》、《州郡志》、《百官志》,份量占全书一半,原排在列传之后,后人移于本纪、列传之间。 ㉔ 于志宁(588—665):字仲谧,京兆高陵(今属陕西)人。唐大臣、史学家。历官中书侍郎、散骑常侍、太子左庶子、光禄大夫、尚书左仆射、太子太师、同中书门下三品。曾与修《隋书》。 ㉕ 李淳风(602—670):岐州雍人(今陕西凤翔)人。唐天文学家、数学家、道家学者。曾任秦王府记室参军,后官太史丞、太史令。预撰《晋书》及《五代史》。 ㉖ 韦安仁:曾任著作郎,受命与于志宁、李淳风、李延寿等续撰《五代史志》。 ㉗《五代史志》:唐贞观年间,《梁》、《陈》二书及《北齐书》、《周书》修成,均未设"志",贞观十五年(641),诏令于志宁、李淳风等修撰《五代史志》,包括礼仪、音乐、律历、天文、五行、食货、刑法、百官、地理、经籍等十志,后合入《隋书》。十志所述典章制度,并不限于梁、陈、北齐、北周、隋,还涉及魏及南朝宋、齐。 ㉘ 绍闻述往:继承名望,追述往事。

【赏析】 本文篇幅不长,论述的焦点在于作史有没有必要在规格上设置"表"和"志"。文章一大特点摆出著名大儒朱鹤龄的史学观和方法论,而顾炎武明确表达了对朱氏的认可和支持。以朱鹤龄的说法来佐证顾炎武自己的观点,也是事出有因的。朱、顾都是江南遗民、饱学之士,也都致力于经史的传注考据,两人私交很好。本文的学术观点能在两人身上达到高度的一致,正是基于朋友间的互信,顾炎武大胆以朱鹤龄的表述作为自己立论的依据。

当然,朱鹤龄关于"表"的结论本身是站得住脚的。首先,朱氏正面引述"表"的渊源和功能,符合历史事实:《史记》初设"表"与"书","表以纪治乱兴亡之大略,书以纪制度沿革之大端"。后班固《汉书》改"书"为"志",且"年表视《史记》加详焉"。这都是公认的客观存在。而"表"起始于"周之谱牒","与纪传相为出入",以及"表"明显可补"传"之不足,也早已为史学界所首肯。其次,举出"表"的阙如诸例,从反面印证"表"于史书的重要性:当陈寿《三国志》、范晔《后汉书》略去了年表,后之学者就无法考镜数百年来"用人行政之节目"了,而且造成的后果是,"立传不得不多。传愈多,文愈繁,而事迹或反遗漏而不举"。再次,朱鹤龄发现了史家救弊的方法,那就如欧阳修做的,在其《唐书》中增添了《宰相表》、《方镇表》、《宗室世系表》、《宰相世系表》,"始复班、马之旧章"。朱鹤龄批作史不立"表",简明扼要,述而不作,在罗列史学领域关于"表"取舍的实例过程中,自然而然地道出了自己的观点,运用的手段一似顾炎武所称:"不待论断,而于序事之中,即见其指者。"(《日知录》卷二十六)

考朱鹤龄论"表"的这段文字,见于《愚庵小集》卷十三《读〈后汉书〉》一文,而该文仅一句"班固改书为志"谈及了"志",并未作展开。顾炎武觉意犹未尽,因为标题为"作史不立表志",还须补充说明史书无"志"的问题。而且《汉书》以后,史家于"志"的去留也不统一,《三国志》无志,引文中顾自注提到的数种史书也无志,但《后汉书》却保留了志,一概而论"不立表志",显得治学不够严谨。所以最后一节话,陈述了沈约《宋书》"并前代所阙者补之",即补全了《三国志》、《汉晋春秋》所缺之志;于志宁、李淳风、韦安仁、李延寿修《五代史志》,又弥补了《梁》、《陈》二书、《北齐书》、《周书》等无志的缺憾。顾炎武关于"补志"的"补述",圆整周全地托出了"古人绍闻述往之意",也给自己治史的求实态度,下了完美的注脚。归根到底,这样的文字才能"有益于天下"。

侯方域

作者简介

侯方域(1618—1655),字朝宗,河南商丘人。清文学家,清初古文三大家之一。明末诸生,顺治八年(1651)应河南乡试为副贡生。明末与方以智、陈贞慧、冒襄齐名,称"四公子"。曾与复社张溥、夏允彝、陈子龙、吴应箕等交好,参与草拟《南都防乱揭》,抨击魏党余孽阮大铖。又入史可法幕府于扬州。以应清乡试,招来士人讥议。后回乡家居,取室名"壮悔堂",寓壮年而悔之意。侯方域既有济世之志,又豪气勃发,擅诗古文词,其散文在清初已为时人所公认。著有《壮悔堂文集》、《四忆堂诗集》。

为司徒公与宁南侯书

【题解】 本文选自侯方域《壮悔堂文集》卷三。司徒公:侯方域父亲侯恂曾任户部尚书,清代俗称户部尚书为大司徒。侯恂(1590—1659),字大真,号若谷,河南商丘人。明大臣,东林党人。万历四十四年(1616)进士,历官山西道御史、河南道御史、太仆少卿、兵部右侍郎、户部尚书。崇祯九年(1636),以靡饷误国罪入狱。后归家隐居。宁南侯,指左良玉。杨廷枢在本文后记中云:"癸未(崇祯十六年),侯子居金陵,宁南左侯兵抵江州,旦夕且止,熊司马明遇知其为司徒公旧部,请侯子往说之。侯子固陈不可,乃即署中为书(即本文)以付司马,驰致之宁南。后一夜,侯子晤友人云:'议者且倡内应之说。'遂以书(按:指《癸未去金陵日与阮光禄书》)抵议者而行。侯子祸虽不始此,然自此深矣。宁南旋得书而止,余尝见其回司徒公禀帖,卑谦一如平日,乃知宁南感恩,原不欲负朝廷者,驾驭失宜,以致不终,深可叹也。偶过侯子舟中,观此书,感而识之。乙酉三月,杨廷枢记。"杨廷枢(?—1647年),字维斗,号复庵,江苏吴县人。明复社领导人之一。明诸生。曾参与天启六年(1626)爆发于苏州的五人事件,营救东林党人周顺昌。侯方域的信以乃父的口吻,反复陈说事理,援引史实,劝告左良玉权衡利弊,爱惜羽毛,以大明社稷为重,务必停止向南都进发。信写得荡气回肠,气充情至。

【原文】

　　顷待罪师中①，每接音徽②，嘉壮志，又未尝不叹，以将军之材武，所向无前，而掎角③无人，卒致一篑遗恨。今凶焰④复张，堕坏名城，不下十数，飞扬跋扈，益非昔比。虽然，天厚其毒，于斯极矣！非常之功，必待非常之人，一时阃外⑤士锐马腾，有如将军者乎！忠义威略，有如将军者乎！久于行阵，熟悉情状，有如将军者乎！然则今日所称为熊罴⑥不二心者，舍将军其谁？老夫曩者仓卒拜命⑦，固以主忧臣辱，金革之义，不敢控辞⑧。亦缘与将军知契素深，相须如左右手，倘得凭先声⑨，歼渠⑩俘馘⑪，实千载一时。不谓六年患难⑫，病疢⑬已笃，更遭家变⑭，痛毁之过，遂致癃废⑮。爰以采薪之忧⑯，未毕尽瘥。顾念高厚，未由报塞⑰。惟愿将军贾其余勇，灭此朝食⑱，是则十五年旧部所以不忘老夫，而老夫藉手以答万一，犹之其身耳矣。勉旃⑲！勉旃！

　　乡土丧乱，已无宁宇，阖门百口，将寄白下⑳。喘息未苏，风鹤㉑频警，相传谓将军驻节江州㉒，且扬帆而前。老夫以为必不然，即陪京㉓卿大夫，亦共信之。而无如市井仓皇，讹以滋讹，几于三人成虎㉔。夫江州，三楚㉕要害，麾下汛防㉖之冲也。郧㉗、襄㉘不戒，贼势鸱张㉙，时有未利。或需左次㉚以骄之，储威夙饱，殚图收复，在将军必有确画。过此一步，便非分壤，冒嫌涉疑，义何居焉？若云部曲㉛就粮，非出本愿，则尤不可。朝廷所以重将军者，以能节制经纬㉜，危不异于安也。荆土㉝千里，自可具食，岂谓小饥动至同诸军士仓皇耶？甚则无识之人，料麾下自率前驱，伴送室帑㉞。"匈奴未灭，何以家为㉟！"生平审处，岂后嫖姚㊱！或者以垂白在堂，此自纲纪㊲，奉移内郡㊳，何必双旌㊴聿㊵来相宅？况陪京高皇帝㊶弓剑所藏㊷，禁地肃清，将军疆场师武，未取进止，讵宜展觐㊸？

　　语云"流言止于智者"，若将军今日之事，其为流言，又不待智者而决之矣！惟是老夫与将军，义则故人，情实一家，每闻将军奏凯献捷，报效朝廷，则喜动颜色，倾耳而听，引席而前，惟恐其言之尽也。或功高而不见谅，道路之口，发为无稽，则辄掩耳而走，避席而去，戚乎其不愿闻也。顷者浪语，最堪骇异，虽知其妄，必以相告。将军十年建竖，中外倚赖，所当矜重，以副人望。郭汾阳㊹功盖天下，势极一时,而国体所关,呼之未尝不来,遣之未尝不去。当其去来,若不自知其大将也。同时临淮⑮,亦与齐名,其后势位之际,稍不能忘,偃蹇蹉跎,乃至偏较⑯不复禀承⑰。此无他,功名愈盛,责备愈深。善处形迹⑱,昭白宜早。惟三思留意焉! 不尽。

【注释】 ① 待罪师中:指崇祯十五年(1642),李自成军围攻开封时,朝廷起用尚在狱中的侯恂,督左良玉等师援救开封。后左良玉兵败,开封破,侯恂又下狱。 ② 音徽:本指琴上供按弦时识音的标志。亦比作音讯、书信。 ③ 掎(jǐ)角:比喻夹击敌人。掎,捕兽时拉住脚;角,捕兽时拉住角。 ④ 凶焰:指李自成军的攻势。以下数语均对李自成军而发。 ⑤ 阃(kǔn)外:指朝廷之外,或指边关。阃,门槛,郭门。 ⑥ 熊罴(pí):喻忠勇之武士。《书·康王之诰》:"则亦有熊罴之士,不二心之臣,保乂王家,用端命于上帝。" ⑦ 仓卒拜命:指匆忙中接受督师之事。 ⑧ 控辞:请求辞免。 ⑨ 先声:指左良玉先前树立的声威。 ⑩ 渠:大,造反起事者的首领。 ⑪ 馘(guó):本义为边域军人获取的敌人首级,引申为在战争中割取敌人的左耳以计数献功。 ⑫ 六年患难:指侯恂自崇祯九年(1636)入狱,至崇祯十四年(1641)或十五年(1642)才出狱。 ⑬ 疢(chèn):病。 ⑭ 更遭家变:指崇祯十四年(1641)夏,侯恂父太常公侯执蒲卒;崇祯十五年(1642),李自成军破商丘,侯恂父、妻及儿媳等皆死。 ⑮ 癃废:衰老病弱,肢体残废。癃,年老衰弱多病。 ⑯ 采薪之忧:言有病不能打柴,古时称病的委婉说法。 ⑰ 报塞:报答,尽责。 ⑱ 灭此朝食:消灭这些敌人后再吃早饭,形容克敌制胜的信心。 ⑲ 旃(zhān):犹"之",语气助词。 ⑳ 白下:即今江苏南京。 ㉑ 风鹤:前秦苻坚军队与东晋交战,坚军奔溃,听到风声鹤唳,皆以为是晋军杀至。后形容传闻使人惊慌失措。 ㉒ 江州:即今江西九江。 ㉓ 陪京:明初以南京为京师,永乐间改北京为京师,南京遂称"陪京"。 ㉔ 三人成虎:谓市内本无虎,当有三人称有虎,众人会信以为真。 ㉕ 三楚:旧名江陵为南楚,吴为东楚,彭城为东楚。此指长江中游一带。 ㉖ 汛防:巡逻防守。 ㉗ 郧(yún):郧阳,府名,治所在今湖北郧县。 ㉘ 襄:襄阳,府名,治所在今湖北襄樊市。左良玉原驻镇襄阳。 ㉙ 鸱(chī)张:像鸱张开翅膀,比喻嚣张、凶猛。鸱,鹞鹰。 ㉚ 左次:《易·师》:"师左次,无咎。"军队驻扎在左方,无害。《象传》称"'左次无咎',未失常也",即认为没有失去行军的正道。 ㉛ 部曲:汉代部曲为军队编制的名称,大将军营有五部,部下有曲。联称泛指某人统率下的军队。 ㉜ 经纬:本为经线和纬线,喻指有条理、有秩序。 ㉝ 荆土:指湖北地区。 ㉞ 帑(nú):通"孥",妻儿。 ㉟ "匈奴未来"二句:西汉骠骑将军霍去病所言。汉武帝欲为其治第,霍对曰:"匈奴未灭,无以家为也!"见《汉书·卫青霍去病传》。 ㊱ 嫖(piāo)姚:劲疾貌。汉霍去病曾为嫖姚校尉。 ㊲ 纲纪:指治理;大纲要领。 ㊳ 内郡:内地。此指南京。 ㊴ 双旌:唐代节度领刺史者出行时的仪仗。这里指守镇一方的大将、队伍、仪仗等,代指左良玉。 ㊵ 聿(yù):语助词,无义。 ㊶ 高皇帝:指明太祖朱元璋。 ㊷ 弓剑所藏:指皇帝陵寝所在之地。传说黄帝葬桥山,山崩,仅存剑和鞋。 ㊸ 展觐(jìn):朝见天子。宛转称说左良玉率兵进留都的行为。 ㊹ 郭汾阳:郭子仪(697—781),华州郑县(今陕西华县)人。唐代政治家、军事家。以武举高第入仕从军,历官朔方节度使、兵部尚书、同中书门下平章事、太尉、中书令。平定安史之乱及反击吐蕃、回纥入侵,多建战功,封汾阳郡王。　㊺ 临淮:唐名将李光弼(708—764),营州柳城(今辽宁朝阳)人,契丹族。唐军事将领。天宝十五载(756)初,经郭子仪推荐为河东节度副使,参与平定安史之乱。封临淮郡王。　㊻ 偏较:偏将。　　㊼ 禀承:接受意旨。　　㊽ 形迹:行为迹象。

【赏析】　据《清史列传》本传云:"方域健于文,与宁都魏禧,长洲汪琬并以古文擅名。禧策士之文,琬儒者之文,而方域则才人之文。盖其天才英发,吐气自华,善于规模,绝去蹊径,不戾于古,而亦不泥于今。"(卷七十《文苑传》一)作为一位古文大家,深度介入政治,而且处在各方势力角逐异常激烈的当口,侯方域充分展示其为文的气势和深情,以一纸书信,劝说宁南侯左良玉放弃进驻南京的军事行动,得到了正面的回应,左良玉中止了进军。侯方域靠着这封信,挡住了铁骑的进伐。

信是以侯方域父侯恂的名义写的,侯恂曾为左良玉上司,于左有知遇之恩,此时虽是特赦出狱,毕竟还可摆一下老资格,以司徒公的身份向老部下喊话,先有了几分底气。

侯方域先送上一顶高帽,说是"将军之材武,所向无前",只要有人与左良玉形成掎角之势的话,时局无论如何不会闹到如今这个地步。李自成军"凶焰复张,堕坏名城,不下十数,飞扬跋扈",更非先前所可比拟。作者还是将左氏当作朝廷的股肱之臣,命悬一线的大明王朝到了最危险的时刻,能否有人挺身而出,担当起"非常之人"的角色,左将军全看你的了。信中一连四个排句,坚称论实力、论威望、论韬略、论武将忠贞之心,全朝已无出其右者,挽狂澜于既倒的历史重任,"舍将军其谁"? 口气毋庸置疑的反问句,已将左良玉推到无藉口可找的境地。行文至此,侯方域尽显其张弛有致的功夫。

信接着由私交论及公义。南都白下,人心惶惶,纷传左良玉将从九江顺流"扬帆而前"。作者故谓不信,因就上文所称左氏的人格逻辑而言,此公不会做出亲者痛、仇者快的自相残杀之事,用的仍是前面的戴高帽手法。从政治的高端处,断了左氏假公济私的杂念,使之绝无回旋余地。话说至此,左良玉还有进军陪京的非分之想,真是冒天下之大不韪了!

侯方域最后的陈述,则全为左良玉身后计了。看似作者有点庸人自扰,实则话外有音,前车之鉴,不能不引以为戒。作者称如今传闻左将军觊觎金陵,不过流言罢了,甚而不必留待"智者"便可止息。多年来你我已然"义则故人,情实一家",听到关于将军的好话,总会由衷地为之欣慰,"惟恐其言之尽也";但还是有人嫉妒将军,发出种种伤及将军的无稽之谈,那场合我自然会"掩耳而走,避席而去"。侯方域就"虚言"而说实话:浪语祸人,不得不防,"将军十年建竖",不可毁于一旦。历史的教训值得记取,唐郭子仪"功盖天下,势极一时",然能应国之大义,呼来唤去,十分低调;反观李光弼,自以为是,目中无人,闹得孤立于朝,抑郁而终。可见"功名愈盛,责备益深",权高位尊者务必慎之又慎。须知在此众口沸沸、真伪莫辨之际,左将军若是一着不慎,定将满盘皆输啊!

　　侯方域在信中上下左右,瞻前顾后,竭思尽虑,苦口婆心,而九九归原,只为一个目标——立阻左良玉进驻南京。或许是侯方域的信终于打动了左良玉的心,这次宁南侯中止了其率大军顺流东进的步伐。谁说"百无一用是书生"?

王夫之

作者简介

王夫之(1619—1692),字而农,号姜斋,学者称船山先生,湖南衡阳人。清哲学家、文学家。明崇祯间举人。明亡时,曾举义兵于衡山,参与武装抗清,兵败后退居肇庆,任南明桂王朝行人司行人。因知事不可为,遂遁隐,辗转于湖南、广东一带。后归居衡阳石船山,著书授徒。著有《姜斋文集》、《夕堂永日绪论》、《读通鉴论》等。道、咸间由邓显鹤搜辑编成书目,得王遗书七十七种,凡二百五十卷。同治间,有《船山遗书》行世。

论梁元帝读书

【题解】 本文即王夫之《读通鉴论》卷十七《元帝》二,标题为后人所加。梁元帝,即萧绎(508—554),字世诚,小字七符,自号金楼子,南兰陵(今江苏武进)人。南北朝梁代皇帝。梁武帝萧衍第七子,梁简文帝萧纲之弟。历任会稽太守、江州刺史、荆州刺史。大宝三年(552),于江陵(今湖北荆州)登基,称梁元帝。《梁书·元帝本纪》称其:"既长好学,博综群书,下笔成章,出言为论,才辩敏速,冠绝一时。"但也有"禀性猜忌,不隔疏近,御下无术,履冰弗惧"的评说。著有《孝德传》、《忠臣传》、《注汉书》、《周易讲疏》、《老子讲疏》、《全德志》、《江州记》、《职贡图》、《文集》等。

【原文】

江陵陷①,元帝焚古今图书十四万卷。或问之,答曰:"读书万卷,犹有今日,故焚之。"未有不恶其不悔不仁而归咎于读书者,曰书何负于帝哉?此非知读书者之言也。帝之自取灭亡,非读书之故,而抑未尝非读书之故也。取帝之所撰著而观之,搜索骈丽,攒集影迹,以夸博记者,非破万卷而不能。于其时也,君父悬命于逆贼②,宗社垂丝③于割裂,而晨览夕披,疲役于此,义不能振,机不能乘,则与六博④投琼⑤、耽酒渔色也,又何以异哉?夫人心一有所倚,则圣贤之训典,足以锢志气于寻行数墨之中,得纤曲而忘大义,迷影迹而失微言,且为大惑之资也。况百家小道,取青妃白⑥之区区者乎?

呜呼!岂徒元帝之不仁,而读书止以导淫哉?宋末胡元之世,名为儒者,与闻格物之正训,而不念格之也将以何为?数《五经》、《语》、《孟》文字之多少而总记之,辨章句合离呼应之形声而比拟之,饱食终日,以役役于无益之较订,而发为文章,侈筋脉排偶以为工,于身心何与耶?于伦物何与耶?于政教何与耶?自以为密而傲人之疏,自以为专而傲人之散,自以为勤而傲人之惰,若此者,非色取不疑之不仁⑦,好行小慧⑧之不知⑨哉?其穷也,以教而锢人之子弟;其达也,以执而误人之国家;则亦与元帝之兵临城下而讲《老子》⑩,黄潜善⑪之虏骑渡江而参圆悟⑫者奚别哉?抑与萧宝卷⑬、陈叔宝⑭之酣歌恒舞,白刃垂头而不觉者,又奚别哉?故程子⑮斥谢上蔡⑯之玩物丧志,有所玩者,未有不丧者也。梁元、隋炀⑰、陈后主、宋徽宗⑱皆读书者也,宋末胡元之小儒亦读书者也,其迷均也。

或曰:"读先圣先儒之书,非雕虫之比,固不失为君子也。"夫先圣先儒之书,岂浮屠⑲氏之言,书写读诵而有功德者乎?读其书,察其迹,析其字句,遂自命为君子,无怪乎为良知之说⑳者起而斥之也。乃为良知之说,迷于其所谓良知,以刻画而仿佛者,其害尤烈也。

夫读书将以何为哉?辨其大义,以立修己治人之体也;察其微言,以善精义入神之用也。乃善读者,有得于心而正之以书者鲜矣,下此而如太子弘㉑之读《春秋》而不忍卒读者鲜矣,下此而如穆姜㉒之于《易》,能自反而知愧者鲜矣。不规其大,不研其精,不审其时,且有如汉儒之以《公羊》废大伦㉓,王莽之以讥二名待匈奴㉔,王安石以国服赋青苗者㉕,经且为蠹㉖,而史尤勿论已。读汉高㉗之诛韩㉘、彭㉙而乱萌消,则杀亲贤者益其忮毒;读光武之易太子㉚而国本定,则丧元良㉛者启其偏私;读张良之辟谷以全身㉜,则炉火㉝彼家㉞之术进;读丙吉之杀人而不问㉟,则怠荒废事之陋成。无高明之量以持其大体,无斟酌之权以审于独知,则读书万卷,止以导迷,顾不如不学无术者之尚全其朴也。

故子曰:"吾十有五而志于学㊱。"志定而学乃益,未闻无志而以学为志者也。以学而游移其志,异端邪说,流俗之传闻,淫曼之小慧,大以蚀其心思,而小以荒其日月,元帝所为至死而不悟者也,恶得不归咎于万卷之涉猎乎？儒者之徒而效其卑陋，可勿警哉？

【注释】 ①江陵陷：指梁承圣三年（554）十一月，西魏军攻下江陵，元帝降，旋被杀。 ②"君父"句：梁太清二年（548），侯景勾结梁宗室萧正德，举兵叛乱，南渡长江。梁武帝被软禁，立正德为帝。太清三年（549），改立简文帝，缢杀萧正德。天正元年（551），侯景废简文帝，立萧栋为帝。旋废梁帝自立，改国号汉，建元太始。侯景（503—552），字万景，怀朔镇（今内蒙古包头）人。羯族。先属北魏尔朱荣，继归东魏高欢，任镇守河南大将。梁大同十三年（547），高欢死，恐被高欢子高澄所杀，降梁，封为河南王。梁太清二年（548），举兵叛乱。梁承圣元年（552），梁将陈霸先、王僧辩攻破建康城，侯景逃亡时被部下所杀。 ③垂丝：物体悬挂于丝线下，比喻情况十分危急。 ④六博：古代民间一种掷采行棋的博戏类游戏，因使用六根博箸而称为六博，以吃子为胜。 ⑤投琼：即掷骰子。 ⑥取青妃（pèi）白：或云"妃青俪白"，指诗文句式整齐，对仗工稳，如黄色和白色之相配相偶。妃，同"配"。 ⑦"色取"句：意为表面上爱好仁德，实际行为并不如此，而自己还以仁人自居，不存疑惑。 ⑧好行小慧：喜欢逞弄小聪明。 ⑨不知：同"不智"。 ⑩"元帝"句：《梁书·元帝本纪》："（承圣三年）九月辛卯，世祖（即元帝）于龙光殿述《老子》义，尚书左仆射王褒为执经。乙巳，魏遣其柱国万纽于谨率大众来寇。冬十月丙寅，魏军至于襄阳，萧詧率众会之。丁卯停讲，内外戒严，舆驾出行都栅。" ⑪黄潜善：宋高宗南渡时宰相。 ⑫"虏骑"句：金人渡江，率领同僚听僧人克勤说法。克勤，北宋末南宋初僧人，高宗建炎元年（1127）住持金山寺，适高宗于十月至杨州，入对，赐号圆悟禅师。《宋史·黄潜善传》："郓、濮相继陷没，宿、泗屡警，右丞许景衡以扈卫单弱，请帝避其锋，潜善以为不足虑，率同列听浮屠克勤说法。" ⑬萧宝卷（483—501）：字智藏，南兰陵（今江苏常州）人。南齐东昏侯，南北朝齐代第六位皇帝，齐明帝萧鸾第二子。在位时昏庸荒淫，滥杀无辜，多次引发国内叛乱。永元三年（501），雍州刺史萧衍攻入都城建康，仍沉溺于嬉戏玩乐，终为部下所杀。 ⑭陈叔宝（553—604）：即陈后主，字元秀，南朝陈最后一位皇帝，陈宣帝陈顼长子。在位时宠幸贵妃张丽华，盛修宫室，生活奢靡，君臣常游宴不止。祯明三年（589），隋军入建康，被俘。后病死于洛阳。 ⑮程子：程颢（1032—1085），字伯淳，学者称明道先生，河南洛阳人。北宋理学家、教育家、文学家。嘉祐二年（1057）进士，历官泽州晋城令、太子中允、监察御史、镇宁军节度判官、宗宁寺丞。与王安石政见不合，遂潜心学术。与弟程颐开创"洛学"，奠定理学基础。著有《明道先生文集》，与程颐合著有《二程粹言》等。 ⑯谢上蔡：谢良佐（1050—1103），字显道，人称上蔡先生，蔡州上蔡（今河南上蔡）人。北宋学者。从程颢、程颐学，与游酢、吕大临、杨时号"程门四先生"。元丰八年（1085）进士，历官应城知县、西京竹场监管。其思想较接近程颢，创立上蔡学派。治学"以禅证儒"，为心学奠基人。 ⑰隋炀：隋炀帝杨广（569—618），一名英，华阴（今陕西华阴）人。隋文帝杨坚与文献皇后独孤伽罗次子，隋朝第二位皇帝。 ⑱宋徽宗：宋徽宗赵佶（1082—1135），宋神宗第十一子、宋哲宗之弟，宋朝第八位皇帝。 ⑲浮屠：亦作浮图、休屠，皆即佛陀之异译。古人称佛教徒为浮屠，佛教为浮屠道。 ⑳良知之说：指明王守仁（阳明）创导的儒家心学理论。良知，即关于宇宙天地人的正确认识。王守仁以为良知就是一种天赋的分别善恶意向的道德意识。下文所说"以刻画而仿佛",指的是将抽象的认知,描述得若有其事。　㉑ 太子弘:唐太宗太子李承乾(619—645),字高明,唐太宗李世民长子,母长孙皇后。贞观十六年(642),被控逼宫谋反,废为庶人。　㉒ 穆姜:一作缪姜,春秋时鲁宣公夫人,鲁成公之母。和叔孙侨如私通,欲逐鲁国掌权之季文子、孟献子,又欲废成公而立其庶弟。成公死,子襄公立,将其迁于东宫。　㉓ 以《公羊》废大伦:所谓"《春秋》之义,立子以贵",说见于《公羊传》。《论语·微子》:"子路曰:'不仕无义,长幼之节,不可废也。君臣之义,如之何其废之? 欲洁其身,而乱大伦。'"大伦,即"人伦"。㉔ "王莽"句:《汉书·匈奴传》:"莽奏令中国不得有二名,因使者以讽单于,宜上书慕化为一名,汉必加厚赏。单于从之,上书言:'幸得备藩臣,窃乐太平圣制。臣故名囊知牙斯,今谨更名曰知。'莽大悦。"讥,遣责,非议。二名,两个字的名。《公羊传·定公六年》:"二名非礼也。"　㉕ "王安石"句:王安石变法的内容之一,主要是改变旧有常平仓制度"遇贵量减市价粜,遇贱量增市价籴"的做法。灵活地将常平仓、广惠仓的储粮折算为本钱,以百分之二十的年利率贷给农民、城市手工业者,以缓和民间高利贷盘剥现象,同时增加政府财政收入。国服,原为一地区所出产品之意。王安石借用《周礼》经文推行青苗法。㉖ 经且为蠹:言以上汉儒、王莽、王安石等妄用经义,犹如蠹虫蛀蚀经文。　㉗ 汉高:汉高祖刘邦。　㉘ 韩:韩信(约前231—前196),淮阴(今属江苏)人。汉初军事家。汉高祖刘邦的开国功臣,"王侯将相"一人全任。后以谋反罪被杀。　㉙ 彭:彭越(?—前196),昌邑(今山东巨野)人。汉初军事将领。刘邦封其魏相国、建成侯、梁王,与韩信、英布并称汉初三大名将。后被告发谋反,刘邦以"反形已具"之罪名将其诛杀。　㉚ 光武之易太子:即汉光武帝废太子刘疆,另立刘庄为太子事。　㉛ 元良:大善,至德。后代称太子。㉜ "张良"句:事载《史记·留侯世家》:"留侯乃称曰:'……愿弃人间事,欲从赤松子游耳。'乃学辟谷,道引轻身。"辟谷,不食五谷,方士道家当作养生和修炼成仙的一种方法。㉝ 炉火:指道家烧丹炼汞之术。　㉞ 彼家:儒家称佛、道为彼家。　㉟ "丙吉"句:汉代大臣丙吉路见杀人却不予过问。丙(或作邴)吉(?—前55年),字少卿,鲁国(今属山东)人。西汉大臣。历官狱史、廷尉监、御史大夫、丞相。　㊱ "吾十有五"句:语见《论语·为政》。

【赏析】　本文对梁元帝错判读书之罪的荒唐言行,在史实和学理、目标和方法等各个层面展开令人信服的论述。

文章开宗明义,直揭梁元帝的荒诞之言:"读书万卷,犹有今日,故焚之。"认为"未有不恶其不悔不仁而归咎于读书者",即不检讨自己不因不仁而追悔的作为,反而错将读书视为亡国的根由。

作者首先确定梁元帝好读书为真,读好书亦真,现在亡国即"江陵陷"还是真,那毛病出在哪里? 唯一的原因就在读书者居心不仁而导致的读书不当了。王夫之指出,梁元帝"人心一有所倚",便会让"圣贤之训典""锢志气于寻行数墨之中,得纤曲而忘大义,迷影迹而失微言,且为大惑之资也"。更何况那些个"百家小道",只能得到"取青妃白"的细枝末节的效果。原来这梁元帝就是个只会沉溺于偏爱之物的主儿,不究微言大义,唯求雕虫小技,专注于言词外在的华丽,却不懂有些是虚妄的表象。这样的读书完全是舍本求末,几同于"六博投琼、耽酒渔色",难怪死到临头,还执迷不悟。

文章接着指出,史上类似梁元帝的读书法还大有人在,而"不仁"二字又照应上文对元帝的评判,即"君父悬命于逆贼,宗社垂丝于割裂","义不能振,机不能乘",揭出了萧氏胡乱读书的病根所在。正是"不仁",引发了诸多形形色色不良的读书习惯和风气。

王夫之论史总会谈及当下,这是明末清初学人的基本特征。晚明心学与禅学合流,呈现出强调顿悟、空疏不学,丢弃礼法、排斥格物的倾向,王夫之对此深不以为然,于是借助评说梁元帝读书,收到了一石三鸟之效。

在批评了史上和当今关于读书的反面事例后,王夫之终于推出文章的主旨,正面回答"读书将以何为",那就是"辨其大义,以立修己治人之体也;察其微言,以善精义入神之用也"。从大处讲,读书的根本目标是为"修己治人",从细微处着眼,读书能产生有助于领会内在神理的作用。离开了高尚人格和经国大道的完成,不讲究辨析精义和深入神理的开挖,读书就成了无本之木,任枝叶繁盛也仅有其表象,没了强大的生命力和恒久的影响力。

文章最后以孔子之言作结,"志于学"者,就是读书要有远大的目标、坚定的信念,仁心已立,善法随之,读书人才不会被"异端邪说,流俗之传闻,淫曼之小慧"所左右,才不会制造出一次次元帝式的"读书"悲剧,这能不让天下的儒者警醒吗?

张煌言

张煌言(1620—1664),字玄箸,号苍水,鄞县(今浙江省宁波市鄞州区)人。南明将领,诗人。崇祯十四年(1642)举人,官至南明兵部尚书。南都失守,与钱肃乐等起兵抗清。后奉鲁王。与郑成功配合,率师自崇明入江,攻下多座沿江城市。郑成功兵败镇江,张煌言散遣部曲,隐居悬嶴。为清兵所获,不屈而死。著有《张苍水集》等。

答赵廷臣

【题解】 本文选自《张苍水集·冰搓集》,是张煌言回应清浙江总督赵廷臣劝降的一封信,作于康熙元年(1662)。赵廷臣,字君邻,铁岭人,隶汉军镶黄旗。清初大臣。贡生,授江苏山阳知县,累迁江宁(南京)同知、贵州巡抚、云贵总督加兵部尚书衔、浙江总督加太子少保。张煌言的这封信据理力辩,表达了以明室孤臣自命、不愿降清的坚定意志。

【原文】

台翰①俨颁②,殊深内讼③,岂仆一片愚忠,尚未足取信于天下耶?台下④清朝佐命⑤,仆则明室孤臣,时地不同,志趣亦异。功名富贵,早等之浮云;成败利钝⑥,且听之天命。宁为文文山⑦,不为许仲平⑧;若为刘处士⑨,何不为陆丞相⑩乎?倘云桑梓⑪涂炭⑫,实为仆未解兵⑬,仆亦何难敛师⑭而去,但未知台下终能保障⑮否乎?区区⑯之诚,言尽于此,间使⑰说词,请从此绝。

【注释】 ① 台翰:对人来函的敬称。 ② 俨颁:郑重地寄发。 ③ 殊深内讼:特别深深地感到内心的自责。 ④ 台下:对官员的尊称。 ⑤ 清朝佐命:为清朝辅佐大业。 ⑥ 利钝:顺利和不顺利。 ⑦ 文文山:文天祥(1236—1283),字履善,又字宋瑞,自号文山、浮休道人,吉州庐陵(今江西吉安县)人。南宋大臣,文学家。宝祐四年(1256)进士,官江西安抚使。元兵至,受命与元军谈判,被扣。后脱险,由通州经海路南下,坚持抗元。端宗即位于福州,拜为右丞相,封信国公。祥兴元年(1278)兵败被俘,囚于燕京四年。就义于柴市。著有《文山先生全集》。　⑧许仲平:名衡(1209—1281),号鲁斋,河内(今河南沁阳)人。宋元之际学者。元时官至集贤大学士兼国子祭酒。曾与刘秉忠为元世祖定朝仪官制。著有《鲁斋遗书》。　⑨刘处士:刘秉忠(1216—1274),字仲晦,邢州(治今河北邢台)人。元初大臣,文学家。早年被武安山天宁寺虚照禅师招至该寺内为僧。忽必烈为亲王时,为其重要谋臣。世祖即位后,拜光禄大夫太保、中书令。参与设计草定国家典章制度,曾建议将蒙古名改为"大元"。著有《藏春集》等。　⑩陆丞相:陆秀夫(1236—1279),字君实,楚州盐城(今江苏盐城市建湖县)人。宋末政治家,和文天祥、张世杰并称为"宋末三杰"。宝祐四年(1256)进士,官至礼部侍郎。拥立广王赵昺为皇帝,定年号祥兴,任左丞相。流亡朝廷所在之厓山被元攻破,背负幼帝赵昺投海而死。　⑪桑梓:古时常栽于家宅边之树木,喻指故乡。　⑫涂炭:烂泥和炭火,指陷于艰难困苦的境地。　⑬解兵:解散抗清义师。　⑭敛师:收兵。　⑮保障:保护,使不受侵害。　⑯区区:形容一心一意。　⑰间使:负有伺隙行事使命的使者。

【赏析】　康熙元年,张煌言率孤军驻林门,形势岌岌可危,浙江总督赵廷臣以书相招。收到赵的劝降书,张煌言以平静的语气,表达了自己磐石般的不屈意志。此信以情入,以理出,十分决绝地回应了降清的劝说。从字面看,作者深感"内讼",声言"一片愚忠"、"明室孤臣",视"富贵功名"如"浮云",言辞恳切,真心可对青天。但在情胜的语句中,自能体味到内中不容置喙的逻辑力量。这充满理性的回话,是颇费了一番心思的要言。你我各事其主,你可以选择听命清廷,我志在效忠南明,无须强求对方改变所事之主,要懂得己所不欲,勿施于人;文天祥、陆秀夫青史留英名,许衡、刘秉忠节操遭唾弃,孰高孰下,云泥立判,何去何从,也在不言中了;假若果真为苍生计,就根本不必兴师动众、大操干戈,我若退兵,你便慈悲,只怕你主子也不会答应。透辟的道理就在不动声色间从容说出,情势理路摆在那儿,双方结局之"成败利钝",只能悉听"天命"了,再多言也是白搭。短短的书信,就这样你我对举,正反比照,前后相映,托出了一位民族英雄的血气和铁骨。

南明张煌言的抗清经历,几乎是南宋文天祥等忠烈抗元事迹的再现,文、张等都在南方为风雨飘摇的小朝廷尽忠,端宗也好、鲁监国、永历帝也好,未必是其心目中能够挽回厄运的英主,文天祥声称"主辱臣死",(《〈指南录〉后序》)张煌言自言"愚忠",都带有知其不可为而为之的悲情。文、张等都陷入过旁人难以想象的危恶境地,也都受到过敌酋或降将的威逼利诱,做到了"威武不能屈,富贵不能淫。"当然更大的相似处,还在于能决战至最后一刻,被俘后又慷慨赴难。在这封信里,张煌言就以南宋名臣文天祥、陆秀夫自况,明言"宁为文文山"、"何不为陆丞相"。为使加深理解此书,我们不妨读读张氏《甲辰七月十七日被执进定海关》一诗:"何事孤臣竟息机,鲁戈不复挽斜阳。到来晚节同松柏,此去清风笑蕨薇。双鬓难容五岳住,一帆仍向十洲归。叠山迟死文山早,青史他年任是非。"

谷应泰

　　谷应泰(1620—1690)，字赓虞，别号霖苍，直隶丰润(今属河北)人。清初史学家。顺治四年(1647)进士，历官户部郎中、提督浙江学政金事。博闻强记，犹肆力于经史。尝于西湖畔设"谷霖仓著书处"，仿袁枢《通鉴纪事本末》之例，编写《明史纪事本末》。另著有《筑益堂集》、《明史纪事本末补遗》等。

削夺诸藩

【题解】　本文选自《明史纪事本末》卷十五。洪武三十一年(1398)明太祖崩，建文帝朱允炆为巩固帝位，消除后患，采纳齐泰、黄子澄之议，以强硬手段进行削藩，连续削夺周、眠、齐、代、宁等五王。本文记述了建文帝与臣下商议并实施削藩的过程，展现了明宗室内部激烈矛盾冲突的情状，揭示了酿成燕王"靖难"夺位的历史原因。文章记事记言，真切入微；古今对举，理路清晰。

【原文】

　　太祖洪武三十一年闰五月，建文帝①即位，诏改明年为建文元年。帝，太祖之孙，懿文太子②之子也。生十年而懿文卒，高祖年六十有五矣，御东角门③，对群臣泣。翰林学士刘三吾④进曰："皇孙世适⑤，富于春秋⑥，正位储极⑦，四海系心，皇上无过忧。"高皇曰："善。"九月庚寅⑧，立为皇太孙。时诸王以叔父之尊，多不逊⑨。一日，太孙坐东角门，召侍读太常卿黄子澄⑩告之曰："诸叔各拥重兵，何以制之？"子澄以汉平七国⑪事为对。太孙喜曰："吾获是谋无虑矣。"初，太祖建都金陵，去边塞六七千里，元裔⑫时出没塞下，捕杀吏卒，以故命并边诸王得专制国中，拥三护卫重兵，遣将征诸路兵，必关白⑬亲王乃发。洪武九年，五星紊度，日月相刑⑭。训导叶居升⑮应诏陈言，极论分封太侈，略曰："日者，君之象也。月者，臣之象也。五星者，卿士庶人之象也。臣愚不知星术，姑以所闻于经、传，并摭前世已行之得失者论之。《诗》曰：'彼月而食，则维其常[16]。'今日刑于月，犹之可也[17]。而日月相刑，则月敢抗于日者，臣敢抗于君矣。《传》曰：'都城过百雉，国之害也[18]。'国家惩[19]宋、元孤立，宗室不竞之弊，秦、晋、燕、齐、梁、楚、吴、闽诸国，各尽其地而封之[20]，都城宫室之制，广狭大小，亚于天子之都，赐之以甲兵卫士之盛，臣恐数世之后，尾大不掉。然后削之地而夺之权，则起其怨，如汉之七国、晋之诸王[21]。否则恃险争衡，否则拥众入朝，甚则缘间[22]而起，防之无及也。今议者曰：'诸王皆天子亲子也，皆皇太子亲国也。'何不摭汉、晋之事以观之乎？孝景皇帝，汉高帝之孙也。七国之王，皆景帝之同宗父兄弟子孙也。当时一削其地，则构兵西向。晋之诸王，皆武帝之亲子孙也。易世之后，迭相拥兵，以危皇室，遂成四裔[23]云扰之患。由此言之，分封逾制[24]，祸患立生。援古证今，昭昭然矣。昔贾谊劝汉文帝早分诸国之地[25]，空之以待诸王子孙，谓力少则易使以义，国小则无邪心。愿及诸王未国之先，节其都邑之制，减其卫兵，限其疆里，亦以待封诸王之子孙。此制一定，然后诸王有圣贤之德行者，入为辅相，其余世为藩辅，可以与国同休，世世无穷矣。"太祖怒，系死狱中，后无敢言者。至是，太祖崩，遗诏曰："朕受皇天之命，膺大任于世，三十有一年。忧危积心，日勤不怠，专志有益于民。奈何起自寒微，无古人之博智，好善恶恶[26]，不及多矣。今年七十有一，筋力衰微，朝夕危惧，虑恐不终。今得万物自然之理，其奚哀念之有！皇太孙允炆[27]，仁明孝友，天下归心，宜登大位。中外文武臣僚同心辅佑，以福吾民。葬祭之仪，一如汉文帝勿异。布告天下，使知朕意。孝陵[28]山俱因其故，勿改。诸王临国中，无得至京。王国所在，文武吏士听朝廷节制[29]，惟护卫官军听王。诸不在令中者，推此令从事。"辛卯[30]，皇太孙即皇帝位。葬孝陵。援遗诏止诸王会葬。诏下，诸王不悦，谓此齐尚书[31]疏间[32]也。

六月，户部侍郎卓敬[33]密奏裁抑宗藩，疏入，不报。于是燕、周、齐、湘、代、岷诸王[34]颇相煽动，有流言闻于朝。帝患之，谋诸齐泰。泰与黄子澄首建削夺议，乃以事属泰、子澄。一日罢朝，召子澄曰："先生忆昔东角门之言乎？"对曰："不敢忘。"子澄退，与齐泰谋之。泰曰："燕握重兵，且素有大志，当先削之。"子澄曰："不然。燕预备久,卒难图。宜先取周,剪燕手足,即燕可图矣。"乃命曹国公李景隆㉟调兵猝至河南围之,执周王及其世子㊱妃嫔送京师,削爵为庶人,迁之云南。

冬十一月,代王居藩,有贪虐状,方孝孺㊲请以德化道㊳之。帝遣之入蜀,使与蜀王�439居,时蜀王素以贤闻故也。

十二月,前军都督府断事高巍㊵上书论时政曰:"我高皇帝上法三代之公㊶,下洗嬴秦㊷之陋,封建诸王,凡以护中国,屏四裔,为圣子神孙计至远也。夫何地大兵强,易以生乱。今诸藩骄逸违制,不削则废法,削之则伤恩。贾谊曰:'欲天下之治安,莫若众建诸侯而少其力㊸。'臣愚谓今宜师其意,勿施晁错㊹削夺之策㊺,效主父偃㊻推恩之令㊼,西北诸王子弟分封于东南,东南诸王子弟分封于西北,小其地,大其城,以分其力。如此,则藩王之权不削自弱矣。臣又愿陛下益隆亲亲之礼㊽,岁时伏腊㊾,使问不绝。贤如河间㊿、东平51者,下诏褒赏,不法如淮南52、济北53者,始犯则容,再犯则赦,三犯而不改,则告庙削地而废处之,宁有不服顺者哉!"上嘉之,然不能用。

建文元年春二月,令亲王不得节制文武吏士。更定官制。

夏四月,人告岷王楩不法事54,削其护卫,诛其导恶指挥宗麟,废为庶人。又以湘王柏伪造钞及擅杀人55,降敕切责,仍遣使以兵迫执之。湘王曰:"吾闻前代大臣下吏,多自引决。身高皇帝子,南面为王,岂能辱仆隶手求生活乎!"遂阖宫自焚死。又以人告齐王榑阴事56,诏至京,废为庶人,拘系之。幽代王桂于大同57,废为庶人。未几,靖难兵起。

【注释】　①建文帝:明惠帝朱允炆(1377—1402?),明太祖朱元璋太子朱标嫡子。洪武三十一年(1398)朱元璋去世,以皇太孙继位。燕王朱棣出兵靖难,攻陷南京,朱允炆于宫中自焚而亡。一说朱允炆从地道出亡,改换僧服,流浪各地。　②懿文太子:明太祖朱元璋长子朱标(1355—1392),先于太祖去世,未即皇位。谥称懿文太子。　③东角门:南京明宫午门正面有三间门洞,即称作中门,其东、西两侧则称为东、西角门。　④刘三吾(1313—1400):初名昆,后改如步,以字行,自号坦坦翁,湖南茶陵人。明大臣。洪武十八年(1385)以荐授左赞善,累迁翰林学士。为御制《大诰》、《洪范注》作序。以事坐罪戍边,建文初召还。　⑤世适(dí):世系正统嫡传。　⑥富于春秋:指年纪尚轻。春秋,年岁,光阴。　⑦储极:储位,太子之位。　⑧九月庚寅:(洪武二十五年)九月十二日。⑨不逊:态度骄横,没有礼貌。　⑩黄子澄(1350—1402):以字行,又名黄湜,分宜(今属江西)人。明大臣。洪武十八年(1385)进士,授修撰,侍读东宫,累迁太学东卿。建文帝即位,与齐泰建议削夺诸藩王权。建文元年(1399年)七月燕王发动靖难之役,指子澄、齐泰为奸。建文四年(1402),燕师渡江破京师,被执,磔死。　⑪ 汉平七国:汉景帝三年(前154),以吴王刘濞为中心的七个刘姓宗室诸侯不满权力被削减,兴兵作乱,参与叛乱的七个诸侯国为吴、楚、赵、胶东、胶西、济南、菑川。景帝遣大将军窦婴、太尉周亚夫等将军平叛,在三个月内平定乱事,七叛王都自杀或被杀。　⑫ 元裔:蒙古人的后裔。　⑬ 关白:陈述或禀报。　⑭ "五星紊度"二句:金、木、水、火、土五星运行的度数出现了紊乱,日和月相克、交害。此借天象以为上天警示国有灾变,暗指君臣关系会发生矛盾冲突。　⑮ 叶居升(?—1376):名伯巨,浙江宁海人。通经学,以国子监授平遥训导。洪武九年(1376)上书,称天下可患者三事:分封太侈、用刑太繁、求治太急。明太祖大怒,以为叶氏上书离间其骨肉,下刑部狱,死狱中。《明史》有叶伯巨本传。　⑯ "彼月而食"二句:见于《诗·小雅·十月之交》,意为月蚀本是平常事。　⑰ "日刑于月"二句:指君(日)管制住臣(月),那么还是可以的。　⑱ "都城"二句:见于《左传·隐公元年》,为春秋时郑国大夫祭仲之言。祭仲认为分封的都城如果城墙超过长三百丈高一丈,会成为国家的祸害。意谓诸侯国不能僭越,违背先王之制。　⑲ 惩:借鉴。　⑳ 尽其地而封之:将最大面积的土地分封给同姓的宗室。　㉑ 晋之诸王:指晋武帝司马炎鉴于魏宗室衰微而最终致灭亡之教训,为巩固皇权、对抗士族而大封宗室,但诸王统率兵马各据一方,为争夺中央权力内讧不已。终在晋武帝死后,发生了十六年的内战,史称"八王之乱"。　㉒ 缘间:乘隙。　㉓ 四裔:指四方边远之地。　㉔ 逾制:超过规定,违反制度。　㉕ "贾谊"二句:贾谊上疏,劝汉文帝乘诸侯王年幼时分封各自的领地。见贾谊《治安策》(一称《陈政事疏》),亦见《宗首》一文。以下诸说,均见《治安策》,或见诸《数宁》、《藩伤》、《藩强》等文。贾谊(前200—前168),洛阳(今河南省洛阳市东)人。西汉政论家、文学家。曾任长沙王太傅,故世称贾太傅、贾生、贾长沙。二十多岁被文帝召为博士,后提为太中大夫。其政论文《过秦论》、《论积贮疏》、《治安策》等,很具历史价值。　㉖ 好善恶恶:喜好美善,憎恨丑恶。　㉗ 皇太孙允炆:明太祖孙朱允炆,也即明惠帝。见本文注释。　㉘ 孝陵:明孝陵是明代开国皇帝朱元璋和皇后马氏的合葬陵墓,因马皇后谥"孝慈",故名孝陵。　㉙ 节制:指挥,管辖。　㉚ 辛卯:洪武三十一年(1398)闰五月十六日。　㉛ 齐尚书:齐泰(?—1402),原名德,字尚礼,别号南塘。溧水(今属江苏)人。明大臣。洪武十八年(1384)进士,授礼部主事。历官兵部左侍郎、兵部尚书。朱元璋病危,齐泰受命与太常寺卿黄子澄同辅皇太孙。建文帝即位后,与齐泰、黄子澄计议,决定削藩。　㉜ 疏间:疏远离间。　㉝ 卓敬(?—1402):字惟恭,瑞安(今属浙江)人。明学者、诗文家。洪武二十一年(1388)进士,授户科给事中。靖难之役后被逮捕,终被斩。著有《忠贞录》。　㉞ 燕、周、齐、湘、代、岷诸王:指燕王朱棣、周王朱橚、齐王朱榑、湘王朱柏、代王朱桂。　㉟ 李景隆(1369—1429):小字九江,明太祖朱元璋姐孙、曹国公李文忠子,袭父爵封曹国公。靖难之役时,奉命讨伐朱棣,结果南京失守。永乐时加封太子太师。永乐二年(1404),以事被褫夺爵位,家产抄没。约卒于永乐末年。　㊱ 世子:亲王法定继承人的正式封号。　㊲ 方孝孺(1357—1402):字希直,一字希古,号逊志,曾以"逊志"名其书斋,世又称"正学先生"。浙江宁海人。明大臣、思想家、文学家。师从明开国文臣宋濂,洪武时任汉中府教授,蜀献王聘为世子师。惠帝时任翰林侍讲,任《太祖实录》、《类要》等书总裁。燕王朱棣夺得皇位后,不为成祖起草登极诏书,被杀,连同方的学生凡灭十族。福王时追谥文正。著有《逊志斋集》。 ㊳ 化道:谓受道的教化,彻悟于道。 ㊴ 蜀王:朱椿(1371—1423),安徽凤阳人。明宗室,明太祖朱元璋第十一子,母郭惠妃。洪武十一年(1378),受封蜀王。 ㊵ 高巍(1354—1402):字不危,山西辽州直隶州(今山西左权)人。明朝政治人物。洪武时由太学士任前军都督府左断事。建文时,至吏部上书论时政,提出应取法汉武帝推恩之令。燕王朱棣起兵后,仍效忠建文帝。南京城破,自尽而亡。 ㊶ 三代之公:指上古三代,即夏、商、周时代,那时天下是天下人的天下,为大家所共有。 ㊷ 嬴秦:指秦国或秦王朝。秦为嬴姓,故称。 ㊸ "欲天下之治安"二句:见《治安策》,或《藩强》篇。意谓想要政权稳固,天下太平,不如在原先诸侯王的封地上分封更多的诸侯,从而分散和削弱原先诸侯王的势力。 ㊹ 晁错(前200—前154):颍川(今河南禹县)人。西汉政论家、文学家。汉文帝时,官太常掌故、博士、太子家令,迁至中大夫。太子刘启(即其后的汉景帝)尊为"智囊"。景帝初,官御史大夫。晁错主张"削藩",引发各诸侯王不满,而景帝未予采纳。"七国之乱",即以"请诛晁错,以清君侧"为名,景帝无奈之下,腰斩晁错于西安东市。今存文八篇,以《论守边疏》和《论贵粟疏》为著。 ㊺ 削夺之策:指晁错建议削夺诸侯王封地的策略。 ㊻ 主父偃(?—前126):临淄(今属山东)人。汉大臣。早年学长短纵横之术,中年改学《周易》、《春秋》和百家之言。北游燕、赵、中山等诸侯王国,都未受礼遇。后直接上书汉武帝刘彻,与徐乐、严安同时拜为郎中,迁为谒者、中郎、中大夫。 ㊼ 推恩之令:指主父偃向汉武帝建议,规定诸侯王除以嫡长子继承王位外,可以推恩将封地分给子弟,由皇帝制定封号。此令旨在通过诸侯王多分封子弟为侯,分割诸侯王领地,以分散和削弱诸侯王国势力。 ㊽ 亲亲之礼:爱父母的儒家礼义。 ㊾ 岁时伏腊:指一年四季。伏腊,伏日和腊日。 ㊿ 河间:指三国时沐并,字德信,河间人。正始中为三府长史,晚出为济阴太守。曾戒其子死后以俭葬。 ㊶ 东平:指汉代沐宠,曾任东平太守。 ㊷ 淮南:指淮南王刘安(前179—前122)。刘安为汉高祖刘邦孙,淮南厉王刘长之子,以长子身份袭封为淮南王。汉思想家、文学家。以谋反事上闻,汉武帝诏令削夺二县,刘安自刎而死。 ㊸ 济北:指济北王刘兴居(?—前177)。刘兴居为汉高祖刘邦孙,齐悼惠王子,封东牟侯。汉文帝亲征匈奴,刘兴居举兵叛乱,柴武率兵平叛,刘兴居被俘自杀。 ㊹ "人告"句:指岷王朱楩被西平侯沐晟告发不法,被废为庶人,远徙福建漳州。 ㊺ "湘王柏"句:指有人告发湘王朱柏"私造宝钞,残虐杀人"。 ㊻ 齐王榑阴事:指有人告发齐王朱榑有叛变意图。 ㊼ 幽代王桂于大同:指建文帝以代王朱桂犯贪虐罪,削王封,贬为庶人,幽禁大同。

【赏析】　本文选自谷应泰《明史纪事本末》卷十五。《明史纪事本末》一书的编撰宗旨,在于"使读者审理乱之大趋,迹政治之得失,首尾毕具,分部就班",与《左传》的编年体史书相比,特点在"包举而该浃",与《史记》、《汉书》的传志体史书相比,更显"简练而隐括"。(谷应泰《明史纪事本末自序》)作为明代开国历史的一场重头戏——建文帝的"削夺诸藩",正昭示了谷应泰独到的叙事魅力。

建文帝与臣下商定削藩之策并开始实施,是本文的主要内容,也就发生在建文帝即位的第一年内。但削藩这一重大举措,关联到朱明政权的交替传承以及今后的走向,削藩既是各派政治势力较量的后果,也是酿成"靖难"一役的前因。

本文记述削藩始末,安排了几个时间点:一是洪武九年(1376),是年叶伯巨上《奉诏陈言疏》,非议封藩制。二是洪武二十五年(1392)九月,朱允炆皇太孙地位被确立。三是洪武三十一年(1398)闰五月至建文元年(1399)夏四月,在此一年中,建文帝与数名忠臣推行削藩,为燕王起事留下祸根。前两个时间点所记之事并不是"削夺诸藩"的主要事件,但若不例举朱元璋在世时的两桩大事,则无以说清削藩的前后因果联系,这也是编年体史书单一时间线索不易胜任的。

在经历了充分的铺垫后,建文帝削藩的历史正剧上演了。本文记述的中心事件自始洪武三十一年闰五月太祖崩驾,终至建文元年夏四月强力削除诸王。建文帝削藩是得到乃祖尚方宝剑的,太祖遗诏明定皇太孙允炆"宜登大位",本是早就没有异议的结果,关键是遗诏还有"文武吏士听朝廷节制"的嘱咐,赋予了惠帝最高行政和军事指挥权,这让诸亲王听清楚了,万不可越轨擅动。"诸王不悦",则暗示削藩行动阻力不小。接着削藩逐渐由温和而激烈。当"卓敬密奏裁抑宗藩"时,建文帝还不作答复,取静观其变的姿态。而在与齐泰、黄子澄、方孝孺等股肱重臣密商后,择定了行动目标,震动明室的削藩下手了:"周王、岷王都被掩捕,齐藩、代藩并皆幽废,宁邸护卫见削,湘王阖宫自焚,数月之内,大狱屡兴。"(谷应泰按语)其间插入了前军都督府断事高巍的建言,请求建文帝"勿施晁错削夺之策",而推行主父偃向汉武帝建议的推恩之令,即分散削弱诸侯王国势力的策略。建文帝未予采纳,坚持"亲王不得节制文武吏士"、"更定官制"等与削藩配套的举措。谷应泰刻意让削藩反面意见出现于文中,增强了削藩行动的复杂性和不确定性,也预示着朱允炆和齐泰、黄子澄下的是一盘招来横祸的险棋,而为期四年的靖难之役就是削夺诸藩的逻辑结果。

作为纪事本末体史书,又可补传志体史书以单一传主为纲目编排叙事的不足。作者利用这一体裁之长,从容安置了三代皇室成员登场:明太祖朱元璋,懿文太子朱标、燕王朱棣及其他诸王,明惠帝朱允炆。其中正与庶、叔与侄,矛盾交织,但相互活动的脉络还是清晰可见。而代表大臣一方的叶伯巨、卓敬、齐泰、黄子澄、方孝孺、高巍、李景隆等,在维护明皇室正统地位和建文帝最高权威的前提下,言行多元,遭遇不一,为削藩行动中众多的为臣者勾画了各种色调的脸谱,给一场严酷的政治对决增添了丰富性和戏剧性。本文在叙写人物方面,将纪事本末体的特点演绎得淋漓尽致。

计六奇

> **作者简介**　计六奇(1622—?)，字用宾，号天节子，别号九峰居士，江苏无锡人。明末清初史学家。明诸生。入清后，两赴乡试不举。此后即在无锡、苏州、江阴一带坐馆教书。著有《明季北略》、《明季南略》。

李自成起

【题解】　本文选自计六奇《明季北略》。《明季北略》共二十四卷，记录明万历二十三年(1595)至崇祯十七年(1644)间事，即自努尔哈赤关外崛起至吴三桂引清兵入关止。本文记述明末农民军首领李自成的家世、早年生活及家庭变故，以及结识"草寇"、参加反政府武装的过程。文章展示了李自成起事发难的社会环境和个人因素。文章叙事生动，人物个性鲜明，运用小说家笔法熟练而多彩。

【原文】

李自成，陕西延安府米脂县双泉堡人。双泉堡，大镇，东西街口有大井二，故名。父名守忠，务农，颇饶。生二子，长名鸿名，又二十年，为万历三十四年丙午，五月，生次子，名鸿基，即自成也。九月，鸿名生子，名过。十一月，鸿名死。先是，守忠父李海，一名势，俱单传，惟守忠生二子，然鸿基生而鸿名即死，亦单传耳。鸿名死三年，妻改适，守忠抚鸿基与过。

八岁就塾，二人不喜读书，酷嗜拳勇，各不相下，守忠屡责不悛①。年十三，鸿基母死，窃与过出外朋饮②。里有刘国龙③，亦同庚，相遇甚欢，偕往郊外驰马，饮于村肆，相谓曰："吾辈须习武艺，成大事，读书何用！"次日，具牲醴诣关庙，仿桃园故事④。鸿基欲较力，见神前铁炉一座，重七十三斤，只手举之，绕殿一匝，仍置故处。刘国龙撩衣欲举，不能动，两手握之方起，行五步止。李过奋力一提，亦不动，如国龙法，行十五步止。鸿基复提绕殿一周，置于旧处。

道士惊赏曰："汝父好善,故生汝。"鸿基大言曰："大丈夫当横行天下,自成自立,若株守父业,岂男子乎？前三载曾梦伟将军呼予'李自成',今即改名自成,号鸿基。"国龙等称贺。由是三人数聚饮,守忠嗔责,复将延师束之。自成私走延安,闻罗教师矗为将,武艺超轶,遂师之,日与其党驰射,大喜。越四月,移书国龙与过云："予在延安,师罗某习武,汝二人速来同学,不可虚废岁月。"正月十六也。守忠见书,往觅。时自成于罗处初习单刀,不即归,罗固劝之,乃还。越三月,守忠恐复往,乃延罗某于家,使刘、李三人师之。年十八,自成性喜生事,守忠为过娶邓氏,而自成欲择美妇,遂迟半载,娶韩金儿,艳而淫,年十四适西安老绅为妾,以行斥,继为延安监生妾,又见弃,至是自成娶之。其夕,守忠梦土地告云："汝家祸祟入门,百日内有大灾,速与汝孙暂避河南,勿被虎伤。倘违吾言,后悔无及。汝子自成有祸无害。"守忠觉,不乐,遂与过托进香泰安。

去月余,自成往延安,韩氏与里棍⑤盖虎儿有奸。越半月,自成归,晚宿十里铺,梦韩与少年偕寝,欲杀之,少年走,乃杀韩而寤。黎明即行,抵家,宛如所梦,举刀直前,盖虎儿以绨袍御之而逸,遂杀韩,众挟之赴县。时署篆⑥艾同知⑦曰："汝妻不良,杀之固当。但捉奸须双,今止杀妻,于律不合。"遣孟县丞往验。次日庭讯,笞二十,下狱。自成倩丁门子⑧贿二百金,乃出。即发审单⑨云："李自成因妻韩氏不良而杀之,却无奸夫同杀为证,何以服人？况不合律,姑拟徒⑩,俟获奸夫再审。"自成怒："杀死淫妇,理之当然,奈何受金而罪我？会须控宪⑪！"丁闻之而惧,白于艾,艾出牒覆勘。自成以泄言,知不免,遂杀艾,遁走甘肃。

二年己巳⑫冬,清兵十万大入,越蓟薄京。京师戒严,征兵勤王⑬。甘肃巡抚梅之焕⑭有文武才,总戎杨肇基⑮素称骁勇,奉旨赴援。自成投军,居肇基麾下。边地多盗,肇基每使亲兵往剿,止事劫掠,独自成见壮士辄释去,每云："东海舟头,亦有遇处⑯。"已而升总旗⑰,属下五十人,俱称长官。甘肃东有盗警,自成心谓："响马颇有英雄,可结一二以作异日爪牙。"因请往捕。甘肃与兰州接壤,有高如岳者膂力绝人,善骑射,白袍白巾,聚党百余,服色悉按五方⑱,居土山坡下,自称闯王,时出行劫。自成引兵搜三日,如岳以八骑至,自成列阵以待。如岳曰："高闯王在此，速让道！"自成曰："观若亦是好男子，何为作此举动？予特奉令取汝！"如岳曰："能者来战。"飞骑突至。自成迎战良久，艺勇悉敌，知不可力争，乃谓之曰："自古好汉识好汉，观汝状貌，定非凡品，可下马相见，有一言奉告。"遂各叙礼，欢如鱼水，同至土山，结为兄弟，宰马设誓云："患难相扶，富贵共享。若有异心，神其不佑。"酣饮达旦。自成将行，语之曰："自此以往勿复行掠，予若功名小就，请同处边庭。倘鄙愿有违，相从不远。"乃别。自成回镇，以他级报功，遂升把总[19]。适征兵檄至，梅抚、杨镇勤王，以王参将为先锋。自成与刘良佐[20]不服。良佐，字明辅，大同左卫人。自成曰："宁为鸡口，毋为牛后[21]。"良佐曰："昔郭子仪本行伍中人[22]，后为天下大元帅。我二人有才如此，宁忧不富贵？"自成曰："大元帅何足道？汉高祖、刘知远[23]、我太祖皇帝[24]，岂祖宗传下天子？亦是平空做成事业者。杨主将安识吾两人？"时师北行，王参将居前队，杨总戎统中军。过兰州，犒师，秋毫不犯。次日百里，抵金县，邑小令怯，闭署不出。王参将入城，欲见令，有兵哗于庭，笞六人，半为自成卒。自成怒，与良佐等缚令出，欲见肇基，适遇参将，刺杀之。时良佐妻子在兰州十里庄，自成孑身，闻高如岳有众八百，遂率所部往。时高麾下勇士有罗汝才[25]、刘国龙、贺一龙[26]、马守应[27]、刘希尧[28]等数人，劫掠郡县，官兵屡败，曾于临洮府城外关厢[29]人家掠美妇五：邢氏、赵氏、余氏、安氏、邬氏，而邢氏尤绝色，如岳嬖[30]之，妻鲍氏妒甚。适自成至，遂以邢氏配之。每日，贼将轮劫。贺锦[31]自北都返，报清师已退，将推督下剿。众有惧色，共议乘兵未至，掠平民充阵，以精兵继之。于是各统所部，往渭源、河州[32]、金县[33]、甘州[34]等处劫掠，所至之地即起火，名放亮儿。所掠衣粮等物，即令乡民舁[35]至营中，持刀问云："愿从否？"如不愿，即云："我送汝去。"一刀杀之。苟愿从，又问："有父母妻子否？"无则不问，有则问："想否？"不想则已；倘云"想之"，亦曰："吾送汝去。"复一刀杀之。凡初获者，必缚五日始释。有逃而复获者，则截其耳，或黥[36]其面。兵遇之，反指为真贼，解官请赏。主将不之省，斩首示众。故不愿作贼者，既为贼所掠，亦无如之何而从之矣。由是众至数万。

【注释】　① 不悛：坚持作恶，无意悔改。　② 朋饮：聚在一起喝酒。　③ 刘国龙：李自成幼时好友，亦为李自成结义兄弟。起事后，与李自成同投高如岳，后降于杨嗣昌。　④ 仿桃园故事：指李自成与李过、刘国龙效仿"三国"人物刘备、关羽、张飞，结义成兄弟。　⑤ 里棍：乡里的无赖。　⑥ 署篆：指官府，因官印皆刻篆文，故名。　⑦ 同知：知府的副职。　⑧ 门子：旧时在官衙中侍侯官员的差役。　⑨ 审单：审讯的文档。　⑩ 拟徒：初步决定拘禁，使拘者服劳役。　⑪ 控宪：控告上司。　⑫ 二年己巳：指崇祯二年(1629)。　⑬ 勤王：指君主制国家中君王遭遇危难，臣下出兵救援君王(皇帝)。　⑭ 梅之焕(1575—1641)：名长公，字松文，又字彬父，湖北麻城人。明大臣。万历三十二年(1604)进士，改庶吉士，历官吏科给事中、山东学政、右佥都御史、甘肃巡抚。曾参与镇压农民军，晚抗击清军。　⑮ 杨肇基(1581—1631)：字太初，号开平，明大臣。沂州(今山东临沂)人。因袭得官，历官锦衣卫千户、山东总兵、左都督宫保大将军、陕西巡抚，封太子太保。曾镇压白莲教造反军，又大力抗击围攻北京的清军。　⑯ "东海舟头"二句：言即使在茫茫海上，也会有翻身的机会。　⑰ 总旗：明代军队编制五十人为总旗，十人为小旗。　⑱ 五方：指东、南、西、北和中央五方；亦泛指各方。　⑲ 把总：官名，亦称百总，属于明代京营、边军系统，次于军中统率千名战兵之千总(守备)，麾下约有战兵四百四十人。　⑳ 刘良佐：见许重熙《江阴城守记》注释。　㉑ "宁为鸡口"二句：宁愿做小的鸡嘴，那是进食处，而不愿做牛的肛门，虽然大却是排粪口。比喻宁可在局面小的地方自主而有生路，不愿在局面大的地方听人支配。《战国策·韩策一》："臣闻鄙语曰：'宁为鸡口，无为牛后。'今大王西面交臂而臣事秦，何以异于牛后乎？"牛后，牛的肛门。　㉒ 郭子仪(697—781)：见侯方域《为司徒公与宁南侯书》注释。　㉓ 刘知远(895—948)：后汉高祖，山西太原人，五代十国时期后汉开国皇帝。　㉔ 太祖皇帝：明太祖朱元璋。　㉕ 罗汝才(？—1642)：陕西延安人，明末农民军首领，别号曹操。　㉖ 贺一龙(？—1643)：明末农民军前期首领，绰号"革里眼"。崇祯十六年(1643)，与罗汝才谋自立一军，被李自成所杀。　㉗ 马守应(？—1644)：陕西绥德人。回族，别号"老回回"。明末农民军首领。　㉘ 刘希尧(？—1649)：别名马治世王。明末农民军首领。　㉙ 关厢：旧时城门又叫"城关"，城门外大街及其附近地区称为"关厢"，也即泛指城门外两三里之内的居民聚集地，为居民和店铺所组成。　㉚ 嬖(bì)：宠幸。　㉛ 贺锦(？—1645)：号左金王。明末农民军首领。　㉜ 渭源、河州：今属甘肃。　㉝ 金县：今属辽宁。　㉞ 甘州：今属甘肃。　㉟ 舁(yú)：带，载。　㊱ 黥(qíng)：古代在人脸上刺字并涂墨之刑，后亦施于士兵以防逃跑。

【赏析】　本文是以李自成为中心人物的史传文，记载的是明末农民军领袖李自成最初起兵造反即榆中起义的经历。作者展开了详细奇妙的叙述，再现了农民领袖李自成起家搅乱整个明王朝的初始过程，是明末社会面貌和下层民众生活、心态的精彩实录。

　　李自成的出身，似乎并不具有以造反杀开血路的必然性和紧迫性，其家庭"务农，颇饶"，而且自成在李氏家族中是单传，一般情况下李自成那样的单传男子不会轻易去以命相搏的。李自成走上造反之路，必定有其深刻的社会原因和个性原因,文章开头部分平平叙来,不经意间催发了读者浓厚的兴趣:李自成成为农民造反领袖到底缘于何因。

李鸿基即自成和侄子李过,"不喜读书,酷嗜拳勇",结交上了里中的刘国龙,一块儿"往郊外驰马,饮于村肆",同庚的三个小子,因着共同的志趣——不读书,习武艺,干大事,厮混到了一起。三人竟模仿起三国时的桃园结义,办了牲口祭礼,在关帝庙里结拜成弟兄了。李自成日后成了农民军的领袖,和早先关帝庙里逞勇力不无关联。且看鸿基单手举炉,两次绕殿一圈,而刘国龙和李过双手举炉,只是分别走了五步和十五步。李鸿基要是喜欢读书的话,当定会将力能扛鼎的项羽自比了,不过老大的地位还是在角力中自然完成。道士的激赏,使李鸿基更来劲了,说什么"大丈夫当横行天下,自成自立",颇有些当年刘三"大丈夫当如是也"的气势。至此,李鸿基终于成了李自成,这名字也被牢牢地留在了青史上。

本文刻画人物丰富而完整,传奇色彩和草根本性集于农民军首领于一身,为历史画廊加上了一位多重性格的时势英雄;文章也为史传和小说叙事方法的互通提供了实例,是人物性格逻辑和超现实想象相吻合的成功范本。

魏 禧

作者简介

魏禧(1624—1680),字冰叔,又字叔子,号裕斋,江西宁都人。清文学家,清初古文三大家之一。明末诸生。明亡后绝意仕进,隐居翠微峰,以授徒著述为业。康熙十八年诏举博学鸿儒,以疾辞。与兄祥(后改名际瑞)、弟礼皆负文名,称"宁都三魏"。又与南昌彭士望、林时益,同邑李腾蛟、邱维屏、彭任、曾灿等九人研讨《周易》,号"易堂九子"。魏禧笃志好学,嗜经史,好穷古今治乱得失,长于议论。集中有大量史论,臧否人物,时有创见。著有《魏叔子文集》(《宁都三魏全集》本)、《左传经世钞》。

留 侯 论

【题解】 本文选自《魏叔子文集外编》卷一。留侯,张良(前250—前186),字子房,颍川城父(今河南郏县)人。汉初大臣。封留侯,谥号文成。秦灭韩后,在博浪沙刺杀秦始皇未果。传说在下邳遇黄石公,得《太公兵法》。游说立横阳君成为韩王,任韩司徒。后韩王成为项羽所杀,遂归刘邦。张良为汉高祖刘邦的重要谋臣,与萧何、韩信同为汉初三杰。本文用主客对话的形式,论述了张良作为汉高祖刘邦的谋臣,是一个兼忠臣和仁人于一身的完人。

【原文】

忠臣以兴复为急,虽杀身殉民而无悔。仁人以救民为重,故通权达节以择主。子房始终之节,皎然明白,忠臣仁人,兼而有之,奈何后世独以智谋见推也!古今草昧之际,奇才志士,得一失一,自非根本忠孝之性,达于天地之心,其能为三代以下之完人乎?因作此论而附识之。癸卯自记。

客问魏子曰:或曰:子房弟死不葬①,以求报韩。既击始皇博浪沙中②,终辅汉灭秦,似矣。韩王成③既杀,郦生④说汉立六国后⑤,而子房沮之⑥,何也?故以为子房忠韩者非也。

魏子曰:噫!是乌足知子房哉?人有力能为人报父仇者,其子父事之,而助之以灭其仇,岂得为非孝子哉?子房知韩不能以必兴也,则报韩之仇而已矣。天下之能报韩仇者莫如汉,汉既灭秦,而羽杀韩王⑦,是子房之仇,昔在秦而今又在楚也。六国立则汉不兴,汉不兴则楚不灭,楚不灭则六国终灭于楚。夫立六国,损于汉,无益于韩;不立六国,则汉可兴,楚可灭,而韩之仇以报。故子房之志决矣。子房之说项梁⑧立横阳君⑨也,意固亦欲得韩之主而事之,然韩卒以夷灭⑩。韩之为国与汉之为天下,子房辨之明矣。范增⑪以沛公⑫有天子气,劝羽急击之,非不忠于所事,而人或笑以为愚。且夫天下公器⑬非一人一姓之私也,天为民而立君,故能救生民于水火,则天以为子,而天下戴之以为父。子房欲遂其报韩之志,而得能定天下祸乱之君,故汉必不可以不辅。

夫孟子,学孔子者也,孔子尊周而孟子游说列国,惓惓⑭于齐梁之君⑮,教之以王。夫孟子岂不欲周之子孙王天下而朝诸侯?周卒不能,而天下之生民,不可以不救。天生子房以为天下也,顾欲责子房以匹夫之谅⑯,为范增之所为乎,亦已过矣!

【注释】　①子房弟死不葬:指张良弟弟死了也不为之办葬礼。《史记·留侯世家》:"弟死不葬,悉以家财求客刺秦王,为韩报仇。"　②击始皇博浪沙中:秦始皇东游,张良和刺客埋伏在博浪沙,用大铁锤击始皇,误中副车。始皇大怒,大索天下。张良亡匿下邳。博浪沙,地名,在今河南省原阳县东南。　③韩王成:韩国诸公子(韩王室成员),名成,封邑横阳。张良游说项梁立横阳君为韩王,项梁乃从,后为项羽所杀。　④郦生:郦食其(yì jī)(?—前203),陈留(今河南开封)人。汉高祖刘邦策士。　⑤说汉立六国后:楚汉战争时,郦食其献策刘邦,建议分封六国后代,以使天下臣服,项羽也会来朝拜。　⑥子房沮之:张良阻止刘邦采纳郦生的计策,放弃分封六国后代的计划。　⑦羽杀韩王:《史记·留侯世家》:"项王竟不肯遣韩王,乃以为侯,又杀之彭城。"　⑧项梁(?—前208):秦国下相(今江苏宿迁)人。秦末起义军首领之一。楚国贵族后代,项燕之子,项羽叔父。与秦军战于定陶,被杀。　⑨横阳君:即韩王成。　⑩夷灭:消灭。夷,铲除。　⑪范增(前277—前204):居鄛(今安徽巢湖)人。项羽谋臣,被尊为亚父。汉三年(前204),中陈平离间计,被项羽猜忌,辞官归里,途中病死。　⑫沛公:刘邦。　⑬公器:喻指名利、官爵、法制、文字、学术等公众共用之器。　⑭惓(quán)惓:恳切诚挚。　⑮齐、梁之君:梁惠王、齐宣王。　⑯谅:诚信。

【赏析】　张良在秦汉历史上的作用和地位应该给予怎样的评价,牵动了明清交替时期汉族文人的心,一时方孝标、李邺嗣、钱澄之都纷纷发论,各自对楚汉之争中张良的政治抉择表达自己的看法,且不无含沙射影之意。魏禧的这篇《留侯论》,同样就张良忠韩、仕汉的操守志节议题发表见解。

本文以"客问魏子"为开端,提出了这样一个问题:张良为报秦灭韩之仇,连弟弟死了都顾不上安葬,辅佐汉打败了秦;项羽杀死了韩王成,这成又是由张良力劝项梁而立的,张良报韩之心理应更加急切;当有人向汉王提出要立六国后,当然其中包括了韩之后,张良又极力阻止。由此可见,张良最终并不是忠于韩的。"客"的疑问,的确有其道理,至少表面的行为逻辑会让人感觉到,张良忠韩有不合情理处。

魏禧对世人颇具代表性的质疑做出了深刻的更高层次的分析。作者紧扣论题,直接以反诘提示读者:说张良忠韩有疑问者,哪里是理解子房的人。现实生活中,要是家有杀父之仇,乃子无力复仇,但遇上有人愿意出头、也有能力助其行事,此人视之若父而待之,有什么不对呢?孝子、忠臣,其理一也。张良发觉韩已必不能兴,剩下的问题就是如何报韩亡之仇了。在对秦末政治态势进行充分评估后,张良认准了汉是最终的胜出者,也是唯一能够助其报仇的政治、军事势力。

魏禧论留侯并没有停留在张良是否忠韩上,而是将议题引入清初学者时常讨论的保国还是保天下上。回溯秦汉鼎革时,张良说项梁立韩王成,固然愿意事之,但韩亡毕竟只是"亡国",而汉败则将是"亡天下",将出现仁义被阻遏,当政者残害百姓,百姓相互残杀的可怕局面。张良和范增在对汉的态度上,正好相反,不能说范增欲击沛公"非不忠于所事",即并非不忠于楚,但还是因其愚而为人所笑。原来范增错就错在不懂得"天下公器非一人一姓之私"这一道理,以至于身败名裂。张良之高明,恰在看到"沛公有天子气"而辅之,以为唯刘邦"能救生民于水火",事实张良的命运也就不同于范增。张良的成功在于超越了"保国",达到了"保天下"的境界。

文章最后以孔子、孟子对周的不同态度,来进一步肯定张良以天下为己任的远见卓识。魏禧认为张良的政治选择,不仅合于先贤,也可启迪后人,张良哪里是以"匹夫之谅"、在"为范增之所为"呢?言外之意,其实已很明显,为天下苍生计,前朝之遗民必须审时度势,以求一逞,既报亡明之仇,又能重整旧河山,恢复汉族的天下。

魏禧此文,相较宋人苏轼《留侯论》,或因时代气运之不同,显得更具政治前瞻性和历史责任感。苏轼《留侯论》似乎还停留在技术、操作层面,仅着眼于张良成大事的性格因素,即所谓能"忍小忿而就大谋",而魏禧《留侯论》则能在"天下公器非一人一姓之私"、"天下之生民不可以不救"的高度,与清初大儒顾炎武发出"保天下者,匹夫之贱与有责焉"的呼声,有异曲同工之妙。

汪 琬

作者简介

汪琬(1624—1690),字苕文,号尧峰,晚号钝翁,长洲(今江苏苏州)人。清文学家,清初古文三大家之一。顺治十二年(1655)进士,历官户部主事、刑部郎中;康熙十八年(1679)举博学鸿儒,授翰林院编修,典修《明史》。以疾假归,结庐尧峰山,闭户著述。以古文名重一时,人称其文祖庐陵(欧阳修)而祢震川(归有光)。著有《尧峰文钞》、《钝翁类稿》。

江 天 一 传

【题解】 本文选自汪琬《尧峰文钞》卷三十四。江天一(1602—1645),本名景,一名涵颖,字文石,又字淳初,自号石稼樵夫,安徽歙县人。明诸生。家贫,以教书为生。曾拜金声为师。顺治二年(1645),南京为清军所陷,助金声起兵抗清。后与金声被杀于南京通济门外。作者以浓墨重彩描绘了江天一这位"独以诸生殉国"的"死忠者",表达了对胜国英雄的敬仰,同时显示了崇儒尚道的写作信条。此传交代清楚,选材合理,形象鲜明,用语雅洁,特别将儒家忠孝节义的道统贯穿于全文,是古文家汪琬的代表之作。

【原文】

江天一,字文石,徽州①歙县人。少丧父,事其母及抚弟天表,具有至性。尝语人曰:"士不立品者,必无文章。"前明崇祯间,县令傅岩②奇其才,每试辄拔置第一。年三十六,始得补诸生。家贫屋败,躬畚土筑垣以居。覆瓦不完,盛暑则暴③酷日中。雨至,淋漓蛇伏④,或张敝盖⑤自蔽。家人且怨且叹,而天一挟书吟诵自若也。

天一虽以文士知名,而深沉多智,尤为同郡金金事公声⑥所知。当是时,徽人多盗,天一方佐金事公,用军法团结乡人子弟,为守御计。而会张献忠⑦破武昌,总兵官左良玉⑧东遁,麾下狼兵⑨哗于途,所过焚掠。将抵徽,徽人震恐,金事公谋往拒之,以委天一。天一腰刀帓首⑩,黑夜跨马,率壮士驰数十里,与狼兵鏖战祁门,斩馘⑪大半,悉夺其马牛器械,徽赖以安。

顺治二年,夏五月,江南大乱,州县望风内附,而徽人犹为明拒守。六月,唐藩⑫自立于福州,闻天一名,授监纪推官⑬。先是,天一言于佥事公曰:"徽为形胜之地,诸县皆有阻隘可恃,而绩溪一面当孔道⑭,其地独平迤,是宜筑关于此,多用兵据之,以与他县相掎角⑮。"遂筑丛山关⑯。已而清师攻绩溪,天一日夜援兵登陴⑰,不少怠;间出逆战,所杀伤略相当。于是清师以少骑缀⑱天一于绩溪,而别从新岭⑲入。守岭者先溃,城遂陷。

大帅⑳购㉑天一甚急。天一知事不可为,遽归,属㉒其母于天表,出门大呼:"我江天一也"。遂被执。有知天一者,欲释之。天一曰:"若以我畏死邪?我不死,祸且族矣。"遇佥事公于营门,公目之曰:"文石!汝有老母在,不可死。"笑谢曰:"焉有与人共事而逃其难者乎!公幸勿为我母虑也。"至江宁㉓,总督者㉔欲不问,天一昂首曰:"我为若计,若不如杀我。我不死,必复起兵。"遂牵诣通济门㉕。既至,大呼高皇帝者三㉖,南向再拜讫,坐而受刑。观者无不叹息泣下。越数日,天表往收其尸,瘗之。而佥事公亦于是日死矣。

当狼兵之被杀也,凤阳督马士英㉗怒,疏劾徽人杀官军状,将致佥事公于死。天一为赍㉘辨疏㉙,诣阙上之。复作《吁天说》,流涕诉诸贵人,其事始得白。自兵兴以来,先后治乡兵三年,皆在佥事公幕。是时幕中诸侠客号知兵者以百数,而公独推重天一,凡内外机事悉取决焉。其后竟与公同死,虽古义烈之士无以尚也。予得其始末于翁君汉津㉚,遂为之传。

汪琬曰:方胜国㉛之末,新安㉜士大夫死忠者有汪公伟㉝、凌公驷㉞与佥事公三人,而天一独以诸生殉国。予闻天一游淮安,淮安民妇冯氏者刲㉟肝活其姑,天一征诸名士作诗文表章之,欲疏于朝,不果。盖其人好奇尚气类如此。天一本名景,别自号石稼樵夫,翁君汉津云。

【注释】　①徽州:清代徽州府,辖歙(shè)县、休宁、黟(yī)县、绩溪、婺源、祁门等六县,府治在歙县。　②傅岩:字野清,浙江义乌人,崇祯七年(1634)进士,授歙县令,官至监察御史。　③暴(pù):通"曝",晒。　④蛇伏:像蛇一样蜷伏。　⑤敝盖:破旧的车盖,泛指破旧之物。《礼记·檀弓下》:"仲尼之畜狗死,使子贡埋之,曰:'吾闻之也,敝帷不弃,为埋马也;敝盖不弃,为埋狗也。'" ⑥ 金金事公声:金声(1589—1645),字正希,号赤壁,安徽休宁人。明末抗清义军首领。崇祯元年(1628)进士,选翰林院庶吉士,升任御史、监军。南明弘光朝授左佥都御史、山东金事,皆未就。清军攻陷南京,金声同门生江天一率众在徽州起兵抗清,绩溪失守被俘,不屈死。著有《金太史文章》《尚志堂集》。 ⑦ 张献忠(1606—1647):字秉忠,号敬轩,陕西定边人。明末农民军领袖,与李自成齐名。曾任延安府捕快,又至延绥镇从军。崇祯三年(1630)在陕西米脂起兵,后进军四川,攻克武昌。崇祯十七年(1644)在成都建立大西政权,即帝位,号大顺。 ⑧ 左良玉:见徐鼒《史可法传(节选)》注释。 ⑨ 狼兵:明代广西东兰、那地、南丹等地归顺诸土司的军队。狼人即俍人,指分布于广西一带的壮族。明弘治以后隶属政府,遇警可供调用。 ⑩ 帓(mò)首:以头巾裹头。 ⑪ 斩馘(guó):斩杀。馘,原意为割下敌兵左耳,用以计功。 ⑫ 唐藩:即明唐王朱聿键(1602—1646)。南明王朝覆灭后,原礼部尚书黄道周等在福州拥立唐王为帝,改元隆武。朱聿键,明太祖八世孙唐端王硕熿之孙。 ⑬ 监纪推官:明代无此官名。推官为府级掌刑狱之官。时唐王政权遥授金声左佥都御史、山东金事等职。监纪推官,当为金声属下掌监察司法之官职。 ⑭ 孔道:通道。 ⑮ 掎角:亦作"犄角",喻从不同方向辖制、攻击敌方。 ⑯ 丛山关:在绩溪县北。 ⑰ 登陴(pí):登上城墙。陴,城上矮墙,亦称"女墙"。 ⑱ 缀:牵制。 ⑲ 新岭:在休宁县。 ⑳ 大帅:指清派往攻击金声军队的总兵张天禄。 ㉑ 购:悬赏捉拿。 ㉒ 属:同"嘱",委托。 ㉓ 江宁:今江苏南京。顺治二年(1645),改南京应天府为江宁府。 ㉔ 总督者:指洪承畴(1593—1665)。洪承畴,字彦演,号亨九,福建南安人。明大臣,清开国重臣。明万历四十四年(1616)进士,历官陕西布政使参政、兵部尚书、蓟辽总督;清时官至太傅、太保、少师、太子太师,以内阁学士、兵部尚书总督军务,招抚江南各省。 ㉕ 通济门:南京城南偏西之门,时为刑场。 ㉖ 高皇帝:明太祖朱元璋。 ㉗ 马士英:见徐鼒《史可法传(节选)》注释。 ㉘ 赍(jī):送给,呈递。 ㉙ 辨疏:辩白的奏疏。辨,通"辩"。 ㉚ 翁君汉津:翁天章,字汉津,江苏吴县人。明诸生。入国子监。为人喜声色,纵游狭邪。曾与汪琬游,琬为其作《赠翁君序》。 ㉛ 胜国:前朝,指明代。前朝为今朝所胜,故称前亡之朝代为"胜国"。 ㉜ 新安:古新安郡,即徽州。 ㉝ 汪公伟:汪伟(?—1644),字叔度,安徽休宁人,寄籍上元。明大臣。崇祯元年(1628)进士。历官翰林院检讨、东宫讲官。李自成陷北京,自缢死。 ㉞ 凌公驷:凌驷(1612—1645),原名云翔,字龙翰,安徽歙县人。明大臣。崇祯十六年(1643)进士,崇祯末年官兵部主事;南明福王时官监察御史、河南巡抚。清兵渡黄河南下,破归德,自缢死。 ㉟ 刲(kuī):割。

【赏析】　江天一是一位胜国的志节之士,在盗贼、叛军和外敌面前,表现出其忠于君、孝于亲、义于友的操守。汪琬笔下的江天一已然是儒家高尚品节的化身,超越了特定王朝的年代拘限,而这也恰能被清统治者接受。至于是否借以发抒故国之思,倒是无关宏旨的。

先看江天一的忠君。无论是与左良玉麾下哗变的狼兵"鏖战祁门",还是接受唐王授职后,坚守绩溪以抗清师,都体现了江天一以大明子民自居的坚贞立场。尤其当其被拉向刑场时,江天一"大呼高皇帝者三,南向再拜讫,坐而受刑",更是铮铮硬骨泣鬼神、一片忠心可鉴天。难能可贵的是正如作者所云,"天一独以诸生殉国",还是一个尚未受到朝廷正式恩赐的读书人,竟然可以这样慷慨赴死。

再观江天一的孝亲。传记一开始便称"少丧父,事其母及抚弟天表,具有至性"。而在"知事不可为"的紧急关头,不忘将慈母托付给胞弟天表,临难还不失孝心,而且还担心自己不死的话,"祸且族矣",也就是想要避免刑及父母亲属。另从被执时对金声所说"汝有老母在,不可死。"也不难发现其母吾母以及人之母的大孝之心。

至于江天一的义友,也始终漾然于传记的全文。江天一和金声有知遇之恩,即文中所说"尤为同郡金佥事公声所知",此后便鞍前马下紧随佥事公了。左良玉手下狼兵哗变,江天一二话没说,"腰刀抹首,黑夜跨马,率壮士驰数十里,与狼兵鏖战祁门,斩馘大半,悉夺其马牛器械";江南大乱时,为金声守徽出谋划策,称"绩溪一面当孔道,其地独平地,是宜筑关于此,多用兵据之,以与他县相掎角";在危难时刻,情愿保全金声而不惜牺牲自己;特别令人感动的是,马士英诬陷金声,"疏劾徽人杀官军状,将致佥事公于死",这本不关天一什么事,但天一就是为金声又是"赍辨疏",又是"作《吁天说》",直至洗刷掉污名。对江、金的情谊,作者不禁慨叹:"虽古义烈之士无以尚也"。

江天一在全国范围内壮阔的抗清活动中,作为一个普通士人,并不起眼,但是位卑未敢忘忧国,江氏自有其取之不竭的精神源泉。文首提及江天一不管盛暑还是大雨,苦读不辍,自小浸润于儒学中,这就成为了日后江天一以死殉国的原动力。文首看似闲笔,却为下文翻腾的波澜预设了伏线。过商侯《古文评注读本》称此文与侯方域《宁南侯传》、魏禧《大铁椎传》相比,"此独从容按辔,刁斗不惊,其严谨处,又非二子所能及也。"

姜宸英

> **作者简介**
>
> 姜宸英(1628—1699),字西溟,号湛园,浙江慈溪人。清初文学家、书法家。康熙十八年(1679)荐举博学鸿词,不及期而罢。入明史馆,充纂修官。康熙三十八年(1697)成进士,授翰林院编修。及第前,曾被清圣祖目为与朱彝尊、严绳孙相若的江南"三布衣"。姜宸英学有根柢,精于经史,古文辞有物有则。著有《湛园未定稿》、《西溟文钞》。

《奇零草》序

【题解】　本文是姜宸英为明末烈士张煌言的诗集《奇零草》所作之序。张煌言在其《自序》中说明取名"奇零"之意:"是帙零落凋亡,已非全豹,譬犹兵家《握奇》之馀,亦云余行间之作也。"姜氏作序时,《奇零草》已被清廷禁毁。《〈奇零草〉序》叙述了张苍水的浴血奋战、英勇献身的全过程,表明了"欲稍掇拾公(张煌言)遗事,成传略一卷,以备惇史之求"的宗旨。

【原文】

予得此于定海①,命谢子大周②抄别本以归,凡五、七言近体若干首。今久失之矣。聊忆其大概,为之序以藏之。呜呼!天地晦冥,风霾昼塞③,山河失序,而沉星④殒气⑤于穷荒绝岛之间,犹能时出其光焰,以为有目者之悲喜而幸睹。虽其撑抑⑥于一时,然要以俟之百世,虽欲使之终晦焉不可得也。

客为予言:"公在行间⑦,无日不读书,所遗集近十余种,为逻卒⑧取去,或有流落人间者。此集是其甲辰⑨以后,将解散部伍,归隐于落迦山⑩所作也。"公自督师,未尝受强藩⑪节制,及九江遁还⑫,渐有掣肘⑬,始邑邑⑭不乐。而其归隐于海南⑮也,自制一椁⑯置寺中,实粮其中,俟粮且尽死。门有两猿守之,有警,猿必跳踯哀鸣。而间⑰之至也,从后门入。既被羁会城⑱,远近人士,下及市井屠贩卖饼之儿,无不持纸素⑲至羁所争求翰墨。守卒利其金钱,喜为请乞。公随手挥洒应之，皆《正气歌》⑳也，读之鲜不泣下者。独士大夫家或颇畏藏其书，以为不详。不知君臣父子之性，根于人心，而徵于事业，发于文章，虽历变患，逾不可磨灭。

历观前代，沈约㉑撰《宋书》，疑立《袁粲传》㉒，齐武帝㉓曰："粲自是宋忠臣，何为不可？"欧阳修不为周韩通立传㉔，君子讥之㉕。元听湖南为宋臣李芾㉖建祠，明长陵不罪藏方孝孺书者㉗，此帝王盛德事。为人臣子处无讳之朝，宜思引君当道㉘。臣各为其主，凡一切胜国㉙语言，不足避忌。予欲稍掇拾㉚公遗事，成传略一卷，以备惇史㉛之求，犹惧搜访未遍，将日就㉜放失也。悲夫！

【注释】　① 定海：今浙江定海县，位于长江口与杭州湾的交汇处。　② 谢子大周：谢大周，生平未详。　③ 风霾(mái)昼塞：白天太阳为大风夹杂的尘土所遮蔽。霾，风夹杂着尘土。　④ 沉星：黯淡的星光。　⑤ 殒(yǔn)气：坠落的气运。　⑥ 撙(yǎn)抑：郁闷。　⑦ 行(háng)间：军中，行伍之间。　⑧ 逻卒：巡逻的士兵。　⑨ 甲辰，指康熙三年(1664)。据张煌言《〈奇零草〉自序》，是集当于壬寅年(康熙元年，1662)编成。甲辰为张煌言就义之年，非解散部伍归隐之年。　⑩ 落迦山：即普陀山，在浙江省定海县，舟山群岛之一。佛教传说中观音坐禅处，梵文音译补陀落迦山，或普陀落迦山，简称为普陀山。　⑪ 强藩：强大有力的藩镇，此处指郑成功。　⑫ 九江逓还：指顺治十六年(1659)，郑成功、张煌言大举北伐，入长江，取崇明，克瓜洲、镇江，团团包围南京。张煌言主张收复南京后，攻取芜湖、徽州，收复包括九江在内的上游失地，但郑成功却命张煌言先西下芜湖，未能集中兵力攻下南京。郑成功金陵战败，撤军入海。张煌言孤军无援，也战败于安徽铜陵，化装潜返舟山。　⑬ 间有掣肘：指张煌言北伐恢复中原的意见未得到郑成功的全力支持。　⑭ 邑邑：忧郁不乐貌。　⑮ 归隐于海南：指张煌言于康熙三年，解散馀部，隐居浙江象山县南之南田悬嶴(ào)岛(一说悬嶴为舟山六横之悬山岛)。　⑯ 椑(bì)：内棺。后亦泛指棺材。　⑰ 间：间谍。　⑱ 会城：省城，此处指杭州。　⑲ 素：洁白的绢。　⑳《正气歌》：南宋末代右丞相文天祥所作之诗，写于元大都狱中。此处指张煌言所写皆《正气歌》一类坚持民族气节的文字。　㉑ 沈约(441—513)：字休文，吴兴武康(今浙江湖州德清)人。南朝梁文学家、史学家。历仕宋、齐、梁。著有《晋书》、《宋书》、《齐纪》、《高祖纪》、《四声谱》等。　㉒《袁粲传》：见《宋书》卷八十九。袁粲(？—477年)，字景倩，陈郡阳夏(今河南太康县)人。宋时官至中书监、司徒，受命镇石头(今南京)。萧道成谋代宋自立，袁粲和刘秉秘商杀萧道成。事泄被杀。沈约于齐武帝永明中奉诏撰《宋书》，在为袁粲立传时有所犹疑。　㉓ 齐武帝：齐高帝萧道成之子萧赜。　㉔ "欧阳修"句：言欧阳修撰《五代史记》(即《新五代史》)，不为后周的韩通立传。欧阳修(1007—1072)，字永叔，号醉翁、六一居士，吉州庐陵(今江西永丰)人。北宋政治家、文学家、史学家。倡导北宋诗文革新运动，唐宋古文八大家之一。天圣八年(1030)进士，历官馆阁校勘、著作郎、河北都转运按察使、开封知府、枢密副使、参知政事等。与宋祁同修《新唐书》，又自修《五代史记》(即

《新五代史》。著有《欧阳文忠公集》。韩通,并州太原(今属山西)人,后周军事将领。曾任后周检校太尉、同平章事、侍卫亲军马步军副都指挥使。赵匡胤陈桥兵变,废周自立,韩通被杀。宋太祖即位后,追赠韩通为中书令,以礼安葬。　㉕君子讥之:据传苏轼对欧阳修不为韩通立传甚不满。王楙《野客丛书》所附《野老纪闻》云:"子瞻问欧阳公曰:'《五代史》可传后也乎?'公曰:'修于此窃有善善恶恶之志。'苏公曰:'韩通无传,恶得为善善恶恶?'公默然。"　㉖李芾(?—1276):字叔章,祖籍广平(今河北永年),后迁至衡州(今湖南衡阳)。南宋名臣。宋末任潭州知州兼湖南安抚使。元右丞相阿里海牙破潭州(今长沙市),一门死节。　㉗"明长陵"句:长陵,明成祖朱棣的陵墓,因以称成祖。燕王朱棣攻灭建文帝,命方孝孺草诏告天下。方抗命不作,被杀。据《明史·方孝孺传》:"永乐中,藏孝孺文者罪至死。"此说何据不详。　㉘引君当道:谓引导君主合于正道。《孟子·告子下》:"君子之事君也,务引其君以当道。"　㉙胜国:此处指明代。　㉚掇拾:拾掇,拾取。　㉛惇(dūn)史:指忠实而公正的史官。　㉜日就:一天天地接近于。

【赏析】　序文一开始便因书及人,从姜宸英得《奇零草》说起,点出《奇》集的来由。"久失之",宛转道出是集因战乱而失,又因鼎革后不为新朝所重,好不容易劫后余生。接着说出了一个道理,无论在"山河失序"之时,还是在"穷荒绝岛之间",像《奇零草》这样的精神财富"虽欲使之终晦焉不可得也"。军旅生涯固然为保存遗集增添了障碍,特别是清廷将张集入为列作禁书,得来就很费工夫了。《奇零草》竟然"流落人间",使作者有可能为之作序。书的命运之"奇",自然过渡到作者的际遇之"奇"。序文选择性地述及张煌言的事迹,大多言其"归隐"、"遁还"、"掣肘"、"邑邑不乐"、"俟粮且尽死",甚而插入带有传奇色彩的被捕经历,即前门"有两猿守之",遇警则会鸣叫示主人,以至敌谍捕人是从后门进入的。《奇零草》作者就是在如此风声鹤唳的高度戒备状态下隅居孤岛的,其人回天乏术的结局也是必然的。序文似乎故意对张煌言充溢着复明豪情壮志的诗作避而不谈,如:"勒水鞭潮势自雄,此身原不畏蛟龙。"(《舟行阻风口号》)"却听雄风归楚望,聊当饮至一啣杯。"(《我师围漳郡余过岘之赋以志慨》)"浩气填胸星月冷,壮怀裂发鬼神愁。龙池一日风云会,汉代衣冠总是刘。"(《海上二首》)这些诗句本来是可以在序中生发开去的,张煌言念兹在兹就是让明祚劫后重生。当然北伐在《奇零草》的残章零简中已不成主调,但张煌言的家国情怀贯穿于诗中,呈现出国运与诗情交叠着的哀伤。序作者只是有意强化了《奇零草》哀怨失望的一面,突出了张煌言对悲剧命运的无奈,多少为自己的仕清留下一个可以谅解的藉口。

然后此序又由人及书,阐述《奇零草》应当传世的理由。就社会反响而言,张煌言的"正气歌"广受欢迎,当其"被羁会城",尚且有各界人士"争求翰墨",甚而"读之鲜不泣下者"。就儒家纲常而言,此集与"君臣父子之性,根于

160

人心,而徵于事业,发于文章"的基本理念相合,而"畏藏其书,以为不详",反倒有悖情理。此外,史官有秉笔直书的传统,帝王有认可异朝忠臣的盛德雅量。序文以沈约为袁粲立传、欧阳修不为韩通立传遭讥、元时容忍李芾建祠、明成祖"不罪藏方孝孺书者"等为例,从正反两面说明传张氏之书,既是治史者的职责,又无须虑及当政者的阻挠。"为人臣子处无讳之朝",作者巧妙地为当朝执政戴了一顶高帽子后,就自说自话起来:"臣各为其主,凡一切胜国语言,不足避忌。"让清代统治者即便想禁也难以下手。论者或以为姜宸英勇于为《奇零草》作序,是不避祸患之举,殊不知作者已给自己编织了一张安全的防护网,其文心之周密奇巧,实在令人感叹。

　　以诗纪事,以诗证史,本是传统文人治文史的常用手法,利用《奇零草》的传世,使后人透过诗作窥见历史的真实画面,是史书纂者的职责所在;诗"言志"、"缘情"的本质特点,又让作为诗人的作者,意在唤醒世人对历史人物的悲悯之心,鼓吹士大夫更应正视现实,高扬正气。这篇议叙结合的序文,让我们读出了盘郁于心胸的历史情结,感受到了儒家传统的文化浸润,以及谋篇撰文的独到匠心。

夏完淳

作者简介

夏完淳(1631—1647),原名复,字存古,别号小隐,又号灵首(一作灵胥),华亭(现上海松江)人。夏允彝之子。明末清初诗文家。诸生。少时从父及陈子龙参加抗清活动。鲁王监国,授中书舍人。事败被捕下狱,慷慨就义。著有《夏完淳集》。

狱中上母书

【题解】 这封信选自《夏完淳集》卷九。夏完淳诗文曾被编为《玉樊堂集》、《内史集》、《南冠草》、《续幸存录》等。清乾隆五十五年(1790),吴省兰合编为《夏内史集》。嘉庆十二年(1807),王昶、庄师洛编刻为《夏节愍全集》,计十四卷。1959 年,中华书局上海编辑所重加校订,编印为《夏完淳集》。清顺治四年(1647)六七月间,夏完淳因上书鲁王事泄被捕,是年九月,被害于金陵。临刑前在金陵狱中给嫡母盛氏和生母陆氏写下了此书。此书感情深挚,态度坚定,是一位行将就义的少年民族英雄的心声流露和悲愤告白。

【原文】

不孝完淳,今日死矣。以身殉父,不得以身报母矣。痛自严君见背①,两易春秋。冤酷日深,艰辛历尽。本图复见天日,以报大仇,恤死②荣生③,告成黄土④。奈天不佑我,钟⑤虐⑥明朝,一旅⑦才兴,便成齑粉。去年之举⑧,淳已自分⑨必死,谁知不死,死于今日也!斤斤⑩延此二年之命,菽水之养⑪,无一日焉。致慈君⑫托迹⑬于空门⑭,生母⑮寄生⑯于别姓,一门漂泊,生不得相依,死不得相问。淳今日又溘然先从九京⑰,不孝之罪,上通于天。

呜呼!双慈⑱在堂,下有妹女,门祚⑲衰薄,终鲜兄弟⑳。淳一死不足惜,哀哀八口,何以为生!虽然,已矣!淳之身,父之所遗;淳之身,君之所用。为父为君,死亦何负于双慈!但慈君推干就湿㉑,教《礼》习《诗》,十五年如一日。嫡母慈惠,千古所难。大恩未酬,令人痛绝。慈君托之义融女兄[22]，生母托之昭南女弟[23]。

　　淳死之后，新妇遗腹得雄，便以为家门之幸；如其不然，万勿置后[24]。会稽大望[25]，至今而零极矣。节义文章，如我父子者几人哉！立一不肖后，如西铭先生[26]，为人所诟笑[27]，何如不立之为愈耶！呜呼！大造茫茫，总归无后，有一日中兴再造，则庙食千秋[28]，岂止麦饭豚蹄不为馁鬼而已哉！若有妄言立后者，淳且与先文忠在冥冥诛殛顽嚚[29]，决不肯舍！

　　兵戈天地，淳死后，乱且未有定期。双慈善保玉体，无以淳为念。二十年后，淳且与先文忠为北塞之举[30]矣。勿悲，勿悲。相托之言，慎勿相负！

　　武功甥[31]将来大器，家事尽以委之。寒食[32]盂兰[33]，一杯清酒，一盏寒灯，不至作若敖之鬼[34]，则吾愿毕矣。新妇结褵[35]二年，贤孝素著，武攻甥好为我善待之，亦武功渭阳情[36]也。语无伦次，将死言善[37]。痛哉，痛哉！

　　人生孰无死，贵得死所耳。父得为忠臣，子得为孝子，含笑归太虚，了我分内事。大道本无生[38]，视身若敝屣。但为气所激，缘悟天人理[39]。恶梦十七年，报仇在来世。神游天地间，可以无愧矣！

【注释】　①严君见背：作者父亲夏允彝（1596—1645），清顺治二年（1645）与陈子龙等起兵抗清。兵败，于是年九月十七日投水殉节。严君，对父亲的敬称。见背，去世。②恤死：指使其父得到抚恤。　③荣生：指使其母得到荣耀。　④告成黄土：将复国成功的消息告知祖宗。黄土，埋葬祖先的坟墓。　⑤钟：集中。　⑥虐：轻视。　⑦一旅：指抗清军队。清顺治三年（1646），也即南明隆武二年，夏完淳参加吴易的抗清义军，任参谋。⑧去年之举：指顺治三年（1646）起兵抗清失败事。吴易兵败后，在杭州被害。夏完淳只身流亡。　⑨自分：自料。　⑩斤斤：仅仅。　⑪菽水之养：指子女对父母的奉养。菽水，豆和水，普通的饮食。《礼记·檀弓下》："子路曰：'伤哉贫也！生无以为养，死无以为礼也。'孔子曰：'啜菽饮水尽其欢，斯之谓孝。'"　⑫慈君：作者嫡母盛氏。托迹：藏身，寄身。空门：佛教的总名，此指佛寺。　⑬生母：作者生母陆氏，其父夏允彝之妾。　⑭寄生：依他人为生。　⑮九京：泛指墓地。　⑯双慈：嫡母与生母。　⑰门祚（zuò）：家运。⑱终鲜兄弟：《诗·郑风·扬之水》："终鲜兄弟，维予与女。"此指缺少男性家庭成员。⑲推干就湿：亦作"推燥居湿"。把卧床干燥处让给幼儿，母亲睡在幼儿便溺的湿处。形容母亲的爱心以及养育子女的辛劳。《孝经·援神契》："母之于子也，鞠养殷勤，推燥居湿，绝少分甘。"　⑳义融女兄：作者之姊夏淑吉，号义融。　㉑昭南女弟：作者之妹夏惠吉，号昭南。　㉒置后：抱养别家男孩子以为后嗣。　㉓会稽大望：此指会稽的夏姓大族。传说夏禹曾会诸侯于会稽,会稽夏姓人便称禹为其祖先。　㉔ 西铭先生:张溥(1602—1641),别号西铭。明末文学家,复社领袖。无后,由钱谦益等代为立嗣。　㉕ 为人所诟笑:指钱谦益降清,人以为钱氏代张溥立嗣一事有损张溥名节。　㉖ 庙食千秋:指即便成了鬼神,还能在祠庙里千秋万代享受祭祀。　㉗ 文忠:夏完淳之父夏允彝。夏允彝被难后,南明鲁王谥为文忠公。　㉘ 诛殛(jí):诛杀。　㉙ 顽嚚(yín):愚顽而奸诈之人。　㉚ 北塞之举:指在北方起兵反清。　㉛ 武功甥:作者姊夏淑吉之子侯檠,字武功。　㉜ 寒食:寒食节,在农历冬至后一百零五日,清明节前一两日。起初是日禁烟火,只吃冷食。后亦为上坟祭祖节日。　㉝ 盂兰:盂兰盆节、盂兰盆会,一说为"中元节",俗称"鬼节"。旧俗于农历七月十五日祭奠祖先,超度鬼魂。　㉞ 若敖之鬼:指没有后嗣祭祀的饿鬼。若敖,若敖氏,春秋时楚国公族名。楚国令尹子良(若敖氏)之子越椒长相凶恶,子良之兄子文担心越椒长大后会招致家族灾难,要子良杀死越椒,子良不从。子文临死时哭道:"鬼犹求食,若敖氏之鬼,不其馁而!"以后若敖氏终因越椒叛楚而被灭族。(见《左传·宣公四年》)　㉟ 结缡(lí):古代嫁女的仪式。女子临嫁,母亲给女儿结上佩巾。《诗·豳风·东山》:"亲结其缡,九十其仪。"后以此代指成婚。　㊱ 渭阳情:指甥舅之情。《诗·秦风·渭阳》有"我送舅氏,曰至渭阳"句。　㊲ 将死言善:《论语·泰伯》:"人之将死,其言也善。"　㊳ 大道本无生:生死等同的佛道观念。　㊴ 天人理:天意与人事相互关系之理。

【赏析】　夏完淳是一位年仅十七的江南抗清志士,其短暂的一生,反映了明清易代时给汉族文人带来了怎样的心灵震动,展示了这一时期各阶层民众经受了怎样的人生劫难,而一封家书也成了这个时代的缩影。

首先,夏完淳此书充满着忠孝情。临难在即,不忘母亲的养育之恩,也属人之常情,只是在夏完淳那里,更有其额刻骨铭心的歉疚。存古之痛,痛在"不得以身报母","菽水之养,无一日焉";痛在"生不得相依,死不得相问",真是欲行孝而子不在,黑发人先走一步了。一片孝忱,溢于言表。不但如此,作者将孝于亲,忠于国,水乳交融地统一起来了。老父殉明而亡,自己亦"以身殉父",父子两代,一门忠烈。少年夏完淳一意"图复见天日,以报大仇",基于儿时铸成的信念:"淳之身,父之所遗;淳之身,君之所用。"而其忠孝观的形成,又与母亲"教《礼》习《诗》,十五年如一日"分不开的。正是从小接受《诗》、《礼》的熏陶,夏深切地理解了君臣义。让夏完淳引以为豪的是"父得为忠臣,子得为孝子",也以此作为告慰双慈的依凭。一封短简,何尝不是夏完淳志节的写照。

再看夏完淳在生离死别之际,是如何面对这生死劫的。生还是死,作者面临着现实的考验,表现出似与年龄不符的平静、坦荡和成熟。在书中,作者没有过分的哀伤,自信的是"二十年后,淳且与先文忠为北塞之举",还是一条好汉!忧虑的是殉身后母亲的生活安顿,做出"慈君托之义融女兄,生母托之昭南女弟"的安排,还坚信"武功甥将来大器,家事尽以委之"。精要的几句交代,考量周全,具体而微。作者身处"双慈在堂,下有妹女,门祚衰薄,终鲜兄弟"的家庭环境,恰恰反衬出高度的责任感。而信中流露出的镇定自若的超然态度,缘于其在不长时间内逐渐明晰的生死观,即信末直接道出的数句话:"人生孰无死,贵得死所耳","大道本无生,视身若敝屣"。死须得其所,视死本如归,正是夏完淳沉着无惧的精神源泉。

戴名世

作者简介

戴名世(1653—1713),字田青,一字褐夫,又字南山,号药身,又自号忧庵,桐城(今属安徽)人。清文学家。康熙四十八年(1709)进士,授编修。又二年而《南山集》祸作,先是门人尤云鹗尝刻名世所著《南山集》,被劾语涉悖逆,戴被逮下狱,竟坐大逆罪伏法。戴名世之文多有臧否人物、评说世情者,表现出史学和文学高度结合的学术功夫。《南山集》案发后,桐城乡人以宋潜虚之名保存其文稿,现流行者即《潜虚先生文集》。

八月庚申,及齐师战于乾时,我师败绩

【题解】 本文选自《戴名世集》卷十五,文题为《春秋》中语。八月庚申,鲁庄公九年(前685)八月十八日。乾(gān)时,齐国地名,在今山东桓台县西北。时,水名,今曰乌河,其歧旱则竭涸,故其地名曰乾时。鲁与齐乾时之战,起因是齐公子纠与小白争位。鲁庄公率军送公子纠回国争位,时小白先已回齐,双方于八月十八日战于乾时,鲁军败,庄公受白命,杀公子纠。小白继君位,即齐桓公。本文是一篇读《春秋》的笔记类杂论,本意在借题发挥,口诛笔伐那些忘却仇敌、以怨报德的前明旧臣,同时对出于私利而所谓"复仇"者进行了谴责。文章议叙结合,有理有据,表现出作者强烈的民族感情和高超的论史手法。

【原文】

孟子曰:"春秋无义战①。"嗟乎!春秋之战多矣,鲜有出于义者。其或出于义而又不纯焉,卒同于不义而已矣。然圣人不忍遽绝②焉,且幸之,且惜之③。凡以著君臣之分,明父子之亲,而严内外之防④,则亦不必计其功之成与否而义之,得失所在,圣人不忍遽绝焉耳。

昔者,王莽⑤乘西汉之衰,不用尺兵寸铁而移汉祚。翟义⑥起兵讨之,未尝而身死。唐武氏之祸⑦,唐几亡矣。李敬业⑧起兵讨之,未成而身死。此二人者,自以国家旧臣,义不忍醮颜⑨俯首而立于怨家之朝,身虽已残,家虽已破,甘心屠剖⑩而不悔,而其风烈犹有以耸动英雄豪杰之心,故汉、唐既败而复兴。呜呼!此二人者可谓知大义矣。

今夫《春秋》之义,莫大于复仇,仇莫大于国之夺于人而君父之死于人也。故吾力能报焉,而有以洗死者之耻,上也;其次力不能报,而报之不克而死;最下则忘之;又最下则事之矣。吾尝读《春秋》,未尝不叹息痛恨于鲁庄公⑪也。庄公者,桓公⑫之子,齐人实杀桓公⑬。盖昔者,越败吴于檇李⑭,阖闾死⑮,夫差⑯使人立于廷,苟出入,必谓己曰:"夫差,而忘越王之杀而⑰父乎?"则对曰:"唯,不敢忘!"三年乃报越⑱。晋王李克用⑲之将终也,以三矢赐庄宗⑳而告之曰:"梁㉑,吾仇也;燕王㉒吾所立,契丹与吾约为兄弟㉓,而皆背晋以归梁㉔。与尔三矢,尔其毋忘乃父之志。"庄公受而藏之于庙㉕,卒以灭梁㉖,入于太庙,还矢先王而告以成功。吾观此二君者,其晚节末路不可谓贤㉗,而皆能复父仇如此,其义烈岂不壮哉。自桓公死于齐,庄公立,筑王姬之馆㉘于外矣,公子溺会齐师伐卫㉙矣,公及齐人狩于禚㉚矣,师及齐师围郕㉛矣,公及齐大夫盟于蔇㉜矣,不惟忘其仇,而又报之德㉝焉,所以事之者惟恐其不足。孔子曰:"幸矣,乾时之役犹能与仇雠战也。惜哉,其非以仇故战,而师虽败不可谓不荣,然而不纯于义矣。"圣人于此不忍遽绝,姑与以得失相半之辞,是亦圣人之不得已焉耳。

呜呼!庄公之事,吾无论矣。后之臣子有遭其国亡其君死,而忘其仇而事其仇,且其国之亡也,彼实有以致之之亡;君之死也,彼实有以致之死。然则彼亦与于逆乱者耳,又安知所谓仇㉞耶?而一旦而仇之,曰:"吾力能报之。"天下且曰:"是直能扶义以晚盖者也。"及问其名,则曰:"非以仇故战,而以己私故战也。"如是则覆败乱亡而莫之救,不亦宜哉?是故揆㉟以《春秋》之义,则师虽败不可谓不荣,而不纯于义卒同于不义而已矣。吾又不独叹息痛恨于鲁庄公也。

【注释】 ①春秋无义战:语出《孟子·尽心下》,意为春秋时没有正义的战争。 ②遽(jù)绝:谓一下子完全否定。遽,急,一下子。 ③且幸之,且惜之:又为之庆幸,又为之痛惜。 ④内外之防:指男女之界限。 ⑤王莽(前45—23):字巨君,魏郡元城(今河北大名)人。汉元帝皇后王政君之侄,新都哀侯王曼次子。公元8年,接受孺子婴禅让后称帝,国号"新",建元"始建国",宣布推行新政,史称"王莽改制"。 ⑥翟义(?—7):字文仲,汝南郡上蔡县(今属河南)人。西汉时历任南阳郡都尉、弘农郡太守、河内郡太守、东郡太守。王莽摄政,起兵讨伐,立刘信为帝,自号大司马柱天大将军。后被王莽击败,身亡。 ⑦武氏之祸:指唐高宗皇后也即中宗、睿宗皇太后武则天临朝称制,自立为武周皇帝。武氏,武则天(624—705),名曌,并州文水(今属山西)人。唐开国功臣武士彟次女,中国历史上唯一正统的女皇帝。 ⑧李敬业(?—684):又称徐敬业,曹州离狐县(今山东省鄄城)人。唐初将领李绩之孙,李震之子。武则天临朝,在扬州起兵讨武,以匡扶卢陵王李显复位为名出师,由骆宾王写下《为徐敬业讨武曌檄》以号召天下。后兵败被杀。 ⑨靦(miǎn)颜:厚着脸皮。 ⑩屠刴(kú):屠杀。 ⑪鲁庄公(前706—前662):姬姓,鲁氏,名同,春秋诸侯国鲁国国君之一。鲁桓公之子,为鲁国第十六任君主。 ⑫桓公:鲁桓公(前731—前694),姬姓,鲁氏,名允,一名轨,春秋诸侯国鲁国国君之一。鲁惠公之子,鲁隐公之弟,为鲁国第十五位君主。 ⑬齐人实杀桓公:公元前694年,鲁桓公到齐国,其妻文姜与齐襄公私通,被桓公察觉,齐襄公使公子彭生杀桓公。 ⑭越败吴于槜李:公元496年,吴王阖闾兴师伐越,越王勾践率兵迎敌于槜李,吴军大败。阖闾受伤死。槜(zuì)李,古地名,又作醉李、就李,在今浙江省嘉兴县西南。 ⑮阖闾死:槜李之战中,越国大夫灵姑浮用戈攻击吴王阖闾,斩落阖闾脚拇指,阖闾因伤重死于陉。 ⑯夫差(前528—前473年):姬姓,吴氏,春秋时期吴国末代国君,阖闾之子。前473年,越再次兴兵,终灭吴国,夫差自刎。 ⑰而:尔,你。 ⑱三年乃报越:前494年,夫差率师伐越,战于夫椒(古山名,在今江苏省苏州市西南太湖中),越军全军覆没。 ⑲李克用(856—908):神武川新城(今山西雁北地区境内)人。后唐献祖李国昌的第三子。原为沙陀族酋长,因助唐王朝剿除黄巢起义军有功,封为晋王。 ⑳三矢赐庄宗:李克用临死时,以三支箭赐给儿子李存勖(xù),并交代后事。庄宗,李存勖(885—926),李克用之子,于923年灭梁,自立为皇帝,国号唐(五代后唐)。 ㉑梁:公元907年,朱温(全忠)篡唐,建国号梁(五代十国后梁)。朱温原为黄巢部将,882年叛变降唐,成为镇压黄巢军的重要力量,封为梁王。李克用曾助朱温击走黄巢军,却几为朱温谋杀。 ㉒燕王:刘仁恭(?—914年),深州(今属河北)人。唐末曾任卢龙节度使,遭其子刘守光所废。刘守光败于后唐李存勖,仁恭亦被擒处死。唐昭宗乾宁元年(894),李克用攻克幽州,以刘仁恭为留后,刘后来称燕王。 ㉓"契丹"句:指天复五年(即天佑二年,905),李克用会契丹耶律阿保机于云中,约为兄弟,商定共讨梁王朱温和卢龙节度使刘仁恭。 ㉔背晋以归梁:指刘仁恭叛晋、阿保机背约。 ㉕庙:家庙,旧时奉祀祖宗之处。 ㉖灭梁:指李存勖于923年攻灭后梁,统一北方,建立后唐,完成了李克用遗命。 ㉗"晚节"句:指吴王夫差和后唐庄宗李存勖的最后阶段,称不上是贤君。夫差败越后,连年发动战争,专横残暴,杀害忠良,终为越王勾践所灭。李存勖灭梁后,荒淫残暴,宠信伶官,以致众叛亲离,最终死于政变。 ㉘筑王姬之馆:鲁庄公元年(前693),周庄王嫁其女(即王姬)与齐襄公,命鲁主婚。庄王送其女至鲁,鲁庄公命筑馆舍居之。　㉙会齐师伐卫：鲁庄公元年（前693），鲁大夫公子溺率军会合齐军伐卫。卫，春秋战国时一姬姓诸侯国，在今河南北部。　㉚及齐人狩于禚（zhuò）：鲁庄公四年（前690）冬，庄公入齐境到禚（今山东长清县境），与齐人一起打猎。　㉛及齐师围郕（chéng）：鲁庄公八年（前686）夏，鲁国出兵配合齐国围攻郕国（今山东汶上县北），郕向齐投降。　㉜及齐大夫盟于蔇（jì）：鲁庄公九年（前685），庄公与齐大夫会于蔇（今山东枣庄市东南），谋公子纠返齐事。　㉝报之德：以德相报。以上五事，均为鲁国帮助齐国，作者认为鲁庄公忘了齐国的杀父之仇，是以德报怨。　㉞安知所谓仇：哪里还知道所谓"仇"呢？指"后之臣子"，遭到"国亡"、"君死"，"而忘其仇而事其仇"，这些人本身就负有罪责。　㉟揆：揣度。

【赏析】　本文是一篇借鲁、齐乾时之战，生发而出的与"义战"相关的史论文。文章劈头就以孟子所言"春秋无义战"为发端，解释了为何"无义战"，一则本来就少有出于"义"的，二则虽出于"义"，但动机并不纯，即掺杂着私利，这样也和"不义"差不多了。作者对"无义战"基本的理解就是如此。接着作者又试图阐明"圣人不忍遽绝焉"的道理，在据说是孔子所作的《春秋》中，描述了那么多的战争事件，真是又是哀怜，又是痛惜。打吧，百姓遭殃；不打吧，篡弑悖逆之事盛行。战争总要伤及人，不是"义"事；但有时非战争难以阻止恶行，不战又是"不义"的。这战争总处在两难中，不过但凡"著君臣之分，明父子之亲，而严内外之防"的战争，就不必计较成功与否，均可视为"义战"，其中的得失是明摆着的，这又是即便圣人也不完全拒绝战争的缘由。

　　戴名世提出了"《春秋》之义，莫大于复仇"的"大义"新说。孔子认为对待仇人，要枕着盾牌睡觉，在集市或官府撞着，拔出兵刃就决斗，杀父之仇，不共戴天也。而子之孝同于臣之忠，父死之家仇亦同于君亡之国恨，"仇莫大于国之夺于人，而君父之死于人也。"戴名世的复仇观正和《春秋》、《礼记》等儒家经典一脉相承。作者还将复仇与否和义行之高下分为四种情况："故吾力能报焉，而有以洗死者之耻，上也；其次，力不能报而报之，不克而死；最下则忘之；又最下则事之矣。"显然从文章标题来看，戴氏是将鲁庄公列于第二等的，即算得上有心复仇，而力不能逮。但文中大段的议论，却是指责鲁庄公犯了第三、四种情况的忌，也就是作者"痛恨于鲁庄公"的原因。文章在展开对鲁庄公行事之是非的讨论时，插入了春秋时夫差、五代时李存勖的复仇故事：夫差不忘越王之杀父，"三年乃报越"；李存勖受父所赐之箭，灭梁后"还矢先王而告以成功"。此二君"能复父仇"，堪称"义烈之壮"，合乎《春秋》大义之"上"者。为将史实提升至史论的高度，作者引用了一段未见经传的孔圣人语录："幸矣，乾时之役犹能与仇雠战也。惜哉，其非以仇故战，而师虽败不可谓不荣，然而不纯于义矣。"这几句"得失相半之辞"，揭出了此役存在"不纯于义"的缺陷,也照应了上文所称的"且幸之,且惜之"。在历史现实面前,戴名世对鲁庄公有仇不报和夫差、李存勖前半生作为的鲜明对比,无疑为反清复明的难消情结再添了历史依据。

经过一番铺垫之后,戴名世此文的中心论点终于摆上桌面,那就是"后之臣子,有遭其国亡,其君死,而忘其仇,而事其仇"。大明王朝落得国亡君死的悲惨下场,其臣子竟然"与于逆乱","靦颜俯首而立于怨家之朝",笔锋所向,自然是洪承畴、王铎辈;而那些名为"扶义以晚节者",实则"以己私故战"者,不难看出是指吴三桂、尚可喜、耿精忠之流。朱家朝廷摊上这些个忘仇、事仇及"不纯于义"的家伙,"覆败乱亡而莫之救",实在已无法避免。作者的反清复明立场终于几乎直白地告示于世人。戴名世在文中说一千、道一万,尽管多少有些忌讳而显得隐晦,但汉贼不两立、夷夏之大防的正统观念和道德标准,贯穿于全篇。戴名世意在通过文字的实践,使自己成为清初的"良史"。

方 苞

作者简介

方苞(1668—1749),字凤九,号灵皋,晚号望溪,安徽桐城人。清散文家。康熙四十五年(1706)会试,中式进士第四名,以母病未预殿试。以戴名世《南山集》案被累,几论斩,出狱隶籍汉军。康熙五十二年(1713),圣祖命以白衣入直南书房。雍正、乾隆间,历官詹事府左春坊左中允、内阁学士、礼部侍郎、《大清一统志》总裁、《三礼书》副总裁。论学以宋儒为宗,于文恪守古文义法,上规《史》、《汉》,下仿韩、欧,继承归有光唐宋派古文传统,以为古文用语须雅洁,反对将语录中语、魏晋六朝人物藻丽俳语等阑入古文。实开有清桐城文派。所作以说经之文为多,俨然以卫道自任。其传记、序跋、墓志、书札诸文,关心民疾,追怀忠贞,思念亲人,笔下常带感情。论者以为方苞文章"谨严朴质,高浑凝固",而"短于气韵"(钱基博《读清人集别录》)。著有《方望溪先生全集》、《方苞集》。

书《五代史·安重诲传》后

【题解】 本文选自《方苞集》卷三,是写在欧阳修《新五代史·安重诲传》后的一篇评论文字,近于跋文。《五代史》,即《五代史记》,亦名《新五代史》,宋欧阳修撰。纪传体史书,记五代史事。七十四卷,计本纪十二卷,列传四十五卷,考三卷,世家十卷,世家年谱一卷,四夷附录三卷。约在仁宗景祐三年(1036)开始编著,皇祐五年(1053)基本完成。安重诲(?—931),应州(今山西应县)人。五代时后唐大臣。拥戴后唐明宗李嗣源,历官左领军卫大将军、枢密使、兵部尚书、中书令、太子太师。独揽朝政,曾作过正确决策,但刚愎自用,专横跋扈,诬杀宰相任圜等,渐不为明宗所容,被勒令致仕。后为河中节度使李从璋所杀。《安重诲传》见《新五代史·唐臣传》第十二。本文借《五代史》之《安重诲传》,讨论了"记事之文"的义法问题,认为《安重诲传》的撰写,有悖《左传》以来义法的正确界定和运用,为后世作文者信守记事文义法,指明了目标和方向。

【原文】

记事之文,惟《左传》、《史记》各有义法①。一篇之中,脉相灌输而不可增损,然其前后相应,或隐或显,或偏或全,变化随宜,不主一道。《五代史·安重诲传》总揭数义②于前,而次第分疏③于后,中间又凡举四事④,后乃详书之。此书、疏、论、策体⑤,记事之文,古无是也。

《史记》《伯夷》、《孟荀》、《屈原传》,议论与叙事相间。盖四君子⑥之传⑦,以道德节义,而事迹则无可列者。若据事直书,则不能排纂成篇,其精神心术所运,足以兴起乎百世者,转隐而不著。故于《伯夷传》,叹天道之难知⑧;于《孟荀传》,见仁义之充塞⑨;于《屈原传》,感忠贤之蔽壅⑩,而阴以寓己之悲愤。其他本纪、世家、列传有事迹可编者,未尝有是也。《重诲传》乃杂以论断语。夫法之变,盖其义有不得不然者。欧公最为得《史记》法,然犹未详其义而漫效⑪焉,后之人又可不察而仍其误邪?

【注释】

① 义法:方苞提出并成为桐城派散文理论的重要基石。"义"指文学作品的思想内容,"法"指文学作品谋篇布局的形式和方法。义法论谋求儒家之道和古文的高度融合,即所谓"学行继程朱之后,文章介韩欧之间"(见王兆符《望溪文集序》)。方苞认为:"义即《易》之所谓'言有物'也,法即《易》之所谓'言有序'也。义以为经而法纬之,然后为成体之文。"(《又书货殖传后》) ② 总揭数义:《五代史·安重诲传》先总叙述安重诲的为官经历,做一概括性的评价:"重诲自为中门使,已见亲信,而以佐命功臣,处机密之任,事无大小,皆以参决,其势倾动天下。虽其尽忠劳心,时有补益,而恃功矜宠,威福自出,旁无贤人君子之助,其独见之虑,祸衅所生。至于臣主俱伤,几灭其族,斯其可哀者也。" ③ 分疏:分别诉说。 ④ 四事:指安重诲犯的四次过失,即"(重诲)轻信韩玫之谮,而绝钱镠之臣;徒陷彦温于死,而不能去潞王之患;李严一出而知祥贰;仁矩未至而董璋叛"(《五代史·安重诲传》)。 ⑤ 书、疏、论、策体:指书牍、奏疏、论说、策书等文体。方苞认为作为史传的"记事之文"不应先"总揭数义",然后"次第分疏";继而"凡举四事",再"详书之"。这样写不合"义法",而书、疏、论、策体可以这样记述和议论间隔着写。 ⑥ 四君子:指伯夷、孟轲、荀况、屈原。 ⑦ 传(chuán):流传。 ⑧ 叹天道之难知:指《史记·伯夷列传》对伯夷事迹的叙述极其简略,而在伯夷"饿死于首阳山"后,议论天道之难知:"或曰:'天道无亲,常与善人。'若伯夷、叔齐,可谓善人者非邪?积仁絜行如此而饿死……若至近世,操行不轨,专犯忌讳,而终身逸乐,富贵累世不绝,或择地而蹈之,时然后出言,行不由径,非公正不发愤,而遇祸灾者,不可胜数也。余甚惑焉,倘所谓天道,是邪?非邪?" ⑨ 见仁义之充塞:指《史记·孟子荀卿列传》开首之议论:"嗟乎,利诚乱之始也!夫子罕言利者,常防其原也,故曰'放于利而行,多怨'。自天子至于庶人,好利之弊何以异

哉!"感叹战国之世背弃仁义,"放于利而行",造成自上而下的惑乱。仁义充塞,见于《孟子·滕文公下》,意为仁义之路被阻塞。原文为:"杨墨之道不息,孔孟之道不著,是邪说诬民,充塞仁义也。仁义充塞,则率兽食人,人将相食。" ⑩感忠贤之蔽壅:指《史记·屈原贾生列传》感慨像屈原那样的"忠贤"被阻塞隔断:"屈平疾王听之不聪也,谗谄之蔽明也,邪曲之害公也,方正之不容也,故忧愁幽思而作《离骚》。" ⑪漫效:随意、不守章法地效仿。

【赏析】 本文似主要就欧阳修《五代史·安重诲传》这一单篇文章发表看法,而作者这篇跋文,重心却在讨论"记事之文"整体的"义法"问题。什么是义法,在方苞《又书货殖传后》一文中,有过比较周详的阐述。方苞以为义法最早为《春秋》所制,由司马迁揭示出来,其内涵即所谓"言有物"、"言有序",也就是说合于儒家道统的思想内容和恰当的行文规则应完美相融,才是古文的上乘之作。

义法论历来被视为桐城古文的理论基石,只是秦汉以来,对义法的理解和运用,却有异同之见和高下之分。在方苞看来,"记事之文,成体者莫如左氏,又其后,则昌黎韩子,然其义法皆显然可寻,惟太史公《礼》、《乐》、《封禅》三书,及《货殖》、《儒林传》,则于其言之乱杂而无章者寓焉,岂所谓'定、哀之际多微辞'者邪?"(《又书货殖传后》)这样,就出现了两套"义法",一存于《左传》、韩愈文中,此为显者;一见之《史记》数文中,因如同孔子以微言批评当代国君鲁定公、哀公,史马迁亦间有微辞以讽当朝国君,此为隐者。故而本文一开头便揭出"记事之文,惟《左传》、《史记》各有义法",即言《左传》显《史记》隐,正可照应《又书货殖传后》对二书义法的判定。方苞以为,只要"脉相灌输",本不必拘泥隐显、偏全,"变化随宜,不主一道"就可归为合乎义法。而《安重诲传》以"书、疏、论、策体"的写法去夹叙夹议,"记事之文,古无是也",方苞认定这样写不合义法。本文将《安重诲传》确定为与《左》、《史》同样的"记事之文",认为须守相应的义法;其次,则对此传与书、疏、论、策做了区隔,以为彼可而此不可。

由于欧阳修是位数得上的古文家、史学家,作记事之文当为行家里手,写《安重诲传》用议叙相间之法于古必有所本。方苞因无法与宋人对话,以得知欧氏背离《左传》首创义法的用意,便假设此传为模仿《史记》部分篇章的写法而撰。方苞觉得有必要予以厘清,《史记》中是有三篇传四位传主,用了与记事之文不符的"议论与叙事相间"之法,但方苞认为那四君子,靠的是"以道德节义"传之于世,"事迹则无可列者",如果有限的实事"排纂成篇",反而影响四君子的精神感召力。《史记》如是慨叹世情、直陈心意,为的是让读者明显感受到司马迁难掩的激愤和哀怨,而非他抛弃叙事文的义法。事实上,"其他本纪、世家、列传有事迹可编者",并没有这么写。在这一点上,欧阳修不明白"法之变"有其"不得不然"的内在逻辑,古文作家应以此为鉴,恪守活法而非死法。方苞最后提请"后之人"务必搞清义法的真谛,不再一仍欧公之误。本文主旨的彰显,终于水到渠成。

方苞作为桐城文派的奠基者,不仅抬出远祖左公和史马迁,还细辨欧氏对记事之文义法的片面解读,给当代人叙事文的写作,指明了自以为正确的方向。殊不知,方苞强化儒家正统的文章义法论,实在有作茧自缚之嫌。

全祖望

> **作者简介**
>
> 全祖望(1705—1755),字绍衣,号谢山,鄞县(今属浙江)人。清史学家、文学家。乾隆元年(1736)进士,选翰林院庶吉士。旋即返乡,专事著述。曾主讲于浙江蕺山书院、广东端溪书院。学识渊博,知历朝兴废,尤好搜罗文献,表彰忠义。研治北宋末和南明史事,颇有建树。著有《鲒埼亭集》、《鲒埼亭集外编》。

书明辽东经略熊公传后

【题解】 本文选自全祖望《鲒埼亭集外编》卷二十八。经略:明代官职,有重要军务时特设的武官名,负责地区军务,职位高于总督。"天启元年,置辽东经略。"(《明史·职官二》)辽东辖境相当于今辽宁省大部,治所在辽阳。熊廷弼(1569—1625):字飞白,号芝冈,湖广江夏(今属湖北武汉)人。明末将领,楚党人士。万历二十六年(1598)进士,历官保定推官、监察御史、兵部尚书、辽东经略。天启元年(1621),女真首领努尔哈赤攻破辽阳,熊廷缭弼与辽东巡抚王化贞兵败溃退广宁。被囚后陷入党争,为阉党所害。天启五年(1625)遭弃市,首级传示各地边防。作者就熊廷弼冤死一事,尖锐地指出明末当国者不辨忠奸贤愚,将救国之材治成死罪,实在是一桩荒唐的历史公案。作者所论,理据充实,语势逼人,显示了过人的史识和文才。

【原文】

明启、祯间①,东事②之坏,如破竹之不可遏,一时大臣,才气魄力足以揩拄③之者,熊司马一人耳。古称温太真挺挺若千丈松,虽磊砢多节④,自是足用。司马之卞急⑤忼厉⑥,盖亦此种。用人者贵展其才,原不当使一二腐儒,操白简⑦以议其旁也。

关门⑧再出⑨,庙堂诸公忌其有所建白⑩,乃以全不解兵之王化贞⑪,漫夸⑫六十万⑬兵平辽,为之掣肘。时江侍郎秉谦⑭,力陈"经臣⑮不得展布尺寸,反使抚臣⑯得操节制之柄,必误国事"。不幸言而中矣。当国者苟有人心,即寸斩抚臣以谢⑰经臣,犹且不足,反以不能死绥⑱罪之,是犹束乌获⑲之手足,使力不胜匹雏⑳者代之任重,及蹶㉑而偾㉒,则曰是亦获有同咎㉓,可乎?

爰书㉔将定,枢辅㉕孙公承宗㉖、大司寇㉗乔公允升㉘、太仆㉙周公朝瑞㉚、刑曹㉛顾公大章㉜,皆援议能议劳㉝之例,而太仆凡四上疏,褒如充耳㉞。独怪大司寇王公纪㉟、大中丞㊱邹公元标㊲、都谏㊳魏公大中㊴,亦皆力持以为当死,是则予之所不能解者。

有明三百年,以文臣能任边疆之事者,惟曾襄愍公铣㊵并司马耳。曾死于西,熊死于东,英雄之所遇一也!

【注释】　①启、祯:指明熹宗天启、思宗崇祯两朝。　②东事:指辽东事务、政局。当时清兵已占领辽东大部,辽阳沦陷,经略袁应泰等战死,熊廷弼再任辽东经略。　③搘(zhī)拄:支撑,支持。　④"古称"二句:温太真,东晋名将温峤,字太真。此处温峤应是和峤,作者误引。和峤(?—292),字长舆,汝南西平(今属河南)人。曹魏后期至西晋初大臣。《晋书·和峤传》:"太傅从事郎中庾𫖮见而叹曰:'峤森森如千丈松,虽磊砢多节目,施之大厦,有栋梁之用。'"磊砢(luǒ):形容植物多节,亦喻人才能奇特。　⑤卞急:急躁。　⑥忼厉:慷慨,严厉。　⑦白简:古时弹劾之奏章。　⑧关门:指山海关。　⑨再出:谓熊廷弼第二次任辽东经略。　⑩建白:陈述意见。　⑪王化贞(?—1632):字肖乾,山东诸城人。明大臣。万历四十一年(1613)进士,历官户部主事、右参议、辽东巡抚。原为东林党人,后投靠魏忠贤。"为人驵而愎,素不习兵,轻视大敌,好漫语。"(《明史·王化贞传》)　⑫漫夸:随意夸口。　⑬六十万:有版本作"六万"。计六奇《明季北略》卷二:"辽东经略熊廷弼主守,驻闾阳;巡抚王化贞主战,驻广宁,二人议论遂成水火,此致败之由也。天启二年壬戌正月,化贞疏言:'臣愿请兵六万进战,一举荡平。'……广宁既溃,化贞所招虎骑横大肆杀掠,逃军和之,难民西奔者十不一,遗弃幼小于途,蹂践死者相望。化贞从数骑走闾阳,适熊廷弼自右屯引兵至,止焉。化贞向廷弼而哭,廷弼顾笑曰:'六万军荡平辽阳,竟何如?'"　⑭江侍郎秉谦:江秉谦(?—1625),字兆豫,歙(今安徽歙县)人。明末大臣。万历三十八年(1610)进士,历官鄞县知县、山西道监察御史。以言事被免官家居。患疡疾而殁。崇祯初,始复前秩。　⑮经臣:经略一方军事的大臣。　⑯抚臣:安抚地方的大臣,指巡抚。　⑰谢:认错,道歉。　⑱死绥:此谓将领效死沙场。　⑲乌获:《史记·秦本纪》言秦武王时有力士乌获,据说能举千钧之重。乌获或为古之有力人,秦之力士或袭用其名。《孟子·告子下》:"今日举百均,则为有力人矣。然则举乌获之任,是亦为乌获而已矣。"　⑳匹雏:一只小鸡。《孟子·告子下》:"有人于此,力不能胜一匹雏,则为无力人矣。"　㉑蹶(jué):跌倒。　㉒偾(fèn):仆倒。　㉓咎:错误,罪责。　㉔爰书:即狱书,古代记录囚犯口供的文书。　㉕枢辅:旧时指中央掌军权的大臣。　㉖孙公承宗:孙承宗,见钱谦益《特进光禄大夫左柱国少师兼太子太师兵部尚书中极殿大学士孙公行状》题解。　㉗大司寇:西周时官名,中央设大司寇,负责实践法律法令,辅佐周王行使司法权。以后指掌管全国司法和刑狱的大臣,明时为刑部尚书。　㉘乔公允升乔允升,:字吉甫,洛阳(今属河南)人。明大臣。万历二十年(1592)进士,历官太谷知县、宣化、大同、山西、直隶巡按,刑部侍郎、尚书。主张朝廷宽免熊廷弼之罪。　㉙ 太仆:秦汉时主管皇帝车辆、马匹之官,后转为专管官府畜牧事务。北齐始称太仆寺卿,历代沿置不革。　㉚ 周公朝瑞:周朝瑞(?—1625),字思永,山东临清人。明政治家,东林党人。万历三十五年(1607)进士,历官中书舍人、太仆少卿。曾连续四次上疏,请令熊廷弼带罪守山海关。　㉛ 刑曹:分管刑事的官署或属官。　㉜ 顾公大章:顾大章(1567—1625),字伯钦,常熟(今属江苏)人。明东林党人。万历三十五年(1607)进士。历官泉州推官、刑部主事、礼部郎中、陕西副使。曾援引法律条文,认为王化贞当斩,廷弼当戍。　㉝ 议能议劳:论才干,论功劳。　㉞ 褎(yòu)如充耳:褎,盛服。充耳,塞耳。意思是诸位大臣虽着盛服,却对奏疏所提意见充耳不闻。《诗·邶风·旄丘》:"叔兮伯兮,褎如充耳。"　㉟ 王公纪:王纪(?—1624),字惟理,号宪葵,山西芮城人。明大臣。万历十七年(1589)进士,历官池州推官、右佥都御史、户部右侍郎、户部尚书、刑部尚书。曾上书弹劾魏忠贤,享有清名。　㊱ 大中丞:明清时用作巡抚的别称。明都察院副都御史职位相当于御史中丞,常用作巡抚的加衔,故有此称。　㊲ 邹公元标:邹元标,见黄宗羲《东林学案·总论》注释。　㊳ 都谏:都察院谏官。　㊴ 魏公大中:魏大中(1575—1625),字孔时,浙江嘉善人。明东林党人。万历四十四年(1616)进士,历官行人司行人,工、礼、户、吏各科给事中,都给事中。屡次屡次参劾当朝权臣,遭魏忠贤等陷害致死。参见杨涟《血书》。　㊵ 曾襄愍公铣:曾铣(1509—1548),字子重,浙江黄岩人,后落籍江都(今江苏扬州)。嘉靖八年(1529)进士。历官福建长乐知县、大理寺丞、山东巡抚、右副都御史、山西巡抚、兵部侍郎、陕西三边总督。有胆略,善用兵。后受严嵩诬陷,诛死。谥襄愍。

【赏析】　明代天启、崇祯年间,后金势力步步进逼,东北辽河以东地区已全部沦陷。遭到革职的熊廷弼受命于危难之际,代杨镐经略辽东,结果由于与辽东巡抚王化贞意见不合,加上叛将孙得功与敌里应外合,导致广宁大败。后金兵占领关外,熊廷弼被诬下狱,经审判处以死刑。《明季北略》卷二称:"越三日,四鼓,中贵捧驾帖至,公洗沐整冠曰:'我大臣也,死当拜旨,岂容草草!'从容就戮。赋绝命词云:'他日倘枎髀,安得起死魂?绝笔叹可惜,一叹天地白。'"生活于清中叶的全祖望,钦佩熊廷弼这样冤死的英雄人物,仍在思索明亡的根本原因,特别显得难能可贵。

跋文一开始便称,能挽救"东事之坏"只有熊廷弼一人,唯熊氏方有"才气魄力,足以搘拄之者"。这样的表述,既点出了熊廷弼此人的无可替代,更彰显了明末政局已是不可收拾,而且整个朝廷已无良臣可以委派,到了非从牢狱中放人以挽回颓势的地步。熊廷弼或许不是完人,那西晋的和峤便是一位"磊砢多节目"之人,但此人"森森如千丈松","施之大厦,有栋梁之用"。(《晋书·和峤传》,非文中所称之温峤。)熊廷弼同样"卞急忼厉",可并不妨碍其充当"栋梁之用"。"庙堂诸公",打的又是什么算盘,硬是在熊的身旁安插了一个"全不解兵之王化贞,为之掣肘"。更要命的是江秉谦侍郎提出谏言,警告当政者若使"经臣不得展布尺寸",反让"抚臣得操节制之柄","必误国事"。由于经抚不合,进退失据,终酿成广宁溃败,被江侍郎不幸言中。问题在于熹宗追究罪责时,于经臣、抚臣各打五十大板,不但没有"寸斩抚臣以谢经臣","反以不能死绥罪之",这是无端的枉法行为。作者行文至此,气急情动,直斥"当国者"缺乏"人心"。还以一确切的譬喻论道:这不是捆绑了大力士的手脚,而让一个手无缚鸡之力的人去干重力活,事情搞砸了,要共同承担罪责。天底下哪有这样的道理!当政者如此昏聩,连孙承宗、乔允升等朝臣都看不下去了,都认为熊廷弼罪不当诛。但不幸的是已经系狱的熊氏,又陷入了党争,传言杨涟弹劾阉党的奏疏出自熊廷弼之手,又因熊门下将蒋应旸坐妖言弃市,牵连及熊(见《明季北略》卷二),终惨遭杀害,并传首九边。作者唯不能解者,王纪、邹元标、魏大中等正人名儒,均为魏阉所不容者,亦欲置熊氏于死地,这会是怎样的偏见一叶障目,与阉党一起制造了冤狱?朝廷上下对忠贞之臣的反应,是观察纲纪是否失衡的聚焦点。文末作者痛惜熊廷弼之余,也为明嘉靖年间的曾铣叫屈:"有明三百年,以文臣能任边疆之事者,惟曾襄愍公铣并司马耳。曾死于西,熊死于东,英雄之所遇一也。"曾铣总督陕西,为严嵩所害;熊廷弼经略辽东,为魏忠贤所害。所不同者,曾铣收复河套之议,得到过天下士人的赞同,而熊廷弼的谋略,竟还受到正人君子的诟病。两人不幸殊途而同归,岂不悲夫!近人王文濡为此评曰:"英雄末路,千古同慨,然曾死于奸党,熊死于清流。门户之见,颠倒是非,贤者如此,焉得不亡?"(《续古文观止》卷二)

　　国难当头,任用怎样的人才是国策之关键。作者围绕这一议题展开讨论,逐层比照,正反对举,借助熊廷弼的悲剧命运,赋予深刻的历史意义,表现出一位浙东史学后继者的远见卓识。

赵 翼

作者简介

赵翼(1727—1814),字云崧,号瓯北,阳湖(今江苏武进)人。清学者、文学家。乾隆二十六年(1761)进士,授翰林院编修。历官广西镇安知府、贵西兵备道。与修《通鉴辑览》。精于经史之学,工诗文。学名与钱大昕、王鸣盛相埒,诗则与袁枚、蒋士铨并称"乾隆三大家"。著有《廿二史札记》、《陔余丛考》、《檐曝杂记》、《瓯北全集》。

明 代 宦 官

【题解】 本文选自《廿二史札记》卷三十五。《廿二史札记》的编撰宗旨就在于将"古今风会之递变,政事之屡更,有关于治乱兴衰之故者,亦随所见附着之"(赵翼《廿二史札记·小引》)。而劄记本身也得到学界的认可:"记诵之博,义例之精,论议之和平,识见之宏远,洵儒者有体有用之学。可坐而言,可起而行者也。"(钱大昕《廿二史札记·序》)本文例举明代宦官为祸的种种事实,揭示了阉党专权的演化进程及其历史原因,议论精当,独具史识。

【原文】

有明一代宦官之祸,视唐虽稍轻,然至刘瑾[①]、魏忠贤[②],亦不减东汉末造[③]矣。

初,明祖著令内官[④]不得与政事,秩不得过四品。永乐中,遣郑和[⑤]下西洋,侯显[⑥]使西番,马骐[⑦]镇交趾[⑧]。且以西北诸将多洪武旧人,不能无疑虑,乃设镇守之官,以中人[⑨]参之。京师内又设东厂[⑩]侦事,宦官始进用。

宣宗[⑪]时,中使[⑫]四出,取花鸟及诸珍异亦多。然袁琦[⑬]、裴可烈[⑭]等有犯辄诛,故不敢肆。正统[⑮]以后,则边方镇守、京营掌兵、经理仓场、提督营造、珠池、银矿、市舶、织造,无处无之。

何元朗[⑯]云:"嘉靖中,有内官语朱象元[⑰]云:'昔日张先生[⑱](璁)进朝,我们要打恭;后夏先生[⑲](言),我们平眼看他;今严先生[⑳]

（嵩），与我们拱手始进去。'"案世宗㉑驭内侍最严，四十馀年间，未尝任以事，故嘉靖中内官最敛戢㉒。然已先后不同如此，何况正德㉓、天启㉔等朝乎？

稗史载：永乐中，差内官到五府㉕、六部㉖，俱离府、部官一丈作揖，途遇公侯、驸马，皆下马旁立，今则呼唤府、部官如属吏，公侯、驸马途遇内官，反回避之，且称以翁父，至大臣则并叩头跪拜矣！此可见有明一代宦官权势之大概也。

总而论之，明代宦官擅权，自王振㉗始，然其时廷臣附之者，惟王骥㉘、王祐等数人㉙，其他尚不肯俯首，故薛瑄㉚、李时勉㉛皆被诬害。及汪直㉜擅权，附之者渐多，奉使出，巡按御史等迎拜马首，巡抚亦戎装谒路，王越㉝、陈钺㉞等结为奥援，然阁臣商辂㉟、刘翊㊱尚连章劾奏，尚书项中㊲、马文升㊳等亦薄之，而为所陷，则士大夫之气犹不尽屈也。至刘瑾，则焦芳㊴、刘宇㊵、张彩㊶等为之腹心，戕贼善类，征责㊷贿赂，流毒几遍天下，然瑾恶翰林不屈，而以《通鉴纂要》㊸誊写不谨，遣谪诸纂修官，可见是时廷臣尚未靡然从风。

且王振、汪直好延揽名士，振慕薛瑄、陈继忠㊹之名，特物色之；直慕杨继忠㊺之名，亲往吊之；瑾慕康海㊻之名，因其救李梦阳㊼一言而立出之狱，是亦尚不敢奴隶朝臣也。

迨魏忠贤窃权，而三案被劾㊽、察典被谪诸人，欲借其力以倾正人，遂群起附之，文臣则崔呈秀㊾、田吉㊿、吴淳夫51、李龙52、倪文焕53，号五虎；武臣则田尔耕54、许显纯55、孙云鹤56、杨寰57、崔应元58，号五彪；又尚书周应秋59、卿寺曹钦程等号十狗60，又有十孩儿、四十孙之号。自内阁、六部至四方督抚，无非逆党，骎骎乎可成篡弑之祸矣！

《明史》载太祖制：内官不许读书识字。宣宗始设内书堂61，选小内侍令大学士陈山62教之，遂为定制，用是多通文义。（《四友斋丛说》则谓：永乐中已令吏部听选教职入内教书，王振始以教职入内，遂自宫以进，至司礼监。）数传之后，势成积重云。然考其致祸之由，亦不尽由于通文义也。王振、汪直、刘瑾固稍知文墨，魏忠贤则目不识丁，而祸更烈。大概总由于人主童昏63，漫不省事，故若辈得以愚弄而窃威权。如宪宗64稍能自主，则汪直始虽肆恣，后终一斥不用。武宗之于瑾,亦能擒而戮之。惟英、熹二朝,皆以冲龄嗣位,故振、忠贤得肆行无忌。然正统之初,三杨⑥⑤当国,振尚心惮之未敢逞,迨三杨相继殁,而后跋扈不可制。天启之初,众正盈朝,忠贤亦未大横,四年以后,叶向高⑥⑥、赵南星⑥⑦、高攀龙⑥⑧、杨涟⑥⑨、左光斗等相继去⑦⑩,而后肆其毒痡。

  计振、忠贤之擅权,多不过六七年,少仅三四年,而祸败已如是。设令正统、天启之初,二竖即大权在握,其祸更有不可胜言者。然则广树正人,以端政本,而防乱源,固有天下者之要务哉!

【注释】 ① 刘瑾(1451—1510):本姓谈,陕西兴平人。明宦官。六岁时由太监刘顺收养,遂冒姓刘。侍奉太子即后继位之明武宗朱厚照。与马永成、高凤、罗祥、魏彬、丘聚、谷大用、张永合称"八虎",正德五年(1510)被凌迟处死。 ② 魏忠贤:见张溥《五人墓碑记》注释。 ③ 东汉末造:指东汉灵帝时宦官集团"十常侍"操纵朝政。"十常侍"由张让、赵忠、夏恽等组成。 ④ 内官:指宦官太监。 ⑤ 郑和(1371—1433):原姓马名和,小名三宝,又作三保,回族,云南昆阳(今云南晋宁昆阳街道)人。明航海家、外交家、宦官。曾率两百多艘海船、两万七千多人七次到西太平洋和印度洋。 ⑥ 侯显:藏族,藏名洪保希绕,祖籍为今甘肃省甘南藏族自治州临潭县。明宦官,外交家、政治活动家。除随郑和下西洋外,亦曾出使西域,沟通汉、藏关系。 ⑦ 马骐:明宦官。"宣德四年七月,太监马骐矫旨下内阁书敕,付骐复往交趾闸办金、银、珠、香。时骐自交趾召还未久,内阁复请,上正色曰:'朕安得有此言!渠曩在交趾荼毒军民,卿等独不闻乎?自骐召还,交人如解倒悬,岂可再遣!'然亦不诛骐也。"(郑晓《今言》卷三) ⑧ 交趾:即越南,古称交趾国。 ⑨ 中人:指宦官。 ⑩ 东厂:即东缉事厂,官署名。明代的特权监察机构、特务机关和秘密警察机关。明成祖于永乐十八年(1420)设立东缉事厂,由亲信宦官担任首领。 ⑪ 宣宗:明宣宗朱瞻基(1399—1435),明仁宗朱高炽长子。洪熙元年(1425)即位,年号宣德。 ⑫ 中使:宫中派出的使者,多指宦官。 ⑬ 袁琦:明宣德时宦官。《明史·宦官传》:"宣宗时,袁琦令阮巨队等外出采办。事觉,琦磔死,巨队等皆斩。" ⑭ 裴可烈:明宣德时宦官。《明史·宦官传》:"裴可烈等不法,立诛之。" ⑮ 正统:明英宗朱祁镇(1427—1464)年号。 ⑯ 何元朗:何良俊(1506—1573)字,号柘湖,江苏华亭(今上海市松江县)人。明戏曲理论家。嘉靖时贡生,荐授南京翰林院孔目。著有《柘湖集》、《何氏语林》、《四友斋丛说》。以下引文见于《四友斋丛说》。 ⑰ 朱象元:"元"应作"玄",作者避清圣祖玄烨讳改。象玄,朱大韶字。朱大韶,华亭(今上海松江)人。嘉靖二十六年(1547)进士,官南雍司业。 ⑱ 张先生:张璁(1475—1539),字秉用,号罗峰,浙江永嘉(今浙江温州)人。明大臣。正德十六年(1521)进士,历官礼部尚书、文渊阁大学士、内阁首辅。著有《罗山奏疏》、《罗山文集》、《钦明大狱录》、《霏雪编》、《嘉靖温州府志》等。 ⑲ 夏先生:夏言(1482—1548),字公谨,号桂州,江西贵溪人。明大臣。正德十二年(1517)进士,官至礼部尚书兼武英殿大学士。著有《桂洲集》。 ⑳ 严先生:严嵩,见海瑞《治安疏》注释。 ㉑ 世宗:明世宗朱厚熜(1507—1567),年号"嘉靖"。 ㉒ 敛戢:收敛。 ㉓ 正德:明武宗朱厚照(1491—1521)年号。 ㉔ 天启:明熹宗朱由校(1605—1627)年号。 ㉕ 五府:即五军都督府,明中军、左军、右军、前军、后军五都督府的总称,统领全国军队的最高军事机构。 ㉖ 六部:指工、礼、吏、刑、户、兵等六部。明代废中书省,六部开始直接对皇帝负责,成为主管全国行政事务的最高机构。 ㉗ 王振(？—1449):山西蔚州(今河北蔚县)人。明宦官。明成祖时入宫,宣宗时任皇太子师傅。明英宗即位,官至司礼监总管。正统十四年(1449),瓦剌部首领也先率大军南下,鼓动英宗御驾亲征,在土木堡战败,被乱军杀死。 ㉘ 王骥(1378—1460)字尚德,北直隶束鹿(今河北辛集市)人。明大臣。永乐四年(1406)进士,历官山西兵科给事中、兵部右侍郎、兵部尚书。封靖远伯,与威宁伯王越、新建伯王守仁等三人为明代因功封爵的文官。 ㉙ 王祐:据《明史·王振传》:"工部郎中王祐以善诣擢本部侍郎。" ㉚ 薛瑄(1389—1464):字德温,号敬轩,山西河津(今山西万荣)人。明思想家、理学家。永乐十九年(1421)进士,历官大理寺正卿、礼部侍郎、翰林院学士。晚年辞官居家讲学、著述。著有《读书录》、《薛文清集》等。 ㉛ 李时勉(1374—1450):名懋,以字行,号古廉,江西安福人。明大臣、学者。永乐二年(1404)进士,选庶吉士。预修《太祖实录》、《成祖实录》、《宣宗实录》。历官刑部主事、侍读学士、国子监祭酒。著有《古廉集》。 ㉜ 汪直(？—1487):广西桂平人,瑶族。成化时充昭德宫内使,侍奉万贵妃,迁御马监太监,领西厂。曾监管指挥九边兵马,外出镇守大同、宣府。 ㉝ 王越(1423—1498):字世昌,河南浚县人。明将领。景泰二年(1451)进士。历官兵部尚书,总制大同及延绥、甘宁军务。封威宁伯。著有《王襄敏集》。 ㉞ 陈钺:字廷威,河北献县人。明将领。天顺元年(1457)进士,历官兵科给事中、光禄少卿、山东左布政使、辽东巡抚。 ㉟ 畲辂(lù)(1414—1486):字弘载,号素庵,浙江淳安人。明大臣。正统十年(1445)进士,集解元、会元、状元于一身。仕英宗、代宗、宪宗三朝,历官兵部尚书、户部尚书、太子少保、吏部尚书、谨身殿大学士。曾率同官条陈宦官汪直十一条罪状。卒谥文毅。著有《商文毅疏稿略》、《商文毅公集》等。 ㊱ 刘翔:系刘珝(xǔ)之误。刘珝(1426—1490),字叔温,号古直。寿光(今属山东)人。明大臣。正统十三年(1448)进士,授编修。历官吏部左侍郎、太子侍讲、谨身殿大学士。 ㊲ 项中:系项忠之误。项忠(1421—1502),字荩臣,号乔松,浙江嘉兴人。明大臣。正统七年(1443)进士,历官刑部主事、刑部尚书、兵部尚书。 ㊳ 马文升(1426—1510):字负图,号约斋,钧州(今河南禹州市)人。明大臣。景泰二年(1451)进士,历官山西、湖广巡按、兵部右侍郎、辽东巡抚、兵部尚书、吏部尚书。 ㊴ 焦芳(1434—1517):字孟阳,泌阳人(今属河南)。明大臣。天顺八年进士(1464),历官南京右通政、礼部右侍郎、吏部尚书兼文渊阁大学士、少师兼太子太师华盖殿大学士。 ㊵ 刘宇:字至大,钧州(今河南禹县)人。明大臣。成化八年(1472)进士,历官右都御史、吏部尚书、兼文渊阁大学士。 ㊶ 张彩:字尚质,号西麓,安定(今甘肃安西)人。明大臣。弘治三年(1490)进士,历官吏部主事、右佥都御史、吏部尚书,加太子少保衔。 ㊷ 征责:征收。 ㊸《通鉴纂要》:《历代通鉴纂要》,计九十二卷,明弘治中李东阳等奉敕修。刘瑾恶李东阳不附己,于《通鉴纂要》书成时,令人寻摘笔画小疵,革誊录官数名,拟祸及东阳。东阳惧,求焦芳、张彩代解,得免。 ㊹ 陈继忠:疑"忠"字衍。陈继(1370—1434),字嗣初,号怡庵,吴县(今江苏苏州)人。明学者。通经学,人呼为"陈五经"。洪熙元年(1425)初开弘文阁,以杨士奇荐召授翰林五经博士，进检讨。著有《耕乐集》、《怡安集》。 ㊺ 杨继忠："忠"系"宗"之讹。杨继宗（1426—1488），字承芳，山西阳城人。明大臣。天顺元年（1457）进士，历官刑部主事、浙江按察使、佥都御史、云南巡抚。 ㊻ 康海（1475—1540）：字德涵，号对山，武功（今陕西兴平）人。明文学家。弘治十五年（1502）进士，任翰林院修撰。武宗时因名列刘瑾党而免官。以诗文名列"前七子"之一。著有《对山集》。 ㊼ 李梦阳（1472—1530）：字献吉，号空同，庆阳（今属甘肃）人。明文学家、书法家。弘治六年（1493）进士，历官任户部主事、郎中、江西提学副使。曾因弹劾刘瑾下狱。提倡"文必秦汉，诗必盛唐"，强调复古，复古派前七子的领袖人物。著有《空同子集》。 ㊽ 三案被劾：指借晚明宫廷梃击、红丸、移宫三案受打击的人，即东林党人。察典被谪：指魏忠贤授意顾秉谦等人编《三朝要典》，以此书为"三案"定是非标准，对照此书被贬谪的主要也是东林党人。按："三朝"指万历、泰昌、天启三朝。 ㊾ 崔呈秀：（？—1627），蓟州（今天津蓟县）人。明大臣。万历四十一年（1613）进士，官至兵部尚书，兼左都御史。依附魏忠贤而成"五虎"之首。㊿ 田吉：故城（今属河北）人。明大臣。天启二年《1922）进士，历官知县、太常少卿、兵部尚书、太子太傅。因投魏忠贤而连续超擢。 (51) 吴淳夫（1572—1629）：号犹三，晋江（今属福建）人。明大臣。万历三十八年（1610）进士，历官余姚知县、陕西佥事、太仆少卿、工部尚书、太子太傅。 (52) 李龙：未详。疑为崇祯即位后与田吉、倪文焕同处死十九人中的李夔龙。李夔龙，福建南安人。历官吏部文选司郎中、左副都御使。参见《明史·崔呈秀传》。 (53) 倪文焕（？—1628）：江都（今江苏扬州）人。明大臣。万历四十七年（1619）进士，历官御史、太常卿。 (54) 田尔耕（？—1629）：任丘（今属河北）人。明大臣。以祖荫积官至左都督。天启四年（1624），代骆思恭掌锦衣卫事。累加少师兼太子太师。 (55) 许显纯：河北定兴人。明大臣。武进士出身，擢锦衣卫都指挥佥事。依附魏忠贤，屡兴大狱。(56) 孙云鹤：霸州（今河北霸县）人。为东厂理刑官。 (57) 杨寰：吴县（今江苏苏州）人。隶籍锦衣卫，为东厂理刑。 (58) 崔应元：大兴（今属北京）人。充任校尉，积官至锦衣卫指挥。 (59) 周应秋：江苏金坛人。万历二十三年（1595）进士，历官工部侍郎、左都御史、吏部尚书。 (60) 曹钦程：江西德化（今江西九江）人。万历四十七年（1619）进士，历官吴江知县、工部主事。 (61) 内书堂：又称内书馆、内馆、书馆，是明代宦官读书、识字机构，正统初年由太监王振创设。 (62) 陈山（1362—1434）：字汝静，又字伯高。福建沙县人。明大臣。明洪武二十六年（1393）举人，历官奉化教谕、左春坊左庶子、户部左侍郎、户部尚书兼谨身殿大学士、文渊阁直阁事、领文学士供职文华殿。曾与修《永乐大典》，充两朝实录总裁。 (63) 童昏：愚昧无知。 (64) 宪宗：明宪宗朱见深。见陈继儒《重修忠肃于公墓记》注释。 (65) 三杨：指明英宗正统时内阁三宰辅：杨士奇、杨荣、杨溥。杨士奇、杨荣，见王鏊《亲政篇》注释。杨溥（1372—1446），字弘济，号南杨，荆州府石首县（今属湖北）人。明大臣、学者。建文二年（1400）进士，历官翰林院编修、太子洗马、礼部尚书兼武英殿大学士。著有《水云录》、《文定集》等。 (66) 叶向高（1559—1627）：字进卿，号台山，福建福清人。明大臣、书法家。万历十一年（1583 年）进士，历官翰林院编修、南京国子监司业、礼部尚书兼东阁大学士、首辅。著有《说类》。 (67) 赵南星（1550—1627）：字梦白，号侪鹤，高邑（今属河北）人。明大臣、戏曲家。万历二年（1574）进士，历官汝宁推官、户部主事、吏部考功郎中、吏部文选员外郎。著有《芳茹园乐府》、《赵忠毅公集》、《味檗斋文集》等。 (68) 高攀龙(1562—1626):字存之,号景逸,无锡(今属江苏)人。明大臣、文学家。万历十七年(1589)进士,历官揭阳典史、光禄寺少卿。与顾宪成修复东林书院,讲学其中,世称"高顾"。著有《高子遗书》。 ⑥⑨杨涟(1572—1625):字文孺,号大洪,湖广应山(今属湖北)人。明大臣。万历三十五年(1607)进士,历官常熟知县、兵部右给事中、都给事中、副都御史。疏劾魏忠贤二十四大罪,被诬下狱而死。著有《杨大洪集》。 ⑦⓪ 左光斗(1575—1625):字遗直,一字共之,号沧屿先生,又浮丘生,安徽桐城人(今安徽枞阳)人。明大臣。万历四十七年(1619)进士,历官浙江道监察御史、左佥都御史。因对抗大宦官魏忠贤,下狱死。

【赏析】 宦官干政乃至专权,汉唐以来,常出现在古代中国的政治体制以及政治运作中,明代宦官的权力扩张而造成宦祸,历来被史家看成是严重的社会政治现象。清代著名学者赵翼在《廿二史劄记》中,专立一节"明代宦官",对此现象做了精辟的剖析。

由于赵翼本人是一位极具文学素养的治史者,本文对于史料的编排、史实的叙述,以及史观的表达上,都体现出了作者的独到之处。简言之,本文主要特色在于彰显了一条基本线索、两股势力消长和三个史学观点。

首先,本文是依据一条清楚的时间线索展开的。从明太祖的"内官不得与政事",到永乐中"镇守之官,以中人参之","设东厂侦事"等,标志着宦官开始被任用;而正统以后的王振,成化时期的汪直,则渐趋"擅权";"迨魏忠贤窃权",已时至天启年代。赵翼将十分繁杂的明代宦官专权现象,理出了一条明初、明中至晚明的清晰的脉络。

其次,本文告诉世人,整个明代政坛贯穿着宦官和阁臣酷烈的较量。宦官一方,从无官无职到干预政事,从尚不敢肆到四处插手、从有所忌惮到逆党横行;而阁臣一方,从不愿附阉到被诬者多,从气不尽屈到遍遇谴谪,从连章劾奏到惨遭狱祸。双方实力此长彼消,使人痛感世风之日下,臣僚之难为。有意思的是,作者选取阁臣上朝的事例,凸显朝臣前倨而后恭的丑态,特别是"内官到五府、六部",竟反行跪拜之礼。宦官步步紧逼,而阁臣则节节退让,这就是赵翼在文中形象描摹的群阉图和众臣象。

再次,作者通过议论明代宦官擅权的史实,表明了这位清代学人三个重要的史学观点。其一,治史须透过现象,发掘本质。本文摆出了明代宦官逐渐登上政治舞台的历史现象,但并没有止于此,而是揭示了身在前台的宦官背后,是由皇帝那双有形无形的手在掌控着。其二,论史当尊重事实,客观待人。赵翼评判史事,并未乱泼污水,偏执一端,即为《明史》入《宦官传》《阉党传》人物,也能坏处说坏、好处说好。其三,取材应不废稗乘,史料互补。本文有个明显的特点,就是大胆引用稗官笔记中的史料,如"永乐中,差内官到五府、六部"云云，就见于陆容《菽园杂记》卷四，词句略有异同而已；另分别在正文和注文中引何良俊《四友斋丛说》所言为佐证。

《明代宦官》一文的撰写，应是赵翼广搜博引、披沙拣金的过程，也是著者史家见识和辞章手段的鲜明体现。

军 机 处

【题解】 本文选自赵翼《檐曝杂记》卷一。《檐曝杂记》是一部赵翼一生零散笔记文字的汇辑，而卷一是作者在京城经历的记录，多为乾隆十四年（1749）至三十一年（1766）的见闻，以记述朝廷政事为主。军机处，前称军需房、军机房，是"办理军机事务处"的简称，于雍正七年（1729）设立。雍正帝保留原用以处理西北军务的军机房，发展成清代朝政的中枢机构，以加强中央集权制度。军机处秉承皇帝旨意处理军政要务，军机处官员起草诏令，并以面奉谕旨的名义向各部门各地方发布指示。

【原文】

军机处，本内阁①之分局。国初承前明旧制，机务出纳悉关内阁，其军事付议政王大臣②议奏。康熙③中，谕旨或有令南书房④翰林撰拟，是时南书房最为亲切地，如唐翰林学士⑤掌内制也。雍正⑥年间，用兵西北两路，以内阁在太和门⑦外，僇直⑧者多，虑漏泄事机，始设军需房于隆宗门⑨内，选内阁中书之谨密者，入直缮写。后名"军机处"。地近宫庭，便于宣召。为军机大臣者，皆亲臣重臣。于是承旨出政，皆在于此矣。直庐初仅板屋数间，今上⑩特命改建瓦屋。然拟旨犹军机大臣之事。先是世宗宪皇帝⑪时，皆桐城张文和公廷玉⑫为之。今上初年，文和以汪文端公由敦⑬长于文学，特荐入以代其劳。乾隆十二三年间金川用兵⑭，皆文端笔也。国书⑮则有舒文襄赫德⑯及大司马班公第⑰，蒙古文则有理藩院⑱纳公延泰⑲，皆任属草之役。迨傅文忠公恒⑳领揆席㉑，满司员欲藉为见才营进地，文忠始稍假之。其始不过短幅片纸，后则无一非司员所拟矣。文端见满司员如此，而汉文犹必自己出，嫌于揽持，乃亦听司员代拟。相沿日久，遂为军机司员之专职，虽上亦知司员所为。其司员亦不必皆由内阁入，凡部院之能事者皆得进焉，而员数且数倍于昔。此军机前后不同之故事也。

按出纳诏命,魏以来皆属中书[22],故六朝时中书令极贵,必以重臣为之。而中书令官尊,不常亲奏事,多令中书舍人入奏,于是中书舍人亦最为权要地。唐初犹然,高宗时始分其职于北门学士[23],玄宗时又移于翰林学士,于是中书门下之权稍轻。迨唐中叶以后,宦者操国柄,设为枢密使[24]之职,生杀予夺皆由此出,而学士及中书俱承其下流,是以枢密一官极为权要。昭宗[25]时大诛宦官,宫中无复奄寺,始命蒋玄晖[26]为之,此枢密移于朝臣之始。地居要津,人所竞羡,故宣徽使[27]孔循[28]欲得其处,辄谮玄晖于朱全忠[29]而杀之。朱梁改为崇政院[30],以敬翔[31]为使。后唐复名枢密,以郭崇韬[32]为使。明宗[33]时安重诲[34]为使。晋高祖[35]以枢密使刘处尚[36]不称职,乃废此职,归其印于中书,而枢密院学士亦废。出帝[37]时桑维翰[38]复之,再为枢密使。周世宗[39]时王朴[40]为之。是五代时之枢密院,即六朝之中书,其于唐则国初之中书、中叶之学士、末季之枢密合而为一者也。至宋、金则枢密使专掌兵事,与宰相分职,当时谓之两府,而他机务不与焉。元时军国事皆归中书省。明太祖诛胡惟庸[41]后,废中书省不设,令六部各奏事,由是事权尽归宸断。然一日万机,登记撰录,不能不设官掌其事,故永乐中遂有内阁之设,批答本章,撰拟谕旨,渐复中书省之旧。其后天子与阁臣不常见,有所谕,则命内监先写事目,付阁撰文。于是宫内有所谓秉笔太监者,其权遂在内阁之上,与唐之枢密院无异矣。本朝则宦寺不得与政。世祖章皇帝[42]亲政之初,即日至票本房[43],使大学士在御前票拟[44]。康熙中虽有南书房拟旨之例,而机事仍属内阁。雍正以来,本章归内阁,机务及用兵皆军机大臣承旨。天子无日不与大臣相见,无论宦寺不得参,即承旨诸大臣,亦只供传述缮撰[45],而不能稍有赞画于其间也。(按五代、宋、金枢密院,皆有学士供草[46]制。今军机司员,亦犹是时之枢密院学士。)

【注释】　①内阁:明代政务机构。明太祖忌大臣权重,不设宰相。洪武十五年(1382),仿照宋制,置诸殿阁大学士,收阅奏章,批发文稿,协助皇帝处理政务。永乐初,选翰林院讲读、编撰等入阁,参与机务,称内阁,无官属。中叶以后,职权渐重,兼领六部尚书,成为皇帝的最高幕僚兼决策机关。　②议政王大臣:议政王大臣会议,清朝前期的重要决策机构,创立于1637年(明崇祯十年,清崇德二年)。议政王大臣会议初设时,组成成员为八位兼任议政王的贝勒与少数满籍议政大臣。该会议决事项,可不经内阁票拟即可付诸实行。1643 年,顺治帝即位后,该会议再加入汉籍大臣,并将职能扩大为"决定国家重大机密事务"。1677 年(康熙十六年),康熙帝以南书房为国家行政中枢;之后,雍正七年又设立军机处,议政王大臣会议名存实亡。直到 1791 年(乾隆五十六年),该会议才正式废除。　③ 康熙:清圣祖爱新觉罗·玄烨(1654—1722)年号。　④ 南书房:清代内廷机构。位于北京紫禁城内月华门之南,旧为康熙帝读书处。俗称南斋。设于康熙十六年(1677 年),是清代皇帝文学侍从、应召侍读之处。翰林官员"择词臣才品兼优者"入值,称之"南书房行走"。雍正帝设"军机处",立军机大臣等专职,南书房虽仍为翰林入值之所,但已不参预政务。　⑤ 翰林学士:官名。唐代开始设立翰林院。翰林分为两种;一种是翰林学士,供职于翰林学士院,一种是翰林供奉,供职于翰林院。晚唐以后,翰林学士院成为专门起草机密诏制的机构。宋代后成为正式官职,并与科举衔接。明以后被内阁等代替,成为养才储望之所,负责修书撰史,起草诏书,为皇室成员侍读,担任科举考官等。　⑥ 雍正:清世宗爱新觉罗·胤禛(1678—1735)年号。　⑦ 太和门:见王鏊《亲政篇》注释。　⑧ 儤(bào)直:官吏在官府连日值宿。　⑨ 隆宗门:明永乐十八年(1420)建,清顺治十二年(1655)重修。位于北京紫禁城西北角。　⑩ 今上:指清高宗爱新觉罗·弘历(1711—1799),年号乾隆。　⑪ 世宗宪皇帝:即雍正帝。　⑫ 张文和公廷玉:张廷玉(1672—1755),字衡臣,号研斋,安徽桐城人。清大臣、史学家。康熙三十九年(1700)进士,历官保和殿大学士、吏部尚书、军机大臣、太子太保,封三等伯,谥文和。为康熙、雍正、乾隆三帝之元老。曾先后主持编纂《康熙字典》,并充《明史》、国史馆、《清会典》总纂官。著有《澄怀园全集》。　⑬ 汪文端公由敦:汪由敦(1692—1758),初名汪良金,字师苕,号谨堂,又号松泉居士,安徽休宁人。清大臣,文学家、书法家。雍正二年(1724)进士,改庶吉士,历官内阁学士、工部尚书、吏部尚书,谥文端。曾任《平定金川方略》《平定准噶尔方略》两书副、正总裁。著有《松泉集》。　⑭ 金川用兵:乾隆十一年(1746),大金川土司莎罗奔劫夺小金川土司泽旺。次年,莎罗奔又攻明土司(今康定)等地,清朝派兵"弹压"。乾隆十四年(1749),莎罗奔兵败投降。　⑮ 国书:指满文。　⑯ 舒文襄赫德:舒赫德(1710—1777),字伯雄、伯容,姓舒穆鲁,满洲正白旗人。清大臣。历官内阁中书、内阁侍读学士、户部侍郎、镶红旗汉军都统、军机处行走、兵部尚书、太子太保,谥文襄。参与平定大金川土司、准噶尔部与回疆贵族叛乱。曾任国史馆《四库全书》清字经馆总裁。　⑰ 班公第:博尔济吉特·班第(?—1755),蒙古镶黄旗人。清将领。历官内阁学士、兵部侍郎、湖广总督、兵部尚书、两广总督,谥义烈。曾领兵西征准噶尔。　⑱ 理藩院:清中央政府管理蒙古、回部、西藏等少数民族地区的机构,也负责处理对俄罗斯的外交事务。　⑲ 纳公延泰:纳延泰(?—1762),萨尔图克氏,蒙古正白旗人。历官理藩院尚书、军机大臣、太子少保。　⑳ 傅文忠公恒:傅恒(1720—1770),字春和,富察氏,满洲镶黄旗人。清大臣、军事将领。历官侍卫、总管内务府大臣、户部尚书、军机大臣、保和殿大学士,谥文忠。著有《周易述义》《春秋直解》《钦定旗务则例》《西域图志》。　㉑ 揆席:谓宰辅,此指军机大臣。　㉒ 中书:见顾炎武《经义论策(节选)》注释。　㉓ 北门学士:唐制,官衙都在宫城之南,唐高宗时,弘文馆直学士刘祎之、著作郎元万顷等,以文词召为翰林院待诏,密令参预机要,以分宰相之权。院在银台之北,刘、元等人不经南门,而于北门出入,时人因谓之"北门学士"。　㉔ 枢密使:尊称枢相。官名,负责统帅全国军政。唐代宗永泰时置枢密使,以宦官为之,掌接受朝臣以及四方表奏并宣达帝命,参赞军机。　㉕ 昭宗:唐昭宗李晔(867—904)。　㉖ 蒋玄晖(?—906):唐末人,宣武节度使朱温心腹。朱温(朱全忠)控制朝廷后,被任命枢密使。唐昭宗迁都洛阳,蒋玄晖受朱温之命杀死昭宗。后为朱温所杀。　㉗ 宣徽使:官名。唐后期设置宣徽院,以宦官充宣徽使与副使,无固定职掌。五代及北宋沿置,改用检校官充任。掌总领内诸司及三班内侍之籍,郊祀、朝会、宴飨供帐之仪,应内外进奉,悉检视其名物。　㉘ 孔循(884—931):五代时人。少流落汴州,为富人李让养子。因李让为朱温养子,冒姓朱。又从朱氏一乳母之夫姓赵,名殷衡。入梁后改名孔循。天复四年(904),朱温使任宣徽北院副使。后唐明宗时为枢密使。　㉙ 朱全忠:朱温(852—912),宋州砀山(今安徽砀山)人。五代十国后梁开国皇帝。　㉚ 崇政院:官署名。五代后梁朱温称帝后,改"枢密院"为"崇政院",改"枢密使"为"崇政使"。　㉛ 敬翔(?—923):字子振,同州冯翊(今陕西大荔)人。随朱温前后三十馀年,深得朱温信任。唐昭宗时封为检校右仆射、太府卿。朱温称帝后,改枢密院为崇政院,被任命为知枢密院事。　㉜ 郭崇韬(865—926):字安时,代州雁门(今山西代县)人。五代十国时后唐大臣、军事家。历官中门副使、兵部尚书、枢密使、侍中、冀州节度使。　㉝ 明宗:后唐明宗李嗣源(867—933),沙陀部人,原名邈吉烈,别名李亶,李克用养子。曾协助李存勖建立后唐。　㉞ 安重海(?—931):应州(今山西应县)人。五代时后唐大臣。少事李嗣源(后唐明宗),随从征战,颇见亲信。李嗣源即位,历官左领军卫大将军、枢密使、护国节度使。　㉟ 晋高祖:石敬瑭(892—942),五代十国时期后晋开国皇帝。　㊱ 刘处尚:亦作刘处让(881—943),字德谦,沧州(今属河北)人。历官忻州刺史、左骁卫大将军、宣徽北院使、枢密使。　㊲ 出帝:后晋出帝石重贵(914—974),又称少帝,942年至946年在位。　㊳ 桑维翰(898—947):字国侨,河南(今河南洛阳)人。五代十国时后晋大臣。后唐同光年间进士及第,历官中书侍郎、同中书门下平章事,兼枢密使等。后投奔河阳节度使石敬瑭为幕僚。　㊴ 周世宗:后周世宗柴荣(921—959),五代时期后周皇帝。邢州尧山(今河北隆尧)人。　㊵ 王朴(?—959年):字文伯,东平(今属山东)人。五代时政治人物。后汉乾祐三年(950)进士,历官校书郎、枢密使。周世宗时,撰《为君难为臣不易论》、《平边策》,为周世宗献平定边境之策。　㊶ 胡惟庸(?—1380):濠州定远(今安徽)人,与李善长同乡。明朝开国功臣,最后一任中书省丞相。因被疑叛乱,爆发了胡惟庸案,后遭朱元璋处死。参见徐祯卿《宋濂获罪》一文。　㊷ 世祖章皇帝:清世祖爱新觉罗·福临(1638—1661),年号顺治。　㊸ 票本房:内阁将接受奏章的批答意见送呈皇帝裁定之所。　㊹ 票拟:见顾秉谦等《明神宗实录》卷二百一十九(毓德宫召见)注释。　㊺ 缮撰:谓已制定的方案、计划。　㊻ 供草:提供文件的草本。

【赏析】　赵翼是清乾隆年代著名的诗人、学者,一方面有着性灵诗人的感性和想象力,另一方面又具备乾嘉学人扎实的考据工夫,因而赵翼的文章往往文笔生动,内容充实。本文是一则史料笔记,受题材的限定,很难发挥笔性灵动的特长,但也写得层次分明,理据详瞻。本文说的是最高权力机构组成部分的军机处,有着怎样的沿革和发展,对读者认识理解清代的政治制度安排、皇帝与臣僚的关系,提供了确凿的历史依据。

本文开宗明义,指出"军机处,本内阁之分局",也就是说原本的军机处,只是内阁的一个分支,重要的军政大事,还都是由内阁掌管。特别是军事决策,还须由议政王大臣会议商议定夺。而军机处的正式登场,在雍正年间。就外部环境而言,时值西北用兵,急需一运筹帷幄的议兵之所;就朝廷内部管理而言,这一场所能做到高度保密,且"地近宫庭,便于宣召"。于是名称为"军机处"的军政决策机构便应运而生了。作者的叙述看似平淡简约,但还是道出了军机处的本质特点:"为军机大臣者,皆亲臣重臣。于是承旨出政,皆在于此矣。"原来军机大臣都是皇帝亲信,体现皇权的高度集中,便于朝廷的统一指挥,这才是雍正朝设军机处的真实动机。

作者在总述了军机处的沿革、职能和现状后,开始由整体而个别地细析军机处前后不同的职责和具体的人事分工。从雍正朝的张廷玉,到乾隆朝的汪由敦,主要负责拟旨,旨令的满文本由舒赫德及班第草拟,蒙古文本则由纳延泰草拟。满、汉、蒙古籍大臣各司其职,在军机处内达到一定的平衡。等到傅恒接手军机处,更给了军机处下层属员具稿以进的机会。正是傅恒主持军机处,乾隆时期的这个朝廷枢纽,日渐兴盛,内部和谐,为清政府的执政起到了稳定的强化作用。

本文在讲清军机处的来龙去脉后,进一步回溯各个王朝中央决策机构的主持人员和运作状况。赵翼这一路写来,确将军机处之前身,交代得一清二楚,显现了作者厘清时空、条分缕析的史学家功底。宋、金、元、明时期,朝代分期相对单一,主管军政事务者,宋、金则枢密院与宰相,元则中书省,明设内阁,只是宫内有秉笔太监,权在内阁之上。清规定"宦寺不得与政",康熙时"机事仍属内阁"。以下就回到了篇首对军机处的叙说。

这是一篇详细扎实的历史笔记,相关正史、笔乘述及军机处者很多,但引者多以赵翼此篇视作权威之说。从本文的条理性、逻辑性、周密性而言,均属上乘,文史学家赵翼并非浪得虚名。

钱大昕

作者简介

　　钱大昕（1728—1804），字晓徵，号辛楣，一号竹汀，江苏嘉定（今属上海）人。清学者、史学家、散文家。乾隆十六年（1751）举人，十九年（1754）进士，选庶吉士，授编修。历官右赞善、侍讲学士、少詹事、广东学政。丁艰归后不复出。主钟山、娄东、紫阳三书院垂三十年，门下之士甚众。沈德潜目为"吴中七子"之一。晚年自称潜研老人。为清代著名汉学大师，"于文字、音韵、训诂、天算、舆地、氏族、官制、典章、金石之学，皆造其微。故考证经史，语多精谛，而尤熟于乙部"（张舜徽《清人文集别录》卷七）。江藩认为："先生学究天人，博综群籍，自开国以来，蔚然一代儒宗也。"亦工诗文，所为文文辞和厚雅淡，足以徵其学养之深。著有《潜研堂文集》、《竹汀日记钞》、《廿二史考异》、《吴兴旧德录》。

万先生斯同传

【题解】　本文选自《潜研堂文集》卷三十八《传》二，是为清初史学家万斯同写的传记。万斯同（1638—1702），字季野，号石园，门生私谥贞文先生，浙江鄞州人。康熙间荐博学鸿词科，不就。师事黄宗羲，精史学。尝以布衣与修《明史》，今所传王鸿绪《明史稿》数百卷，皆其手定。著有《群书辩疑》、《石园诗文集》等。

【原文】

　　万先生斯同，字季野，鄞人。高祖表①，明都督同知②。父泰③，明崇祯丙子举人，鼎革后以经史分授诸子，各名一家。先生其少子也。生而异敏，读书过目不忘。八岁，在客坐中背诵扬子《法言》④，终篇不失一字。年十四五，取家所藏书遍读之，皆得其大意。余姚黄太冲⑤寓甬上⑥，先生与兄斯大⑦皆师事之，得闻蕺山刘氏⑧之学，以慎独为主，以圣贤为必可及⑨。是时甬上有《五经》会⑩，先生年最少，遇有疑义，辄片言析之。束发未尝为时文⑪，专意古学，博通诸史,尤熟于明代掌故,自洪武至天启《实录》,皆能暗诵。尚书徐公乾⑫学闻其名招致之,其撰《读礼通考》⑬,先生予参定焉。

会诏修《明史》,大学士徐公元文⑭为总裁,欲荐入史局,先生力辞,乃延主其家,以刊修⑮委之。元文罢,继之者大学士张公玉书⑯、陈公廷敬⑰、尚书王公鸿绪⑱,皆延请先生有加礼。先生素以明史自任,又病唐以后设局分修之失,尝曰:"昔迁、固⑲才既杰出,又承父学,故事信而言文⑳。其后专家之书,才虽不逮,犹未至如官修者之杂乱也。譬如入人之室,始而周其堂寝匽溷㉑,继而知其蓄产礼俗㉒,久之其男女少长,性质刚柔、轻重、贤愚,无不习察,然后可制其家之事。若官修之史,仓卒而成于众人,不暇择其材之宜与事之习㉓,是犹招市人而与谋室中之事也。吾所以辞史局而就馆总裁所㉔者,唯恐众人分操割裂,使一代治乱贤奸之迹暗昧而不明耳。"又曰:"史之难言久矣!非事信而言文,其传不显。李翱㉕、曾巩所讥魏晋以后㉖,贤奸事迹暗昧而不明,由无迁、固之文是也。而在今则事之信尤难,盖俗之偷久矣,好恶因心,而毁誉随之,一家之事,言者三人,而其传各异矣,况数百年之久乎!言语可曲附㉗而成,事迹可凿空而构,其传而播之者,未必皆直道之行也;其闻而书之者,未必有裁别之识也。非论其世、知其人㉘而具见其表里,则吾以为信而人受其枉者多矣。吾少馆于某氏,其家有列朝《实录》㉙,吾读而详识之。长游四方,就故家长老求遗书,考问往事,旁及郡志邑乘、杂家志传之文,靡不网罗参伍,而要以实录为指归㉚。盖《实录》者,直载其事与言而无所增饰者也。因其世以考其事,核其言而平心察之,则其人之本末,十得其八九矣。然言之发或有所由,事之端或有所起,而其流或有所激,则非他书不能具也。凡《实录》之难详者,吾以它书证之,它书之诬且滥者,吾以所得于《实录》者裁之,虽不敢谓具可信,而是非之枉于人者鲜矣。昔人于《宋史》已病其繁芜,而吾所述将倍焉。非不知简之为贵也,吾恐后之人务博而不知所裁,故先为之极,使知吾所取者有可损,而所不取者必非其事与言之真而不可益也。"

建文一朝㉛无《实录》,野史因有逊国出亡㉜之说,后人多信之,先生直断㉝之曰:"紫禁城无水关,无可出之理,鬼门亦无其地。《成祖实录》称:'建文阖宫自焚,上望见宫中烟起,急遣中使往救,至已不及,中使出其尸于火中,还白上。'所谓中使者,乃成祖之内监也,安肯以后尸诳其主?而清宫之日,中涓㉞嫔御为建文所属意者,逐一毒考,苟无自焚实据,岂肯不行大索之令㉟耶?且建文登极二三年,削夺亲藩㊱,曾无宽假,以至燕王称兵犯阙㊲,逼迫自殒,即使出亡,亦是势穷力尽,谓之逊国可乎?"由是建文之书法㊳遂定。

在都门十余年,士大夫就问无虚日,每月两三会,听讲者常数十人。于前史体例,贯穿精熟,指陈得失,皆中肯綮㊴,刘知几㊵、郑樵㊶诸人不能及也。马、班史皆有表㊷,而《后汉》《三国》以下无之,刘知几谓:"得之不为益,失之不为损。"先生则曰:"史之有表,所以通纪传之穷。有其人已入纪传而表之者,有未入纪传而牵连以表之者,表立而后纪传之文可省,故表不可废。读史而不读表,非深于史者也。"

康熙壬午㊸四月卒,年六十,所著《历代史表》六十卷、《纪元汇考》四卷、《庙制图考》四卷、《儒林宗派》八卷、《石经考》二卷,皆刊行。又有《周正汇考》八卷、《历代宰辅汇考》八卷、《宋季忠义录》十六卷、《六陵遗事》一卷、《庚申君遗事》一卷、《群书疑辨》十二卷、《书学汇编》二十二卷、《昆仑河源考》二卷、《河渠考》十二卷、《石园诗文集》二十卷,予皆未见也。乾隆初,大学士张公廷玉等奉诏刊定《明史》,以王公鸿绪史稿为本而增损之,王氏稿大半出先生手也。

【注释】　①高祖表:指万斯同的高祖父万表,明威远将军万斌之七世孙。②都督同知:明初为使皇帝集中控制兵权,改大都督府为五军都督府,各都督府设置左、右都督,左、右都督之下设置都督同知,从一品,协助左右都督管理本府所辖都司、卫所。③泰万泰(1598—1657):字履安,晚号悔庵,浙江鄞州人。明末清初学者。崇祯九年(1636)举人,官至户部主事。复社成员,反对阉党专权。参与署名《留都防乱揭》,弹劾阮大铖。少师事刘宗周,曾与黄宗羲同学,创立明末清初浙东学派甬上支派。明亡,离乡远避至榆林,后参与反清复明的军事斗争。晚年游历杭州、苏南、广州等地。　④《法言》:汉扬雄(前53—公元18)著。扬雄,蜀郡成都(今四川成都郫县)人。汉大臣、学者、辞赋家。成帝时任给事黄门郎。王莽时任大夫,校书天禄阁。年四十余,始游京师长安,上呈《甘泉》、《河东》等赋。曾撰《太玄》等文,将源于老子之道的玄作为最高范畴,汉代道家思想的继承和发展者。《法言》,扬雄模仿《论语》而作,本于《论语·子罕篇》:"法语之言,能无从乎?""法言"指对事情的是非给以评判之言。　⑤黄太冲:黄宗羲,见本书《原君》"作者简介"。 ⑥甬上：指浙江宁波。甬，甬江，位于浙江东北部，流经宁波。 ⑦斯大：万斯大(1633—1683)，字充宗，万泰第六子，万斯同之兄。 ⑧蕺山刘氏：刘宗周(1578—1645)，字起东，别号念台，山阴(今浙江绍兴)人，因讲学于山阴蕺山，学者称蕺山先生。明末理学家。万历二十九年(1601)进士，历官礼部主事、右通政、顺天府尹、工部侍郎、左都御史。福王监国，劾马士英、刘孔昭等，复争阮大铖必不可用，皆不听，乞骸骨归。清军攻破杭州，绝食卒。门人私谥正义。清时追谥忠介。其论学重在"诚意"、"慎独"，人称之为"千秋正学"。著有《刘蕺山集》、《刘子全书》、《周易古文钞》、《论语学案》、《圣学宗要》等。 ⑨慎独：语出《中庸》："莫见于隐，莫显于微，故君子慎其独也。"慎独是一种修为境界，"慎"指小心谨慎，"独"指独自行事，意为自觉控制自己的欲望。 ⑩《五经》会：指学者讨论《五经》经义的聚会。 ⑪时文：此指科举时代应试的文章，也即八股文。 ⑫徐公乾学：徐乾学(1631—1694)，字原一、幼慧，号健庵、玉峰先生，江苏昆山人。清大臣、学者、藏书家。顾炎武外甥，与弟元文、秉义皆高官而擅文名，人称"昆山三徐"。康熙九年(1670)进士，授编修，历官日讲起居注官、《明史》总裁、左都御史、刑部尚书。著有《憺园集》、《读礼通考》、《传是楼书目》等。 ⑬《读礼通考》：为徐乾学丁忧家居时所作，归田后又加订定。仿朱熹《经传通解》，兼采众说，剖析《礼》之精义。一时通经学古之士如阎若璩、万斯大等亦合力助之，故博而有要，独过诸儒。 ⑭徐公元文：徐元文(1634—1691)，字公肃，号立斋，江苏昆山人。徐乾学之弟。清大臣、学者。顺治十六年(1659)进士，授翰林院修撰，历官《明史》总裁、国子监祭酒、左都御史、文华殿大学士兼翰林院掌院学士。著有《含经堂集》、《得树园诗集》。 ⑮刊修：校订，修正。 ⑯张公玉书：张玉书(1642—1711)，字素存，号润甫，江苏丹徒(今江苏镇江)人。清大臣、学者。顺治十八年(1661)进士，历官翰林院编修、国子监司业、侍讲学士、文华殿大学士兼户部尚书。深于史学，曾主持修成《三朝国史》、《大清会典》、《大清一统志》、《平定三逆方略》、《平定朔漠方略》、《佩文韵府》等。著有《张文贞集》。 ⑰陈公廷敬：陈廷敬(1639—1712)，字子端，号说岩，晚号午亭，泽州(山西阳城)人。清大臣、学者。顺治十五年(1658)进士，改庶吉士，历官经筵讲官、工部尚书、户部尚书、刑部尚书、吏部尚书、文渊阁大学士。工诗文。著有《午亭文编》、《河上集》。 ⑱王公鸿绪：王鸿绪(1645—1723)，字季友，号俨斋，别号横云山人，华亭(今上海松江)人。清大臣、书法家。康熙十二年(1673)进士，授编修，历官日讲起居注官、侍读学士、左都御史、工部尚书。著有《横云山人集》、《赐金园文集》。 ⑲迁、固：《史记》作者司马迁和《汉书》作者班固。 ⑳事信而言文：记事真实，语言华美。 ㉑堂寝匽溷：厅堂、寝室、坑池和浴室。 ㉒蓄产礼俗：积蓄、产业、礼节和习惯。 ㉓事之习：对事物的熟识程度。 ㉔就馆总裁所：指寓居《明史》总裁徐元文家任教职。 ㉕李翱(772—841)：字习之，陇西成纪(今甘肃秦安)人。唐文学家、哲学家。贞元十四年(798)进士，历官国子博士、史馆修撰、中书舍人、桂州刺史、山南东道节度使。曾从韩愈学古文，其论《史》、《汉》曰："前汉事迹，灼然传在人口者，以司马迁、班固叙述高简之工，故学者悦而习焉，其读之详也。"(《答皇甫湜书》) ㉖曾巩(1019—1083)：字子固，建昌军南丰(今属江西)人，后居临川。宋散文家、史学家。嘉祐二年(1057)进士，历官太平州司法参军、越州通判、齐州、襄州、亳州、沧州知州、史官修撰。其论两汉以来为史者曰："夫自三代以后为史者，如迁之文，亦不可不谓隽伟拔出之材、非常之士也。然顾以谓明不足以周万事之理,道不足以适天下之用,智不足以通难知之意,文不足以发难显之情者,何哉?盖圣贤之高致,迁固有不能纯达其情而见之于后者矣,故不得而与之也。迁之得失如此,况其他邪?至于宋、齐、梁、陈、后魏、后周之书,盖无以议为也。"(《南齐书目录序》) ㉗曲附:曲意附会。 ㉘论其世、知其人:《孟子·万章下》:"颂其诗,读其书,不知其人,可乎?是以论其世也。是尚友也。"意谓要深入理解和把握作品的思想内容,须知晓作者的生活经历、思想脉络以及写作年代的历史文化背景,要和古人"交朋友"。 ㉙列朝《实录》:指各个朝代的"实录",编年体史书的一种,一般以皇帝的谥号或庙号为名。 ㉚指归:要旨、意向。 ㉛建文一朝:指明惠帝朱允炆一朝,计三年(1399)。 ㉜逊国出亡:建文帝朱允炆面对明太祖四子燕王朱棣造反夺位,让出王位出逃。 ㉝直断:直接判断。 ㉞中涓:官名,亦作涓人,朝廷亲近之臣,一般指宦官。 ㉟大索之令:打仗攻占敌方城池后,公开纵容本方士兵奸淫掳掠的命令。 ㊱削夺亲藩:参见本书《削夺诸藩》一文。 ㊲犯阙:指举兵入犯朝廷。 ㊳建文之书法:指史书关于建文帝的官方说法。 ㊴肯綮:筋骨结合处,比喻事物的要害或关键。典出《庄子·养生主》。 ㊵刘知几(661—721):字子玄,彭城(今江苏徐州)人。唐史学家。永隆元年(680)进士,历官著作佐郎、左史、著作郎、秘书少监、太子左庶子、左散骑常侍。深于史学,参与修撰《唐书》及睿宗、则天、中宗三朝《实录》。著有《史通》。 ㊶郑樵(1104—1162):字渔仲,世称夹漈先生,兴化军莆田(今属福建)人。宋史学家、目录学家。一生不应科举,读遍古今书,在经学、语言学、史学等方面成就颇丰。梁启超评曰:"宋郑樵生左(左丘明)、司(司马迁)千岁之后,奋高掌,迈远跖,以作《通志》,可谓豪杰之士也……史界之有樵,若光芒竞天一彗星焉。"(《饮冰室合集》)著有《通志》、《夹漈遗稿》、《尔雅注》等。 ㊷马、班史皆有表:《史记》、《汉书》的体例有"表"这一类。"表"以时间为线索,直观、系统、简明地表述历史事件,可与纪、传、书、志等史体参照互补。 ㊸康熙壬午:康熙四十一年(1702)。

【赏析】 钱大昕是清中叶著名的学者、史学家,对于同样是精熟史学的明末万斯同,颇寄意焉。在这篇传记中,钱氏并没特别记述万斯同的生平轶事和一般的学术成就,而是借助自己的史识,突出了万斯同的三个方面,给人留下了深刻的印象。首先,万斯同虽有史才,却不满众人作史,对官方设史局修史很不以为然。万氏认为:"昔迁、固才既杰出,又承父学,故事信而言文。其后专家之书,才虽不逮,犹未至如官修者之杂乱也。"史书讲究的就是"事信而言文",史家唯司马迁、班固能之;"专家之书"稍次,但毕竟独立完成,齐整统一还是能做到的;等而下之的是"官修者",最显"杂乱","众人分操割裂,使一代治乱贤奸之迹暗昧而不明",这成了万斯同宁可就馆私家而力辞史局的理由。钱大昕本人晚年潜心著述,不预官方职事,与此似有观念上的关联。

其次,作者赏识的是万斯同坚持实录的精神。万氏以为史家之《实录》,全在"直载其事与言而无所增饰者也",可以确保事件有据可证,即使未必完全可信,但终不至"是非之枉于人"的地步。为证明《实录》的重要,钱大昕指出正因"建文一朝无《实录》",导致出现了建文帝"逊国出亡"之说。万斯同对此做了合乎情理的推断,而依据恰是《成祖实录》。万在《实录》的基础上加以逻辑推论,肯定了建文帝的下落,同时也廓清了野史的传言。

再者,钱大昕十分赞同万斯同关于史体"表"的认定。在作者看来,万氏所称的"表不可废","读史而不读表,非深于史者"的史学观点,甚至超越了唐刘知几、宋郑樵等前代史家。其实,清初大儒顾炎武曾指出:"凡列侯将相、王公九卿,其功名表著者既系之以传,此外大臣无积劳亦无显过,传之不可胜书,而姓名爵里存没盛衰之迹要不容以遽泯,则于表乎载之。又其功罪事实,传中有未悉备者,亦于表乎载之。年经月纬,一览瞭如。"(《日知录》卷二十六)。两相对照,石园之见直可比肩亭林矣!

钱大昕对万斯同的评述,不仅出于惺惺相惜之情,更在于钱对万精湛史识和求实精神的弘扬。

姚 鼐

作者简介

姚鼐(1732—1815),字姬传,一字梦谷,世称惜抱先生,安徽桐城人。清散文家。乾隆二十八年(1763)进士,选翰林院庶吉士,历官刑部郎中、记名御史、《四库全书》纂修官,山东、湖南乡试副考官、会试同考官。乞病归,主讲江宁钟山、扬州梅花、徽州紫阳、安庆敬敷诸书院,凡四十余年。其古文与同邑方苞、刘大櫆先后相承,号称"桐城派"。提出"义理、考据、辞章"的古文理论,阐发文章内在精神和外在行迹的关系,以为"神、理、气、味,文之精也;格、律、声、色,文之粗也"。还将文章的艺术风格分为"阳刚"和"阴柔"两大类。曾选编《古文辞类纂》,将文体分为论辨、序跋等十三类,精选各体文七百余篇,广泛流传于世。所作文以神韵为宗,醇正淡雅,简洁精微,惟文气稍弱。其门人与私淑弟子达七十余人。著有《惜抱轩全集》。

宋双忠祠碑文并序

【题解】 本文选自《惜抱轩诗文集》卷十一。宋双忠祠,是为两位宋末扬州抗元民族英雄李庭芝、姜才而建的纪念祠堂。从德祐元年(1275)至景炎元年(1276),宋末将领李庭芝和副将姜才带领江淮军民奋力抗击元军,泰州城破,二人壮烈殉国。时人为悼念李、姜二公,在扬州广储门外梅花岭侧修建了双忠祠。清乾隆间由两淮盐运司朱孝纯发起对宋双忠祠作了整修,姚鼐为此写了碑文及序言。同治十三年(1876)迁至城东黄家园。此文详在序言,借好友朱孝纯之口,通过追思李庭芝、姜才二人的忠义节操和殉国壮举,说明了整修宋双忠祠的必要,同时对清廷"褒礼忠节"的做法表达了钦仰之意。文章条理清晰、对照鲜明,彰显了儒家道义精神以及文史结合的篇章内核。

【原文】
东海朱使君①受命领两淮盐运司②之次年,谒于江都城北宋制置使③李公④、副都统姜公⑤祠下。乃进⑥士民,告之曰:"当宋之季,自荆、襄⑦而下,城隳⑧师歼,降死相继。伯颜⑨之军南取临安,阿术⑩

之军北围扬州。时维二公忠义坚固,竭力合众,以守兹城。临安既下,帝、后⑪皆入于元,孤城势不可终全。二公卒不肯降屈其志,再却谢后之书⑫,斩元使,焚其诏,以绝他虑,明身必死国家之难。昔蜀汉霍弋⑬、罗宪⑭据郡不降魏,及审知后主内附,然后释兵归命。世犹慜⑮其所处,以为弋、宪欲守而无所向⑯,异于君在怀有二心者也。若二公,当国破主降之后,效节于空位,致命⑰不迁⑱,卒成其义概,可以壮烈士之志而激懦夫之衷者,以视弋、宪何如哉?今天子褒礼忠节,虽亲与圣朝为敌,难而殒者,皆隆崇谥号⑲,俾吏⑳秩祀㉑。矧㉒宋二公立身甚伟,而旧祠陊㉓坏,岁久不修,其于朝廷奖忠尊贤之典,守吏以道导民之谊,甚不足以称。我将率先饬㉔而新之。"众皆曰:"愿尽力!"

乾隆四十二年六月,既竣工,桐城姚鼐为之铭。辞曰:

元雄北方,既脱金距㉕,瞰视江淮,婴儿㉖稚女㉗。谁固人心,奉彼弱主?力或不支,有气可鼓。二公堂堂,孤城在疆㉘。国泯众迁,谊不辱身;死为社稷,生岂随君。既得死所,安于床茵㉙。烈士搏膺㉚,市人流涕,同庙扬州,以享以祭。五百斯年,其报匪懈。新堂炯炯,有翼㉛其外。神陟在天㉜,明曜刚大。思蠲㉝厥心,来庭来对㉞。

【注释】 ①朱使君:朱孝纯(1729—1784),字子颍,号思堂,一号海愚,隶奉天汉军正红旗,东海(今山东郯城)人。清诗画家。乾隆二十七年(1762)举人,历任四川简县知县、重庆知府、泰安知府、两淮盐运使。著有《海愚诗钞》、《泰山金石记》等。参见姚鼐《海愚诗钞序》、《登泰山记》。 ②两淮盐运司:清代掌管淮南淮北地区盐政的官署,设于扬州。 ③制置使:官名。唐代后期在军事行动前后为控制一方秩序而设,北宋不常置,掌筹划沿边军事。南宋掌本路诸州军事,多以安抚大使兼任,可便宜制置军事,有四川、江淮、京湖等制置使。 ④李公:李庭芝(1219—1276),字祥甫,随地(今湖北随州)人。宋大臣,民族英雄。淳祐元年(1241)进士,历官真州知州,两淮、京湖制置大使、扬州知府。抗击元军,与姜才转战至泰州。突围失败,被执送往扬州,殉难。 ⑤姜公:姜才(?—1276),濠州(安徽凤阳)人。宋将领,民族英雄。官通州副都统。与李庭芝共守泰州,城破被执,牺牲于扬州。 ⑥进:招来。 ⑦荆、襄:荆州、襄阳地区(今湖北省)。 ⑧隳:毁坏,坍塌。 ⑨伯颜(1236—1295):蒙古八邻部人。元将领。历官光禄大夫、中书左丞相、右丞相。至元十一年(1274)领兵攻宋,自襄阳沿汉水入长江。至元十三年(1276)入临安(南宋都城,今杭州),俘谢太后及恭帝。 ⑩阿术(1227—1287):蒙古兀良合部人。元将领。官征南都元帅、荆湖行省平章政事。至元十一年(1274),从伯颜东下。伯颜军攻临安,阿术驻兵瓜洲。至元十三年(1276)破泰州、扬州,杀李庭芝、姜才等。 ⑪帝、后:南宋恭帝赵㬎与谢太后。恭帝赵㬎（1271—1323），宋度宗次子，即位前曾被封为嘉国公、左卫上将军等。在位期间朝政多由太皇太后谢道清代理。宋恭帝被俘后，被元朝封为瀛国公。在元世祖忽必烈支持下赴西藏萨迦寺出家，法号和尊。此后在西藏生活达三十五年。谢太后（1210—1283），名道清，南宋理宗皇后，度宗时尊为皇太后。恭帝即位，尊为太皇太后。元兵攻入临安，递表投降，并诏令李庭芝投降，遭拒绝。　⑫却谢后之书：指拒绝谢太后令其降元的诏书。　⑬霍弋：字绍先，南郡枝江（今属湖北）人。三国蜀汉至西晋初将领。历官太子舍人、谒者、黄门侍郎、建宁太守、安南将军。魏兵攻入成都，素服号哭，诸将劝降不听。后知后主刘禅降魏，乃降。　⑭罗宪（218—270）：字令则，荆州襄阳（今属湖北）人。三国后期蜀汉、曹魏、西晋将领。蜀汉时官太子舍人、宣信校尉、巴东太守。降魏后坚守永安，成功抵御孙吴的进攻，加封陵江将军、万年亭侯、武陵太守。司马炎篡魏，改封为西鄂县侯，升冠军将军。　⑮愍（mǐn）：哀怜。　⑯向：归向，目标。　⑰致命：捐躯献身。　⑱不迁：坚定不移。　⑲隆崇谥号：尊崇、推崇死者，根据生平事迹与道德品行，给予评判性、褒扬性的称号。此指乾隆四十年十一月初十日，清高宗命议予明季殉节诸臣谥典，以崇奖忠贞，风励臣节。《清高宗实录》乾隆四十年十一月："癸未……至若史可法之支撑残局，力矢孤忠，终蹈一死以殉。又如刘宗周、黄道周等之立朝謇谔，抵触金壬，及遭际时艰，临危授命，均足称一代完人，为褒扬所当及……虽福王不过仓猝偏安，唐桂二王，并且流离窜迹，已不复成其为国。而诸人茹苦相从，舍生取义，各能忠于所事，亦岂可令其湮没不彰，自宜稽考史书，一体旌谥……朕惟以大公至正为衡，凡明季尽节诸臣，既能为国抒忠，优奖实同一视……凡诸臣事迹之具于明史、及通鉴辑览者，宜各徵考姓名，仍其故官，予以谥号，一准世祖时例行。"　⑳俾（bǐ）吏：使官吏。　㉑秩祀：依礼分等级举行之祭。　㉒矧（shěn）：何况，况且。　㉓陊（duò）：通"堕"，败坏。　㉔饬（chì）：整顿，使整齐。　㉕脱金距：指元灭金国，不再受金国统治。金距，装在斗鸡脚上的金属假距。《左传·昭公二十五年》："季、郈之鸡斗，季氏介其鸡，郈氏为之金距。"　㉖婴儿：指南宋恭帝。南宋灭亡时，恭帝年仅五岁，故称"婴儿"。　㉗稚女：弱女，指谢太后。　㉘在疆：在宋疆域内。　㉙床茵：床上褥垫。此指棺中的褥垫。　㉚博膺：拍打捶击胸口。　㉛翼：遮护。　㉜神陟（zhì）在天：神灵高高在上。　㉝蠲（juān）：昭明。　㉞对：答。

【赏析】　姚鼐此文，按其《古文辞类纂》的分类的标准，当划为"碑志类"。姚氏有曰："志者，识也。或立石墓上，或埋之圹中，古人皆曰志。为之铭者，所以识之之辞也，然恐人观之不详，故又为序。"（《古文辞类纂序》）本文为新修的宋双忠祠作碑铭及序言，当可看作为宋忠臣李庭芝、姜才的树碑立传之文。李、姜二人，大义凛然，慷慨赴难，以姚鼐的个性特征，似不太适合写高扬忠义之士的文章。"鼐为文从容澹雅，不愧名家，惜其气弱，不足以振其辞。"（张舜徽《清人文集别录》）不过，姚鼐又是个崇道者，以为文是"明道义、维风俗以诏世者"（《复汪进士辉祖书》）。当好朋友朱孝纯发起重修双忠祠时，姚鼐自然承担了旌扬宋代忠烈的道义责任，尽管有点勉为其难。

这篇碑志文的重心自在序上，作者几乎全借同道朱孝纯之口来完成。且看这位父母官是如何发扬"民主",和扬州乡亲商量修祠一事的:首先,南宋末年政局危如累卵,城池接连失陷,"降死相继"。其间,京城临安被伯颜拿下,重镇扬州随时有可能遭阿术攻破,二公守城已属无望。然二公仍"忠义坚固",困守孤城。待恭帝和太后降元,情势起了质的变化,二公"却谢后之书","斩元使,焚其诏",行为更加决绝,"卒不肯降屈其志","明身必死国家之难"。李、姜二人,竟如"子欲孝而亲不在"一般,必须在臣欲忠而君已降的窘境前,作最后的抉择。显然,二公决意以死明志。朱君的话,其实即姚鼐所言,用的是层层垫高法,二公能坚持到都城陷、守城破的一刻,未背君臣之义,已可见人品之高;非同一般的是,老主子都下诏劝降,二公还是不为所动,其志节不是较前更高一筹吗?在乱了套的政治伦理面前,姚鼐还举例旁证李、姜二人即便降元求生,也情有可原,蜀汉的霍弋、罗宪,见刘禅降魏,走上了"释兵归命"一途。以前人作衬托,同样凸显了宋季两位忠义之臣的过人之处。此外,李、姜二人的作为与南宋的局势呈反向发展之状,也即南宋朝廷愈危急,二公节操愈坚定;降元者愈众,抗元者愈是"绝他虑"。在本邑父老乡亲面前说这番话,似乎也是对江都地方世俗民情的肯定,也是借此代祠主向此地百姓博同情的妙招。果然朱使君辖下民众以"愿尽力"做了明白响亮的回答。

  本文固然在表彰李、姜的高尚志节,显现了姚鼐一定程度上还保持着残存的前朝遗民情结,以及对大明王朝的某种眷恋,但能说姚鼐此文不是对乾隆帝宽宏大量的某种称许甚至颂扬吗?文中明确写道:"今天子褒礼忠节,虽亲与圣朝为敌,难而殒者,皆隆崇谥号,俾吏秩祀。"这样,序文巧妙地由宋入清,由远而近,从追怀历史的忠臣过渡到赞美当下的明主,让祭祀双忠祠者也可在伤悼之余,摆脱对弱宋的感怀而高唱盛清的赞歌。姚鼐"义理、考证、文章"三者结合的为文用心,在本篇也得到了明显的体现。

  至此,一篇为好友朱孝纯代笔的文章已经大功告成,纽结宋、清两代道义风尚的目的也已达到,那骈偶化的铭辞,本非姚鼐所热衷,且赞词基本以套话为主,不过多少显示了姚鼐把握"格、律、声、色"的文字功底。

张惠言

 作者简介

张惠言(1761—1802),原名一鸣,字皋文,武进(今江苏常州)人。清经学家、散文家、词人。嘉庆四年(1799)进士,官翰林院编修。于经学治《易》,与惠栋、焦循并为后世称作"乾嘉《易》学三大家"。少时工辞赋,好司马相如、扬雄之文。尝辑《词选》,为常州词派之开山祖。于古文为桐城派刘大櫆再传弟子,为"阳湖派"创始人之一,曾国藩在《茗柯文序》中称其文"文词温润","尽取古人之长",为"古之所谓大雅者"。著有《茗柯文编》。

书山东河工事

【题解】 本文选自《茗柯文三编》,揭露了官吏和歹人内外勾结、昏聩无能、草菅人命的荒唐事,表达了作者对官员假河工之名、行佞佛之实的愤懑,以及对地方百姓的深切同情。文章叙议结合,语言生动传神,很具现场感。

【原文】

嘉庆二年①,河决曹州②,山东巡抚伊江阿③临塞之④。伊江阿好佛,其客王先生者,故僧也,曰明心,聚徒京师之广慧寺⑤,诖误士大夫⑥,有司杖而逐之,蓄发养妻子。伊江阿师事之谨。王先生入则以佛家言耸惑巡抚,出则招纳权贿,倾动州县,官吏之奔走巡抚者,争事王先生。河工调发薪刍⑦夫役之官,非王先生言不用也。不称意,张目曰:"奴敢尔,吾撤汝矣!"其横如此。

内阁侍读学士⑧蒋予蒲⑨,王先生广慧寺之徒也,以母忧去官,游于山东,伊江阿延之幕中,相得甚,奏请留视河工,有旨许之。巡抚择良日筑坛于公馆之左,僧道士绕坛诵经者数十人,巡抚日再至,蒋学士、王先生从。及坛,蒋学士北面拜,巡抚亦北面拜。王先生冠毗卢冠⑩,加沙⑪偏袒,升坛坐。学士、巡抚立坛下,诵经毕,乃去。如是者数月。河屡塞,辄复决。其明年正月,王先生曰:"堤所以不固,是其下有孽龙⑫,吾以法镇之,某日当合龙⑬,速具扫⑭。"巡抚曰:"诺。"先期一日,扫具,役夫数百人维扫以须⑮。巡抚至,王先生佛衣冠,手铁长数寸,临决处,呗音⑯诵经咒。良久,投铁于河,又诵又投。三投,举手贺曰:"龙镇矣!"巡抚合掌曰:"如先生言。"明日,水大甚。巡抚命下扫,众皆谏,不许,扫下,数百人皆死。居数日,王先生又至,投铁者又三,扫又下,死者又数百人,堤卒不合。

张惠言曰:余居江南,辄闻山东河工事,未审。及来京师,杂询之⑰,多目击者。呜呼!佛氏之中人,至此极哉!书其事,使来者有所儆⑱焉。

王先生既蓄发,名树勋,以资入,待选⑲通判⑳。本扬州人,或曰常州之宜兴人。当其为僧时,故有妻子也。僧号嘿然。嘿然者,亦其未为僧时号。伊江阿谪戍㉑伊犁㉒,王先生送之戍所。闻其将归谒选㉓云。

【注释】　① 嘉庆二年:1797年。　② 曹州:清代曹州府,约相当于今山东省荷泽地区。黄河流经此地。　③ 伊江阿:拜都氏,字诚庵,满洲正白旗人。大学士永贵之子,官至山东巡抚。嘉庆时遭罢免,又被追论在山东任佛宽盗,流放伊犁戍边。④ 临塞之:到曹州黄河决口处主持堵塞工程。　⑤ 广慧寺:坐落于北京市门头沟区桑峪村北二里的山丘,坐北朝南。相传始建于明代,有正殿及东西配殿,前后有几进几出的厅堂深院。清代时一度成为京城太监的避暑场所,后大太监安德海将广慧寺出售给商人。　⑥ 诖(guà)误:贻误。　⑦ 薪刍:薪柴和牧草。　⑧ 内阁侍读学士:官名。清内阁置侍读,掌勘对本章,检校签票,设大学士、协办大学士、学士、侍读学士、侍读、中书等官。　⑨ 蒋予蒲:字元庭,河南睢县人。蒋曰纶子,清大臣。乾隆四十六年(1781)进士,历官翰林院庶吉士、内阁侍读学士、通政司副使。曾连上六疏,详述灾民苦状。　⑩ 毗卢冠:也作"毗罗帽",僧帽的一种。毗卢,毗卢舍那之略,法身佛之通称,即密教之大日如来。　⑪ 加沙:即"袈裟",佛教徒的法衣。⑫ 孽龙:传说能兴水为害、作恶造孽的龙。　⑬ 合龙:治河时修筑堤坝,将截流留下的最后缺口封堵住,叫作合龙。　⑭ 具扫:准备扫工。扫,扫工,河道工程的专有名词,指用以护堤和堵口的基本材料,预先以柳、草或秫秸等捆扎而成,其大者杂以土石。⑮ 维扫以须:专等所需要的扫工。　⑯ 呗(bài)音:僧人、佛徒的诵经声。⑰ 杂询:多方询问。　⑱ 儆:警示,使人醒悟。　⑲ 待选:(用钱捐得做官资格后,在吏部登记,)等待铨选。　⑳ 通判:官名。州府长官下掌管粮运、家田、水利和诉讼等事项,亦负有监察州府长官的责任。　㉑ 谪戍:古时将有罪之人派往边远之地防守。　㉒ 伊犁:地处新疆西部天山北部的伊犁河谷内。　㉓ 谒选:候补官员到吏部等候选派。

【赏析】 张惠言作为生活在乾嘉时期的经学家、古文家,并未一意埋头于故纸堆,而对当时吏治之腐败、世风之浇漓,表现出高度的关切。张惠言出身于清贫之家,经历过底层人士的艰难困苦,虽经苦读走上仕途,仍未忘情于黎民百姓,深恶痛疾那些戕害乡民的恶吏奸人。其好友古文家恽敬赞赏张惠言的言论:"(皋文言)国家承平百余年,至仁涵育,远出汉唐宋之上,吏民习于宽大,故奸孽萌芽其间,宜大伸罚以肃内外之政。""庸猥之辈,幸致通显,复坏朝廷法度,惜全之,当何所用!"本文所记,正是张氏所言的现实注脚。

曹州河决,山东巡抚伊江阿全权办理河工,这个颟顸的地方长官却偏信犯有前科的王树勋,任其胡作非为。那王树勋似僧似俗,装神弄鬼,竟如西门豹治水时遇到的巫婆一般(见《史记·滑稽列传》),合龙无术,诳人有方,一而再、再而三地耗尽公帑,还害了成百上千条无辜百姓的性命。这正是嘉庆时期当道昏聩、吏治腐败的真实写照。作者身居江南,未及亲见,到京师后杂询目击者,表现了文人兼学者的求实精神。

文章将佛门子弟和贪恋钱权做了鲜明的对比,一方面满口佛家言,一方面则"招纳权贿",撕下了王树勋佛徒的画皮。另外,作者还把佛家本应有的宽厚慈悲之心,与王树勋的骄横残忍面目造成强烈的反差,一个衣袈裟、诵经文的信佛者,很难想象会一次次置治河者于死地而无动于衷,其铁石心肠令人发指。更加匪夷所思的是,当伊江阿被罢官之后、贬谪伊犁之时,王树勋还美滋滋地等待"谒选"呢。政事之怪诞,莫此为甚! 文章以山东河工事立此存照,反映出张惠言欲解民于倒悬的热切期望,以及对佛徒虚伪的深刻讥刺。

梅曾亮

作者简介

梅曾亮(1786—1856),初名曾荫,字伯言,又字葛君,江苏上元(今南京)人,祖籍安徽宣城。清散文家。道光二年(1822)进士,授知县,不就,援例为户部郎中。道光二十九年(1849年)告归,主扬州书院讲席。少喜骈文,与同邑管同交好,俱出姚鼐门下,肆力于古文写作,得桐城古文义法。主张文章要"因时"、"有用",反映社会现实,强调"以昌明道术,辨析是非治乱为己任"(《上汪尚书书》)。著有《柏枧山房文集》。

《复社人姓氏》书后

【题解】 本文选自《柏枧山房文集》卷四,是一篇为晚明复社人士正名的文章。《复社人姓氏》,一本明末复社人士的姓名录。复社,明末文人团体,创建于崇祯初年,早期领袖为太仓张溥、张采兄弟。初时成员多为江南一带士人,后发展成为全国性社团,先后入会者超过两千人。复社继东林党人之后,好批评时政,屡遭马士英、阮大铖等打击,清顺治间被取缔。

【原文】

右①《复社人姓氏》一卷,朱氏彝尊②得之,而藏于曹氏寅③者。首顺天④,次应天⑤、浙江、江西、福建、湖广⑥、广东、河南、山东、山西、四川,至少者广西一人居其末,凡二千二百五十五人。其人其地,或辽远不相及,其名而可知者,又不能十之一。呜呼,滥已!

夫君子相游处,讲说道艺,名高则党众,党众则品淆⑦。盖必有人为吾取怨于天下,而激吾以不能庇同类之耻,故有争。争则所以求胜之术,或无异乎小人,而所营救者,又不必皆君子,而君子遂为世之诟病。传⑧曰:"因不失其亲,亦可宗也⑨。"岂不谅⑩哉!当党祸方急时,娄东⑪张氏⑫走急卒京师,致书要人,起复周延儒⑬,事乃解。夫延儒即不相,固无救于明之亡,而张氏之所以倾时相⑭者,有异乎其祸党人者焉?

余观《几社⑮源流》一书,言明季甚夥⑯,然颇疑过其实,范蔚宗⑰传党锢⑱也亦然。夫汉与明皆受祸于宦竖⑲,而东林⑳与党锢偏受其名。文人矜夸,能震动奔走天下,多浮语虚词,而有国者或欲出全力以胜之,其计左㉑矣。

然以一时之习尚,使后世谓士气不可伸,而名贤亦为之受垢,驯㉒至清议㉓不立,廉耻道消,庸懦无耻之徒附正论以自便,则党人者,亦不能无后世之责也夫!

【注释】　①右:以上,前面。古人书写从右到左,从上而下。　②朱氏彝尊:朱彝尊(1629—1709),字锡鬯,号竹垞,又号金风亭长,秀水(今浙江嘉兴)人。清诗人、词人、学者、藏书家。康熙十八年(1679)举博学鸿词科,除翰林院检讨,历官南书房行走,《明史》纂修。博通经史。诗与王士禛齐名,称"南朱北王",开出浙派诗。词与陈维崧并称,为浙西词派创始者。古文多考据之作,传记很具史料价值。选《明诗综》、《词综》,著有《经义考》、《日下旧闻》、《曝书亭集》。　③曹氏寅:曹寅(1658—1712),字子清,号荔轩,又号楝亭,满洲正白旗内务府包衣。曹雪芹祖父。清大臣、文学家。历官江宁织造、苏州织造、通政使司通政使、两淮盐漕监察御史。善骑射,能诗文,亦擅词曲。著有《楝亭》。　④顺天:明清时期府名。管治京畿地方之事,所辖地区有大兴、宛平和近京州县。　⑤应天:明代府名。治江宁、上元(今江苏南京),所辖地区有江宁、上元、句容、溧水、高淳、江浦、六合、溧阳。清代改应天府为江宁府。　⑥湖广:元明清时期省名。管辖今湖北、湖南。　⑦品淆:人品杂乱。　⑧传(zhuàn):此指《论语》。　⑨"因不失其亲"二句:见《论语·学而》。宗,主,可靠。　⑩谅:信,确实。　⑪娄东:江苏太仓,因在娄江之东,故称。　⑫张氏:张溥(1602—1641),字天如,太仓(今属江苏)人。明末社团领袖、文学家。崇祯(1631)进士,改庶吉士。与同乡张采齐名,合称"娄东二张"。复社创始人。主张"兴复古学,务为有用"。编有《汉魏六朝百三名家集》。著有《七录斋集》。上句"党祸",指明思宗崇祯年间,复社成员与当朝权势间的政治斗争。　⑬周延儒(1593—1643):字玉绳,号挹斋,宜兴(今属江苏)人。明大臣。万历四十一年(1614)进士,授修撰,历官右中允、少詹事、礼部右侍郎、礼部尚书兼东阁大学士。崇祯六年(1633),遭温体仁排挤,托病还乡。后张至发、薛国观、杨嗣昌互相勾结,把持朝政,排斥异己,张溥等复社成员欲打击政敌,扶助周延儒重新为相。　⑭时相:指当时宰相薛国观。　⑮几社:明末文社,与复社同时的文人组织。由夏允彝、杜麟徵、周立勋、徐孚远、彭宾、陈子龙、李雯等发起,非师生子弟不得入社,以会文讲学为主。社址在华亭春藻堂。明亡,其主要成员曾坚持抗清,不屈而死。　⑯夥(huǒ):多。　⑰范蔚宗:范晔(398—445),字蔚宗,顺阳(今河南南阳)人。南朝宋史学家、文学家。历官秘书丞、宣城太守、左卫将军、太子詹事。因参与谋立彭城王刘义康事发,被诛。曾删取各家之作,著成《后汉书》。　⑱党锢:参见黄宗羲《东林学案·总论》一文注释③。　⑲宦竖:指宦官。竖,鄙贱的称呼。　⑳东林:参见黄宗羲《东林学案·总论》一文。　㉑左:错误,偏邪。　㉒驯:逐渐。㉓清议:公正的议论。

【赏析】 复社参与明末政事,距梅曾亮的生活年代,已为历史陈迹,而且以梅的政治经历,显然与复社人士介入政治的深度差别很大。但是,梅曾亮凭着独到的史学眼光,对明末复杂的政坛和士人之间的关系,提出了自己的看法。梅曾亮的史识基于的理论根据是:"惟史之作,其载于书者,非言行之得失,即政治之是非,其精微者易知,而其详明者无不可法戒也。故托之尊而传之远者莫如史,宜然传之远,则其功罪于后世也滋甚,非明且公者莫能为也。"(《复姚春木书》,《柏枧山房文集》卷二)原来,史作可以起到警戒的作用,因而历来受到贤明公正者的重视。想必梅伯言写此文也是有感而发的吧。

明代文士好结社,读书人常诗酒唱和,以文会友,从切劘经义,以应科考,到积极干预政治,陈说社会时弊,一时蔚为风气。复社便是在这样的士风下产生的,成员由北京、南京而辐射及大江南北。作者首先写复社成员人数之众,但并没有像其祖师爷方苞写《左忠毅公逸事》那样写复社义士与阉党抗争的事迹,而是马上归结称"滥已",文章的基调立显。人多未必力量大,文人本就相轻,加以各路文人陋习多多,对复社之是非得失,梅氏便借题发挥了。

文章没有正面否定复社与宦官势力的争斗,只是指出了明代党争中,产生了许多副作用,值得后人警觉。首先,文人社团实在是鱼龙混杂,一些人盛名之下,其实难副,于是出现了内斗:有人结怨于天下,而有人则不能庇护同社之人,"故有争";为求胜,常会用小人之术,所救者往往又不是君子,连原本的君子也遭诟病。正如《论语》所指出的那样,唯有选择可亲之人,方才靠得住。要之,文人相处,"名高则党众,党众则品渚",人多并不一定是好事。其次,就复社的现实效果和对后世影响而言,张溥固然想方设法,里应外合,赶走了曾附逆的奸人薛国观,让周延儒重新入阁。不过,在作者看来,张溥所为与"祸党人者"并无区别,因为"走急卒京师,致书要人",也是拉帮结派的非正常作为。据谢国桢《明清之际党社运动考》云,张溥拉上好友吴昌时,"交通内侍",使崇祯帝起复了周延儒的原官。只是"延儒虽然投降了东林党,但是与逆案的人,并没有十分脱离关系"。张溥等人干的是前门驱虎、后门迎狼的勾当,最终亦未能挽回晚明的颓势。而从"文人矜夸,能震动奔走天下,多浮语虚词"的后续影响而言,不但导致了"有国者"常出下策,而且让后世认为"士气不可伸",弄得"清议不立,廉耻道消",能不被后人指责吗?

梅曾亮所指明末文社之弊,客观公允,能独抒己见,议论汉、明的党祸,于晚清的政治现实,亦具警示作用。

龚自珍

作者简介

龚自珍(1792—1841),又名巩祚,字璱人,号定庵,晚年自号羽琌山民,仁和(今浙江杭州)人。清思想家、文学家。道光九年(1829)进士,历官内阁中书、宗人府主事。自幼研习经史,从外祖父段玉裁学《说文》。于经通《公羊春秋》,于史长西北舆地,晚尤好西方之书,所造深微。梁启超评龚氏曰:"自珍性诀宕,不检细行,颇似法之卢骚。喜为要眇之思,其文辞傲诡连犿……往往引《公羊》义讥切时政,诋排专制……晚清思想之解放,自珍确与有功焉。光绪间所谓新学家者,大率人人皆经过崇拜龚氏之一时期。"(《清代学术概论》二十二)李慈铭论其文则曰:"文章瓌诡,本孙樵、杜牧,参之《史》、《汉》、《庄》、《列》、《楞华》之言,近代霸才也。"(《越缦堂日记·同治癸亥八月二十七日》)著有《龚自珍全集》。

送钦差大臣侯官林公序

【题解】 本文选自龚自珍《龚自珍全集》第二辑,是于道光十八年(1838)写给前往广州禁烟的林则徐的赠序,表达了对林则徐此行的关注和勉励,提出了一系列的建议。钦差大臣:由皇帝特命并颁授关防者。钦差大臣得到授命后,负责办理重大事件。侯官:旧县名,辖境大致为今福建省福州市区和闽侯县的一部分,长期隶属于福建福州府。林则徐的籍贯为侯官。林公:林则徐(1785—1850),字元抚,又字少穆、石麟,晚号俟村老人,福建侯官人。清政治家、思想家、诗人。嘉庆十六年(1811)进士,任翰林院庶吉士,历官江南道监察御史、江苏、陕西按察使、湖北、河南、江宁布政使、江苏巡抚、湖广总督、陕甘总督、巡抚、云贵总督。道光十八年(1838)十一月任钦差大臣前往广州禁烟,为鸦片战争中抵抗派的首领,以虎门销烟、奋力抗英而闻名。因战事不利,被贬至伊犁,再起后因病辞归。道光三十年(1850),清廷又命其出任钦差大臣,督理广西军务,不幸暴病死于赴任途中。这篇赠序情真意切,语重心长,期盼钦差大臣林则徐落实禁烟措施,排除一切干扰,维护中国利益,以报答皇恩。

【原文】

　　钦差大臣兵部尚书①都察院②右都御史林公既陛辞③,礼部主事④仁和龚自珍则献三种决定义⑤,三种旁义⑥,三种答难义⑦,一种归墟义⑧。

　　中国自禹、箕子⑨以来,食货⑩并重。自明初开矿,四百余载,未尝增银一厘。今银尽明初银也,地中实⑪,地上虚⑫,假使不漏于海⑬,人事火患⑭,岁岁约耗银三四千两,况漏于海如此乎?此决定义,更无疑义。汉世五行家⑮,以食妖、服妖⑯占天下之变。鸦片烟则食妖也,其人病魂魄,逆昼夜。其食者宜缳首诛⑰!贩者、造者宜刎脰诛⑱!兵丁食宜刎脰诛!此决定义,更无疑义。诛之不可胜诛,不可绝其源;绝其源,则夷不逞⑲,奸民不逞;有二不逞,无武力何以胜也?公驻澳门⑳,距广州城远,夷竿㉑也。公以文臣孤入夷竿,其可乎?此行宜以重兵自随,此正皇上颁关防㉒使节制水师意也。此决定义,更无疑义。

　　食妖宜绝矣,宜并杜绝呢㉓羽毛之至。杜之则蚕桑之利重,木棉之利重;蚕桑、木棉之利重,则中国实。又凡钟表、玻璃、燕窝之属,悦上都㉔之少年,而夺其所重者,皆至不急之物也,宜皆杜之。此一旁义。宜勒限使夷人徙澳门,不许留一夷。留夷馆㉕一所,为互市之栖止。此又一旁义。火器宜讲求。京师火器营,乾隆中攻金川㉖用之,不知施于海便否?广州有巧工能造火器否?胡宗宪㉗《图编》㉘有可约略仿用者否?宜下群吏议。如带广州兵赴澳门,多带巧匠,以便修整军器。此又一旁义。

　　于是有儒生送难者㉙曰:中国食急于货,袭汉臣刘陶㉚旧议论以相抵。固也,似也,抑我岂护惜货而置食于不理也哉?此议施于开矿之朝,谓之切病;施之于禁银出海之朝,谓之不切病。食固第一,货即第二,禹、箕子言如此矣。此一答难。于是有关吏㉛送难者曰:不用呢羽、钟表、燕窝、玻璃,税将绌。夫中国与夷人互市,大利在利其米,此外皆末也。宜正告之曰:行将关税定额陆续清减,未必不蒙恩允,国家断断不恃权关㉜所入,矧所损细所益大?此又一答难。乃有迂诞㉝书生送难者,则不过曰为宽大而已,曰必毋用兵而已。告之曰:刑乱邦用重典㉞,周公公训也。至于用兵,不比陆路之用兵,此驱之,非剿之也;此守海口,防我境,不许其入,非与彼战于海,战于艅艎㉟也。伏波将军㊱则近水,非楼船将军㊲,非横海将军㊳也。况陆路可追,此无可追,取不逞夷人及奸民,就地正典刑,非有大兵阵之原野之事,岂古人于陆路开边衅之比也哉?此又一答难。

以上三难,送难者皆天下黠猾游说,而貌为老成迂拙者也。粤省僚吏中有之,幕客中有之,游客㊴中有之,商估㊵中有之,恐绅士中未必无之,宜杀一儆百。公此行此心,为若辈所动,游移万一,此千载之一时,事机一跌,不敢言之㊶矣!不敢言之矣!古奉使之诗曰:"忧心悄悄,仆夫况瘁㊷。"悄悄者何也?虑尝试㊸也,虑窥伺也,虑泄言也。仆夫左右亲近之人,皆大敌也㊹。仆夫且忧形于色,而有况瘁之容,无飞扬之意,则善于奉使之至也。阁下其绎㊺此诗!

何为一归墟义也?曰:我与公约,期公以两期㊻期年㊼,使中国十八行省银价平。物力实,人心定,而后归报我皇上。《书》曰:"若射之有志㊽。"我之言,公之鹄㊾矣。

【注释】 ① 兵部尚书:官名,兵部是清中央政府六部之一,主管全国军事。兵部尚书是兵部长官,林则徐被任命为钦差大臣后所加领的官衔。 ② 都察院:清主管监察、弹劾的官署。都察院长官为左右御史,右都御史是总督、巡抚等的加衔。 ③ 陛辞:向皇帝辞行。 ④ 礼部主事:官名,礼部中主办文稿的中级官员。礼部,清中央政府六部之一,主管国家典章制度、祭祀、学校、科举和接待四方宾客等事务。 ⑤ 决定义:决定性意见,即建议必须做的事。 ⑥ 旁义:参考性意见。 ⑦ 答难义:回答问难的意思。 ⑧ 归墟义:总结性意见。归墟,指大海深处,众水所归。后比喻事物的终结或归宿。《列子·汤问》:"渤海之东,不知几亿万里,有大壑焉,实惟无底之谷。其下无底,名曰归墟。" ⑨ 箕子:名胥余,商朝宗室。帝丁之子,帝乙之弟,纣王之叔父,官太师,封于箕(今山西太谷一带)。曾劝谏纣王,但纣王不听,反将其囚禁。周武王克殷后,命召公释放箕子。武王向箕子询治国之道,记载于《书·洪范》。 ⑩ 食货:指粮食等食物和钱财、货物。语出《书·洪范》:"八政:一曰食,二曰货。"孙星衍疏《汉书·食货志》:"食谓农殖嘉谷可食之物,货谓布帛可衣,及金刀龟贝所以分财布利通有无者也。二者,生民之本。" ⑪ 地中实:指地下的银矿充足。 ⑫ 地上虚:指社会上流通的银子渐少。 ⑬ 漏于海:指银子流出海外。 ⑭ 人事火患:人事和失火那样的灾害。 ⑮ 五行家:古代以五行说解释人事和宇宙现象的一种学派,把水、火、木、金、土五种物质称为五行,用它来解释自然和社会现象。后亦以称星相卜筮之士。本文指五行家运用五行相生相克的理论推占凶吉。 ⑯ 食妖、服妖:指吃怪异的食物和穿怪异的服装。 ⑰ 缳(huán)首诛:处以绞刑。缳,绞索。 ⑱ 刎脰(dòu)诛:处以砍头死刑。脰,脖子,头颈。 ⑲ 不逞:指内心不满,企图为非作歹。 ⑳ 公驻澳门:其时林则徐驻广州,不过林曾巡视过澳门。澳门在广东省珠江口西侧,明嘉靖三十二年(1553)被葡萄牙殖民者强占。鸦片战争前,澳门成为英国侵略者囤积、偷卖鸦片的基地。　㉑夷笪(bì):指清政府限定外国商人居住之处。笪,用荆竹树枝编成的篱笆。　㉒关防:明清时朝廷的印信。　㉓呢:呢绒。　㉔上都:京都。　㉕夷馆:外国人的会馆。　㉖金川:四川省西北部大小金川流域少数民族居住的地方,即今大渡河上游金川、小金等地。　㉗胡宗宪(1512—1565):见袁宏道《徐文长传》注释②。㉘《图编》:指胡宗宪所著《筹海图编》,为筹划海防驻守和制造兵器的军事资料,对浙江沿海的地形、防务、战具、战事描述甚详,并附有沿海布防形势战船武器等图样。　㉙送难者:指当时反对禁烟的人。　㉚刘陶:一名伟,字子奇,颍川颍阴(今河南许昌)人。东汉大臣。历官尚书侍中、京兆尹、谏议大夫。主张发展农业生产,"以为当今之忧,不在于货,在乎民饥。夫生养之道,先食后货"(《后汉书·刘陶传》)。据《资治通鉴》卷第五十八记载,刘陶向汉灵帝劝谏宦官祸国之害,被宦官诬陷下狱,最后闭气而死。　㉛关吏:管理海关的官员。　㉜榷(què)关:征收关税。　㉝迂诞:迂腐荒诞。　㉞刑乱邦用重典:语出《周礼·秋官·司寇》,意谓治理动乱的邦国须用严苛的律法。　㉟艅(yú)艎(huáng):船名,此指战船。　㊱伏波将军:汉代将军的称号。汉武帝征吕嘉(南越国相)时封路博德为伏波将军,封杨仆为楼船将军。路博德在海岸指挥作战,率军攻下海南岛,设立珠崖、儋耳两郡,汉朝开始直接统治海南。　㊲楼船将军:汉代将军的称号。楼船将军杨仆率领水军,与路博德的陆军共同平定南越国。后又与王温舒、韩说一起平定东越国。　㊳横海将军:汉代将军的称号。汉武帝征东越王余善时,封韩说为横海将军。作者提及三位将军,意指此次禁烟,若被迫使用武力,应在海口自卫防御,驱逐入侵之敌,即同于伏波将军之出征,而不同于楼船将军、横海将军的海上作战和跨海远征。　㊴游客:指没有固定职位,专于官僚权贵间游说谋利之人。　㊵商估:商人。估,通"贾"。　㊶不敢言之:(情势危急)不能去说它了。　㊷"忧心"二句:语出《诗·小雅·出车》,言出征者忧心忡忡,随从者憔悴不堪。悄悄,忧伤貌。仆夫、御者,此指随从人员。况,甚,很。瘁,憔悴。　㊸尝试:指身旁人试图游说以动摇禁烟决心。　㊹"仆夫"二句:作者提请林则徐警惕左右随从之人,这些人可能即为禁烟的对立者。　㊺绎:抽出,理出头绪。此指仔细、深入地领会。　㊻两期(qí):两个。此"期"为量词。　㊼期(jī)年:一整年。　㊽若射之有志:语出《尚书·盘庚上》。意思是说,(解决禁烟之难)须像射箭般有明确目标,且必定要中的。㊾鹄(gǔ):箭靶的中心。

【赏析】　龚自珍是中国近代启蒙思想家,也是一位重要的诗文大家。龚自珍散文鲜明的时代特色就在其张扬的经世精神和真切的人文关怀。这篇写给林则徐的赠序,体现出作者对鸦片战争前夕中国政治、经济、军事情势的深入观察,充分表达了龚氏强烈的社会责任感。

当鸦片大举进入中国,白银哗哗流出之际,林则徐向最高当局发出警示:"当鸦片未盛行之时,吸食者不过害及其身,故杖徒已足蔽辜。迨流毒于天下,则为害甚巨,法当从严。若犹泄泄视之,是使数十年后,中原几无可?以御敌之兵,且无可以充饷之银。"(《钱票无甚关碍,宜重禁吃烟以杜弊源片》)

道光帝终于受到了震惊,下决心派林则徐任钦差大臣,出巡广州,主导禁烟。在最需要的民意舆情的支持时,龚自珍向钦差大臣林则徐提出了十点建议,即"三种决定义"、"三种旁义"、"三种答难义"、"一种归墟义",鲜明地表达了一位爱国学人的深谋远虑。

赠序向林则徐昭告的"决定义"方向明确,目标显著,不容置喙。首先,不再让白银"漏于海",是第一要务。龚自珍从道光间国情出发,指出明初开采而得的那点白银家底,早已损耗多多,哪里经得起"漏于海"呢?其次,制造、贩卖、吸食鸦片者,必以极刑伺候,不能让涉烟者心存侥幸。再者,"此行宜以重兵自随",因为砍了头、断了源,夷人和奸民不会善罢甘休,"无武力何以胜也"?龚自珍一上来就出此三招,干脆利落,激励重任在肩的林大人不得心慈手软,加紧落实广州禁烟的关键措施。此战略决策,应毫不动摇。

龚自珍认为禁绝鸦片,牵动国际贸易和外交往来,还要全盘谋划,补苴罅漏,于是另又提出几点建设性意见。一供参考:光驱逐"食妖"还不够,不能忘了提防"服妖",进口了"呢羽毛",必将损害本国"蚕桑、木棉之利",连那些个"钟表、玻璃、燕窝",全是"至不急之物",也应挡在国门之外。二供参考:外人悉徙离澳门,留一商馆,让外商暂栖歇歇脚。三供参考:必须加强武器装备,一旦遭遇外夷武力抵抗禁烟,定要以暴制暴,火器军械的改进可不是件小事。此战术因应,当见机行事。

至于如何回答"儒生"、"关吏"、"迂诞书生"的问难,龚自珍也是兵来将挡、水来土掩,向林公献上三条答词。第一,阻止白银外流,不等于便是轻视农本,"食急于货",不能成为反"禁银出海"的借口。第二,进口"呢羽、钟表、燕窝、玻璃"这些新潮的洋货,虽会带来一些税入,但中外互市,大利乃在购进大米。若断绝妖服、妖货的交易,未必得不到皇上的恩准,且"所损细、所益大"。第三,宽大不能无边,该出手时就出手,刑乱邦哪能不用重典?根本不要担心"用兵",真要打起来,也只是海边的局部冲突而已,不须未战先怯,自灭威风。此舆论对策,防横炮侧攻。

作者担忧林则徐禁烟行动受外界干扰,便未雨绸缪,在思想上打个预防针,告诫林尚书切莫坐失良机,前功尽弃。一篇语重心长的赠序,对钦差大臣林则徐巡使广州不仅壮其行色,还来了个醍醐灌顶,使其禁烟之举有了更明确的目标和更坚定的信心。龚文还引《诗经》中语,请求林则徐好好"绎其诗"义,也就是希望肩负禁烟重任之臣时时警觉,刻刻留意,切莫使"左右亲近之人"坏了大事。

龚自珍最后热切企盼两年后林公能完成使命,实现"中国十八行省银价平","物力实,人心定,而后归报我皇上"。同时作者坚信自己的同道好友定将使禁烟的目标成为现实。林则徐读了龚自珍的赠序后,即于是年(戊戌年)十二月初二(公历1839年1月16日)写了一封回信,信中称:"出都后,于舆中紬绎大作,责难陈义之高,非谋识宏远者不能言,而非关注深切者不肯言也。"(《复龚自珍札》)两封信件相得益彰,显示了龚、林二人的高度一致的经世理想和肝胆相照的私人情谊。

龚自珍与林则徐的赠序,多角度地对禁烟行动发表的真知灼见和具体谋略,是特定历史条件下产生的思想结晶,也和龚本人的经历、素养紧密相关。龚自珍于学治《公羊》,为今文经学派。梁启超《清代学术概论》(二十二)指出:"今文学之中心在《公羊》,而公羊家言,则真所谓'其中多非常异义可怪之论'(何休《公羊传注自序》)。……段玉裁外孙龚自珍,既受训诂学于段,而好今文,说经宗庄(存与)、刘(逢禄)。……往往引《公羊》义讥切时政,诋排专制。"作为今文学者的龚氏,有着经世干政的强烈愿望,一遇事关家国命运的禁烟行动,就自然表达出来了。龚自珍又是一位饱学之士,"出入于九经七纬,诸子百家,自成一家言","为内阁中书时,上书大学士,乞到阁看本,充史官校对","其官宗人府主事也,充玉牒馆纂修官",(《情史列传》卷七十三)可知其深于史学。而此赠序中,多引史实以阐述治国之道,如"中国自禹、箕子以来,食货并重","汉世五行家,以食妖、服妖占天下之变","刑乱邦用重典,周公公训也"等等,言之凿凿,增强了文章的说服力。龚自珍又是一位重情之人,笔下流淌着情感的热泉,所谓"怡情而荡魄"者也!(曹籀《定盦文集序》)就行文用语而言,做着好用"三叠"之法,不仅"三种决定义","三种旁义","三种答难义",形成明显的外三叠,每一叠之内,又有"其食者宜……"、"贩者、造者宜……"、"兵丁食宜……"这样的内三叠,就是提出质询,也是连发三问:"不知施于海便否?""有巧工能造火器否?""有可约略仿用者否?"使全文结构清晰,且有层次感。以上数端,正是本文发人深省、感人肺腑之处。

徐 鼒

 作者简介

徐鼒(1810—1862),字彝舟,号亦才,江苏六合人。道光二十五年(1845)进士,改翰林院庶吉士。散馆,授检讨。历官福建延平府知府。鼒博学通经史,撰述颇富,有《未灰斋文集》八卷、《未灰斋外集》一卷及《未灰斋诗钞》、《淮南子校勘记》、《楚辞校注》、《小腆纪年》、《补毛诗》、《尔雅注疏》、《明史艺文志补遗》、《老子校勘记》等。

史可法传

【题解】 本文选自徐鼒《小腆纪年》卷十《列传》第三。《小腆纪传》是研究南明史的重要史料,六十五卷、补遗五卷。用编年体记载了福、唐、桂、鲁四王和台湾郑氏的史事。此书以清朝为正统,附记南明年号;史事的异同,用"附考"形式予以折衷,系以论断。此传以明清之际的社会乱象为背景,描述了史可法苦战于江淮地区直至英勇就义的历史事件。

【原文】

明年,弘光改元①,春正月,庚寅②,以新殿推恩,加太子太师,进建极殿大学士③,辞不受。时大风雪,自腊迄春,粮饷不前,遣幕客四出召集,躬自俭苦,而入不敷出。乃以户部主事施凤仪④行盐扬州,以周某为理饷总兵⑤,兴饭米豆,而上下为奸,利不入官。前后疏凡数十上,每缮疏,循环讽诵,呜咽不自胜,幕下士皆为饮泣。而上方耽乐声色,马⑥、阮⑦争门户,于出师聚饷,未暇及也。

会前中允卫胤文⑧自贼中南归,高杰⑨以同乡故,留监己军,闻朝严从逆之罪,欲媚士英以自解,疏言:"国家兵事问镇臣,粮饷问部臣,督师赘疣⑩也。可法浪得名耳,当置居内员,备顾问,勿令久当津要为也。"可法因上疏乞罢,且曰:"胤文谓臣赘疣应去,臣讨贼未效,妄冀还朝,臣虽至愚,计不出此。顾膺⑪简命⑫之重,臣何自安?"上切责胤文,而谕可法尽职,然士英心窃喜之。

既而睢州变⑬闻，杰兵仓卒未有所属，互相雄长。可法驰至徐州，擐甲⑭戴弁⑮，坐以待旦，召诸将歃血盟，立杰子元爵为世子⑯，甥总兵李本深⑰为提督，为请恤于朝，一军帖然。士英闻可法得杰军，心弗善也，擢胤文为兵部右侍郎，总督兴平营将士兵马，经略开、归⑱。将士愤懑不平，于胤文莅任日无一人至者。可法再三慰谕之，若忘其曾劾己者，杰军士益以此归可法，即胤文亦心折焉。而得功⑲闻杰死，则引兵趋扬州，可法自徐州驰还，说而罢之⑳。本深等闻报，已弃汛㉑奔还，提督之命，又久不下，将士无固志。我兵㉒自大梁㉓以南如入无人之境，破蒙城，逼淮、徐，江南震恐。乃诏从可法议，以本深为左都督，领兴平诸将。可法疏云："臣受命督师，无日不以国事为念。而人情难协，事局纷更，睢州大变之后，又有维扬之扰，外侮未御，内衅方深，拥节制之虚名，负封疆之大罪，窃自悲也！"

夏四月朔㉔，淮南告警，可法将移镇泗州㉕护祖陵㉖，命幕僚载辎重先行。会左良玉㉗犯阙㉘，上手诏可法督诸军入援，可法言："北兵日逼，请留诸军迎敌，亲往谕良玉，要与俱西。有功则割地王之，勿听，而后击之。"诏书切责。乃合诸军倍道㉙抵浦口，将入朝面陈，而我兵已入亳州，诏还师北御。

驰至天长，檄诸将救盱眙，单骑先进，不避风雨。忽报盱眙已降，援将侯方岩全军败没，昼夜兼行，抵泗州，守将李遇春已举城叛。可法一日夜冒雨奔回扬州，尚未食，而城中哄传许定国领北兵㉚至，将歼高氏㉛以绝冤仇。是夜五鼓，高兵㉜斩关出奔泰州，牲畜舟楫为之一空。

戊辰㉝，监饷郎中㉞黄日芳㉟檄川将胡尚友、韩尚良领所部驻茱萸湾，应廷吉㊱帅移泗诸军屯瓦窑铺，以为犄角。己巳㊲，主事何刚㊳以忠贯营兵来会。方午食，而北哨突至，射杀廷吉家丁，众大骇，川将遇之，斩七级�439。会南风大作，诸军复退屯邵伯湖，乃闭门坚守。

总兵刘肇基㊵请乘北兵未集，背城一战，可法谓："锐气不可轻试，宜养全锋以待其弊。"我兵以红夷炮㊶攻城，铅弹大者如罍，堞堕不能修。我豫王㊷命李遇春㊸持檄抵城下，可法数其罪，遇春曰："公忠义闻华夏，而不见信于朝，死何益也？"可法趣矢射之。复令乡民持书至，守者㊹引之入，挞守者，人与书俱投于水。豫王愈欲生致之，麾诸军姑缓攻;既知其不可,攻始急。而总兵李栖凤、监军道高岐凤已有异志㊺,以危词劫可法,可法正色拒之,曰:“此我死所,公等何为?欲图富贵,请自便也!”二人夜拔营偕川将胡尚友、韩尚良北去,城中势益孤。可法乃为书辞母及妻与伯叔、兄弟,呼部将史德威㊻诀曰:“我无子,汝为我嗣,以奉吾母。我不负国,汝毋负我!我死,当葬我于高皇帝侧;如其不能,梅花岭可也!”

二十五日,丁丑,擐甲登陴㊼,忽报黄蜚㊽兵到,入则反戈杀人,始知为我兵所绐㊾。巨炮摧西北隅,崩声如雷,城遂陷。可法自刎不殊㊿,庄子固(51)、许谨(52)共抱持之。乱兵至,拥之下城,而谨与子固已中飞矢死。可法大呼曰:“我史督师也。”众惊愕,执赴新城楼上,豫王劝之降,可法厉声曰:“吾意早决,城亡与亡。”乃就刑死。旬日,而南都亡。

【注释】 ① 弘光改元:弘光,南明福王朱由崧年号,是年即顺治二年(1645)。朱由崧是明神宗朱翊钧之孙,明熹宗朱由校之堂弟,称帝后改元弘光。 ② 庚寅:正月初六。 ③ 建极殿大学士:明清时期官职名称。明朝时,旧称谨身殿大学士,正五品衔。掌管奉陈规诲、点检题奏、票拟批答等职事。 ④ 施凤仪:字孟翔,明嘉定县罗店镇(今属上海市宝山区)人。早年受业于严衍。崇祯间举人、进士。授任武昌府推官。遭国变,匿身于佛寺,事后潜回南京,投效扬州督师史可法。扬州城破,死于清兵之手。 ⑤ 理饷总兵:管理军饷的统兵官。 ⑥ 马:马士英(约1591—1646),字瑶草,贵州贵阳人,本姓李,过继马氏,祖籍广西梧州。万历间进士,授南京户部主事。天启、崇祯时期历任河南知府、大同知府、宣府巡抚。因贿赂权贵削职,寓居南京,因阮大铖之力复出担任凤阳总督。福王立,任东阁大学士、兵部尚书,加右副都御史衔,仍任凤阳总督,为南明弘光朝内阁首辅。福王的南京政权败亡,马士英被清军俘杀。 ⑦ 阮:阮大铖(1586—1646),字集之,号圆海,又号石巢、百子山樵。怀宁(今安徽安庆)人。明末政客、戏曲作家。万历间进士,天启时官给事中,依附阉宦魏忠贤。崇祯初以附逆废居南京。南明弘光朝经马士英推荐官至兵部尚书。顺治初南京为清兵所破,逃至浙江方国安军中。后降清。 ⑧ 卫胤文:字祥趾,陕西韩城人。崇祯间进士,授庶吉士,历官编修、司业、中允、谕德,告归。南明时,诣兴平营谒高杰,高杰疏请留监己军。后马士英荐其以兵部右侍郎总督兴平所部,经略开封、归德军务,兼徐州、扬州巡抚。扬州破,赴水死。 ⑨ 高杰:字英吾,陕西米脂人。初与李自成同起事,后归顺明朝。初授游击,进副总兵、总兵。弘光帝立,封为兴平伯。又与黄得功、刘泽清、刘良佐为四镇。史可法以明南都大业计,多次调停高杰与各镇之间的矛盾。睢州总兵许定国与高杰不和,设计于夜宴后杀死高杰。高杰以尽忠南明,终获赠太子太保。 ⑩ 赘疣:比喻多余无用的东西。疣,皮肤上长的肉瘤。 ⑪ 膺(yīng):承受,担当。 ⑫ 简命:选派,任命。 ⑬ 睢州变:指睢州总兵许定国暗通清军,除了高杰。 ⑭ 擐(huàn)甲:穿上铠甲。　⑮ 戴弁(biàn)：头戴弁冕。弁冕，礼帽。　⑯ 世子：父亲爵位的法定继承人。元爵为高杰之子，承袭"兴平伯"封号。　⑰ 李本深：高杰甥，杰死，任命为左都督，统辖兴平诸将。　⑱ 开、归：指开封、归德。　⑲ 得功：黄得功（1594—1645），号虎山，开原卫（今辽宁开原县北老城）人，其先祖合肥人。从军辽阳，累功至游击。崇祯间任副总兵。诏加太子太师。以大败张献忠于潜山，升为庐州总兵，人号"黄闯子"。明亡前夕，平定河南永城叛将刘超，论功封为靖南伯。福王时分淮扬为四镇，令黄得功、高杰、刘泽清和刘良佐统领。清兵分兵袭取太平，得功率军在荻港和清兵大战，中箭猝逝。　⑳ 说而罢之：指黄得功闻高杰已死，欲袭扬州，兼并高杰余部，史可法由徐州赶回扬州，说服黄不再攻扬。㉑ 弃汛：放弃驻防的地方。汛，明清称军队的防守之地。　㉒ 我兵：指清军。　㉓ 大梁：地名，战国时魏国国都，今河南开封。　㉔ 夏四月朔：四月初一（癸丑）。　㉕ 泗州：地名，淮河下游的重要都市，今江苏省宿迁市泗洪县为其本州之土。汉为泗水国，唐置泗州，属河南道，明属凤阳府（今安徽省凤阳县）。　㉖ 祖陵：指明祖陵，位于江苏省盱眙县洪泽湖西岸，是明太祖朱元璋高祖、曾祖、祖父的衣冠冢及其祖父的实际葬地。朱元璋于洪武十九年（1386）在此地建祖陵，追封并重葬其祖父朱初一、曾祖朱四九和高祖朱百六三代帝后。明代盱眙为县，属泗州。泗州，洪武四年（1371）属凤阳府。　㉗ 左良玉（1599—1645）：字昆山，山东临清人。明军事将领。历官辽东车右营都司、援剿总兵官、平贼将军。因大败张献忠，以功加太子太保。后被李自成击败，屯于武昌。崇祯十七年（1644），封宁南伯。福王立，进为侯，并加太子太傅。次年以清君侧为名讨伐马士英，呕血而死于途中。㉘ 犯阙：举兵侵犯宫廷。阙，宫殿。　㉙ 倍道：言加快速度，一天走两天的行程。倍，双。㉚ 许定国领北兵：许定国带领清兵。时许定国已降清。　㉛ 高氏：指高杰余部。　㉜ 高兵：亦指原高杰手下兵。　㉝ 戊辰：四月十六。　㉞ 监饷郎中：监管军饷的郎中。郎中，分掌各司事务，其职位仅次于尚书、侍郎、丞相的高级官员。　㉟ 黄日芳：沔阳（今湖北省仙桃市）人。崇祯间进士。　㊱ 应廷吉：字棐臣，浙江鄞县人。天启间进士。初授砀山知县，擢淮安府推官，赴军前为监纪，主持礼贤馆事务。精通星占卜算之术，往往奇中，深为史可法所倚重。　㊲ 己巳：四月十七。　㊳ 何刚：字悫人，南直隶上海人。崇祯末为兵部职方司主事。与好友陈子龙、夏允彝募水师操练，擢职方员外郎，以其部隶归史可法，称忠贯营。　㊴ 七级：七具首级。　㊵ 刘肇基（？—1645）：刘肇基，字鼎维，辽东人。明末军事将领。嗣世职指挥佥事，迁都司佥书。起为辽东副总兵，加都督同知。福王立，史可法督师淮、扬，请从征自效。屡加左都督、太子太保。扬州城破，率残部抵抗清军，至全军覆没。　㊶ 红夷炮：即红夷大炮、红衣大炮。红夷炮是欧洲在16世纪初制造的一种火炮，明代后期传入中国。多数的红夷炮长在3米左右，口径110～130毫米，重量在2吨以上。其特点是火力强，便于调节射角、射程，精度也很高。　㊷ 豫王：豫亲王爱新觉罗·多铎（1614—1649），清太祖努尔哈赤第十五子，阿济格、多尔衮同母弟，镶白旗主，后改隶正蓝旗。清朝八家"铁帽子王"之一，著名的开国战将。与大顺军及明军作战，多有战功。㊸ 李遇春：明将领，降清。　㊹ 守者：守城门的人。　㊺ "总兵"句：四月二十一日，李栖凤、高岐凤拔营出扬州城投降。　㊻ 史德威：字龙江，号愚庵，山西大同左卫人。史可法义子。崇祯间任援剿都司，随史可法守扬州。扬州城破之日，史可法令史德威助其速死，德威不忍下手。顺治三年（1646），史德威将史可法衣冠葬于扬州城天宁门外梅花岭。

㊼登陴(pí)：升登城上女墙，引申为守城。陴，城上的矮墙，亦称"女墙"。　㊽黄蜚：登莱总兵。　㊾绐(dài)：同"诒"，欺骗，欺诈。以上几句说清兵假冒黄蜚援军的旗号骗开了城门。　㊿不殊：指身首尚未分离，即自杀未遂。　51 庄子固：字宪伯，辽东人。明将领。尝被史可法用为副总兵。扬州城将破，欲拥可法出城，遇清兵，格斗死。　52 许谨：明将领，官参将。

【赏析】　本文是《小腆纪传·史可法传》的节选，传主史可法的事迹贯通始终，从时间上说，叙述的是发生在福王的南明改元，即弘光元年一至四月间事。在这短短四个月间，大江南北发生了惊心动魄的一系列事件。文章在展示这幅发生在华夏大地上的历史画卷时，表现出作者把握史料、精心摹状的大手笔。

弘光改元之时，明王朝一统天下，分裂为清顺治、南明福王及李自成的大顺、张献忠的大西等多个政权的辖地，全国的政治、军事版图，瞬息万变。这段文章，或明或暗地述及了史可法所效忠的福王政权与"北兵"、与"贼"之间争斗，特别是南明内部的相互倾轧、钳制，给予了深刻的揭示。其中，南都与农民军已难见正面冲突，仅在"卫胤文自贼中南归"、史可法自称"讨贼未效"等文字中，依稀窥见南明与农民武装的对抗局势。作者极力渲染的是史可法与各路明军因指挥协调而出现的种种问题，导致了扬州城破、南都败亡的惨痛结局。

作为传主的史可法，自然是本节文字的主要人物。史可法在文中一开头就陷入了上下为奸、内外交困的政治军事局面，"上方耽乐声色，马、阮争门户"。当时主政者沉溺享乐、玩弄权术，在强敌面前进退失据，一会儿"谕可法尽职"，一会儿又"诏书切责"，马士英辈坐观内斗，只知拱卫南京。弘光帝的昏聩，主政者的揽权，乃是史可法面临的关键难处，也是史氏悲剧的根源所在——为这样的朝廷尽忠毫无意义。

史可法的同僚或部下，也是百般掣肘，内耗未有停息。卫胤文谓史氏为赘疣，应当去职；睢州之变，许定国杀死了高杰；黄得功觊觎扬州，欲兼并高杰旧部；左良玉以"清君侧"为名发动内战，溯江兵逼南京。在那样的情势下，史可法却缺乏施展能力的手段和空间，不见其运筹于帷幄之中，决胜于千里之外。作为兵部尚书、督师扬州的史可法，唯一能做的就像一个消防员和调停者，在江淮一带疲于奔命，向已成散沙的明军诸将苦口相求。文中述及史可法做出的一些以情动人的举止：或"循环讽诵，呜咽不自胜"，或"再三慰谕之，若忘其曾劾己者"，或"召诸将歃血盟"，打出的情感牌虽能动像属于一时，但无损南下清兵的一根毫毛，也无补于战争残局的扭转。相反一连串兵败失地、将领降清的消息传来："侯方岩全军败没"、"李遇春已举城叛"、"许定国领北兵至"、李栖凤、高岐凤偕川将"北去"……耿耿忠心竟换来如此败象,史阁部真是乱了方寸。

文中唯独可以称道的是,史可法在清军面前表现得无所畏惧,视死如归。在多铎劝降面前,史可法历"数其罪","趣矢射之"。特别在生死一瞬间,仍能泰山崩于前而色不变,从容赴难。"吾意早决,城亡与亡。"史督师为南明王朝及扬州军民,留下了掷地有声的最后遗言。四月二十五日,也成了传主史可法悲剧人生的终结日。

本传的佳处,是通过形神兼具的人物凸显出一个民族的悲剧,并揭示时代走向的必然逻辑。而对史可法形象的刻画,作者很有匠心,首先,中心人物史可法,是在围绕扬州保卫战这个中心事件同步展示的,而叉枝般的周边事件的多头并进,又丰富了史可法的复杂内心世界。其次,在众星拱月般的描述中完成了一位抗清汉族将领的成型,文中的众多次要人物,包括上下、敌我的各色人等,烘托出了史可法"知其不可为而为之"的这个舞台主角。再次,个性化的语言也使得人物真切可感。史可法的多次上疏,句句道出身处官场旋涡的苦衷,以下说辞尤为感人:"人情难协,事局纷更,睢州大变之后,又有维扬之扰,外侮未御,内衅方深,拥节制之虚名,负封疆之大罪,窃自悲也!"降将李遇春所言"公忠义闻华夏,而不见信于朝,死何益也",语虽无耻,倒也从侧面道出史氏的尴尬处境。当然文末史可法交代后事的慷慨陈词,终让读者不禁为其悲剧命运唏嘘不已。

曾国藩

作者简介

曾国藩(1811—1872),初名子城,字伯涵,号涤生,湖南湘乡人。清大臣、政治家、文学家。与李鸿章、左宗棠、张之洞并称"晚清四大名臣"。道光十八年(1838)进士,历官翰林院侍讲学士,内阁学士,礼、兵、工、刑、吏诸部侍郎,两江总督,体仁阁大学士,武英殿大学士。谥文正。初入长沙岳麓书院读书,学习理学和制艺文。太平军起,组建湘军,全力征剿太平天国,得朝廷封赏。与李鸿章在上海创办江南制造总局,为兴办洋务的首创者。承续桐城派古文,以维护封建道统,主张在姚鼐"义理、考据、辞章"的基础上,将"经济"纳入其古文理论。章炳麟以为:"善叙行亭,能为碑版、碑传,韵语深厚,上攀班固、韩愈之伦,如曾国藩、张裕钊,斯其选也。"(《校文士》)文界将曾国藩视为"湘乡派",以别于桐城派、阳湖派。曾选编《经史百家杂钞》。著有《曾文正公全集》。

《国朝先正事略》序

【题解】 本文选自《国朝先正事略》卷首。《国朝先正事略》(《四部备要》本),清朝人物传记集,李元度撰,分名臣、名儒、经学、文苑、遗逸、循良、孝义七门,计六十卷。起开国,迄咸丰朝。正传五百人,附见者六百零八人。同治三年(1864)开始撰著,两年后定稿,同治年间刊行,曾国藩作序。此序在介绍《国朝先正事略》成书经过及详述著者功过的基础上,高度评价此书留存有清"达人杰士"事迹的史学意义,将之视为清圣祖流风所被的丰硕成果,并一再强调文武俊才与时代世运交互作用的现实关联,明确表达对同治中兴的热切期待。序文气势充沛,例证详实,行文舒展,时见排偶,为湘乡派古文的代表名篇。

【原文】

余尝以大清达人杰士超越古初,而记述阙如,用为叹憾。道光之末,闻嘉兴钱衎石给事仪吉①,仿明焦竑②《献征录》③,为《国朝征献录》,因属给事从子应溥④写其目录,得将相、大臣、循良、忠节、儒林、文苑等凡八百余人,积二三百卷,借名人之碑传,存名人之事迹。自别京师,久从征役,而此目录册者不可复睹。同治初,又得鄢陵苏源生⑤文集,具述其师钱给事于《征献录》之外,复节录名臣,为《先正事略》。于是知钱氏颇有造述,不仅钞纂诸家之文矣。又二年,而得吾乡李元度⑥次青所著《先正事略》,命名乃适与钱氏相合。前此二百余年,未有成书。近三十年中,钱氏编摩于汴水⑦,次青成业于湖湘,斯足征通儒意趣之同,抑地下达人杰主,其灵爽⑧不可终閟⑨也。

　　自古英哲非常之君,往往得人鼎盛。若汉之武帝⑩,唐之文皇⑪,宋之仁宗⑫,元之世祖⑬,明之孝宗⑭。其时皆异材勃起,俊彦云屯,焜耀简编。然考其流风所被,率不过数十年而止。惟周之文王暨我圣祖仁皇帝⑮,乃阅数百载而风流未沬。周自后稷⑯十五世,集大成于文王。而成康⑰以洎东周,多士济济,皆若秉文王之德。我朝六祖一宗⑱,集大成于康熙。而雍、乾⑲以后,英贤辈出,皆若沐圣祖之教,此在愚氓亦似知之。其所以然者,虽大智莫能名也。圣祖尝自言:年十七八时读书过劳,至于咯血而不肯少休,老耋而手不释卷。临摹名家手卷,多至万余;写寺庙扁榜,多至千余。盖虽寒畯⑳,不能方其专。北征度漠㉑,南巡治河㉒,虽卒役不能逾其劳。祈雨祷疾,步行天坛,并醯酱㉓齑盐㉔而不御㉕。年逾六十,犹扶病而力行之。凡前圣所称至德纯行,殆无一而不备。上而天象、地舆㉖、历算、音乐、考礼㉗、行师㉘、刑律、农政,下至射御㉙、医药、奇门㉚、壬遁㉛,满蒙、西域、外洋之文书字母,殆无一而不通,且无一不创立新法,别启津途。后来高才绝艺,终莫能出其范围。然则雍、乾、嘉、道,累叶㉜之才,虽谓皆圣祖教育而成,谁曰不然?

　　今上皇帝嗣位,大统中兴,虽去康熙益远矣,而将帅之乘运会立勋名者,多出一时章句之儒㉝,则亦未始非圣祖余泽陶冶于无穷也。如次青者,盖亦章句之儒从事戎行。咸丰甲寅、乙卯㉞之际,与国藩患难相依,备尝艰险,厥后自领一队,转战数年。军每失利,辄以公义纠劾罢职。论者或咎国藩执法过当,亦颇咎次青在军偏好文学,夺治兵之日力㉟,有如庄生所讥挟策而亡羊㊱者。久之,中外大臣数荐次青缓急可倚,国藩亦草疏密陈:"李元度下笔千言,兼人之才,臣昔弹劾太严，至今内疚，惟朝廷量予褒省㊲。"当时虽为吏议所格，天子终右之，起家，复任黔南军事。师比㊳有功，超拜云南按察使。而是书亦于黔中告成。

圣祖有言曰：学贵初有决定不移之志，中有勇猛精进之心，末有坚贞永固之力。次青提兵四省，屡蹶仍振，所谓贞固者非耶？发愤著书，鸿篇立就，亦云勇猛矣。愿益以贞固之道持之，寻访钱氏遗书，参订修补，矜练㊴岁年，慎褒贬于锱铢，酌群言而取衷，终成圣清巨典，上跻周家雅颂誓诰㊵之林，不尤足壮矣哉！同治八年㊶三月曾国藩。

【注释】　①钱衎石给事仪吉：钱仪吉（1783—1850），初名逵吉，字蔼人，号衎石，又号新梧。秀水（今浙江嘉兴）人。嘉庆十三年（1808）进士，改翰林院庶吉士，历官户部主事、工科给事中。曾主广东学海堂、河南大梁书院讲席。学问精深广博，于史熟于《汉书》、《三国志》、《晋书》，尤通地理。著有《衎石斋纪事稿》、《续稿》、《飓山楼初集》、《国朝征献录》、《碑传集》。　②焦竑（1540—1620）：字弱侯，号澹园，江宁（今属江苏）人。明万历十七年（1589）进士，历官翰林院修撰、东宫讲官、福宁州同知。善写古文，藏书甚富。著有《国朝献征录》、《焦氏藏书目》、《澹园集》。　③《献征录》：即《国朝献征录》，计一百二十卷，焦竑著。约于万历中叶编成，搜集从洪武至嘉靖十二朝训录、方志、野史、神道碑、墓志铭、行状、别传等史料，以宗室、戚畹、勋爵、内阁、六卿等分类标目，亦以孝子、义人、儒林、艺苑等分别记载人物。　④应溥：钱应溥（1824—1902），字子密，秀水（今浙江嘉兴）人。钱仪吉侄子。清大臣。道光二十九年（1849）以拔贡为七品吏部京官，直军机章京，迁左都御史、工部尚书。著有《葆真老人日记》。　⑤苏源生（1808—1870）：字泉沂，号菊村，河南鄢陵人。清藏书家、目录学家。道光二十年（1840）副榜贡生。拜嘉兴钱仪吉为师，曾主讲文清书院。富藏书，积数万卷。著有《记过斋文稿》、《大学臆说》、《省身录》、《鄢陵文献志》等。　⑥李元度（1821—1887）：字次青，一字笏庭，自号天岳山樵，湖南平江人。道光二十二年（1843）举人，历官黔阳教谕、浙江按察使、贵州布政使。咸丰中入曾国藩幕，参与征剿太平军。尝于奉天见清历朝实录，知晓有清政事本末，撰成《国朝先正事略》。先后与曾国藩、刘蓉、郭嵩焘、王先谦等湘籍文人切劘文字，所为文集以碑志、传状之文为多。著有《天岳山馆文钞》。　⑦汴水：古河流名，也称汴河，为通济渠一部分，主要部分位于今河南开封境内。　⑧灵爽：指神明。　⑨阕（bì）：关闭。　⑩汉之武帝：汉武帝刘彻（前156—前87），西汉皇帝，政治家。承文景之业，开拓疆域，加强中央集权，开创察举制选拔人才，确立儒家思想的主导地位，使汉武时期成为中国历史上著名的盛世之一。　⑪唐之文皇：唐太宗李世民（599—649），唐皇帝，唐高祖李渊子。唐建立后，受封秦王，平定各路军阀，为唐的统一立下战功。武德九年（626），发动玄武门之变，杀死太子李建成。不久即位，年号贞观。唐太宗虚心纳谏，以文治天下，使百姓得以休养生息，一时国泰民安，开创了史上著名的贞观之治，为唐代盛世奠定了基础。　⑫宋之仁宗：宋仁宗赵祯（1010—

1063),宋皇帝。初名受益,宋真宗赵恒子。初封庆国公、寿春郡王,天禧二年(1018)立为太子,乾兴元年(1022)即位,明道二年(1033)始亲政。宋仁宗为政宽简,生活节俭,治下出现了文人活跃、文化繁荣的局面。曾支持范仲淹推行"庆历新政",但很快便告中止。仁宗执政时期,号称太平,被誉为"仁宗盛治"。 ⑬元之世祖:元世祖孛儿只斤忽必烈(1215—1294),又称薛禅皇帝,蒙古汗国成吉思汗之孙,监国托雷第四子。南宋景定元年(1260),忽必烈即汗位,建元中统,改国号为元,迁都元大都(今北京)。1279年,消灭南宋最后的抵抗力量。忽必烈为世界有史以来疆域最辽阔的帝国缔造者,表现出号令天下的雄才大略。知人善任,信用儒术,能以夏变夷,是位比较成功的新秩序建立者。 ⑭明之孝宗:明孝宗朱祐樘(1470—1505),明皇帝,宪宗朱见深第三子。成化二十三年(1487)即位,次年改元,年号弘治。为人宽厚仁慈,躬行节俭,不近声色,勤于政事。其在位时期史称"弘治中兴"。 ⑮圣祖仁皇帝:清圣祖爱新觉罗·玄烨(1654—1722),清皇帝,清世祖子。八岁即位,年号康熙。先后平定三藩,攻灭台湾郑氏政权,统一漠北、西藏地区。大力整顿吏治,亲自出京巡视,了解民情吏治。将治统与道统合一,以儒家学说为治国之本。清圣祖是历史上在位时间最长的皇帝,奠定了清代兴盛的根基,开创出"康乾盛世"。 ⑯后稷:姬姓,名弃,黄帝五世孙,帝喾长子,周始祖。舜农官,封于邰。 ⑰成康:周成王、周康王,即西周初姬诵、姬钊。成王为武王子,康王为成王子。"成康之治"是中国历史上记载最早的太平盛世。西周成康时期出现农业发展、人民安定等升平景象。 ⑱六祖一宗:指清朝肇祖、兴祖、景祖、显祖、太祖、世祖和太宗爱新觉罗·皇太极。 ⑲雍、乾:雍正帝、乾隆帝。雍正帝,清世宗爱新觉罗·胤禛(1678—1735),清皇帝。清圣祖子,年号雍正。世宗在位期间,平定罗卜藏丹津叛乱,设辅助皇帝决策的机构军机处以强化皇权,实行丁银摊入田赋一并征收的原则,以及火耗归公、官绅纳粮等改革政策,对康乾盛世起到了承上启下的作用。乾隆帝,清高宗爱新觉罗·弘历(1711—1799),清皇帝。清世宗子,年号乾隆。高宗在康熙、雍正两朝文治武功的基础上,巩固和发展统一的多民族国家,平定边疆地区叛乱,完善了对西藏、新疆的治理,并且重视农业生产,加强水利建设,实行整饬吏治、发展汉学和民间艺术等措施,使康乾盛世达到了高峰,但清统治危机也产生于高宗执政后期。 ⑳寒畯:出身寒微的杰出人士。 ㉑北征度漠:指康熙帝多次征讨厄鲁特蒙古准噶尔部首领葛尔丹。 ㉒南巡治河:指康熙帝南巡督察治理黄河、淮河、运河、永定河,并为兴修水利工程操劳。 ㉓醢酱:肉、鱼等制成的酱,泛指肉食。 ㉔菹盐:腌菜和盐,泛指素食。 ㉕不御:不进用,不吃。 ㉖地舆:关于大地的学问。《淮南子·原道训》:"以地为舆,则无不载也。" ㉗考礼:考究《礼记》之义。 ㉘行师:用兵。 ㉙射御:射箭御马之术。古代儒家要求儒生掌握的六种基本才能即"六艺"中的两种。 ㉚奇门:古代术数名。奇,为三奇,即用天干的乙、丙、丁代表三奇,故称奇门。 ㉛壬遁:"六壬"与"遁甲"的并称。六壬,以阴阳五行占卜凶吉的方法之一。遁甲,古代术数名。三奇、六仪(戊、己、庚、辛、壬、癸为六仪)分置九宫,而以甲统之,视其加临吉凶,以为趋避,故称遁甲。六壬、遁甲、太乙,世谓之"三式"。 ㉜累叶:累世。 ㉝章句之儒:剖章析句、解说经义的读书人。 ㉞咸丰甲寅、乙卯:咸丰四年(1854)、五年(1855)。 ㉟日力:时间精力。 ㊱挟策而亡羊:谓弃其本份而追求他物,庄子用以比喻追逐名利而惑乱本性。《庄子·骈拇》:"臧与谷二人相与牧羊,而俱亡其羊。问臧奚事,则挟策读书;问谷奚事,则博塞以游。二人者,事业不同,其于亡羊均也。" ㊲褒省:褒扬,问候。 ㊳师比:军队的考核。 ㊴矜练:严谨且反复去做。 ㊵周家雅颂誓诰:指产生于周朝的《诗经》中的《雅》、《颂》,《尚书》中的《甘誓》、《汤誓》、《秦誓》、《牧誓》、《大诰》、《康诰》、《酒诰》、《召诰》等。 ㊶同治八年:公元1869年。同治,清穆宗(爱新觉罗·载淳)年号。

【赏析】 曾国藩是一位有着强烈经世意识的散文家,其文多以义理为宗旨,充溢着用世之志;另外则十分重视史传,曾为补姚鼐《古文辞类纂》之不足,编撰《经史百家杂钞》。曾国藩自称:"余于《四书》、《五经》外,最好《史记》、《汉书》、《庄子》、'韩文'四种。"(咸丰九年四月二十日《家训》)可见,曾国藩对于乙部颇为在意,当李元度《国朝先正事略》书成后,即为之作序。

序文首先介绍《国朝先正事略》成书的来龙去脉:道光之末,钱仪吉曾著《国朝征献录》;同治初,作者见钱门生苏源生在钱著基础上所作之《先正事略》;李元度在两年后又著同名的《先正事略》。这样,大清王朝二百年未成之文事,在这三十年中结出了硕果。一时通儒之业,足以告慰地下之达人杰士了。此书介乎史部、集部之间,"次青自为凡例,言昔人谓非史官不应为人作传,恽子居亦谓大传非文集体,故每篇皆标题曰'事略',以避作传之名。然此编本非文集,如竟称曰'列传',直有私史之嫌,次青盖故迁其辞耳"(李慈铭《越缦堂日记·同治辛未四月初十日》)。曾国藩身为朝廷重臣,为一部有"私史之嫌"的著作作序,表现出不待后世作史而留存有清"达人杰士"事迹的良苦用心和学人勇气。

既然《先正事略》是记载当朝杰出人才的优秀事迹的,那么才俊的多寡和时世有着密切的联系。曾国藩认为,"自古英哲非常之君,往往得人鼎盛";反之,人才济济之时,必定是有着英明君主的盛世。作者从真实的历史出发,来印证这种互为因果的社会现象。汉、唐、宋、元、明,才人辈出,自与当时的好皇帝相关,武帝、文皇等一干明主的治下,固然是"得人"的上佳年代,但本文作者为推出自己心目中的千古一帝,运用了垫高拽满之法。"垫拽者,为其立说之不足耸听也,故垫之使高;为其抒议之未能折服也,故拽之使满。"(包世臣《艺舟双楫·文谱》)有了汉唐盛世的衬垫,再推出周文王、清圣祖,更令人有"高山仰止"之感了。其实,曾国藩弄个周文王出来,只是找个符合儒家正统观念的偶像罢了,要不然汉人也太跌份了,而叙述之重心还是落在颂扬康熙帝上。这入关后的第二位满人皇上,是多么的勤政,多么的崇文:"年十七八时读书过劳,至于咯血而不肯少休,老耄而手不释卷。临摹名家手卷,多至万余;写寺庙扁榜,多至千余";"北征度漠,南巡治河","祈雨祷疾,步行天坛";"凡前圣所称至德纯行,殆无一而不备",各类学问"殆无一而不遹,且无一不创立新法,别启津途"——真是一位全智全能的"圣祖"! 其流风余韵,被及后世,孕育了有清代代英杰,成为《先正事略》的主角。李元度此著,正可使受康熙帝恩泽沾溉的英俊千古留名。

当朝的中兴之主同治帝,与康熙爷后先辉映,正在再塑一代英豪,且"将帅之乘运会立勋名者,多出一时章句之儒",曾国藩本人与《事略》著者李元度身列其中,已尽在不言中了。事实上,曾国藩、左宗棠、李鸿章等咸同重臣都被载入《事略》中。如今,曾国藩为此著写序,难免要为著者褒奖一番,但明摆着李元度这位"章句之儒"咸丰末在徽州连遭败绩,有伤湘军名声,同治初又被曾国藩亲自疏劾而被革职。(参见《清史列传》本传)同时,恰恰就是这个湘籍老部下完成了《国朝先正事略》,在鲜明的功过面前,曾国藩将李元度此人说圆,抑扬得当,显示了其高超的文字平衡术:李元度领军失职,是铁板钉钉的事,我曾某已"以公义纠劾罢职"了;紧接着借外界舆论,说是"国藩执法过当","次青在军偏好文学,夺治兵之日力",已有巧加回护之意。原来李元度实在是因偏好文学而妨碍了治兵,造成了"挟策而亡羊"的结局。曾国藩又借机"草疏密陈",帮元度走出官运倒楣的尴尬局面。最终当然仰仗天子"右之",得以重返政坛。曾国藩拿捏序文的分寸,恰到好处地为《事略》著者评功摆好。这样既扶了老乡一把,又维护了天子的权威,更使《先正事略》能够冠冕堂皇地进入文史领地。曾国藩素来赏识李元度,一直爱其文才,而非其武功。据《清稗类钞·文学类》记载,"粤寇乱时,李次青方伯元度接统徽州防军,以代张文毅公芾。甫三日,军溃,徽郡失守。曾文正恚甚,奏请拟正军法,奉旨从宽戍边。其实文正深爱其才,非果欲杀之也。李谢罪禀有云:'君子原爱人以德,覆之而又培之;宰相有造物之权,知我何殊生我。'文正援笔批其后云:'好四六,好文章,好才情。'"如今看到李元度"慎褒贬于锱铢,酌群言而取衷",完成了"上济周家雅颂誓诰之林"的《国朝先正事略》,证明早先的惜才并未走眼。曾文正将征战沙场时"屡败屡战"的实例延伸及文史苑囿,还引证圣祖的明训,为李氏的"贞固"、"勇猛"大声喝彩,为这部"圣清巨典"献上溢美之词。

曾国藩出于经世目的,好铺叙文治武功。湘军干将李元度在前人基础上撰成此著,应合了其"经以穷理,史以考事"(《致澄温沅季诸弟》)的治学理念,曾国藩力推《国朝先正事略》,多少也有借书明志的意涵,即明彰显大清英杰之志,明效忠大清王朝之志。至于其行文风格,不拘桐城家法,辞气充盈,伸展自如,多用排偶句式,做到了"茂其气、伟其辞,其句调声响,必叶铿锵鼓舞之节"(钱基博《现代中国文学史》)。

王 拯

作者简介

王拯(1815—1876),初名锡振,字少鹤,一字定甫,号龙壁山人,广西马平人。清散文家。道光二十一年(1841)进士,历官户部主事、军机章京、通政司通政使。师事梅曾亮受古文法,又与朱琦、龙启瑞等切磋古文。著有《龙壁山房文集》、《归方评点史记合笔》等。

王刚节公家传跋尾

【题解】 本文选自《龙壁山房文集》卷一,是为梅曾亮之《王刚节公家传》写的跋文。梅曾亮《王刚节公家传》见《柏枧山房文集》卷九,是为鸦片战争时期的清军抗英将领王锡朋所写的传记。王刚节公,即王锡朋(1780—1841),字樵慵,直隶宁河(今属天津)人。清军将领。嘉庆武举人,官安徽寿春镇总兵。清道光二十年(1840),英国发动鸦片战争,攻陷定海。次年3月,王锡朋与定海镇总兵葛云飞、处州镇总兵郑国鸿率兵进驻定海。9月,英军再犯定海,三总兵相继战死,以身殉职。王锡朋谥"刚节"。本文考证史实,发表议论,充溢着对王锡朋等英烈的崇仰之情。

【原文】

英吉利重犯定海①,城亡之日,王刚节公锡朋,及定海镇总兵葛公云飞②、处州镇总兵郑公国鸿③,同日殉。余尝读葛公年谱而为之志。今读上元梅先生为王公家传,言二公当日事大略同。独葛公年谱言公守晓峰岭④,葛公守土城⑤;此言公守土城,而葛公守晓峰。余志与梅先生传,皆据两家状以书,而有此牴牾。何哉?考城之陷,实自晓峰,两家子弟,岂心有恶乎是,而故为舛讹⑥者欤?抑皆不亲目当日事,而传闻失实欤?当二公之殉,大臣奏言葛公死东岳宫⑦,乃据当日谍报⑧所言。东岳宫在土城,葛公死实转战至竹山门⑨,定海县民徐宝求尸以归,其言宜信;而谍者第知城危时,葛公在东岳宫,则以为城陷战亡,必死其处耳。然则葛公之守土城,于此乃益有征⑩。且以定海本镇兵，而当土城之冲，于事理亦宜然。然此皆不足论。

论其大者，则二公皆非所谓折冲疆场⑪，有死难不可夺之节者哉？且晓峰之陷，徒以未得炮耳。持饥疲数千之卒，捍悬海之危城，当敌大队，譬犹徒手以搏豺虎，久必力尽而自毙。世岂有咎其为豺虎所爪噬⑫之一臂，指而以为不死者乎？夫何足讳而为之掩也。

始定海既复，夷舩⑬寄泊海壖⑭，夷人登岸，杂市贾贸易。钦差大臣裕谦⑮，执谍者二人，愤割剥焉，而张其皮城门，夷闻大恨。闻人言，公力战时中贼炮伤一足，乃陷于贼。贼效裕公所为而糜其尸⑯。呜呼！岂不尤惨烈哉！三镇同战殁，而公尸未归，则或此言其可信也。

司马迁曰："人皆有一死，而或轻于鸿毛，或重于泰山⑰。"彼轻重得矣⑱。则或一决而死，或菹醢⑲而死，等死耳。乃吾观古忠臣烈士，当其被祸尤烈，则后之人尤感激焉。抑独⑳何欤？夫人之心，必有所之，彼之于利禄名位者，日颠倒于膏粱文绣㉑，酣豢㉒怡悦，人见之者且将厌焉，而彼方泰然自以为得也。忠臣烈士，崎岖险难，或展转刀锯鼎镬㉓之间。浅夫陋人，攒眉蹙额，以谓大戚，至相悲涕。亦安知夫受之者不必甘焉。如人奔走于尘曷㉔，倏然而乘清风，出浮云，以游乎埃壒㉕之表，犹夫利禄名位之徒之泰然方自以为得耶？孔子曰："求仁而得仁。"㉖人能各得其所欲得，又何憾焉。

公任寿春，尤得军士心。寿春天下雄师，骁勇善战，公所将数百人至定海，多从战殁，罕生归者。吾故因读公传，论传所不及而并著之，以备史官采录云。

【注释】　① 英吉利重犯定海：1840 年 7 月 5 日，英军第一次攻陷定海，后撤出。1941 年 9 月 25 日，英军再次进攻定海，总兵葛云飞、郑国鸿、王锡朋率军抵抗，相继战死，定海失陷。　② 葛公云飞：葛云飞（1789—1841），字鹏起，又字凌召，号雨田，浙江山阴（今绍兴）人。清军将领。道光三年（1823）武进士，官至镇海总兵、定海总兵。定海保卫战中殉国，谥"壮节"。　③ 郑公国鸿：郑国鸿（1777—1841），字雪堂，湖南凤凰人。清军将领。以世代军功袭云骑都尉世职，升浙江处州镇总兵。奉命与镇海总兵葛云飞、寿春总兵王锡朋一起抗击英军，保卫定海。郑国鸿独守城西南竹山门要隘，与英军血战六昼夜后壮烈殉国，谥忠节。　④ 晓峰岭：在现浙江省舟山市定海区西南。　⑤ 土城：在定海城关。　⑥ 舛（chuǎn）讹：差错。　⑦ 东岳宫：佛教寺庙，在定海衙（dào）头东岳宫山上。　⑧ 谍报:秘密报告敌情。 ⑨ 竹山门:在定海城南。 ⑩ 征:证明,验证。 ⑪ 折冲疆场:在战场上击退、防御敌人。 ⑫ 爪噬(shì):抓而吞食之。 ⑬ 艅(zōng):船队。 ⑭ 海壖(ruǎn):海边之地。 ⑮ 裕谦(1793—1841):原名裕泰,博罗氏,字鲁山、衣谷,号舒亭,内蒙古察哈尔镶黄旗(今锡林郭勒盟)人。清大臣。嘉庆二十二年(1817)进士,选为庶吉士,历官礼部主事、礼部员外郎、荆州知府、武昌知府、江苏按察使、江苏巡抚、两江总督。1841年2月受命钦差大臣,赴浙江负责海防。9月定海陷落,英军10月进攻镇海,裕谦率兵抗敌,失败后投水而死。谥靖节。 ⑯ 糜其尸:碎其尸体。 ⑰ "人皆有一死"三句:语出司马迁《报任少卿书》。 ⑱ 彼轻重得矣:指司马迁言死之轻重适合王刚节等人的生命价值。 ⑲ 菹(zū)醢(hǎi):古代的一种酷刑,将人处死后剁成肉酱。 ⑳ 独:表情态的副词,相当于"将"。 ㉑ 膏粱文绣:肥美的食物,华丽的服装。 ㉒ 酖豢:沉迷,贪图。 ㉓ 刀锯鼎镬(huò):指古代刑具。 ㉔ 尘喝(yē):风尘暑热。 ㉕ 埃壒(ài):尘土。 ㉖ 求仁而得仁:语出《论语·述而》:"(子)曰:'求仁而得仁,又何怨?'"求仁德而得到仁德。意谓没有什么可遗憾的。

【赏析】　传统文人面对西方强敌,会本能地坚持民族立场,揭露外夷入侵中国,赞扬杀敌守土的抗敌将领。王拯作为梅曾亮的弟子,对乃师《王刚节公家传》深有感触,还竭力纠正讹传,显现了一位融会"义理、考据、辞章"三者的桐城后学的治文精神。

梅氏《家传》和王拯《跋尾》的传主,均为王锡朋,言及的主要人物还有葛云飞、郑国鸿等,而且背景事件都是道光二十一年(1841)八月的定海保卫战。因为在梅曾亮的《家传》中,三总兵的英勇事迹已经做了大量描述,不必赘言。王拯似乎是为王锡朋和葛云飞的殉难处澄清事实真相,其实,本意却在更加深刻地张扬守土爱国的精神风貌。王守晓峰岭或土城,还是葛守土城或晓峰岭,本不是定海保卫战的关键,争议死于此处还是彼处,反会冲淡英烈死节的本质意义。作者以无可争辩的事件真相做了厘清:"谍报所言",于实可徵;本地县民"求尸以归","其言宜信";再可由事理推断,葛云飞为定海本镇总兵,身处城东临敌前沿,合其身份职责。作者的结论虽不同于梅曾亮的《家传》,却更接近于史实,在真相和师述之间,王拯选择了前者。随即文章马上进行了重心的转移,用"此皆不足论"一句,轻轻宕开,揭出《跋尾》主题:三总兵皆为名实相副的"死难不可夺之节者",我大清英豪在鸦战中始终激荡着直冲云天的家国情怀和浩然正气。

回想定海首战时,钦差大臣裕谦抗夷决绝,不幸被敌擒获,遭磔尸身亡。而二次定海战恰是大清将领前赴后继的见证,是中国军民不畏强敌的实例。作者将忠臣烈士的壮举视为"重于泰山",而必定会得后人之敬仰。一篇跋文从历史的高度弘扬民族精神,充溢着浓烈的爱国之情。文章还借题发挥,运用对比手法,反衬出在国难当头之际,"日颠倒于膏粱文绣"的达官贵人的丑弊作为。

作为桐城派弟子的王拯,行文时显然借鉴了唐代古文大家韩愈《张中丞传后叙》的写法。韩愈《后叙》写的是睢阳保卫战,王拯《跋尾》说的是定海保卫战;两文都为维护皇家正统而作,载道色彩明显;两文依托事实,借助推理,来为死者辨清事实,维护声誉。王文与韩文后先相承,使文学意义和史学价值得到了完美的统一。

张裕钊

作者简介

张裕钊(1823—1894),字廉卿,湖北武昌人。清散文家。道光二十六年(1846)举人,官至内阁中书。历主江宁、湖北、直隶、陕西各书院。曾师事曾国藩,与黎庶昌、薛福成、吴汝纶并称"曾门四弟子"。其文"独得于《史记》之谲怪,盖文气雄俊不及曾(国藩),而意思之恢诡,辞气之廉劲,亦能自成一家"(吴汝纶《与姚仲实》)。著有《濂亭文集》。

送黎莼斋使英吉利序

【题解】　本文选自张裕钊《濂亭文集》卷二。黎莼斋:黎庶昌(1837—1897),字莼斋,贵州遵义人。清散文家、外交家。以廪生特赏知县,发往安庆曾国藩大营差遣。光绪二年(1876)起,出任驻英、法、德、日参赞,又两任出使日本钦差大臣。归国后授川东兵备道。与张裕钊同为桐城派后期作家,因师事曾国藩,得以亲承其义理及经世之学。精于历史地理,对西方科技、政体亦多赞语。尝编定《续古文辞类纂》。著有《拙尊园丛稿》、《西洋杂志》。黎庶昌出任驻英参赞在光绪二年(1876),张裕钊作此序为其送行。序文借助传统的"天人合一"理论和历史发展的事实,强调当世学士大夫,必须认清世变趋势,顺应自然规律,学习泰西先进科技,以达到富国强民的目的。作者为同门学弟送行,情真意切,理直气充,显现了桐城后学的求新观念和文章功底。

【原文】

泰西①自前古不通中国,洎②明中叶,利玛窦③、艾儒略④之徒始以其术游内地。国朝开统,圣祖仁皇帝嘉西洋历算之精,特旌异⑤之。于是来者益众,闽、粤濒海之区,市舶稍稍集矣。百有余年至于道光之际,而海疆始有兵革之事。其后国家怀柔绥服⑥,一务兼容并包,远抚长驾⑦,威德覃⑧于遐裔⑨,是以殊域辐凑⑩,通互市、结盟约者至五十有余国。泰西人故擅巧思,执坚刃⑪,自结约以来数十年之间,益镌凿⑫幽渺。智力锋起角出⑬,日新无穷。其创造舆舟、兵械、火器暨诸机器之工,研极日星纬曜⑭、水火木金土石、声光气化之学,上薄九天,下缒⑮九幽⑯,剥剔⑰造化⑱,震骇神鬼,申法⑲警备⑳,硞㉑若金石,发号施令㉒,疾驰若神。又以其舟车之力,空极六合㉓四远㉔,五大洲之地,无所不洞豁,徬徉㉕四达,竞相师放㉖,精能俶诡㉗,甚盛益兴,天地剖泮㉘以来所未尝有也。

　　盖尝论天地之化,古今之纪㉙,天人相与构会㉚,阴阳以之摩荡㉛,穷则变,变则通㉜,而世运乃与为推移。上古人民,鸟兽杂处,巢窟之居,毛血之食,羽革之衣,圣人者作㉝,立君臣上下,兴修礼乐制度,备物制用,通变宜民,递相损益,天下文明。虞夏殷周之世,称极盛焉。周道衰,而至于秦,一革除先王之法,封建㉞、井田㉟、学校、典礼、文物,扫地俱尽,更立新制,卒汉唐之世,不能易也。唐末之乱,以讫五季㊱,辗转迁贸,尽迻㊲其故,田赋、兵制、选举、学术、俗化,与西汉以来泮涣㊳殊绝。宋明以还,承而用之,而蒙古及圣清之有天下,混一华裔,方制㊴数万里,土宇版章㊵,跨越百代。若今日,其尤世变之大且剧乎？天实开之,人之所不能违也。

　　而当世学士大夫,或乃拘守旧故,犹尚鄙夷诋斥,羞称其事,以为守正不挠。乌乎！司马长卿㊶有言：“鹓鹏㊷已翔于廖廓,而罗者犹视夫薮泽㊸。”岂非其惑欤？夫以学士正人之不习乎此,于是当事乃一切以求能习知此者而任之,则其所得,乃皆庸猥污下、贾竖㊹舆隶㊺之流,稍能通彼语言与一二琐事者也。如彼等者,乌足以任此？适足为远人之所嗤而已矣。迩者一二远识之士,稍知二者之弊,议欲得俊异志节之彦,相与精求海国之要务,以筹备边事。盖强本折冲㊻、尊主庇民之计,诚莫先乎此。而朝廷方简㊼重臣,通使诸外国,使遐迩中外,益通达无阻。于是黎君莼斋,自州牧授三等参赞,从使英吉利。将行,问赠言于裕钊。夫觇国之道,柔远之方,必得其要,必得其情。得其要,得其情,而吾之所以应之者,乃知所设施。且即吾所为㊽乘时顺天,承敝易变㊾,使民不勌㊿者,神而明之,利而用之,亦可以得其道矣。莼斋之贤,其必能心喻乎此,以俟异时受任国家之重,而副海内之望也。他日归,吾将从而讯之。

【注释】　①泰西：极西,指欧美西方各国。　②洎(jì)：到,及。　③利玛窦(1552—1610)：号西泰,又号清泰、西江,意大利耶稣会传教士、学者。明万历十一年(1583)来中国,在广东、北京等地传教,为在华耶稣会士首领。利玛窦传播西方天文、数学、地理等科学技术知识,也是第一位阅读中国文学并钻研中国典籍的西方学者。制作中国历史上第一张世界地图《坤舆万国全图》。著有《几何原本》(与徐光启合译)、《天学实义》等。 ④ 艾儒略(1582—1649):字思及,意大利耶稣会传教士、学者。明万历三十八年(1610)来中国,在江苏、山西、福建等地传教,曾在澳门神学院讲授数学。艾儒畧是利玛窦之后最精通中国文化的耶稣会教士,有"西来孔子"之称。著有《几何要法》《职方外纪》等。 ⑤ 旌异:旌表;褒奖。 ⑥ 怀柔绥服:以温和的政治手段安抚、笼络其他民族或国家,使之归服于己。 ⑦ 远抚长驾:安抚远处,驾控长久。司马相如《难蜀父老》:"将博恩广施,远抚长驾,使疏逖不闭昬爽,暗昧得耀乎光明。以偃甲兵于此,而息讨伐于彼。" ⑧ 覃(tán):延长,延及。 ⑨ 遐裔:边远之地。 ⑩ 辐凑:亦作"辐辏",车辐集于车毂,比喻人或物向中心汇聚。 ⑪ 坚刃:坚韧,指坚持不懈。《周礼·冬官考工记·辀人》:"是故辀欲颀典。"汉郑玄注:"颀典,坚刃貌。" ⑫ 镌凿:镌刻雕凿,喻指深入探寻。 ⑬ 锋起角出:如刀锋般突起、兽角般尖锐。 ⑭ 纬曜:《素问·天元纪大论》:"九星悬朗,七曜周旋。"高士宗直解:"七曜,金木水火土星日月也。"明王英明撰《历体略》,内有《纬曜》篇:"《历体略》下卷则续见欧逻巴书,撮其体要,曰天体地度,曰度里之差,曰纬曜,曰经宿,曰黄道宫界,曰赤道纬躔,曰气候刻漏,凡七篇。"纬,行星的古称。曜,日、月、星均称"曜"。 ⑮ 缒:用绳索拴住人或物由上而下坠。这里指深入追究。 ⑯ 九幽:指地底最深处。 ⑰ 剥剔:侵扰、劫掠。 ⑱ 造化:自然界。 ⑲ 申法:表明,这里有实施的意思。 ⑳ 警备:警示,防备。 ㉑ 碻:同"确",坚定,坚固。 ㉒ 发号施令:指发电报。 ㉓ 六合:指天地上下及东西南北四方。 ㉔ 四远:四方极远之地。 ㉕ 徬(páng)徉:徘徊,游荡。 ㉖ 放:通"仿"。 ㉗ 俶(chù)诡:奇异。 ㉘ 天地剖泮(pàn):开天辟地。剖泮,亦作"剖判",开辟,分开。 ㉙ 纪:世代。 ㉚ 构会:组合会通。 ㉛ 阴阳以之摩荡:阴、阳二气相切摩而变化。摩荡,《易·系辞上》:"是故刚柔相摩,八卦相荡。"孔颖达疏:"阳刚而阴柔,故刚柔共相切摩更递变化也。" ㉜ 穷则变,变则通:言事物发展到了极点,就要发生变化,变化才使事物通达无碍。语见《易·系辞下》:"《易》,穷则变,变则通,通则久。" ㉝ 作:兴起,出现。 ㉞ 封建:此指古代天子依爵位高低将领土分封与宗室或功臣作为食邑的制度。 ㉟ 井田:中国古代土地国有制度,西周时盛行。因道路、渠道纵横交错,土地被分隔成"井"字形方块,故称"井田"。 ㊱ 五季:指后梁、后唐、后晋、后汉、后周五代。 ㊲ 迻:同"移"。 ㊳ 泮涣:融解分散。 ㊴ 方制:谓制定方域。《汉书·地理志》第八上:"昔在黄帝,作舟车以济不通,旁行天下,方制万里,画野分州,得百里之国万区。" ㊵ 版章:版图,疆域。魏源《圣武记》卷三:"故知西北周数万里之版章,圣祖苗之,世宗畬之,高宗获之云。" ㊶ 司马长卿:司马相如(前179—前118),字长卿,蜀郡成都(今属四川)人。西汉辞赋家。历官武骑常侍、中郎将、孝文园令。善文,尤工于赋。著有《司马长卿集》。 ㊷ 鹪鹏:一种鸟。司马相如《难蜀父老》:"观者未睹指,听者未闻音。犹鹪鹏已翔乎寥廓,而罗者犹视乎薮泽。悲夫!" ㊸ 薮泽:犹"渊薮"。喻人或物荟聚之处。 ㊹ 贾竖:对商人之贱称。 ㊺ 舆隶:轿夫。 ㊻ 折冲:使敌人战车后撤。即制敌取胜。 ㊼ 简:通"柬",选择。 ㊽ 所为:所谓。 ㊾ 承敝易变:承继了前朝政治的弊端却有所改变。 ㊿ 勌:同"倦",疲倦,劳累。

【赏析】　张裕钊和黎庶昌同为曾国藩弟子。曾国藩不仅倡导传统的经世之学,又能接受"师夷之长技以制夷"的思想,是清末洋务运动的首领,张、黎继步乃师,在中西思想学术的会通上,均为重要的近代人物。当清廷被迫向西方列强打开大门时,张裕钊对同门黎庶昌出任驻英使节寄予厚望,对中外交往的历史和现状做了客观的评判,并提出了前瞻性的意见。

　　当然,作者是清醒的。张裕钊意识到守旧人士必定会"鄙夷诋斥,羞称其事",不屑于驻外使节之任,但这些当朝的短视者,就如同司马相如所说的看不到神鸟翱翔于高空,仍将眼光盯着"渊薮"的浅薄之人。在西方新兴科技与传统观念冲突的当下,为富国强兵计,具远见卓识者,就应放下架子,甘于承担曾被"庸猥污下、贾竖舆隶之流,稍能通彼语言与一二琐事者"窃取的使命。好在羞于任使、胡乱塞责的弊端得到了纠正,终于由黎庶昌这样的"俊异志节之彦",担当起"精求海国之要务,以筹备边事"的重任,张裕钊深信黎氏能"使遐迩中外,益通达无阻"。作者作为一个"独居讴吟一室之中,而傲然俾睨乎尘埃之外"(《与黎莼斋书》)的人,身居斗室而放眼天下,恰在黎庶昌使英一事上得到了淋漓尽致的表现。

　　超然世外的张裕钊,以旁观者清的姿态来看待世界,是得曾国藩文章结合"经济"这一真传的文家。"夫觇国之道,柔远之方,必得其要,必得其情。得其要,得其情,而吾之所以应之者,乃知所设施。"张裕钊以其超乎常人的识见,通过文章洞察世情,应对内外,在近代史上堪称得"乘时顺天,承敝易变"之道的桐城传人。

薛福成

 作者简介

薛福成(1838—1894),字叔耘,号庸庵,江苏无锡人。清散文家、外交家。同治六年(1867)副榜贡生,历官浙江宁绍台道、湖南按察使、都察院左副都御使。其间又任出使英、法、意、比四国大臣。曾为曾国藩、李鸿章幕僚,于镇压太平军、捻军及办理洋务,多有谋划。通晓世情,熟稔外交。于古文称"曾门四弟子"之一,但不受桐城旧法拘限,议论自如,纪事无曲笔。著有《庸庵文编》《庸庵文续编》《庸庵海外文编》《庸庵笔记》《出使英法意比四国日记》等。

书科尔沁忠亲王大沽之败

【题解】　本文选自《庸庵海外文编》卷四,描述了第二次鸦片战争时期清军迎战天津大沽入侵英法军队的历史事件,客观地记载了大沽战事的全过程,分析了清军失利的现实原因。科尔沁忠亲王,即僧格林沁(1811—1865),博尔济吉特氏,蒙古族,科尔沁左翼后旗(今属内蒙古自治区通辽市科左后旗双胜镇)人。清军将领。道光五年(1825)袭科尔沁郡王爵,历官御前大臣、领侍卫内大臣、蒙古都统、满洲都统、汉军都统等。咸丰三年(1853),受命率劲旅出京,迎击并重挫太平天国北伐军。咸丰九年(1859),至天津督办大沽口和京东防务,击退英国舰队,赢得大沽口保卫战。次年,英法联军攻入天津,僧格林沁兵败退驻通州。同治间,率兵打击捻军,死于捻军伏击。大沽,即大沽口,明、清海防要塞。位于今天津市东南五十公里海河入海口处。有京津门户、海陆咽喉之称。明成祖朱棣建都北京后,在天津筑城设卫,于大沽海口建炮台。清代置大沽协镇营,增建大沽南北炮台、炮位,置大炮三十余尊,防兵两千五百人。咸丰八年(1858),僧格林沁统重兵驻扎津沽,督办防务,增置炮台、大炮,筹建大沽水师。咸丰十年(1860),英法联军一万七千人入侵,由北塘登陆,僧格林沁迎战不利,大沽和天津失守。

【原文】

英吉利、法兰西以咸丰七年冬十一月,攻陷广州①,执总督叶名琛②,久踞不退,注谋在改约章,索偿款,增商埠③。自谓据城为质,必可如其所请,讲解以罢也。于是,总督两广兼通商大臣者,为侯官黄宗汉④。宗汉亦承平文俗吏耳,盱衡厉色⑤,操下⑥如束湿薪⑦。退驻惠州,既不激励兵练,筹克会城,又不与英使会议立约退师事。习见通商以来,主和者例干清议,挑衅者亦膺严谴⑧。举凡驭远绥边,暨战守方略⑨,惟以闭口不言,塞耳不闻为能。英使额尔金久不得我要领⑩,乃纠法、美二国,驶兵船北上。

咸丰八年夏四月,骤至大沽⑪海口。大沽绿营兵⑫素不练,多恇怯,一见敌船,惊溃。洋兵踞我南北岸炮台。直隶总督谭廷襄⑬、提督张殿元等,皆以疏防获罪,遣戍监候有差。洋兵以大小轮船七,暨舢板船,驶入内河,直薄天津。额尔金等照会内阁:"此来非用兵,盖欲修好,请面见天子诉其事。"文宗特遣侍郎衔耆英⑭谕止之,不能。耆英归,赐死。遂命科尔沁亲王僧格林沁以钦差大臣视师通州⑮,遣大学士桂良⑯、尚书花沙纳⑰,往议和约。英人多索偿款及商埠,许之恐伤国体,拒之虑挑强敌。乃以两江总督何桂清⑱兼通商大臣,特派桂良、花沙纳驰赴上海,会同桂清,先与英人商定税则,再议约章。亦欲姑退之以纾近患,修戎备也。

六月,英、法、美三国兵船退去。秋七月,王移军海口,修筑大沽、北塘⑲营垒炮台,购巨炮分布要害,檄州县伐大木输之海壖⑳,植丛桩水底以御轮船。又奏请调吉林、黑龙江、察哈尔及蒙古两盟马队,前后赴军者可五千骑。

九年春三月,辛未朔,怡亲王载垣㉑驰赴天津,察勘海防事宜,桂良等在上海与额尔金商定税则。额尔金遣其弟卜鲁士率兵船北驶,声言将入京换约。桂良等告以"大沽设防,当进自北塘"。夏五月,庚寅,卜鲁士至拦江沙㉒外。壬辰,遣其兵船闯入大沽海口,先觇形势,王故羸师以张之。癸巳,洋轮十七艘驶进鸡心滩㉓,用炸炮摧断铁练。甲午,鼓轮直进,毁我防具,皆树红旗催战。直隶总督恒福㉔派员持天津道照会,告以"桂相已由上海驰还,请移驻北塘口外,静待换约,否则暂令换约官数人,由北塘至天津"。英人摽㉕使者,不受照会,开炮击我炮台,分遣步队蚁傅㉖登岸。王挥鞭上马,督军鏖战,戒炮台同时开炮,沉毁数船,击杀登岸洋兵数百,生擒二人。英领队官伤股而坠,殒焉。洋轮入内河者皆已中炮,不能驾驶,惟一艘遁至拦江沙外。是役也,英人狃㉗于往岁海口之无备,且窥见台中炮力微弱,未知我增置大炮也,贸然轻进。迨我炮击坏数船,洋兵相顾愕眙㉘,心手瞀乱㉙,纵炮弩击㉚,多不能中。海潮方上,易进难退,仓卒不能出口。而我台瞭击敌船,蔑不中者,是以获捷。

英船未入口者,留驻大沽以南,分向旅顺、威海卫、大连湾、大孤山,游泊测绘,皆海口形胜也。或在此购煤汲淡水,转若为寇济后路焉。疆吏营将闻之惶㉛然,咸谓"荒岛无足扞㉜者"。会英船粮且尽,始悉南驶。当英兵开战时,美使华若翰由北塘登岸,诣京师,呈递国书,款以优礼,换约而返。华洋巨商知英人耻其败挫,必兴师报复,惧妨互市也,自议集捐白金二百万两,输偿英饷,沮其再举。于是英使、法使照会通商大臣何桂清:"若事事遵八年原约,即可罢兵。"桂清据以入告,得旨:"卜鲁士辄带兵船,毁我海口防具,首先背约,损兵折将,实由自取,并非中国失信。所有八年议和条款,概作罢论。若彼自知悔悟,必于前议条款内,择道光年间曾有之事,无碍大体者,通融办理,令其有以回报本国,仍在上海定议,不得率行北来。倘再有兵船驶入拦江沙者,必痛加攻剿,毋贻后悔。"

当是时,庙谟㉝以获胜之后,欲改前约,冀英法二国或就范围也。然犹申戒疆臣帅臣:"不得见敌辄先开炮,致碍和局。"又命留北塘一口,为通使议和地。顾北塘地势扼要,不亚大沽,明代防倭,已有炮台。康熙、道光年间,皆修葺之。迨王督办海防,营度于大沽、北塘之间,已二三年,北塘用帑百余万金,仅成南北三炮台。会有言宜纵寇登岸击之者,王心韪其说。旋奉旨:"撤北塘之备,退据大沽营城㉞,移其巨炮,置大沽南北岸炮台。"营城距北塘陆路三十七里,水路七十里。议者谓:"御寇不于藩垣㉟而于堂奥㊱,失计已甚。"北塘绅士御史陈鸿翊㊲密疏争于朝,不听。翰林院编修郭嵩焘㊳在幕府,亦力争之。王狃于大沽之捷㊴,谓:"彼以船来,不能多携马队,俟其登岸,我以劲骑蹙㊵之,可以必胜。洋兵伎俩,我所深知,何足惧哉!"嵩焘以议论不合,遂辞去。

十年夏,英将额尔金、法将噶罗㊶,率轮船帆船共百艘,入寇。复至大沽口,诇㊷我设备严,惩前败不敢阑入。徐窥北塘之弛防也,遂移向北塘。先纵小火轮船至海岸，以铁链系巨桩，鼓轮拽之。须臾，桩则自拔，一桩去，复拔一桩，不二三日而数百桩尽拔矣。六月，丁丑，英法马步队各挽炮车登岸，先据炮台。官军犹以其来换约，不之御也。大吏派员持照会，请其使臣入都换约，不应。王整军以出，所部马队已调赴他军，不满五千，合京旗㊸步队几及万人。英军马步可一万，法军八千。壬午，洋船由北塘进内港，我军驰往扼之，适值潮缩，船不能动，惧为我军所袭也，高悬白旗，示欲议和状。我军信之，不敢纵击。比潮长，洋兵出不意薄我师，我师被挫。洋兵由北而南，将逼大沽，抵新河㊹，我军御之。洋兵先以七百人出战，王瞰其寡也，麾劲骑驰之。洋兵退，乘势蹴之，洋兵各执一枪，精利无前，数十步外，即不能近。俄而七百人为一字阵，每人相去数十步，阵长数里，辂㊺我马队三千，渐围渐迫。我军不能退，突围欲出。洋兵发枪无不中，我军如墙之隤㊻，纷纷由马上颠陨㊼。近世火器日精，临阵者以俯伏猱进㊽为避击之术，骑兵人马相依，占地愈多且高，遂为众枪之的。然后知枪炮既兴，骑兵难以必胜，或反足为累也。

戊子，王师败绩于新河。收合马队，出者七人而已。精锐耗竭，势遂不支，退保唐儿沽㊾。英法军张甚，出全队攻军粮城㊿，又攻副都统德兴阿㉛之营于新河，皆陷之。大沽、北塘如左右户，新河复居大沽之背。是时，洋轮由北塘分向大沽，驾大炮拟我炮台以扼我前，步骑踞新河以邀㉜我后。大沽炮台益危，炮穴外向，不能反击。王所经理三载之工程，与数百万之帑金，悉置无用之地。王始悔纵敌登岸之非计，而事已不可挽矣。

庚寅，我军复退，洋兵进踞唐儿沽。辛卯，奉朱谕云："僧格林沁握手言别，倏逾半载，大沽两岸，正在危急，谅汝忧心如焚。天下根本，不在海口，实在京师，稍有挫失，须退守津郡，自北而南，迎头截剿，万不可寄身命于炮台，以国家依赖之身，与丑夷拌命㉝，太不值矣。南北岸炮台，须择大员代为防守。汝身为统帅，固难擅自离营，今有特旨，非汝畏葸。若不念大局，只了一身之计，殊负朕心。握管凄怆，谆谆特谕，汝其懔遵㉞。"壬辰，特派侍郎文俊㉟、武备院卿恒祺㊱，驰往北塘海口，伴送英法二国使臣入都换约。秋七月，癸巳朔，上命大学士瑞麟㊲、尚书伊勒东阿㊳，统京旗马步官兵九千防通州。

丁酉，黎明，洋兵攻大沽北岸石缝炮台。一开花弹飙入火药库，訇然⁵⁹震发，雷砰⁶⁰电飏⁶¹，土崩石飞，炮台失陷。提督乐善⁶²死之，惟南炮台尚存。王念屡挫之后，精锐伤亡，南炮台孤立难持久。适奉密旨，退防后路，乃撤营城及南炮台防兵，次于通州之张家湾⁶³，与瑞麟军相依护。庚子，以疏防故，夺王三眼花翎、领侍卫内大臣、镶黄旗满洲都统。洋兵进至天津。会和议屡讲不就，遂逼通州。

八月，戊辰，光禄寺卿胜保⁶⁴，率偏师邀战于八里桥。胜保红顶黄褂，骋而督战，洋兵丛枪注击，伤颊坠马。师奔，瑞麟军闻风凶惧⁶⁵，宵溃⁶⁶。王军朝阳门⁶⁷外。己巳，天子以秋狝⁶⁸巡幸热河，洋兵纵火燔圆明园。甲申，王军亦溃。闻恭亲王⁶⁹在长新店⁷⁰，与瑞麟等皆往从之。英法按军郭外，欲邀恭亲王主和议。恭亲王用恒祺居间排解，往复关说甚苦。浃两旬⁷¹，和约始定。

九月，壬寅，暨英人、法人平。当是时，曾文正公国藩督师祁门⁷²，胡文忠公林翼⁷³驻军太湖，进剿粤寇，相持甚急。闻变，合疏奏请于两人中简派一人，率精兵万人入援。会和议成，乃不果行。英法军以海口封冻为虞，皆于初冬退去。

议者始悟咸丰七年广州被陷之后，未始不可善为讲解，内外大臣无一谙洋情者，遂于刚柔缓急取与操纵之诀，未能适中机宜。又或专为身谋，玩视大局，蕞然⁷⁴置之不理，使彼激而生变，纷纭者数年。局势乃弥棘⁷⁵矣。不然，则乘大沽挫败之后，隐示转圜⁷⁶，倘得能者善为迎距⁷⁷，则八年原许之款，或可择其重者，抽去一二。即使仍用前约，其愈于十年所定之款犹多。且敌情叵测，大沽、北塘与各海口，皆当严备。夫濒海设防，犹在海驾舟也，舟之大数十丈，凿方寸之孔，纵水漏入，则全舟沉矣。寇一入口，内地震惊，防不胜防。彼且反客为主，又以津沽屏蔽京师，而能战之兵，实不满万，亦觉军势过单。况骑队不敌枪队，更出人意计外乎？

自古战守和互相为用，两国修好，军卫不撤，设防之无害于和，亦明矣。是故战愈奋，守愈固，则和愈速。不战不守，和亦难久。要挟孔多，和固受瘕⁷⁸，自然之理也。北塘撤防为议和地，时论颇归咎于载垣、端华⁷⁹、肃顺⁸⁰之误大计。彼时三人，赞襄密勿⁸¹，其责自无可辞也。盖战和两歧，断非万全之策。若十年之役，仍能却敌，勿令深入,则彼已频年动众,师劳饷匮,势当自沮。然后遣明练沈毅夙有威望之大臣,驰赴上海,揆时度势㊷,与之定议,岂不愈于天津立约哉!岂不愈于京师立约哉!

【注释】 ① 攻陷广州:咸丰七年(1857)十月,英国政府全权专使额尔金、法国政府全权专使葛罗组成英法联军,到达香港,集结兵力五千多人。二十七日,额尔金、葛罗限令两广总督叶名琛四十八小时内让城。叶名琛无视广州军民请战要求,未作布置。十一月十三日,英法联军占领海珠炮台,轰击广州城。十四日,广州失守。 ② 叶名琛(1807—1859):字昆臣,湖北汉阳人。清大臣。道光十五年(1835)进士,历官陕西兴安知府,云南按察使,湖南、甘肃布政使,两广总督,体仁阁大学士,封一等男爵。咸丰六年(1856),亚罗号事件爆发,英国领事巴夏礼照会两广总督叶名琛,要求送回被捕人员,并公开赔礼道歉。叶名琛态度强硬,不与英国妥协,导致第二次鸦片战争爆发。同年英军占领广州,叶名琛被擒获,解往停泊在香港的军舰"无畏号"。时人讥之"六不总督":"不战、不和、不守、不死、不降、不走。"后被俘往印度,绝食而卒。 ③ "改约章"三句:指要求修改《望厦条约》、《南京条约》等中外不平等条约,赔偿军费,开放新的通商口岸。 ④ 黄宗汉(1803—1864):字寿臣,一说字季云,号寿臣,福建泉州人。清大臣,道光十五年(1835)进士,选庶吉士,历官军机章京,广东督粮道,山东、浙江按察使,云南巡抚,四川总督,内阁学士,两广总督兼通商大臣。咸丰间,曾率军堵截太平军进入浙江要道,并设法解决江南大营军饷,得文宗赐御书"忠勤正直"匾额。第二次鸦片战争发生后,力主抗击英法联军,反对议和。穆宗即位,因其与载垣、端华、肃顺等交结,为慈禧太后衔恨而获罪,被革职并宣布永不叙用。著有《筹防纪略》、《筹海纪略》等。 ⑤ 盱衡厉色:横眉怒目,面色严厉。 ⑥ 操下:掌握、管理下属。 ⑦ 如束湿薪:如捆扎潮湿柴草,比喻十分严酷。《汉书·酷吏传·宁成》:"好气,为少吏,必陵其长吏;为人上,操下急如束湿。"颜师古注:"束湿,言其急之甚也。湿物则易束。" ⑧ 严谴:严厉谴责。 ⑨ 方略:方法与谋略。 ⑩ 额尔金(1811—1863):英国贵族,伯爵。1857年7月任英国对华全权专使,并率一支陆海军赴华。12月,与葛罗所率法军组成联军攻占广州。次年5月,攻陷大沽炮台。6月,迫清政府签订《中英天津条约》。1860年8月,又陷大沽炮台,攻占天津。10月,进北京,焚毁圆明园。逼迫清政府签订中英、中法《北京条约》,主要内容含:承认《天津条约》有效;增开天津为商埠;割让九龙司地方一区给英国;准许英法招募华工出国;对英法两国赔款各增至800万两白银。南下香港,依约划割九龙。1862年调任印度总督。 ⑪ 大沽:见本文"题解"。 ⑫ 绿(lù)营兵:清代国家常备兵之一。顺治初年,清在统一全国过程中收编明军及其他汉兵,参照明军旧制,以营为基本单位,以绿旗为标志,称为绿营,又称绿旗兵。 ⑬ 谭廷襄(? —1870):字竹崖,浙江山阴(今绍兴)人。清大臣,道光十三年(1833)进士,历官刑部郎中、顺天府尹、刑部侍郎。战争爆发,英法联军北犯大沽口时,被任命为钦差大臣,前往大沽口办理交涉,力主议和,不为战守,致使大沽炮台失守,追签《天津条约》。旋被革职充军。释回后,多次参与镇压捻军等农民起义军。 ⑭ 耆英:爱新觉罗·耆英(1787—1858),字介春,隶满洲正蓝旗,嘉庆朝东阁大学士禄康之子。清宗室、大臣。以荫生授宗人府主事,迁理事官,历官内阁学士、护军统领、内务府大臣、礼部尚书、户部尚书、钦差大臣兼两广总督、文澜阁大学士。与伊里布同为中国近代史上首个不平等条约——中英《南京条约》签订的中方代表。第二次鸦片战争期间,被派赴天津与英法联军交涉,英方拒绝与其谈判。因惧罪擅自回京,咸丰帝赐其自尽。 ⑮ 通州:州名,明清时皆属顺天府,俗称北通州,即今北京市通州区。 ⑯ 桂良:瓜尔佳·桂良(1785—1862),瓜尔佳氏,字燕山,满洲正红旗人。清大臣。历任兵部尚书、吏部尚书、直隶总督、东阁大学士、文华殿大学士、军机大臣。1858 年,英法联军攻陷大沽炮台,直逼天津,奉命与花沙纳为钦差大臣赴天津谈判议和,先后与俄、美、英、法等国代表签订《天津条约》。后复与花沙纳赴上海,会同两江总督何桂清,与英、法、美诸国议定通商税则,签订《通商章程善后条约》。 ⑰ 花沙纳:乌米·花沙纳(1806—1859),乌米(乌弥特)氏,字毓仲,号松岑,蒙古正黄旗人。清大臣、诗人。道光十二年(1832)进士,历官国子监祭酒、都察院左副都御史、理藩院尚书、礼部尚书。第二次鸦片战争期间,主张清朝廷速成和局。与桂良等参与签订同西方列强的相关条约。著有《出塞杂咏》、《东使吟草》、《东使计程》、《韵雪斋小草》等。 ⑱ 何桂清(1816—1862):字丛山,号根云。云南昆明人。清大臣。道光十五年(1835)进士,历官内阁学士、兵部侍郎、江苏学政、礼部侍郎、吏部侍郎、浙江巡抚、两江总督等。咸丰八年(1858)十一月,会同东阁大学士桂良、吏部尚书花沙纳,与英、法、美三国改订税则、通商章程。 ⑲ 北塘:北塘口,在清直隶宁海县南(今天津市滨海新区),当蓟运河入海之口。明嘉靖在北塘修筑东西两座炮台,史称"北塘双垒"。1900 年八国联军攻陷大沽炮台,继毁北塘炮台这个庚子之役中最后一个军事设施。 ⑳ 海墙:见王拯《王刚节公家传》一文注释。 ㉑ 载垣:爱新觉罗·载垣(1816—1861),怡亲王奕勋次子。清宗室、大臣。道光五年(1825),袭怡亲王爵。历官都统、御前大臣、阅兵大臣、领侍卫内大臣、宗人府右宗正、宗人府宗令、玉牒馆总裁等。咸丰十年(1860)七月,任钦差大臣,与英法联军谈判。咸丰十一年(1861),与爱新觉罗·端华、爱新觉罗·肃顺等八人受顾命为赞襄政务大臣。同年,慈禧太后与恭亲王奕訢发动辛酉政变(亦称"祺祥政变"),载垣在北京被捕,赐白绢自尽。 ㉒ 拦江沙:渤海水域中的一种半暗礁,在离大沽海口 20 里之外,天津大沽海口的天然屏障,可起到阻拦大型军舰航行的作用。 ㉓ 鸡心滩:在大沽口拦江沙内。咸丰九年(1859)五月,英军舰船驶入鸡心滩,准备护送卜鲁士(普鲁斯)登录,因退潮搁浅于此。 ㉔ 恒福(？—1862):额勒德特氏,蒙古镶黄旗人。清大臣,历官河南巡抚、直隶总督。咸丰八年(1658)六月,奉命至北塘迎接并劝说英法公使登陆进京换约,被拒绝。后在北塘代表清政府与美国互换《天津条约》批准书。咸丰十年(1860),授命为钦差大臣,偕桂良在天津谈判议和,未果,被撤除钦差大臣职务。 ㉕ 摽(biào):捆绑。 ㉖ 蚁傅:亦作"蚁附",像蚂蚁一样趋集缘附。 ㉗ 狃(niǔ):前事复为也。此处指英军炮台情况一如既往。 ㉘ 愕眙:亦作"愕怡",惊视。 ㉙ 瞀(mào)乱:昏乱,紊乱。 ㉚ 骛击:急速、急骤地发射炮(子)弹。 ㉛ 㬝:同"瞠",直视。 ㉜ 扞(hàn):同"捍"。 ㉝ 庙谟:犹庙谋,朝廷的谋略,国家大计。 ㉞ 营城:常用地名,多见于中国东北、华北地区。此营城位于天津市汉沽城区东南部,东邻集上,西北靠蓟运河。《宁河县志》:"营城去县邑(今宁河县宁河镇)五十余里,唐太宗有高丽之役,因筑土城驻中军,其前军、后军则更屯他村,所谓前后寨上者是也。"清政府置北塘、新河、营城为海口三镇。咸丰九年(1859),清政府在营城南部,蓟运河西岸崔家圈和东岸邵家圈修建炮台四座;北塘河口的浮桥和码头,移至营城和茶淀之间,成为应援大沽炮台和堵防海口的重要军事阵地,北塘防兵和炮位也全部撤防到营城。　㉟ 藩垣:藩篱和垣墙,泛指屏障。　㊱ 堂奥:厅堂和内室,泛指腹地。　㊲ 陈鸿翊:字仲鸾,直隶宁河(今属天津)人。清大臣。道光十八年(1838)进士,历官福建汀漳兵备道、山西道监察御史。第二次鸦片战争爆发,关注家乡天津北塘战况,曾向咸丰帝建议将营城兵炮仍调回北塘。因与僧格林沁意见不一,得"铁脖子御史"绰号。大沽兵败后,回原籍北塘办团练。　㊳ 郭嵩焘(1818—1891):字伯琛,号筠仙、云仙、筠轩,别号玉池山农、玉池老人,湖南湘阴人。清大臣、外交家。道光二十七年(1847)进士,历官苏松粮储道、两淮盐运使、广东巡抚。曾佐曾国藩幕,湘军创建者之一。同治五年(1866)罢官回籍,在长沙城南书院及思贤讲舍讲学。光绪元年(1875),经军机大臣文祥举荐进入总理衙门,旋出任驻英公使,为中国首位驻外使节。光绪四年(1878)兼任驻法使臣,次年称病辞归。　㊴ 大沽之捷:指咸丰九年(1859)五月,英法联军在第二次大沽口战役遭受重挫。此役僧格林沁率兵坚决反击入侵者,督军力战,击毁英军战舰多艘,使联军死伤数百人,英海军司令何伯受重伤。相持数日,英法联军军舰撤走。　㊵ 蹙(cù):逼近,追击。　㊶ 噶罗(1793—1870):亦译作"葛罗"。让巴蒂斯特·路易·葛罗男爵,法军在华最高指挥官,法兰西帝国特命全权大使,先后与清政府签订了中法《天津条约》、中法《北京条约》。　㊷ 诇(xiòng):侦察,探听。　㊸ 京旗:清定都北京以后,绝大部分八旗兵丁屯驻在北京附近,戍卫京师的八旗则按其方位驻守,称驻京八旗,俗称京旗,实即禁军。在第二次鸦片战争中,英法联军攻克了八旗驻防点广州,后进占八旗驻防点天津,再侵入八旗驻兵力最雄厚的北京,清咸丰帝逃往热河。　㊹ 新河:新河庄,在直隶宁河县南海河北岸,与天津县互界。清时有把总驻守。　㊺ 辂(lù):假借为"络"。此处作缠绕、围困的意思。　㊻ 隤(tuí):倒下,崩溃。　㊼ 颠陨:坠落,跌落。　㊽ 猱(náo)进:轻捷地前进。猱,猿猴。　㊾ 唐儿沽:唐儿沽距离大沽炮台八里路,两地隔河相望,是石缝炮台、大沽北炮台后路的主要屏障。清军在此修筑高七米,绵延约两公里的围墙,墙上开有枪眼、炮洞。　㊿ 军粮城:古镇名,位于天津市东丽区,历来是兵家必争之地。　㉛ 德兴阿(?—1867):乔佳氏,满洲正黄旗人。清将领,历官蓝翎侍卫、乾清门行走、头等侍卫、御前侍卫、密云副都统、西安右翼副都统、塔尔巴哈台参赞大臣、正红旗汉军副都统等。曾多次攻打太平军,屡屡建功。　㉜ 遒:古紧迫,引申为箝制。　㉝ 拚命:豁出性命,拼命。《方言》:"拚,弃也。"　㉞ 懔遵:犹"谨遵",恭敬地听从。　㉟ 文俊(?—1865):孛儿只斤氏,蒙古镶黄旗人。行伍出身,历官曲寻协副将、中军营都司、临元镇总兵、福建陆路提督。㊱ 恒祺:清大臣,历官粤海关监督、武备院卿、抚夷帮办大臣。鸦片战争期间,参与清政府与英法等国签订和约事。　㊲ 瑞麟(1809—1874):字澄泉,叶赫那拉氏,满洲正蓝旗人。清大臣,历官太常寺少卿、内阁学士、礼部侍郎、军机大臣、礼部尚书、户部尚书、两广总督、文渊阁大学士。咸丰八年(1858),英兵犯天津,赴天津修筑大沽炮台。咸丰十年(1860)六月,英法联军复犯天津,率京兵万人守通州。敌逼京师,迎战安定门外,败绩,褫职。㊳ 伊勒东阿:清大臣,历官三姓副都统、塔尔巴哈台领队大臣、正白旗护军统领、理藩院尚书、正红旗蒙古都统等。　㊴ 訇(hōng)然:形容声音很大。　㊵ 雷砰:雷声。梅尧臣《古柳》:"腹肬藏蛟龙,半夜雷砰訇(péng)。"　㊶ 电飚:电光般的激射飞扬。班固《汉书·叙传》上:"游说之徒,风飚电激,并起而救之"。庾信《拟连珠》之十三:"雷惊兽骇,电激风驱。" ㉒乐善(?—1860):伊勒忒氏,蒙古正白旗人。清将领,历官云麾使、参将、河北镇总兵、直隶提督等。曾随胜保攻打太平天国北伐军,并在河南、安徽镇压捻军。咸丰九年(1859)赴僧格林沁天津军营,协力防御再度北犯的英法联军。同年六月,督率守军击沉敌舰多艘,取得大沽之捷。次年夏,英法舰队集结于大沽口外,僧格林沁令其撤出北岸炮台,不从,率所部坚持抗敌。八月,自石缝炮台将北塘登陆敌兵击退。炮台失陷,英勇殉难。 ㉓张家湾:镇名,位于北京市通州区东南部,为通往华北、东北和天津等地之交通要道。咸丰十年(1860)八月,英法联军攻占大沽口,僧格林沁率部抵抗失利,退至张家湾。咸丰帝派怡亲王载垣、兵部尚书穆荫赶至张家湾,要求与英法联军谈判停火。九月,谈判破裂,以蒙古骑兵为主的清守军誓死一战,双方伤亡惨重。最终张家湾失守,通州也随之陷落。 ㉔胜保(?—1863):字克斋,瓜尔佳氏,满洲镶白旗人。清大臣。道光二十年(1840)举人,历官国子监祭酒、副都统、兵部侍郎、光禄寺卿、内阁学士等。参加镇压太平军、捻军的各次战役。咸丰十年(1860),抗英法联军于河北通州八里桥,战败受伤。后因行为骄纵、"讳败为胜"而被责令自杀。 ㉕凶惧:恐惧。 ㉖宵溃:谓军队夜间溃逃。 ㉗朝阳门:朝阳门,旧称齐化门。元正统四年(1439),修建京城九门的城楼、箭楼、瓮城等,工程结束,齐化门改称朝阳门。朝阳门靠近京杭大运河北端重要码头——通州码头,为漕粮出入的城门,京城百姓的口粮大多由此进入。 ㉘秋狝(xiǎn):国君秋季狩猎之称。此指咸丰十年(1860)秋八月,英法联军进攻北京,咸丰帝自圆明园北走热河(今承德市)。 ㉙恭亲王:爱新觉罗·奕訢(1833—1898),号乐道堂主人,满洲镶白旗人。道光帝第六子,咸丰帝同父异母弟,生母为孝静成皇后博尔济吉特氏,道光帝遗诏封"和硕恭亲王"。清宗室、大臣、政治家、洋务运动主要领导者,历官领班军机大臣、领班总理衙门大臣。第二次鸦片战争爆发,授命为全权钦差大臣,负责与英、法、俄谈判,签订中英、中法《北京条约》。1861年,咸丰帝去世,与两宫太后联合发动辛酉政变,夺得政权,被授予议政王之衔。 ㉚长新店:即长辛店,古镇名。位于北京市丰台区永定河西岸,卢沟桥畔,为西南进京的必经要道。旧有把总驻守。 ㉛浃两旬:整整二十天。浃,整个。 ㉜祁门:县名,唐置,因县东北一里有祁山而名。清属安徽徽州府。祁门地处黄山西麓,与江西毗邻,为安徽南大门。发源于祁门的昌江经鄱阳湖可达长江。 ㉝胡文忠公林翼:胡林翼(1812—1861),字贶生,号润芝,湖南益阳人。清大臣,湘军重要首领。道光十六年(1836)进士,历官江南乡试副考官,安顺、镇远、黎平知府,四川、湖北按察使,湖北布政使,湖北巡抚。领兵在湖南、湖北、江西、安徽等地攻击太平军,多有建功。与曾国藩、李鸿章、左宗棠并称为"中兴四大名臣"。晚年主讲长沙城南书院,创办湖南益阳箴言书院。著有《读史兵略》、《胡文忠公遗书》。 ㉞瞢(méng)然:糊涂状。 ㉟弥棘:充满艰难。 ㊱转圜:挽回。 ㊲迎距:迎合和抵抗。 ㊳受瘵:受到病痛的伤害。韩愈《祭澧州刺史改河南令张署文》:"用迁澧浦,为人受瘵。" ㊴端华:爱新觉罗·端华(1807—1861),满洲镶蓝旗人,郑慎亲王乌尔恭阿第三子。清宗室、大臣。道光二十六年(1826)袭爵郑亲王。历官阅兵大臣、右宗正、总理行营事务大臣,御前大臣。咸丰十一年(1861),咸丰帝任命端华、肃顺、载垣等八人为赞襄政务王大臣,总摄朝政。后在慈禧太后与恭亲王奕訢联手发动的辛酉政变中以"专擅跋扈罪"赐死。 ㊵肃顺:爱新觉罗·肃顺(1816—1861),字雨亭,满洲镶蓝旗人,郑慎亲王乌尔恭阿第六子。清宗室,大臣。历官三等辅国将军、内阁学士、副都统、护军统领、工部侍郎、左都御史、理籓院尚书、礼部尚书、总管内务府大臣、户部尚书、协办大学士等。咸丰十一年(1861年),受命与载垣、端华同为赞襄政务王大臣。穆宗载淳生母皇太后叶赫那拉氏与奕䜣等人联合发动辛酉政变,掌握朝政。是年十月,在护送咸丰帝梓宫回京途中被捕,随后被斩于菜市口。　㉛密勿:犹"黾勉",辛勤努力。　㉜揆时度势:指审度、考量时势。

【赏析】　　本文记录了第二次鸦片战争从广州失陷至《天津条约》、《北京条约》签订的全过程,特别描绘了僧格林沁兵败大沽的惊心动魄的攻防场面。文章从英法联军发动广州之役,打响第二次鸦片战争说起。咸丰六年(1857),英、法、美等国公使照会清政府,称《望厦条约》届满十二年,要求修约;英国讹言广东水师在广州黄埔捕捉中国船"亚罗"号上的海盗,说是中国水师擅自抓人,违反《虎门条约》,并侮辱了英国国旗;法国则籍天主教神甫马赖在广西西林被杀,呼应英国的动作。双方反复交涉无果,次年英法组成联军,出兵进攻广州。于是,便出现了本文开头所叙的一幕:"英吉利、法兰西以咸丰七年冬十一月,攻陷广州",连总督叶名琛也被英法联军捕获。一时,主和主战难下决断。作者对于不通洋务且只能噤声的文臣武将,叙事中已隐隐表达出了不满。一意以船坚炮利打开中国大门的英法列强,自然会利用一切可能利用的借口,引兵北上,向政治中心地区大举进犯,讨要"说法"了。

　　本文继而述及了三次大沽口战役,也就是除广州战役以外的二次鸦片战争中的主要战事。"咸丰八年夏四月"开始的第一次大沽口之战,清守军一触即溃,"洋兵踞我南北岸炮台"。此役以清大败告终。文中的咸丰帝除了惩处无能官员外,已别无他策。史实是清政府在第一次大沽口战役后,无奈与英、法、美、俄签订了《天津条约》。就在这内忧外患之际,本篇主角科尔沁忠亲王僧格林沁受命于危难之际,扮演了后两次大沽口战役的重要演员。当时洪杨未平,曾、左等重臣还在与太平军苦苦缠斗,这边厢洋兵已入天津内河,迫近京师。僧格林沁的登场,倒没有光说不练。文章称其"修筑大沽、北塘营垒炮台,购巨炮分布要害,檄州县伐大木输之海壖,植丛桩水底以御轮船",为清军打赢第二次大沽口战役奠定了基础。

　　咸丰九年春夏的大沽口保卫战,是1840年第一次鸦片战争以来,中国军队首次战胜西方列强的入侵,颇具划时代的意义。作者对此役的描摹精妙、详实,再现了科尔沁王率将士斗智斗勇的历史场面。面对来势汹汹、不可一世的洋兵,僧格林沁避其锐气,"王故羸师以张之";一俟敌步军登岸,"王挥鞭上马,督军鏖战",显示了僧王运筹帷幄的将才和亲赴战场的勇气。相形之下,联军骄横无理,"贸然轻进","相顾愕眙,心手瞀乱",种种情状写得真切传神。两次大沽口战役的结果判若云泥,也反衬出大部分清外交、军事官员颟顸却又怯懦的本质。

第二次鸦战并未因此画上句号,腐败、内耗的清王朝虽经僧格林沁力挽颓势,但终究无法阻止更加丧权辱国的不平等条约的签订。僧王扳回一局,曾使清廷上下头脑发昏,轻敌大意者有之,畏葸怕事者有之。咸丰帝以为就此可高枕无忧,有点"耍赖"了:"所有八年议和条款,概作罢论。"同时又是撤北塘,又是弛守备。僧格林沁也没了战略眼光,还自我陶醉于所率的蒙古骑兵,"以劲骑鏖之,可以必胜"。进退失据的当政权贵,哪里料到第三次大沽口战役还是来临了,结局恰是本文标题所示:科尔沁忠亲王败于大沽。这第三次大沽口之役,作者写来更为细化深入,从宏观大局到微观具体的短兵相接,都给人惊心动魄之感。此役几个会战要点——北塘、新河、唐儿沽、军粮城,相继失陷。以骑兵对洋枪的结果是"如墙之隤,纷纷由马上颠陨",待僧王发觉"纵敌登岸之非计,而事已不可挽矣"。此后兵败如山倒,任乐善、瑞麟、胜保辈层层阻击,大沽口陷落,张家湾失守,洋兵进驻天津,直逼通州,京师已在咫尺矣!其间,文中有较大篇幅转述了咸丰帝的朱谕,抚慰未能扭转败局的科尔沁亲王,无可奈何之情已溢于言表。作者这番转引,暗示了第三次大沽口战役失败的某种必然性,因为即使像僧格林沁这样忠勇的心腹之将也已无力回天,自外于新兴世界潮流的清王朝,面对"精利无前"的洋兵,还能有什么指望呢?

以第三次大沽口战役失败为标志的二次鸦战终告结束,结局是令国人羞耻的:清廷没能阻止英法使节进入北京换约,反而加签了中英、中法《北京条约》,失去了更多的权益;皇家园林圆明园被洗劫一空,并毁之一炬;皇上被迫"以秋狝巡幸热河",脸面尽失;僧格林沁本人也被除去三眼花翎、领侍卫内大臣、镶黄旗满洲都统,前功尽弃。近代中国的惨痛史添上了滴血的一页。

作为近代散文家、外交家的薛福成,其可贵之处,在于能以过人的史识、文学的笔触,重展了第二次鸦片战争中外冲突的实况,引发国人的思索。在看似偶然的桩桩战事中,提请世人的警示:其一,"内外大臣无一谙洋情者,遂于刚柔缓急取与操纵之诀,未能适中机宜",朝廷缺乏精通西方实情的人才,不能做到"知己知彼",一旦交战,往往痛失时机;其二,"设防之无害于和","战愈奋,守愈固,则和愈速。不战不守,和亦难久"。疏于防守,攻又乏力,遭至满盘皆输。大沽之败,是科尔沁亲王的悲剧,也是清王朝走向衰亡的征兆。薛福成没能从清末僵化体制的层面寻找病根,后人就不必多加苛责了。而就其文章本身而言,也体现了作者为文的典型特点,恰如黎庶昌所论:"(薛福成)既佐治久,闻见出于人人,纪述论著,亦且独多,不屑为无本之学。""其所述或亲见、或传闻,而中括机宜,皆所谓经世要务,当代掌故得失之林也。"(《〈庸庵文编〉序》)

孙静庵

作者简介

孙静庵（1876—?），名寰镜，一字静安，又署名民史氏，室名栖霞阁。江苏无锡人。近代报人，戏剧家，清末革命志士。曾任上海《警钟日报》主笔。又与陈去病同创《二十世纪大舞台》杂志。

金圣叹之死

【题解】 本文见之于孙静庵《栖霞阁野乘》。《栖霞阁野乘》是民国间较早的野史笔记，于民国二年（1913）由中华书局出版。全书分上下卷，共一百八十八则。内容述及清代政治及文坛遗事。《金圣叹之死》记的是包括金圣叹在内的"哭庙案"所涉十八人就戮的事件。是事发生在顺治十八年五月，金圣叹等吴中名士议论朝政，巡抚借顺治帝哀诏初临，诸生集众，惊扰先帝之灵，遂将金圣叹等处死。金圣叹（1608—1661），名人瑞，一名喟，原名采，字若采，江南吴县（今江苏苏州）人。明末诗人，文学批评家。诸生。所评《离骚》、《南华》、《史记》、杜诗、《西厢》、《水浒》，以次序定为六才子书。有《沈吟楼诗选》一卷。

【原文】

庚午①哭太庙狱②，吴下名士同时就戮者十八人：曰金人瑞，曰倪用宾，曰沈瑯，曰顾伟业，曰张韩，曰来献琪，曰丁观生，曰朱时若，曰朱章培，曰周江，曰姚刚，曰徐玠，曰叶琪，曰薛尔张，曰丁子伟，曰王仲儒，曰唐尧治，曰冯郅。家施财产，籍没③入官，同时株连军流④禁锢者无算。初，明之亡也，吴下讲学立社之风犹盛，各立门户，互相推排。金圣叹以惊才绝艳，遨游其间，调和之力惟多，其名尤著。所至倾倒一时，遇贵人嘻笑怒骂以为快，故及于祸。朝廷之初起是狱也，意欲罗织诸名士以绝清议⑤，苦无以为辞，乃以哭庙事剪除之，以为悖逆莫大于此，骈⑥而戮之，人当无异言。先是国丧，各省抚按率官绅设位哭临，市禁婚乐，妇孺屏息。爵愈崇者，尤必备极其哀，诚重之也。苏亦举行哭临大典,当事者战兢惕厉⁷,礼有弗备,明法随之。然当此所谓人神乏主、亿兆靡依⁸之际,亦罔敢颠越弗恭⁹者。而圣叹即以是率诸生抢入,进揭贴,继至者千余人,群声雷动,盖以吴县非刑⑩,预征课税,鸣于抚臣,因民怨也。哭临者大骇,命械之,众议哗然。金于狱中上书千余言,为民请命,语多指斥一切,抚臣朱某⑪密疏具奏,有"敢于哀诏初临之下,集众千百,上惊先帝之灵,似此目无法纪,深恐摇动人心"等语。朝廷深恶诸名士之诽语⑫也,命大臣讯狱于江宁,以耸⑬观听。谳⑭成,诸人不分首从,凌迟⑮处死,没其家孥财产,一时夺气⑯。吴下讲学立社之风,于是乎绝。

【注释】　①庚午:顺治十八年七月二十三日。然据《哭庙纪略》、《辛丑纪闻》,金圣叹等十八人被判死罪,于七月十三日在南京三山街执行,是日当作"庚申","庚午"或为"庚申"之误。　②哭太庙狱:指发生于清顺治十八年(1661)的"抗粮哭庙"事件,以及其后政府对参与者的镇压。　③籍没:登记所有财产,加以没收。　④军流:充军流放。　⑤清议:指以儒家的伦理道德为依据,臧否人物。也指对时政的议论和一般的社会舆论。　⑥骈:一并。　⑦惕厉:心有危险忧惧之感。　⑧靡依:失去了亲而可依之人。《诗·小雅·小弁》:"维桑与梓,必恭敬止。靡瞻匪父,靡依匪母。"　⑨颠越弗恭:形容损害礼法,对上命不恭。　⑩非刑:不合刑律。　⑪朱某:朱国治(?—1673),汉军正黄旗人。顺治四年(1647),由贡生授固安知县,屡擢至大理寺卿。后官江宁巡抚。在任搜刮无度,人称"朱白地"。顺治十八年(1661)在哭庙案中,罗织罪名杀害金圣叹等人。康熙十二年(1673),死于吴三桂之手。　⑫诽语:指不符事实,中伤他人的话语。　⑬耸:耸动,警示。　⑭谳(yàn):审判定罪。　⑮凌迟:用于死刑名称,指处死人时将人身上的肉一刀刀割去,使受刑人痛苦地慢慢死去。　⑯夺气:因恐惧而丧失勇气。

【赏析】　金圣叹作为吴中奇人,其轶事流传众口,而围绕金圣叹之死,更有种种诡异说法,为这位怪才增添了神奇色彩。孙静庵的《金圣叹之死》却没有阑入上述故事,在较为真实的史传笔记中选取了金氏的相关事迹,折射出清初吴中文士的生命状态和行为风范。

金圣叹之死自有其深刻的社会政治意义,在短文中可从以下几个层面来观察。其一,本文一开始就指出包括金圣叹在内的十八名"吴下名士"因"哭太庙狱"而被戮,即金圣叹是死于震惊江南的哭庙案。哭庙一案爆发了吴中士人与当政者激烈的直接对抗,是一高度政治化的事件。表面看,顺治皇帝驾崩,"各省抚按率官绅设位哭临,市禁婚乐,妇孺屏息。""苏亦举行哭临大典,当事者战兢惕厉,礼有弗备,明法随之。"在这一哭临的国丧期内,竟然发生了哭庙之举:"圣叹即以是率诸生抢入,进揭贴,继至者千余人,群声雷动",在文庙鸣钟击鼓,还闹到了府堂,"鸣于抚臣"。以此控诉吴县知县任维初严苛徵税、盗卖官米的恶行,而金圣叹正是《哭庙文》的执笔者,这惹恼了包庇部下的巡抚朱国治,终酿成大狱,"诸人不分首从,凌迟处死"。本来哭庙是吴中士子对抗政府的传统行为,即聚集文庙,面对先圣牌位前痛哭一番,以发泄怨恨。但当时正逢哭临之际,遭遇民众搅局,有司便以为"敢于哀诏初临之下,集众千百,上惊先帝之灵","悖逆莫大于此,骈而戮之"。本文还进一步揭出了镇压金圣叹等诸生更要紧的政治企图,那就是"(朝廷)命大臣讯狱于江宁,以耸观听"。原来顺治十六年"通海"大案在江宁会审未及定谳,"至今年世祖崩,抚臣朱国治欲行杀戮以示威,遂成大狱。"(无名氏《辛丑纪闻》)已亥年郑成功兵破金坛、镇江,县官、邑绅迎降、倒戈者甚众,特别受到当地百姓的欢迎。这引起了清廷的恐慌,就借弹压吴中士人以震慑江南民心,正如史家孟森先生所论:"当时以故明海上之师,积怒于南方人心之未尽帖服,假大狱以示威,又牵连逆案以成狱。"(《心史丛刊》一集)金圣叹性命不保,主要缘于此。

其二,本文透露了金圣叹之死的经济原因,原来金氏等生员聚众请愿,导火索就在"吴县非刑,预征课税"。吴中诸生见任知县私枭公粮,典守自盗,吴地百姓叫苦不迭,于是重演"哭庙"故伎,为民请命。文中虽未详述吴令催逼钱粮的鸷刻凶残,但"非刑"二字,已点明这位地方官的贪酷程度早就超越了清廷自定的律法。无奈接受哭庙者"揭帖"的巡抚朱国治,本人便是个被人指称为"朱白地"的苛徵税粮者。读者稍作留意,文中"家施财产,籍没入官"、"没其家孥财产"等语,也多少显出制造冤狱的经济目的。

其三,孙静庵文还发掘了金圣叹之死背后的社会文化的根源。金某人活在"吴下讲学立社之风犹盛,各立门户,互相推排"的明末,而"以惊才绝艳,遨游其间,调和之力惟多",可见其介入社团很见深度。问题在于此公虽有"倾倒一时"之魅力,但常"遇贵人嘻笑怒骂以为快",这就使其蒙受杀身之祸加上了一颗个人做派的砝码。正如短文指出的那样:"朝廷之初起是狱也,意欲罗织诸名士以绝清议",当局正愁找不到借口堵住士人的嘴,这下子金圣叹一伙人撞上枪口了。可惜金圣叹辈出现了时空的误判,新朝当政者正好找茬给生员议政的习俗来个下马威。孙静庵在文末说道:"吴下讲学立社之风,于是乎绝。"不能说此风就此断根,至少吴中士子遇到这样的灭顶之灾,从此学乖了不少。

孙静庵这一则短短的故事,拂去了蒙在金圣叹身上的虚妄表象,还原了一个平常的吴中诸生,多层次地剖析了金圣叹之死的内在原因,也为江南士子的命运走向提供了一个悲剧性个案。